异型石材数控加工装备与技术

吴玉厚　赵德宏　著

科学出版社

北京

内 容 简 介

本书在分析国内外异型石材装备发展趋势的基础上,系统阐述了异型石材数控加工装备的设计及制造技术,以及多轴五联动数控加工技术、石材加工刀具及工艺技术、数字化制造技术等,解决了一系列制约我国异型石材高档数控加工装备设计、制造的技术瓶颈,提出了一种基于机床运动创成法的机床模块化设计理论。本书主要内容包括:异型石材数控加工技术与装备的国内外发展状况与趋势;异型石材数控加工工艺技术;异型石材数控加工的刀具技术;异型石材数控加工中心的设计理论与方法;异型石材数控加工功能部件;异型石材数控加工中心典型样机设计、制造、装配与检测技术;异型石材数控加工装备基础结构件设计与优化技术;异型石材数控加工技术;装饰石材 CAD 软件技术;石材异型制品数字化建模技术;异型多轴联动数控加工技术。

本书适合石材加工企业、石材数控加工装备制造企业、机械装备制造企业技术人员,石材数控加工科研人员,以及相关专业学生阅读参考。

图书在版编目(CIP)数据

异型石材数控加工装备与技术 / 吴玉厚,赵德宏著. —北京:科学出版社,2011

ISBN 978-7-03-030489-6

Ⅰ.①异… Ⅱ.①吴…②赵… Ⅲ.①异型-石料-数控机床-加工-设备②异型-石料-数控机床-加工工艺 Ⅳ.①TU754.4②TG659

中国版本图书馆 CIP 数据核字(2011)第 039554 号

责任编辑:牛宇锋 / 责任校对:包志虹
责任印制:赵 博 / 封面设计:王 浩

科学出版社 出版
北京东黄城根北街16号
邮政编码:100717
http://www.sciencep.com

双青印刷厂 印刷
科学出版社发行 各地新华书店经销

*

2011 年 9 月第 一 版　　开本:B5 (720×1000)
2011 年 9 月第一次印刷　　印张:22 1/4
印数:1—2 000　　　　　字数:436 000

定价:88.00 元
(如有印装质量问题,我社负责调换)

前　言

　　天然石材因其稳定的物理和化学特性,成为建筑装饰业的主要原材料,见证了人类历史、文化、科技的进步史。随着现代建筑业的发展,石材产业已经成为建筑装饰业的主要支柱,人们对于石材制品,尤其是高档、异型、精品化的石材制品的需求越来越强劲。伴随着现代工业的发展,石材产业也逐渐由古老的手工制作变为机械化加工。以意大利为代表的西方发达国家,开发了一系列异型石材高档制品的先进加工设备,极大地提高是石材制品的层次和加工效率,代表着先进石材加工技术的发展趋势。近年来,随着建筑产业的迅速发展,我国石材工业总产值突破了百亿美元大关,位居世界第一。然而,相对石材产业的迅速发展,我国石材装备制造业却严重滞后。受制于相关研究、开发能力的不足,我国仍主要以荒料开采和板材加工设备为主,严重制约了石材产业及其装备制造业的发展。

　　石材属于硬脆性材料,其加工工具、工艺及加工特性都与金属加工存在着本质的差别,使用传统的金属机床制造技术还不能完全满足石材数控加工装备的设计要求,因此迫切需要对异型石材数控加工装备的设计、制造技术进行专门性的研究。"十一五"期间,由沈阳建筑大学与沈阳机床(集团)有限责任公司等单位联合研制的异型石材车铣加工中心(HTM50200),主要针对当前石材制品向着异型化、精品化方向发展的趋势,特别是针对国内在回转体异型石材制品和三维雕塑制品方面的技术空白而研制。该中心采用动龙门结构,具有八轴五联动数控加工功能,配有石材车削(锯切)加工和雕铣(磨削)加工复合工作头部件,能同时实现对石材制品的车削、雕铣、磨削加工,能实现对石材回转体异型制品和三维立体制品的双五轴联动加工。其功能全面,具有高速、高效、高可能性,性能和技术水平达到国际先进水平。该设备是我国研制的第一部高端异型石材数控加工设备,具有完全的自主知识产权,研制阶段已形成国家发明专利七项,一经推出就取得了良好的市场效益,并在中国(沈阳)第九届装备制造业博览会上获得机床类制品唯一金奖。该设备的研制较好地解决了国内石材产业在高附加值异型制品方面的技术瓶颈,将极大地推动我国石材产业的技术升级。

　　本书作为国内第一部论述异型石材数控加工装备设计、制造及数控加工技术的专著,以异型石材车铣中心的研制和相关技术的研究为例,系统论述了异型石材数控加工装备及技术的研发要点及解决方案,为相关石材装备企业和科研人员进行高档异型石材数控装备的研究和开发提供了宝贵的参考,对于推动我国石材装备制造业的技术进步和产业升级具有重大意义。

全书共九章,分别就异型石材数控加工装备研制的关键技术进行了系统的论述。其中:第1章重点阐述了异型石材及其装备制造业的发展趋势,论述了异型石材数控加工装备研制的关键技术要点;第2章论述了石材加工工艺与刀具技术,阐述了石材锯切、铣削、磨削加工工艺的实验研究,获得了石材加工工艺参数的最优化配置方法和技术,同时就新型石材加工工具的研制进行了论述;第3章研究了石材数控加工装备的设计理论,通过机床运动功能创成法研究了异型石材数控加工的机床运动轴需求,提出了异型石材数控加工装备的模块化设计方法和具体设计方案;第4章论述了异型石材数控加工关键功能部件的研制,主要包括异型石材车铣复合高速电主轴的设计、制造及检测技术,单驱动可分度的石材锯切加工工作部件的研制;第5章论述了龙门式异型石材数控加工装备的基础结构件,包括立柱、横梁、工作台的结构设计与有限元分析、结构改进和优化设计方法;第6章介绍了虚拟样机与仿真技术在石材数控加工装备的研制中的应用;第7章论述了异型石材数控加工装备的电气系统设计和配置技术;第8章介绍了异型石材车铣加工中心的制造、装配及精度检测技术;第9章论述了异型石材制品的数字化建模、数控加工及加工仿真和防碰撞等相关技术。

本书在编写过程中,得到了沈阳机床(集团)有限责任公司、沈阳工程学院、沈阳高精数控技术有限责任公司、沈阳永顺石材厂、福建新正阳石业集团、辽宁省石材行业协会等单位和组织的大力支持,得到了沈阳机床(集团)有限责任公司刘春时院长、姜庆凯部长、盖立亚部长、蒋昭霞高级工程师等的大力支持,以及沈阳建筑大学张珂教授和赵民教授、沈阳建筑大学机械电子工程实验室和"异型石材多功能数控加工设备"工程技术研究中心全体同仁的大力帮助,在此一并表示衷心的感谢。

目　　录

前言

第1章　概述 ……………………………………………………………… 1

　1.1　异型石材产业现状 …………………………………………………… 1

　1.2　异型石材数控加工装备与技术现状 ………………………………… 4

　　1.2.1　异型石材数控加工设备分类 …………………………………… 4

　　1.2.2　石材数控加工中心 ……………………………………………… 7

　　1.2.3　数控车床 ………………………………………………………… 14

　　1.2.4　数控抛光设备 …………………………………………………… 20

　　1.2.5　石材雕刻机 ……………………………………………………… 22

　　1.2.6　国外异型石材数控加工装备的发展趋势 ……………………… 23

　1.3　石材数控加工装备与技术的基本构成 ……………………………… 25

　　1.3.1　数控机床原理 …………………………………………………… 25

　　1.3.2　数控机床的特点 ………………………………………………… 26

　　1.3.3　制约国内石材加工设备发展的主要技术障碍 ………………… 34

第2章　石材数控加工工艺与刀具 ……………………………………… 36

　2.1　石材加工工艺基础 …………………………………………………… 36

　　2.1.1　国内外研究现状 ………………………………………………… 36

　　2.1.2　石材加工金刚石工具 …………………………………………… 39

　　2.1.3　石材磨削加工的基础理论 ……………………………………… 41

　　2.1.4　石材的可加工性预测 …………………………………………… 45

　　2.1.5　石材磨削中润滑及冷却的研究 ………………………………… 45

　2.2　石材加工工艺的试验研究 …………………………………………… 46

　　2.2.1　花岗岩内圆磨削中磨削力的试验研究 ………………………… 46

　　2.2.2　花岗岩套圈内圆磨削中表面质量的试验研究 ………………… 60

　　2.2.3　基于比磨削能的花岗岩内圆磨削的正交试验研究 …………… 70

　　2.2.4　花岗岩内圆磨削中砂轮磨损的研究 …………………………… 77

　2.3　石材加工用锯片简介 ………………………………………………… 88

　　2.3.1　金刚石锯片使用效果的影响因素系统分析 …………………… 88

　　2.3.2　金刚石锯片的制造 ……………………………………………… 88

　　2.3.3　金刚石锯片切割的相关研究 …………………………………… 88

　　　2.3.4　金刚石锯片车刀的开发 ·· 92

　　2.4　石材热喷涂加工工具 ··· 93

　　　2.4.1　石材热喷涂工具试验研究 ··· 93

　　　2.4.2　HVOF 热喷涂陶瓷涂层研究 ·· 99

　　　2.4.3　等离子(APS)喷涂花岗岩涂层 ·· 107

　　　2.4.4　等离子(APS)喷涂玄武岩涂层研究 ····································· 112

第3章　异型石材数控加工设计理论与方法 ·································· 120

　　3.1　异型石材加工中心运动功能分析 ·································· 120

　　　3.1.1　车削运动功能分析 ··· 120

　　　3.1.2　雕铣基本运动功能分析 ··· 123

　　3.2　典型异型石材数控加工装备设计方案比较 ·························· 126

　　　3.2.1　部件方案设计及比较 ··· 126

　　　3.2.2　总体方案 1 ·· 129

　　　3.2.3　总体方案 2 ·· 136

第4章　异型石材数控加工装备功能部件研究 ································ 139

　　4.1　石材数控加工电主轴单元技术 ···································· 139

　　　4.1.1　石材车铣复合电主轴的结构特点 ···································· 139

　　　4.1.2　车铣复合电主轴模态分析与试验 ···································· 140

　　4.2　车削工作头结构设计 ·· 145

　　　4.2.1　设计思路 ·· 145

　　　4.2.2　设计技术方案 ·· 146

　　　4.2.3　工作头详细结构设计 ··· 146

第5章　石材加工装备基础结构件设计与优化 ································ 150

　　5.1　龙门式立柱结构设计与优化 ······································ 156

　　　5.1.1　床身立柱的模态分析 ··· 156

　　　5.1.2　床身结构的改进型研究 ··· 162

　　5.2　龙门式横梁结构设计 ·· 168

　　　5.2.1　横梁的模态分析 ·· 168

　　　5.2.2　横梁结构的改进设计 ··· 174

　　5.3　立式回转体工作台设计 ·· 179

第6章　异型石材数控加工装备虚拟样机技术 ································ 186

　　6.1　虚拟样机技术在异型石材数控加工装备研制中的应用 ·············· 186

　　　6.1.1　虚拟样机技术 ·· 186

　　　6.1.2　基于并行设计的虚拟样机研究平台 ··································· 187

　　　6.1.3　虚拟样机技术在异型石材数控装备研制中的实现方法 ···············187

　　　6.1.4　虚拟样机技术在异型石材数控装备研制中的发展前景 ······· 187
　6.2　异型石材数控加工装备虚拟装配技术 ···························· 188
　　　6.2.1　虚拟装配的技术内涵 ······································ 188
　　　6.2.2　虚拟装配的分类 ·· 189
　6.3　异型石材数控加工中心运动仿真与干涉检验技术 ················· 190
第7章　异型石材数控加工装备的电气系统设计 ························· 201
　7.1　伺服系统的配置 ·· 201
　　　7.1.1　伺服系统的组成 ·· 201
　　　7.1.2　异型石材车铣加工中心对伺服系统的基本要求 ··············· 201
　　　7.1.3　异型石材车铣加工中心伺服电机的要求与选择 ··············· 202
　　　7.1.4　伺服系统的动态性能分析 ···································· 210
　　　7.1.5　异型石材车铣加工中心伺服系统的速度环控制 ··············· 212
　　　7.1.6　伺服系统的位置环控制 ···································· 213
　7.2　异型石材车铣加工中心电气设计 ································· 215
　　　7.2.1　电气设计基本规定 ·· 215
　　　7.2.2　NC-HHPS-2设计及使用 ···································· 220
　7.3　异型石材车铣加工中心数控系统及PLC控制技术 ················· 223
　　　7.3.1　数控系统结构 ·· 223
　　　7.3.2　数控系统硬件配置及控制单元 ······························ 224
　　　7.3.3　操作面板 ·· 232
　　　7.3.4　数据的设定与显示 ·· 235
　　　7.3.5　刀具补偿值的设定 ·· 238
　　　7.3.6　Z轴回零点和刀具长度偏移值的设定 ······················ 244
　　　7.3.7　刀具寿命管理 ·· 246
　　　7.3.8　NC110系统PLC接口及控制技术 ·························· 248
第8章　异型石材车铣加工中心制造与检测 ···························· 252
　8.1　加工中心装配工序研究 ·· 252
　　　8.1.1　装配过程概述 ·· 252
　　　8.1.2　装配尺寸链的分析计算 ······································ 253
　　　8.1.3　尺寸链的计算 ·· 254
　　　8.1.4　异型石材加工中心的装配工艺 ······························ 257
　　　8.1.5　异型石材加工中心的保养 ···································· 264
　8.2　加工中心精度检测方法研究 ······································ 265
　　　8.2.1　几何精度检验 ·· 265
　　　8.2.2　定位精度检验 ·· 267

　　　8.2.3　数控机床切削精度的检测 ……………………………………… 270
　8.3　激光干涉仪在数控机床精度检测中的应用 ………………………… 271
　　　8.3.1　检验原理 ………………………………………………………… 272
　　　8.3.2　测量方法 ………………………………………………………… 272
　　　8.3.3　测量过程的误差分析 …………………………………………… 272
第9章　石材异型制品数字化建模与加工技术 ……………………………… 274
　9.1　UG 数控加工编程 …………………………………………………… 274
　　　9.1.1　UG 软件概述 …………………………………………………… 274
　　　9.1.2　模型建立 ………………………………………………………… 275
　　　9.1.3　数控编程初始化 ………………………………………………… 276
　　　9.1.4　实例创建 ………………………………………………………… 277
　　　9.1.5　长城浮雕三维造型 ……………………………………………… 287
　　　9.1.6　五角星模型铣削加工 …………………………………………… 292
　　　9.1.7　优化设计 ………………………………………………………… 295
　9.2　异型石材五轴加工刀具路径生成算法研究 ………………………… 296
　　　9.2.1　异型石材五轴加工相关概念和模型 …………………………… 296
　　　9.2.2　进给步长的计算 ………………………………………………… 302
　　　9.2.3　刀具路径计算方法 ……………………………………………… 303
　　　9.2.4　实例计算 ………………………………………………………… 309
　9.3　UG/POST 后置处理器开发 ………………………………………… 311
　　　9.3.1　后置处理概述 …………………………………………………… 311
　　　9.3.2　立式工作台五轴联动后置处理 ………………………………… 317
　　　9.3.3　卧式工作台车铣复合后置处理 ………………………………… 324
　　　9.3.4　用户化后置处理 ………………………………………………… 327
　9.4　基于 VERICUT 的加工仿真研究 …………………………………… 329
　　　9.4.1　VERICUT 软件简介 …………………………………………… 329
　　　9.4.2　VERICUT 系统功能简介 ……………………………………… 330
　　　9.4.3　VERICUT 加工仿真过程 ……………………………………… 332
　　　9.4.4　加工仿真 ………………………………………………………… 335
参考文献 ……………………………………………………………………… 339
附录一　异型石材车铣加工中心简介 ……………………………………… 342
附录二　异型石材车铣加工中心(HTM50200)主要技术指标 …………… 345

第1章　概　　述

石材制品因其稳定的物理和化学特性,成为建筑装饰业的主要原材料,见证了人类历史、文化、科技的进步史。伴随着现代工业的发展,石材产业逐渐由古老的手工制作变为机械化加工。以意大利为代表的西方发达国家,开发了一系列异型石材高档制品的先进加工设备,极大地提高了石材制品的层次,代表着先进石材加工技术的发展趋势。本章将在简述石材异型制品的基本概念和发展趋势的基础上,系统阐述异型石材加工装备、技术现状及发展趋势,论述异型石材数控加工装备与技术研究的关键内容和主要技术点。

1.1　异型石材产业现状

我国石材矿产资源丰富,具有各种档次的天然石材和人造石材,广泛应用于建筑工程中。建筑装饰用石材主要划分为天然石材和人造石材两大类,天然石材是指从天然岩体中开采出来的,并经加工成块状或板状材料。建筑装饰用的天然石材主要有花岗岩和大理石两种。目前市场需求以天然石材为主,它是一种高档次装饰材料,主要应用于高等级公共建筑的装饰;人造石材属于较低档次的装饰材料,主要应用于住宅中低档的室内装饰。

我国是石材生产大国,天然石材原材种类很多,主要有大理岩、花岗岩、白云岩、灰岩、砂岩、页岩和板岩等。石材加工的产品主要划分标准是材质和形状,例如,汉白玉产自北京房山的白云岩,云南大理石则是产于大理县的大理岩,著名的丹东绿则为蛇纹石化硅卡岩;作为石材开采的各类岩浆岩,如花岗岩、安山岩、辉绿岩、绿长岩、片麻岩等统称为花岗岩,如北京白虎涧的白色花岗岩,辉长岩中的济南青,辉绿岩中的青岛黑色花岗等。

人造石材是一种人工合成的装饰材料。按照所用黏结剂不同,可分为有机类人造石材和无机类人造石材两类。按其生产工艺过程的不同,又可分为聚酯型人造大理石、复合型人造大理石、硅酸盐型人造大理石、烧结型人造大理石四种类型。四种人造石质装饰材料中,以聚酯型有机类最常用,其物理、化学性能亦最好。

天然石材的开采、加工、贸易、使用是一项古老的活动,它贯穿于整个人类文明史。20世纪50年代末到60年代中期,以意大利为代表,石材开采、加工行业开始进入自动化机械生产。60年代后半期,金刚石刀具进入石材加工行业与开采行业,石材工业发生了革命性变化。80年代末90年代初,随着高科技进入石材行业,石材工业一改粗笨形象,而作为一个精美的艺术产品行业展示在世人面前。80年代后期,世界建筑行业发展迅速,促进了国际市场对天然石材的需求和生产的发展。1979～1989年10年间的世界石材产量增加了50%。进入20世纪90年代,虽然世界经济处于低走势,但是由于我国等新兴石材国家的崛起,建筑装饰石材行业仍然在不断发展。我国目前已经成为石材加工和出口大国,我国石材行业在国际上除了荒料产量(1680万t)第一外,还有石材荒料(大理石和花岗岩)出口量第一(1816万t),石材加工产品(大理石和花岗岩)出口量第一(6154万t)。

2005年以来,石材国际贸易发生了结构性变化。一些国家从主要出口荒料成为主要出口加工产品,或是逐年增加出口加工产品。例如我国,石材荒料出口量2006年比2005年减少了98%,2007年比2006年又减少了35%;而石材加工产品出口量,2006年比2005年增加了43%,2007年则比2006增加了38%,现在已成为世界出口石材产品的第一大国[1~3]。再如芬兰,石材荒料出口量2006年比2005年减少了35%,2007年比2006年又减少了37%;而石材加工产品出口量,2006年比2005年增加了45%,2007年则比2006年增加了57%。总的趋势是出口石材加工产品的国家和地区在不断增加,特别是东亚地区,近年来进口二次切割加工和抛光设备在增长,表明这一地区根据国外市场需求在不断完善加工行业,这也间接证明了这一变化趋势。

意大利,世界石材大国的地位虽然没变,但2006年除了大理石这一项(荒料和加工产品)出口还是占第一外,其他几个历来占第一位的领域,如荒料产量、荒料进口和出口都变成了第二位。随着众多的新兴石材国家的涌现,意大利世界石材大国的地位在明显下降,昔日唯一的石材大国的地位已是风光不再。虽然如此,但是在石材机械和技术贸易方面,意大利所占份额仍然是首位。2007年意大利石材技术总出口金额为4849亿欧元,意大利向欧洲出口金额占其总出口金额的44.71%,其中欧盟国家占31.33%,非欧盟国家占13.38%。其他地区,非洲占8.02%,北美占10.38%,中南美占7.54%,东亚占15.06%,大洋洲占0.31%。在出口金额中,初切设备出口金额占出口总金额的71%。

我国石材加工机械行业发展与石材工业主体一样,历经了多次的起伏与长年的探索。进入21世纪以后,才真正形成了一个集科研、生产、应用、后期维修、安全保障全面发展的初步现代化的主体工业体系。

在1980年以前,我国的石材机械业处于初级阶段。全国的花岗岩材年产量仅有3万 m^2,大理石板材43万 m^2,还不及现在一个大型企业的年产量。同期我国的石材加工机械行业也是处于初期发展阶段,全国仅有十余家企业。在石材加工机械方面仅能够生产常规的一些中、小型设备,如小型螺十摆式砂锯、手扶摇臂磨机及中、小直径圆盘切机等;在石材矿山开采设备方面更是落后,除了常规手工操作的简单机械以外,最先进的是仿照意大利设备生产的几台大理石矿山用钢丝绳锯,这些石材机械设备仅在国内的部分中小企业使用,没有出口能力。

1980~1990 年,我国的石材工业历经一次大的发展,石材企业迅速增加到1万多家,全国引进了大量的国外先进生产设备。据不完全统计,仅花岗岩、大理石加工流水线就有 200 多条,使我国石材的加工能力达到每年生产 3000 万 m^2 板材,矿山开采能力每年 30 万 m^2 以上。我国的石材机械企业也有了较大的发展,生产了国产的花岗岩、大理石加工流水线和不同开关、不同规格的金刚石圆盘式石材切机,国产大型框架锯石机被广泛应用,石材研磨设备也从简单的手扶摇臂磨机发展到不同规格的自动磨机,还有大部分的异型加工机械都可由国内生产。

1990~2010 年,我国的石材工业有了更大的发展,全国石材企业发展到了 358万家。花岗岩、大理石板材年生产能力超过 1 亿 m^2,我国的石材总产量已然位居世界前列,我国石材进出口贸易额达到 12 亿美元。同期我国的石材机械行业也上了一个新的台阶,全国共引进了 300 多台(套)石材开采、加工设备及相关技术,石材机械、刀具磨具、石材护理业都得到快速发展。

国内,山东工业大学研制了数控石材风水球切割机;广东工业大学和华侨大学分别对石材加工和磨削理论进行系统研究;沈阳建筑大学对石材加工软件进行设计研究;中国人工晶体研究所对石材加工工具进行了系统研究。国外,德国汉诺威大学对石材加工和装备进行了系统研究;美国 GE 公司对石材金刚石工具进行了系统研究。

随着建筑装饰业和石材加工业的发展,石材制品正朝着高质量、异型化、艺术化、品种多样化方向发展。各种花岗岩、大理石弧形板,各种截面石线、柱制品等石材异型及工艺制品的需求日益增大。但由于大多石材厂产品单一,异型加工能力薄弱,而石材的天然特性要求各种石材制品的生产加工最好由同一家单位承接,以保证装饰效果的一致性,这就给普通石材厂带来一系列问题:①由加工能力问题引起的色差和其他问题不能达到建筑单位的要求;②异型产品的加工难以实现。因此,异型加工限制了一些石材厂家的发展,开发一些简单异型加工装备,可以增加石材厂加工能力,提高其加工水平。

石材异型制品还没有一个统一的定义,一般可以认为,除矩形板材制品外的其他所有石材制品,都可归类为石材异型制品。石材异型制品的分类方式很多,被行业公认的主要是按制品的特点和加工方式进行分类:①平面异型制品;②曲面异型制品;③实体回转面制品;④雕刻制品异型石材。加工工艺基本上按下述步骤进行:下料——成型——磨削——修补——抛光——切角——检验——包装。异型石材加工有些工艺步骤可合成为一个,如圆弧板成型和下料一次完成。有些异型石材加工可以在一个设备上完成,如数控加工中心,可以同时完成锯割、抛光、雕刻、铣削等。目前应用的石材异型制品加工方法多种多样,涉及的加工设备种类繁多、各具特色,有数控、液压和机械仿形等多种结构形式。按照石材异型制品的分类和形状特征,其加工方式大致可分四类,当然很多加工设备都不是专门用于生产某一种类型的石材制品,它们之间并没有严格的界限,有的既可以生产这一类型的制品,也可加工其他制品。用于异型石材加工的数控加工设备除了多功能数控加工中心外,还有数控铣床、数控车床、数控圆柱雕刻设备、数控桥式切机、数控金刚石串珠锯、数控回转面加工设备、数控石材异型台面加工设备等。软件也从二维设计发展到三维设计。此外,数控设备还带有激光扫描探头,软件可以把二维扫描图像转变成三维实体。

天然石材是一种不可再生的建筑原材料,因此合理利用天然石材是非常重要的。我们一方面利用它的天然色彩和性能进行装饰,另一方面对它的加工要科学化。只有有效地加工石材,才能有利于环境保护和原材料的可持续发展。但目前,我国石材加工和加工系统还是比较落后的,很多的石材企业都在寻求如何提高本企业科技水平的方法。本书的研究将促进石材行业的科技进步和科技创新,使异型石材加工向自动化、数控化和智能化方向发展。

据不完全统计,2010年我国已有200多家专业石材机械设备加工企业,其中某些企业已具备生产成套大板、薄板、异型板、墓碑用加工设备和矿山开采设备的能力,某些企业研发出了一些先进的数控加工设备与雕刻机,某些企业已能够配套生产加工各种石材的金刚石磨具和刀具,某些企业还能有更进一步的科研开发能力。这些国产的加工设备、工模具和化工产品,除供应国内企业外,还有部分出口。我国石材机械行业总产值超过50亿元人民币,同期我国石材机械出口金额超过1千万美元。

目前,建筑装饰业对装饰用石材的需求日益剧增。高档异型石材及工艺品的需求量增加更快,花色品种日益增多。石材企业迫切需要相应生产技术和设备。石材异型制品加工设备正向数控、单机智能化、多功能化方向发展。但与世界先进水平相比,我国的石材设备在技术性能、自动化程度、品种配套、外观设计等综合性能上还存在很大差距。所以,我们应着眼于未来,积极进取,努力开拓,研制出具有更高水平的新型石材异型加工设备,提高我国在国际石材市场上的竞争力。

1.2　异型石材数控加工装备与技术现状

1.2.1　异型石材数控加工设备分类[4]

近年来,随着人们生活水平的提高,石材制品越来越广泛地应用于建筑装饰业。随着计算机技术和加工装备的进步,石材加工设备也从机械化向数控化方向发展,并具有现代加工中心。加工中心可以完成切割、成型、钻孔、磨削、抛光、刻字、镗孔、雕刻、车削等工序。数控加工设备根据其加工用途可分为数控铣床、数控车床、数控雕刻机和数控加工中心等。数控铣床用于各种墓碑加工、石材家具加工、刻字、雕刻、廓形加工等。数控铣床具有精密传动机构,加工速率范围广,通常具有 3 轴和 4 轴联动,因此可以进行最复杂的三维雕刻。所有的数控设备都可以进行厨具凹槽加工、台面雕刻,以及墓碑、弓形结构、线性轮廓、壁炉台等的加工。数控设备软件系统可以对加工指令进行存储和再建。数控加工中心还配有快速换刀和刀具磨损控制系统。数控设备所有的功能,从简单切割到雕刻都是自动控制的。有的数控加工设备具有较大的加工尺寸范围,可以对大型石材加工件进行加工。数控铣床带有切割锯片动力头,增加加工能力,锯片直径也比较大,可以对复杂表面进行加工。数控设备都由无刷电机进行驱动,所有运动系统都采用可靠的直线导轨或滚动丝杠。其控制程序已经从 3 轴发展到 12 轴,软件也从二维设计发展到三维设计。此外,数控设备还带有激光扫描探头,软件可以把二维扫描图像转变成三维实体。

如表 1-1 所示,按不同分类方法进行石材加工装备的分类。

表 1-1 石材加工装备分类

分类方法	特点与说明
按控制系统特点	直线控制数控机床:仅同时控制一个轴,刀具平行坐标轴做直线运动,如各种锯切机、磨边机
	轮廓控制数控机床:可实现两个或多个坐标轴同时进行控制,可加工平面曲线轮廓或空间曲线轮廓,如各种雕刻机
按控制轴的不同分类	2 轴同时控制(2D)
	3 轴控制,任意两轴同时控制(2D)
	3 轴同时控制(3D)
	4 轴、5 轴等,多轴同时控制(4D、5D)
按加工方式分类	数控加工中心
	数控车床
	数控磨床
	数控抛光机
	数控雕刻机
	数控绳锯机

1. 数控加工中心

加工中心是数控机床进一步发展的产物,是现代机械车间柔性化生产最重要的加工设备之一。数控加工中心集中了多种机床加工的功能,如将钻、铣和镗的功能集中在同一设备中,可以做平面及孔的加工,不仅能完成精加工和半精加工,还可以完成粗加工。数控加工中心的特点如下:

（1）工序集中，集中了不同的加工工序；

（2）自动换刀，按预定加工程序，自动把各种刀具换到主轴上去，把用过的工具换下来，有刀库和换刀机械手；

（3）精度高，各孔的中心距全靠各坐标的定位精度保证。

复合加工中心的主轴头可绕 45°轴自动回转，主轴可转成水平，也可转成竖直。当主轴为水平，配合转位工作台，可进行侧面上的加工，主轴转为竖直，可加工顶面，也称为"五面加工复合加工中心"。

普通数控加工中心结构：床身上有滑座，做横向运动——Y 轴；工作台在滑座上做纵向运动——X 轴；床身后部固定有框式立柱，主轴箱在立柱导轨上做升降运动——Z 轴。立柱左侧前部装有刀库和换刀机械手，刀库能容 16 把刀具。立柱左后部是数控柜，内有数控系统，立柱左侧装驱动电柜，内有电源变压器、强电系统和伺服装置。操作面板悬伸在机床的右前方，以便于操作。机床的各种工作状态显示在面板上。

传动系统：主电机一般为交流变频无级调速电机，经两级多楔带轮驱动主轴。三个轴各有一套基本相同的伺服进给系统，由电机直接带动滚珠丝杠快速移动。三个伺服电机分别由数控指令通过计算机控制，任意两个轴都可联动。

刀库用直流伺服电机经蜗杆涡轮驱动，刀库是一圆盘，刀具装在标准刀杆上，置于圆盘的周边。

机械手自动换刀机构应有以下特点：加工中心主轴内必须有自动拉紧刀杆机构；为清除主轴孔内切屑，应有切屑清除装置；为使主轴上的端面键能进入刀杆上的键槽，主轴必须停止在一定的位置上使之对准，即主轴应有旋转定位机构。

2. 数控车床

数控车床用于加工回转体零件，它集中了卧式车床、转塔车床、多刀车床、仿形车床、自动和半自动车床的功能，是数控机床中产量最大的产品之一。

数控车床不需人工操作，而在保护罩的保护下自动工作。

结构：底座上装有后斜床身，床身导轨与水平面的夹角为 75°。刀架装在主轴的右上方。刀架的位置决定了主轴的转向应与卧式车床相反。数控车床切削速率很高，可充分发挥刀具的切削性能。床身左端固定有主轴箱，床身中部为刀架溜板，分为两层，底层为纵向溜板，可沿床身轨道做纵向（Z 向）移动，上层为横向溜板，可沿纵向溜板的上轨道做横向（X 向）移动。刀架溜板上装有转塔刀架，刀架有 8 个工位，可装 12 把刀具。在加工过程中，可按照零件加工程序自动转位，将所需的刀具转到加工位置。

传动系统：主电机可以是直流电机,也可以是交流变频调速电机。主电机经带轮副和四级变速机构驱动主轴。8 工位转塔刀架的转位由液压马达经联轴器驱动凸轮轴。轴上装有圆柱凸轮机构,凸轮转动时,拨动回转轮上的柱销,使回转轮、轴和转塔旋转。

数控车床全部工作循环是在微机数控系统控制下实现的,许多功能通过软件实现。车削对象改变后,只需改变相应的软件,就可适应新的需要。

液压仿形数控车床是一种具有液压系统的自动车床,可以复制圆柱体、楼梯栏杆、花瓶、大理石球体等各种形状,可以加工天然石材、玛瑙、水晶等各类材料,所有形体是通过具有专利的液压仿形系统实现的。此类机床配备由电机带动的控制圆盘加工头,消费者可以选择一两种或更多的加工速率加工仿形件。根据被加工工件的质量,加工头(尾架和心轴)被各种模型而驱动。尾架沿着具有铜条的不锈钢钢轨运行;尾架的停止与前进由带有自动命令的液压系统所操纵。该设备对运动部件装备集中液压润滑系统。

3. 数控磨床

用磨具(磨轮、砂带、磨块等)作为工具对石材加工件表面进行磨削加工的机床,统称为磨床。磨床可用于磨削内外圆柱面、圆锥面、平面、螺旋面及各种成型面等。

数控磨床是具有 3～6 根控制轴的数控机械,它将轮廓成型、研磨、雕刻、抛光及旋转加工等功能整合在一个系统中,带有滚珠丝杠的无刷电机保证高速轴的运动,同时滚动直线滑动丝杠可以保证正常滑动。所有的运动部件都带有伸缩式PVC 保护罩进行保护,集中油润滑系统可以保证设备的加工质量和精度。

1.2.2 石材数控加工中心

异型石材形状复杂,既有平面曲线又有三维空间曲线,所构成的空间曲面也是多种多样。同时一个加工实体既有立方体又有回转体,给加工带来一定难度。采用石材数控加工中心设备可以加工任何形状的欧式墓碑和家庭装饰用品,并且可以进行刻字、雕刻等。以最快的速率和最好精度加工任何外形和任何字体。数控加工中心设备具有 3 轴和 4 轴精密机构,可以加工复杂三维雕刻图案,同时集平面雕刻和回转体加工为一体,同时加工厨房装置、各种石材台面、墓碑面、拱门、各种外形轮廓、壁炉等。数控加工中心具有刀库和机械手,按预订加工程序,自动把各种刀具换到主轴上去,把用过的刀具换下来。数控加工中心可以实现多轴联动,因此可以加工各种复杂曲面。数控加工中心配置有激光扫描系统和专用软件,可以对二维平面图案扫描生成图形,用专用软件对图案进行修改和处理,同时对相关数据进行提取和管理。数控加工中心还装有 CAD/CAM 软件,可以进行产品设计和计算机自动编程。数控设备的内部软件可以进行修改和重设置。所有的加工中心都装有快速换刀和刀具磨损控制系统。从简单切割到复杂雕刻所有功能都是自动完成的。数控加工中心主要有复合加工中心、雕刻加工中心和车削加工中心。

1. MILL5 型数控加工中心

MILL5 型是一种具有 5 轴到 10 轴的数控石材加工中心，它将轮廓成型、铣削、研磨、雕刻、抛光及车削加工等功能整合在一个系统中。图 1-1 是 MILL5 型数控加工中心外观图。其设备主要由工作台系统、切割头系统和运动梁系统组成。横梁沿两纵梁导轨做纵向（Y 轴）运动，大拖板沿横梁做 X 轴方向运动，小溜板可以沿大拖板做 Z 轴方向运动。同时切割头还可以沿 Y 轴（A 方向）方向回转，石材加工件装载到回转工作台上，绕 X 轴做 B 方向回转。其高速轴和运动轴的精度由带有滚珠丝杠与无刷电机相连接而得以保证。可移动的横梁使石材加工件的安装和卸载操作特别方便。操作员可以利用性能高且简单易行的软件包创作出任何具有艺术风格及几何形状的产品。表 1-2 为该型加工中心主要技术参数。

图 1-1　MILL5 型数控加工中心外观图

表 1-2　MILL5 型数控加工中心技术参数

名　称	范　围	名　称	范　围
轴（X）行程	2500～5000mm	铣削锯片最大直径	500mm
轴（Y）行程	2000～5000mm	车削锯片最大直径	1200mm
轴（Z）行程	800～1200mm	刀库	12～60 位
A 轴倾斜角	0°±100°	刀具锥柄	ISO50
B 轴旋转角	0°～360°	其他功能	激光扫描、二维测量

2. MILL98 型数控加工中心

MILL98 型数控加工中心主要用于加工石材各种形状的回转体和平面雕刻。

图 1-2 为其外观图。该设备是一个多轴的数控加工中心,它把一个雕刻机和一台

图 1-2　MILL98 型数控加工中心外观图

车床集成为一台设备,对大理石、花岗岩和玻璃进行铣削、雕刻、锯割、磨削、抛光和车削等加工。该设备无论对成批生产还是单件加工都具有很高的生产效率。切割头安装在刀架上,刀架沿溜板导轨做垂直方向（Z 轴）运动。刀架可以进行 B 轴回转,切割头绕 Z 轴（C 轴方向）可以回转 360°。溜板装在横梁上并沿横梁导轨做横向（X 轴）运动,同时横梁沿纵向导轨做纵向（Y 轴）运动。当进行回转体加工时,把石材加工件安装在车床的主回转轴上,用尾座夹紧,车床主轴带动石材加工件绕 X 轴进行回转运动,采用金刚石锯片动力头,并调整锯片在 X-Y 平面内的角度,可以加工一般柱体和螺纹柱。柱面廓形完成后,机械手把锯片动力头放回到刀库中,换上磨轮对柱面进行磨削和抛光。如果加工像头像这样复杂的回转石材加工件时,需要换上金刚石雕刻工具,采用多轴联动进行雕刻。加工中心配有能容 8～50把刀具的刀库,刀库为排架式并放置在工作台的左边,在刀库中存放各种工具包括金刚石锯片切割头、金刚石铣刀、磨头等,根据不同加工需要进行选择。加工其他非回转表面时,把被加工材料放置在工作台上。加工圆弧板时,把要加工的圆弧板放置在工作台上,如果用金刚石锯片动力头对圆弧板进行纵向切割时,必须使锯片行走方向与 Y 轴平行;如果横向切割时,调整锯片的切割方向与 X 轴相平行。在工作台上加工平面曲线,如各种台板时,刀架上的机械手从刀库中换上金刚石铣刀,即可以进行廓形加工。如果进行平面雕刻,同时对金刚石铣刀进行 X 轴、Y 轴和 Z 轴联动,可以雕刻出复杂形状图案。加工中心的控制柜放在设备的左边,为了便于操作,在设备前面还设有控制盘。所有运动系统都是采用高速无刷电机带动滚珠丝杠对传动轴进行驱动。由于滚动直线导轨副具有很高的精度,可以保证加工质量很高。所有运动部件采用 PVC 折叠罩保护。采用集中润滑系统对各传动部分进行润滑,同时设备前后装有保护罩。

　　可移动的桥梁使石材加工件的安装和卸载操作特别方便。操作员可以利用性能高且简单易行的软件包,创作出任何具有艺术风格及几何形状的形体。表 1-3为该加工中心主要技术参数。

表 1-3　MILL98 型数控加工中心技术参数

名　称	范　围	名　称	范　围
轴（X）行程	2000mm/2500mm/3000mm	轴向进给速率	30000mm/min/15000mm/min
轴（Y）行程	2000mm/3000mm/4000mm/5000mm	C1 轴转速	0～38r/m
轴（Z）行程	500mm/600mm/700mm	C2 轴转速	0～180r/m
C1 轴倾斜角	0°±90°	电主轴	55kW,1500～8000r/m
C2 轴旋转角	0°±90°	总功率	22kW
最大加工直径	700～1000mm	最大加工长度	2000～3000mm
刀库	ISO50,8～50 位	其他功能	激光扫描、二维测量

3. BLADE 型数控加工中心

BLADE 型数控加工中心是一种数控铣削石材加工机械,图 1-3 为其外观图,它以中等的价位提供高质量的性能。该设备主要用于石材平面的廓形和锯割加工。横梁可沿两纵向支承导轨做 Y 轴方向运动。在横梁上安装两个刀架,一个用于石材雕刻,另一个用于石材平面切割。两个刀架都沿横梁做 X 轴方向运动,同时每个刀具还可以沿刀架做垂直方向运动。数控系统在 X-Y 平面可以做直线和曲线插补,同时进行两轴联动,可以快速地加工出直线和曲线轮廓,并保证得到很好的加工精度。所有运动都是通过无刷电机与滚珠丝杠而实现的。该设备也配备了铣削工具刀库,供各种异型端面加工,而切割锯片可以对抛光石材平面进行图案加工。可移动的横桥梁使石材加工件的安装和卸载操作特别方便。该设备装有激光测距仪,可对石材加工件进行二维测量。加工时,首先把抛光后的板材放在工作台上,确定加工类型,选择好加工头和加工工具。启动横梁和纵向支承梁上的电机,打开测量仪,对板材廓形进行测量,并通过显示屏幕把板材的测量结果显示出来,以便对图案进行制作和编辑,并生成数控指令,选择相应的加工命令,对石材加工件进行加工。该设备采用专用数控软件包在 Windows 平台上进行二维和三维绘图与操作。技术参数见表 1-4。

图 1-3　BLADE 型数控加工中心外观图

表 1-4　BLADE 型数控加工中心技术参数

名　称	范　围	名　称	范　围
轴（X）行程	2000～4000mm	铣削锯片最大直径	500mm
轴（Y）行程	2000～4000mm	车削锯片最大直径	1200mm
轴（Z）行程	500～1200mm	刀库	12～60 位
其他功能	激光扫描、二维测量	刀具锥柄	ISO50

4. MILL3 数控加工中心

图 1-4 为 MILL3 数控加工中心外观图，是一台集廓形、雕刻、抛光、旋转加工为一体的数控加工中心，它是把多用途成型加工机器整合在一个系统中。该设备切割头可实现 X 轴、Y 轴和 Z 轴三维运动。同时铣刀头绕 Y 轴进行 B 方向旋转，对一些槽体进行加工，并到达被加工石材的底部。该设备配有两个工作台，一个是加工回转面的回转工作台，另一个是加工平面的工作台。加工中心采用的是架式刀库，刀库可以同时存放 12～60 把刀具。刀具锥柄采用符合 ISO40 或 ISO50 国际标准。设备加工软件可以自动对刀具尺寸控制进行预设定，并对刀具磨损进行动力补偿，保证加工精度。所有传动轴都是采用无刷电机带动滚珠丝杠进行运动的，同时滚动直线导轨可以保证正常滑动。所有的运动部件都是由伸缩式 PVC 保护罩保护，采用集中油润滑系统保证设备的加工质量和精度。该设备可以对头像、复杂的罗马柱头等回转体进行雕刻，对各种复杂平面图案，如壁炉表面浮雕等进行加工，还可以加工各种形状的槽。在加工复杂曲面时可实现多轴联动。在加工时，通过激光扫描系统对图形进行扫描，对图像进行编辑和数据处理，把采样点的数据转换成数控代码，进行数控编程。数控软件在 Windows 平台上进行二维和三维绘图与操作，对采样点进行管理，可写任何字体。技术参数见表 1-5。

图 1-4　MILL3 数控加工中心外观图

表 1-5　MILL3 型数控加工中心技术参数

名　称	范　围	名　称	范　围
轴 (X) 行程	2700～3500mm	铣削锯片最大直径	350mm(ISO40)
轴 (Y) 行程	1800～3000mm	车削锯片最大直径	500mm(ISO50)
轴 (Z) 行程	350～500mm	刀库	12～60 位
其他功能	激光扫描、二维测量	刀具锥柄	ISO50

5. PROFILE 数控加工中心

图 1-5 为 PROFILE 数控加工中心外观图,是一种具有 3、4 根控制轴的数控加工中心,主要用来加工特殊形状石材加工件,像橱具的圆廓形、盥洗卫生洁具等各种表面廓形。该设备主要是用于对石材进行三维立体加工,其加工头可实现 X 轴、Y 轴和 Z 轴方向运动,同时根据加工要求,可实现多轴联动。所有运动部件都是由无刷电机通过与滚珠丝杠连接来实现的。刀库采用排架式,可装 12～60 把不同类型的刀具。刀具锥柄采用 ISO40 或 ISO50 国际标准。移动的桥梁使石材加工件的安装和卸载操作特别方便。该设备配有专门的 CAD /CAM 软件,可以进行图设图案设计和数控编程。系统同时具有刀具自动补偿功能和写字功能,可以对石材表面进行刻字。技术参数见表 1-6。

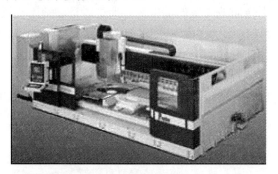

图 1-5　PROFILE 数控加工中心外观图

表 1-6　PROFILE 型数控加工中心技术参数

名　称	范　围	名　称	范　围
轴 (X) 行程	3200～3800m	铣削锯片最大直径	350mm(ISO40)
轴 (Y) 行程	1800～2000mm	车削锯片最大直径	500mm(ISO50)
轴 (Z) 行程	350～500mm	刀库	12～60 位
其他功能	激光扫描、二维测量	刀具锥柄	ISO50

6. LOGO2000 型雕刻机

　　图 1-6 为 LOGO2000 型雕刻机外观图，是对大理石、花岗岩和玻璃进行二维（浅表面）和三维（刻字和浅浮雕）加工的数控中心，具有钻刻、雕刻、铣削、切割、轮廓成型、研磨、抛光及车削加工等功能。加工中心由横梁、纵梁、溜板、切割头、回转工作台、平面工作台机构组成，可以实现对石材三维立体加工和回转体加工。同时可以实现 3～5 轴联动，进行复杂曲面加工。该设备无论是成批生产还是单件加工都具有很高的生产效率。设备配排架式刀库可存放 12～14 把刀具，其刀具锥柄采用 ISO40 国际标准。工作台有两个，一个为回转体加工，另一个为平面加工。设备配有激光扫描系统，可以对平面二维图形进行扫描和编辑。数控系统设有刀具尺寸自动控制和刀具磨损动力补偿。所有传动系统都是采用无刷电机与滚珠丝杠进行驱动的。可移动的桥梁使石材加工件的安装和卸载操作特别方便。由于滚动直线导轨副具有很高的精度，可以保证加工质量很高。所有运动部件采用 PVC 折叠罩保护。采用集中润滑系统对各传动部分进行润滑。技术参数见表 1-7。

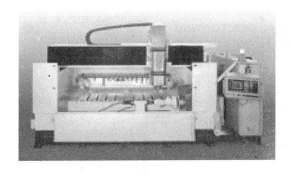

图 1-6　LOGO2000 型雕刻机外观图

表 1-7　LOGO2000 型雕刻机技术参数

名　　称	范　　围	名　　称	范　　围
轴（X）行程	1000mm/1500mm/2000mm	设备总重	1800kg/2000kg/2300kg
轴（Y）行程	1000mm	主轴速率	35000r/min
轴（Z）行程	150mm/250mm	刀库	12～14 位
其他功能	激光扫描、二维测量	刀具锥柄	ISO40

　　加工中心具有多种加工功能，因此其加工范围大，应用范围广，生产效率高。每一台加工中心都有一定的应用范围。有的主要功能是回转体加工，有的是平面雕刻。表 1-8 列出了上述加工中心的加工实例及加工范围。

表 1-8 数控加工中心的加工实例及加工范围

加工实例	采用的主要设备	加工范围	加工实例	采用的主要设备	加工范围
	PROFILER MILL98 MILL3 MILL5 LOGO2000	平面雕刻：雕刻、镶嵌、浮雕		PROFILER MILL98 MILL3 MILL5 LOGO2000	橱具、卫生洁具、石材家具
	MILL98 MILL5 LOGO2000 LATHE94TE FORMACOLONNE	立体雕刻：圆柱、柱头、球体、雕像		PROFILER MILL98 MILL3 MILL5 LOGO2000	铲削加工：橱具、卫生洁具、石材家具
	PROFILER MILL98 MILL3 MILL5 LOGO2000	刻字、镶嵌、浮雕		MILL98 MILL5 LOGO2000 LATHE94TE FORMACOLONNE	车削加工：圆柱、柱头、球体、雕像等
	BLADE MILL3 MILL5 LOGO2000 PROFILER	锯割：檐板、拱门		PROFILER MILL98 MILL3 MILL5 LOGO2000	钻削：橱具、卫生洁具、石材家具

1.2.3 数控车床

数控车床可以加工大理石圆柱体、楼梯栏杆、花瓶、球体、椭圆体、螺旋体以及大理柱等形状的天然石材、花岗岩、玛瑙、水晶等各类材料，广泛应用于加工不同直径和不同长度的回转体。每一个石材加工件的尺寸都是根据在它尺寸范围内的最大质量来选择加工的。数控车床的基础床身由结构钢焊接成整体结构，所有结构钢的材料都是经过应力释放和防腐处理的，因此可以保证加工最大精度和耐用性。切割的锯片是采用加强型的，锯片的厚度大，夹紧锯片的法兰盘直径也比较大，保证锯片具有很大的刚度和强度。对于切割比较宽的螺旋槽时，其锯片的厚度需要更大。锯片主轴通过单速、双速和直流变速电机驱动。机床尾座由液压系统控制，其压紧力由液压缸控制。尾座底部镶有青铜导轨并在床身上的不锈钢导轨上滑动。所有的运动部件都是采用集中润滑系统润滑的。

1. 三轴数控车床

数控车床可以加工大理石、花岗岩、玛瑙、水晶等各类材料的圆柱体、楼梯栏杆、花瓶、球体、椭圆体、螺旋体等实体。车床主要由主轴回转系统、刀锯加工系统组成。切割头可以沿床身导轨做纵向（Z 轴）运动，同时还可以沿刀架导轨做垂直方向（X 方向）运动。石材加工件安装在车床的主轴上绕 Z 轴（C 方向）做回转运动。车床切割刀架可以根据不同加工要求装夹不同的动力头，如切割廓形时，装夹金刚石锯片动力头，抛光时装夹抛光动力头，雕刻时直接由机械手装夹金刚石铣刀。所有动力头和铣刀的锥柄具都采用通用的国际标准。车床的车削速率在高速和低速范围内变化，因此可以加工各种材料和形状的石材加工件。其高速轴和转动轴的精度由带有滚珠丝杠的无刷电机来保证，同时机床配备有电机带动的锯片动力头，其动力头有一两种或更多的加工速率，用户可以根据加工对象对动力头进行选择。根据被加工石材加工件的质量，对每种型号的加工轴（尾座和主轴）驱动参数进行选择。尾座沿着镶有铜条的不锈钢导轨运行滑动；尾座的运动由带有自动命令的液压系统所控制。该设备对运动部件采用集中液压润滑系统。控制系统采用 CNC，数控编程采用 ISO 国际标准语言或计算机辅助制造软件，其 2 轴或 3 轴的运动采用圆弧和直线插补，并采用 G 代码进行编程。该设备配有用于圆柱和圆锥面抛光的磨具和用于容器或箱体的内部加工的雕刻和铣削工具，为加工雕塑和柱头而设置铣削头。图 1-7 为数控车床外观图。

图 1-7　数控车床外观图

2. 仿形车床

仿形车床是一种具有液压仿形系统的自动车床，可以加工圆柱体、楼梯栏杆、花瓶、球体等形状的各种大理石,同时也可以加工其他天然石材、玛瑙、水晶等各类材料。切割头所在的溜板沿床身导轨做纵向（Z 轴）运动,同时沿横向溜板做横向（X 轴方向）运动。石材加工件装夹在主轴夹盘中并绕轴（C 方向）做回转运动。该设备采用模板代替计算机控制其切割头的径向和轴向运动,用一个适当的进给仿形结构来准确模拟样板并加工出轴向和径向光滑连续的表面。同时采用 PLC 编程进行连续廓形加工。机床配备有电机带动的锯片动力头,动力头加工速率有多种选择,用户可以根据加工对象对动力头的速率进行选择。根据被加石材加工件的质量,对每种型号的加工轴(尾座和主轴)驱动参数进行选择。尾座沿着镶有铜条的不锈钢导轨运行滑动,尾座的运动由带有自动命令的液压系统所控制。该设备对运动部件采用集中液压润滑系统。图 1-8 为 LATHE ID94TE 仿形车床外观图。表 1-9 为 LATHE ID94TE 仿形车床主要技术参数。

图 1-8　LATHE ID94TE 仿形车床

表 1-9　LATHE ID94TE 仿形车床技术参数[5]

名　称	范　围	名　称	范　围
轴（X）行程	2000mm/2500mm/3000mm	轴向进给速率	3m/min
轴（Y）行程	2000mm/3000mm/ 4000mm/5000mm	C 轴转速	215r/min
轴（Z）行程	500mm/600mm/700mm	主轴转速	2930r/min
C1 轴倾斜角	12°	主轴功率	4kW
油缸行程	120mm	总功率	22kW
最大加工直径	700~1000mm	最大加工长度	1200~3000mm
最大锯片直径	250mm	抛光头速率	1430r/min

3. 数控车削加工中心

数控加工中心为三轴控制,可以加工天然大理石、花岗岩、玛瑙、水晶等各类材料的圆柱体、楼梯栏杆、花瓶、球体、椭圆体等。该设备与前两种设备比较,加工直径和加工长度都大。由于加工直径增大,切割力增加,需要设备的强度和刚度增加。该设备外观图如图 1-9 所示,溜板安装在刚度很大的床身上,并沿床身导轨做纵向(Z 轴)运动,同时切割头沿溜板的导轨做垂直(X 轴)方向运动。在溜板上安装两个加工头,一个为切割头刀架,直接由电机通过 V 形带带动切割头主轴进行回转运动,在主轴另一端安装有金刚石锯片。另一个为磨削头刀架,磨轮直接由电机带动。两个刀架都沿溜板导轨做垂直运动。金刚石锯片电机和磨轮电机采用双速或直流调速电机。石材加工件夹在主轴夹盘中,并由尾座顶尖夹紧。如果石材加工件直径较大,可采用附加夹盘两端夹紧石材加工件,在地面上找准中心,用吊车吊装到设备上,通过法兰盘与车床主轴上的夹盘连接,另一端与尾座顶杆连接。车床主轴转速通过变频调速电机进行调速。所有的传动轴都是由无刷电机通过滚珠丝杠来带动。切割系统采用金刚石锯片动力头,动力头的切割速率有几种提供给用户选择。同时根据被加工石材加工件的质量,对每种型号的加工轴(尾座和主轴)驱动参数进行选择。尾座沿着镶有铜条的不锈钢导轨运行滑动,尾座的运动由带有自动命令的液压系统所控制。该设备对运动部件采用集中液压润滑系统。该设备装有 ISO 国际标准语言编程软件或计算机辅助制造软件,该软件易于进行数控编程和使用。

图 1-9　数控车削加工中心外观图

4. 数控车床加工中心

数控车床加工中心集回转体廓形切割和平面雕刻功能为一体,具有数控加工车床、成型和雕刻加工设备的功能。图 1-10 为数控加工中心外观图及加工实例。该加工中心可以加工天然大理石、花岗岩、玛瑙、水晶等各类材料的圆柱体、楼梯栏杆、花瓶、球体、椭圆体、螺旋体、多边形柱头、线形和圆形轮廓、平面浮雕等。纵向溜板沿纵梁导轨(Z 轴)运动,在溜板上装有两个垂直运动刀架,一个是加工回转体的切割头刀架,另一个是雕刻平面工具的刀架。两个垂直刀架都沿纵向溜板的导轨做垂直(X 轴)方向运动,同时纵梁沿横梁做横向(Y 轴)运动。如果加工回转体时,石材加工件装夹在箱体主轴上,并绕主轴做回转(C 向)运动,其高速轴和转动轴的精度由带有滚珠丝杠的无刷电机来保证。该机床配备有电机带动的金刚石锯片动力头,用户可以根据加工直径选择动力头速率。同时根据被加工石材加工件的质量,对每种型号的加工轴(尾座和主轴)驱动参数进行选择。尾座沿着镶有铜条的不锈钢导轨运行滑动,尾座的运动由带有自动命令的液压系统所控制。

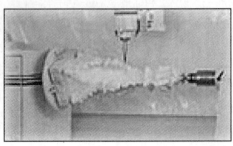

图 1-10　数控加工中心外观图及加工实例

加工垂直槽和螺旋槽的旋转锯片动力头倾斜角度为 12°,同时为加工水盆和水池内槽而配置金刚石铣削头。该设备对运动部件采用集中液压润滑系统。该设备装有 ISO 国际标准语言编程软件或计算机辅助制造软件,易于进行数控编程和使用。表 1-10 列出了 FORMACOLONNE CN88Q 数控车床加工技术参数。

表 1-10　FORMACOLONNE CN88Q 型数控车床技术参数[6]

名　称	范　围	名　称	范　围
最大加工直径	700mm/1000mm/1500mm	纵向 Z 轴运动速率	2m/min
加工长度	2000~6000mm	垂直 X 轴方向速率	3m/min
轴(X)行程	300mm	工件回转速率	48r/min/98r/min/215r/min
尾座行程	120mm	锯片电机功率	9kW
横向(Y 轴)	500mm	总功率	13kW
锯片最大直径	400mm	锯片转速	1470r/min/2930r/min

5. 液压自动仿形车床

液压自动仿形车床是一种具有液压系统的自动仿形车床,可以加工天然石材、大理石、花岗岩、玛瑙、水晶等各类材料的圆柱体、楼梯栏杆、花瓶、球体等。所有形体轮廓加工是通过液压仿形系统自动实现的。图 1-11 为液压自动仿形车床外观图。

该机床配备有电机带动的金刚石锯片加工头,用户可以选择一两种或更多的加工速率加工石材加工件。根据被加工石材加工件的质量,对每种型号的加工轴(尾座和主轴)驱动参数进行选择。尾座沿着镶有铜条的不锈钢导轨滑动,尾座的

图 1-11　液压自动仿形车床外观图

运动由带有自动命令的液压系统所控制。该设备对运动部件采用集中液压润滑系统，装有 ISO 国际标准语言编程的 CNC 软件或 CAM 软件，易于进行数控编程和使用。

表 1-11 为各车床加工实例，总结了各种异型石材典型制品及其对应的车削加工设备。

表 1-11　各车床加工实例

图　例	加工设备	图　例	加工设备
	LATHE CN94TE 车床 FORMACOLONNE CN88Q 数控车床		LATHE CN94TE 车床 LATHE ID94TE 仿形车床 液压自动仿形车床
	LATHE CN94TE 车床 FORMACOLONNE CN88 数控车床		LATHE CN94TE 车床
	LATHE CN94TE 车床 FORMACOLONNE CN88 数控车床 FORMACOLONNE CN88Q 数控车床		LATHE ID94TE 仿形车床 FORMACOLONNE CN88Q 数控车床 液压自动仿形车床
	LATHE CN94TE 车床 LATHE ID94TE 仿形车床 FORMACOLONNE CN88 数控车床 液压自动仿形车床		LATHE ID94TE 仿形车床 FORMACOLONNE CN88Q 数控车床 液压自动仿形车床

1.2.4　数控抛光设备

1. 数控抛光机

该类设备能极好地加工半圆形、凹形与凸形的截面柱,其运动系统由无刷电机带动,可以自动或半自动地保证主轴的运动精度。事实证明,因为带有气动的抛光磨头和旋转支撑,很容易加工直径在 100～1000mm 的石材加工件。图 1-12 为 LUCICURVA 85E 数控抛光机外观图,图 1-13 为其加工实例。

图 1-12　LUCICURVA 85E 数控抛光机外观图

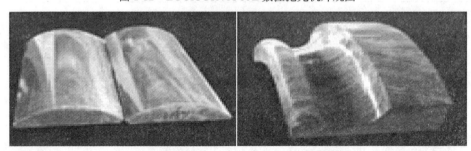

图 1-13　LUCICURVA 85E 数控抛光机加工实例

2. OMAG CALIBRALUX CN95E 抛光机

OMAG CALIBRALUX CN95E 抛光机是一种具有 4～8 根控制轴的数控机床,可以对板材和柱表面进行轮廓加工、磨削、抛光、雕刻及车削加工等,多功能、多用途的数控加工中心,图 1-14 为 OMAG CALIBRALUX CN95E 抛光机的外观图。该设备主要由纵向运动机构、横向运动结构、垂直运动结构、主轴加工机构、刀库机构、工作台机构和计算机控制系统组成。主轴头可以由横梁、纵梁和垂直溜板带动,完成 X、Y、Z 方向的运动,同时工作台和主轴都可以绕 Y 轴回转,因此可以加工出不同曲率的弧面。刀库为刀架式,在刀架上放置不同类型的刀具,如磨轮、金刚石铣刀、金刚石锯片动力头等,这些工具都是根据加工工艺通过数控编程由主轴头上的机械手自动选取,刀具的锥柄都是符合 ISO50 标准。该设备高速轴和转动轴的精度由带有滚珠丝杠的无刷电机来带动,可移动的桥梁使石材加工件的安装和卸载操作特别方便。操作员可以利用性能高且简单易行的软件(CAD\CAM)创作出任何具有艺术风格及几何形状的形体。

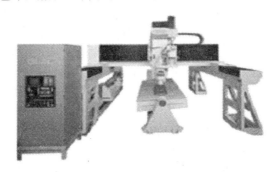

图 1-14   OMAG CALIBRALUX CN95E 抛光机外观图

3. 半自动抛光机

半自动抛光机主要用来抛光大理石、花岗岩、玛瑙等材料的圆柱体、楼梯栏杆、花瓶等形状的回转体,因其能快速地适应加工而特别适合于单件加工。首先把经过成型加工过的石材加工件装在主轴的夹盘上,并用尾座夹紧。尾座可以左右水平自动移动。根据被抛光材料和工艺而选用不同粒度的研磨块进行抛光。抛光磨块装在一个横向手柄杆上,当主轴电机带动石材加工件高速回转时,向下扳动手柄压下磨块,使其作用在石材加工件上,对石材加工件进行抛光。该设备底座由结构钢焊接而成。在设备的床身上装有主轴箱和尾座。在床身上安装一个纵梁,横向手柄装在纵梁上,并且沿梁的纵向导轨滑动。在床身下部装有主轴电机,电机经 V 形带带动石材加工件主轴做回转运动。控制柜安装在主轴箱一侧,控制盘安装在纵向运动的手柄上。该设备结构设计简单,操作方便,不需要特殊维护。图 1-15 为 ID88SL 型半自动抛光机外观图。

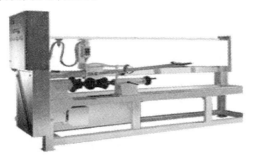

图 1-15   ID88SL 型半自动抛光机外观图

1.2.5　石材雕刻机

1. 回转式石材雕刻机

该设备是经过多年来的技术更新产生的自动雕刻和车削设备,它可以加工大理石、花岗岩的雕塑模型、浅浮雕、装饰品、壁炉、柱身、柱头及塑像。该设备具有 X、Y、Z 轴和绕 X 轴旋转的 A 向,主要由主轴三个方向的控制滑台系统、两个工作台及主轴系统构成。主轴三个方向的直线运动分别由步进电机通过滚动副进行控制。主轴装有锯片切割和铣削头,并同时装有锯片双速率电机和铣削头双速率电机,用于控制不同的加工速率。两个工作台一个为固定式工作台,另一个为回转工作台。石材加工件装夹在回转工作台主轴箱的夹盘中,同时另一端由尾座夹紧,夹紧结构采用液压式。通过程序控制金刚石雕刻头三个方向的运动和石材加工件回转速率,可以雕刻出各种复杂图案。

该设备对运动部件采用集中液压润滑系统,同时配有可以收集并再循环应用的水箱。图 1-16 为 ID87T2 石材雕刻机外观图。车削部分加工石材加工件直径有三种类型,分别为:M 型,直径 700mm;P 型,直径 1000mm;S 型,直径 1500mm。加工长度为 2000～3000mm。图 1-17 为 ID87T2 数控雕刻机加工实例。

图 1-16　ID87T2 石材雕刻机外观图

2. 平面雕刻机

该设备加工大理石、花岗岩的雕塑模型、浅浮雕、深浮雕、装饰品、壁炉、柱身、柱头及塑像等,但与 ID87T2 型雕刻机不同点是它仅限于对石材加工件的平面进行雕刻,实现加工工具三维方向运动,而 ID87T2 型雕刻机可以对回转件进行雕刻。该设备主要由床身工作台、横梁、主轴系统构成,横梁与床身由导轨连接,采用滚动导轨副,滚动丝杠由交流异步电机带动,并通过滚动副带动横梁做 Y 方向进给运动。金刚石锯片和金刚石铣削工具都装在滑台上,滑台与横梁通过滚珠丝杠连接,并由交流异步电机带动沿横梁导轨进行横 X 方向运动。同时主轴溜板装在滑台上,通过交流异步电机带动沿滑台导轨做 Z 轴垂直方向运动。金刚石工具可以直接由主轴电机带动,主轴装有双速率电机,控制工具加工速率。所有的导轨都是采用的精密滚动副导轨,可以保证石材加工件的精度和质量。该设备对运动部件采用集中液压润滑系统,同时安装有可以收集并再循环用的水箱。图 1-18 为 ID87M2 雕刻机外观图,其加工尺寸范围为: X 轴 $800\sim2000$mm, Y 轴 $700\sim1000$mm, Z 轴 $100\sim300$mm。图 1-19 为 ID87M2 雕刻机加工实例。

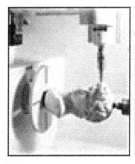

图 1-17　ID87T2 数控雕刻机
加工实例

图 1-18　ID87M2 雕刻机外观图

图 1-19　ID87M2 雕刻机加工实例

1.2.6　国外异型石材数控加工装备的发展趋势[7]

1. 单机多功能化

随着多轴联动控制技术的发展,异型石材加工设备正在向单机设备多功能方向发展,如六轴联动数控绳锯机、五轴联动车铣加工中心、五轴联动数控加工中心等多轴加工设备,由先进的 CNC 系统控制,集切割、钻孔、车削、雕铣、磨削、抛光等功能于一体。图 1-20 为意大利 OMAG 公司设计的 formacolonne-CN 型加工中心外观图,该加工中心采用四轴联动数字控制加工技术,同时配有两个工作头。

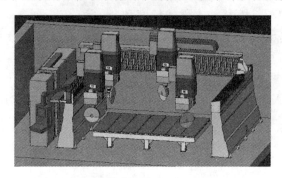

图 1-20　formacolonne-CN 型加工中心外观图

2. 智能化

现代 CAD/CAM 软件的发展加速了机床 CNC 技术的发展速率。应用先进的 Pro/Engineer、MasterCAM 等软件进行 CAD/CAM 设计加工,生成 CAM 程序可直接用于 CNC 机床的加工。使用激光扫描与计算机成像技术和基于 PC 的开放式数控系统可以对珍贵文物等制品进行仿真加工。同时采用激光扫描技术提取石材材料特性及纹理特征,通过 CAD 优化设计软件可以有效地利用石材天然的纹理并达到节约材料的目的。图 1-21 为意大利 OMAG 公司 MILL4 型 3~6 轴的数字化机械仿形加工中心外观图,该加工中心集锯、雕刻、打磨、转铣于一体。

图 1-21　OMAG-MILL4 型加工中心外观图

3. 人性化

国外异型石材制品加工设备的开发越来越重视对加工环境的改善,通过设备的除尘、减震和防护使工作环境更加安全,设备的外形设计上更加注重人性化设计。例如,意大利 PELLEGRINI 公司的 S 系列喷砂加工设备,配备专门的粉尘收集装置,防止沙尘对工作环境和操作者的污染,设备外形设计上运用人机工程学的思想,在外款、色彩搭配等方面都别具一格。

4. 高速、高效化

自 20 世纪 50 年代德国 Carl Salomon 博士首次提出高速切削概念以来,经过半个多世纪的发展,到 21 世纪初,高速切削技术在工业发达国家得到普遍应用。因为高速切削加工具有切削力降低、工件热变形小、加工表面质量高、加工效率高、加工成本低等显著的特点,正成为切削加工的主流技术。目前适用于金属切削的高速加工技术在国外已经比较成熟,适用于石材加工的高速加工技术正成为目前石材加工技术研究的要方向之一。高速切削是一项先进的、正在发展的综合技术,必须将高性能的高速电主轴系统、高速切削机床与石材高速切削相适应的刀具和对于具体加工对象最佳的加工工艺等技术相结合,才能充分发挥高速切削技术的优势。高速切削加工的实现显著提高了工件的加工效率,同时国外在绳锯加工中同时使用多股绳锯,在数控加工中心中同时使用多个工作头等方法的应用,也显著提高了石材制品的加工效率。图 1-22 为意大利 OMAG 公司的 MILL98 型加工中心外观图,该加工中心同时配备了 4 个工作头。

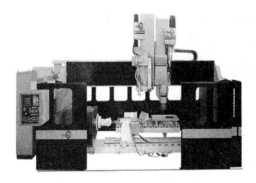

图 1-22　MILL98 型加工中心外观图

1.3　石材数控加工装备与技术的基本构成

1.3.1　数控机床原理

数控机床也称为数字程序控制机床,是一种以数字量作为指令信息形式,通过计算机或专用电子装备控制的机床。在数控机床上加工工件时,预先把加工过程所需要的全部信息(如各种操作、工艺步骤和加工尺寸等)利用数字或代码化的数字量表示出来,编出控制程序,输入专用的或通用的计算机。计算机对输入的信息进行处理与运算,发出各种指令来控制机床的各个执行元件,使机床按照给定的程序自动加工出所需要的工件。加工对象改变时,一般只需更换加工程序,无需像其他自动机床那样重新制造凸轮。数字控制具有较大的灵活性,特别适用于生产对象经常改变的地方,并能方便地实现对复杂零件的高精度加工。数控机床是实现柔性生产自动化的重要设备。

数控机床加工零件的过程如图 1-23 所示。对于轮廓控制系统,信息处理的主要内容是运动轨迹的插补运算。零件的加工程序通常只给出工件某段轮廓起、终点的坐标和形状规律信息(如直线、圆弧等),由计算机据此计算一系列中间点的坐标。这种把起点和终点空白补齐的运算,称为插补运算。

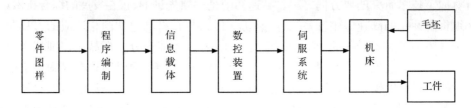

图 1-23　数控机床加工零件过程图

微机数控加工装备与普通数控机床对信息处理过程基本相同,都由于采用通用的硬件,各种信息处理功能可通过软件实现。

1.3.2　数控机床的特点

1. 数控机床的优点

采用数控技术的石材加工机床具有许多优点:

(1) 对加工对象改型的适应性强。为单件、小批量石材加工及试制新产品提供了极大的便利。

(2) 加工精度高。数控机床的自动加工方式避免了生产者人为操作误差,同一批石材的尺寸一致性好,产品合格率高,加工质量稳定。

(3) 加工生产率高。数控机床通常不需要专用的夹具,因而可省去夹具的设计和制造时间,与普通机床相比,生产率可提高 2～3 倍。

(4) 减轻了操作工人的劳动强度。操作者不需要进行繁重的重复性手工操作,劳动强度大大减轻。

(5) 能加工复杂型面。数控机床可以加工普通机床难以加工的复杂型面零件。

(6) 有利于生产管理的现代化。用数控机床加工石材,能精确地估算石材的加工工时,有助于精确编制生产进度表,有利于生产管理的现代化。

（7）可向更高级的制造系统发展。数控机床是计算机辅助制造（CAM）的初级阶段,也是 CAM 发展的基础。

2. 数控机床的不足之处

数控机床存在的不足之处是:
（1）提高了起始阶段的投资。
（2）增加了电子设备的维护。
（3）对操作人员的技术水平要求较高。

3. 石材数控加工机床技术及其组成

机床数控技术是现代制造技术、设计技术、材料技术、信息技术、绘图技术、控制技术、检测技术及相关的外围支持技术的集成,由机床、附属装置、数控系统及逐步形成外围技术组成,见图 1-24。

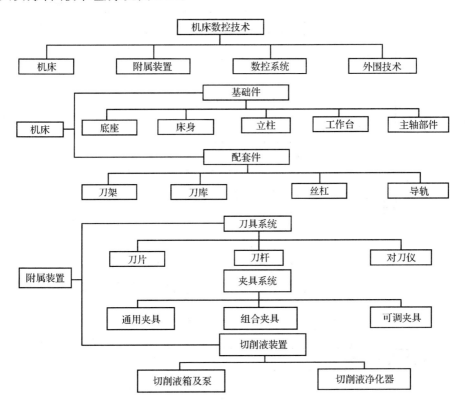

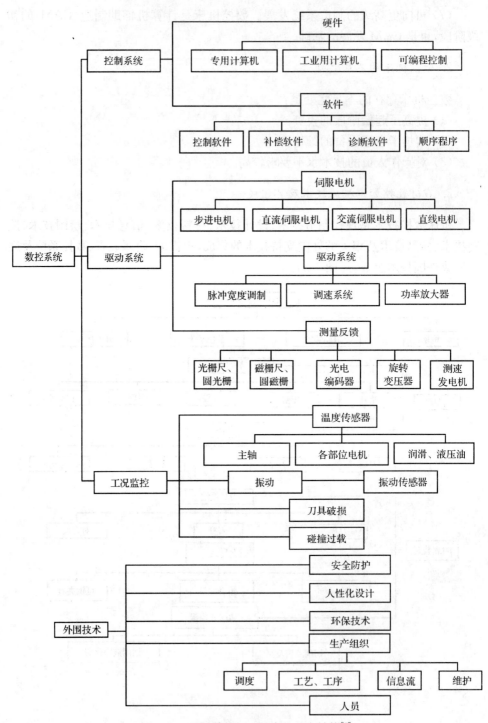

图 1-24　石材数控加工机床的基本结构[5]

4. 数控机床构成及工作过程

数控机床的主要组成部分与基本工作过程如图 1-25 所示,各部分介绍如下:

1) 数控加工程序载体(控制介质,见表 1-12)

数控机床是按照输入的石材加工程序运行的。零件加工程序中,包括机床上刀具和工件的相对运动轨迹、工艺参数(走刀量、主轴转数等)和辅助运动等,将零件加工程序以一定的格式和代码,存储在一种载体上,如穿孔纸带、录音磁带或软磁盘等,通过数控机床的输入装置,将程序信息输入到数控装置内。

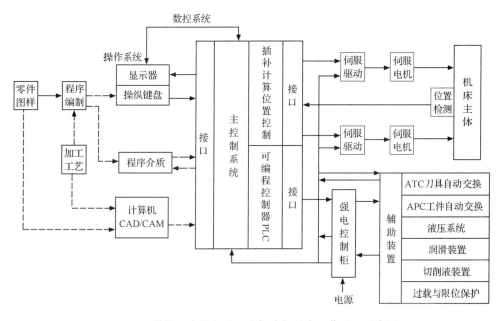

图 1-25 数控机床的主要组成部分与基本工作过程示意图

表 1-12 程序载体

种 类	代 码	设 备	特 点
加工程序单	G、M 代码	手写或打印机	可见,可读,可保存,信息手动输入
穿孔纸带	ISO 或 EIA	穿孔机,纸带阅读机	可读,多次使用会损坏,信息传递较快
磁带		磁带机或录音机	本身不可读,需防磁,信息传递较快
软磁盘		磁盘驱动器	本身不可读,需防磁,信息传递快
硬磁盘		相应计算机接口	本身不可读,需防震,信息传递快
Flash 闪存		计算机 USB 接口	本身不可读,信息传递很快,存储量大

2) 人机界面(见表 1-13)

表 1-13　人机界面

设备或装置	主要功能
CRT 或液晶显示器	机床工作状态显示,各种操作状态显示
	出错、故障显示,人机对话工具
	加工程序图形模拟(CRT)
键盘	手动数据输入,程序手动输入,修改,删除,更名
	零件原点输入
	刀具半径、长度补偿量设置
	特定工艺参数设置,用户机床参数设置
	机床制造厂机床参数设置
操作面板,按钮,旋钮	接通电源,关断电源
	手动返回参考点
	程序启动能够,程序停止,程序暂停,跳过程序段
	各坐标轴手动运行(用按键、电子手轮)
	进给速率倍率旋钮
	主轴正传、反转、停止
	主轴转速倍率旋钮
	程序锁存旋钮
	切削液开、关,工件夹紧松开开关
	排屑器开关,尾座(车床)进退开关
	急停按钮
提示灯	返回参考点完成提示(LED)
警示灯	工件加工借宿提示灯(在机床顶部,便于多机床管理)

3) 计算机数控(CNC)装置

数控装置是数控机床的核心,它根据输入的程序和数据,完成数值计算、逻辑判断、输入输出控制等功能。数控装置一般由专用(或通用)计算机、输入输出接口板及机床控制器(可编程序控制器)等部分组成。机床控制器主要用于对数控机床辅助功能、主轴转速功能和换刀功能的控制。

硬件由 CPU、存储器、输入、输出、接口等组成。硬件分为专用计算机和工业用 PC 机,见表 1-14。

表 1-14 CNC 装置硬件

项 目	专用计算机	工业用 PC 机
价格	批量小,价格高	批量大,价格低
可靠性	高	一般很高
软件升级	受一定限制	升级余地较大
技术发展	受限制	能吸收计算机新技术
通用性	差	共用平台上开发各种机床的软件
模块化	硬件可模块化	软件可模块化

软件主要控制功能是实现人机界面的操作,其主要功能见表 1-15。

表 1-15 软件功能

控制类别	主要功能
程序管理	接受存储加工程序,列程序清单,调出程序进行加工或进行修改、删除、更名等
参数管理	机床参数:参考点、机床原点、极限位置、刀架相关点、零件参数、零件原点 刀具参数:刀号、刀具半径、长度补偿 机床特征参数
程序执行	译码,数据处理,插补运算,进给速率计算,位置控制
机床状态监控	接受处理各传感器反馈信息
诊断	开机自诊,配合离线诊断,遥测诊断
图形模拟	验证加工程序,实施跟踪模拟
补偿	热变性补偿,运动精度补偿等

4)进给伺服系统

伺服系统包括伺服控制线路、功率放大线路、伺服电机等执行装置,它接收数控装置发来的各种动作命令,驱动数控机床进给机构的运动。它的伺服精度和动态响应是影响数控机床加工精度、表面质量和生产率的重要因素之一。

(1)对伺服系统的要求。

① 精度。石材加工的进给精度要求要比金属加工机床低很多,一般为 $500\mu m$,稍高为 $100\mu m$,最高为 $40\mu m$[8]。

② 快速响应。一般为 500ms,较快的为 200ms,短的也有几十毫秒的。

③ 调速范围宽。一般在脉冲当量为 $1\mu m$ 情况时有的系统达到 $0\sim240m/min$ 连续可调。

④ 低速大扭矩。

(2)驱动电机。

伺服系统的驱动电机有步进电机、直流伺服电机、交流伺服电机和直线电机。石材切削机床一般都使用直流伺服电机或交流伺服电机。对伺服电机的要求有以下几个方面:

① 在调速范围内转动平稳,转矩波动小;

② 过载能力强,数分钟内过载 4～6 倍不损坏;

③ 快速响应,电极惯量小,具有大的启动转矩;

④ 能承受频繁启动、制动、反转。

5）主轴驱动系统

一般为直流伺服电机或交流伺服电机。

（1）对主轴驱动系统的要求:

① 输出功率大（22～250kW）,主轴结构简单;

② 1∶100～1∶1000 范围内恒转矩调速,1∶10 范围恒功率调速;

③ 正、反向加减速时间短;

④ 恒切削速率控制;

⑤ 准停（电主轴换刀）;

⑥ 与进给驱动同步;

⑦ 角度分度控制（C 轴）。

（2）传动方式:

① 电机—传动带—主轴;

② 电机—齿轮—主轴;

③ 电主轴（电机主轴一体化）。

6）检测元件（用于反馈信息）

（1）要求:

① 高可靠性,高抗干扰性;

② 适应精度和速率的要求;

③ 符合机床使用条件;

④ 安装维护方便;

⑤ 成本低。

（2）种类（见表 1-16）。

表 1-16　检测元件种类

种　类	用　途
位置检测	伺服系统位置控制
速率检测	伺服系统速率控制
电流	伺服系统电流环及过载控制
电压	切削力控制
扭矩	保护性控制,切削力控制
振动	切削状态监控
红外	信号传递,起始位置标定
激光	刀具磨损,尺寸跳动监控

（3）位置检测元件分类（见表 1-17）。

对于石材加工装备来说，控制精度要求不高的情况下一般使用较为经济的圆磁栅和磁尺。

表 1-17　位置检测元件分类

类　型	增量式	绝对式
回转型	脉冲编码器 旋转变压器 圆感应同步器 圆光栅、圆磁栅	多速旋转变压器 绝对脉冲编码器 三速感应同步器
直线型	直线感应同步器 计量光栅、磁尺 激光干涉仪	三速感应同步器 绝对值式磁尺

7）位置控制（见表 1-18）

位置反馈系统的作用是通过传感器将伺服电机的角位移和数控机床执行机构的直线位移转换成电信号，输送给数控装置，与指令位置进行比较，并由数控装置发出指令，纠正所产生的误差。

表 1-18　位置控制

种　类	特　点
开环控制	用步进电机，无检测元件
反馈补偿型开环控制	用步进电机，反馈用位置检测元件装在丝杠或工作台上
半闭环控制	伺服电机，位置检测元件装在电机或丝杠上
反馈补偿型半闭环控制	伺服电机，位置检测元件装在电机或丝杠上，反馈用位置检测元件装在工作台上
闭环控制	伺服电机，位置检测元件装在工作台上

8）辅助装置及其控制

一般辅助装置包括刀库、夹具、液压或气动系统、润滑系统、冷却（切削液）系统、排屑系统、安全防护系统等，辅助装置的控制都使用 PLC 控制，分为独立型和内装型两大类。

9）机床（主体）

数控机床的机械部件包括主运动系统、进给系统及辅助装置。对于加工中心类数控机床，还有存放刀具的刀库、自动换刀装置（ATC）和自动托盘交换装置等部件。与传统的机床相比，数控机床的结构强度、刚度和抗震性，传动系统与刀具系统的部件结构，操作机构等方面都已发生了很大的变化，其目的是为了满足数控技术的要求和充分发挥数控机床的效能。

为满足高效、高精度、高可靠性地连续工作,对数控机床主体系统通常有不同的要求,本书重点介绍石材数控加工机床的特殊性。

（1）底座、床身。石材加工的特点要求其具有较好的抗震性,刚度高、内应力小。机床床身常使用的新材料包括树脂混凝土、聚合混凝土、花岗岩颗粒与其他矿物质混合用环氧树脂做黏结剂的结构。

（2）导轨。对导轨的要求包括动摩擦系数小,不爬行,动、静摩擦系数差值小,抗震性好,精度保持性好,寿命长。常使用镶钢导轨或滚动导轨。

（3）进给单元。石材加工进给单元常用有三种类型:滚珠丝杠螺母副、齿轮齿条副、液压进给。一般对精度要求较高的数控加工中心使用滚珠丝杠螺母副;一般石材加工机械采用齿轮齿条副;个别使用液压进给装置。

（4）主轴单元。对于锯切主轴,一般使用大扭矩,低转速交流伺服电机。雕铣主轴一般使用电主轴,同时配备拉刀机构。

（5）换刀系统。对于石材加工中心一般不用转塔刀架和机械手的装置,而是由主轴直接换刀。

1.3.3　制约国内石材加工设备发展的主要技术障碍[9]

1. 数控加工技术

随着现代数控技术的发展,面向金属加工装备的多轴联动数控技术已不再是什么难题。国内如华中数控系统、蓝天数控系统等都能够实现五轴联动的多轴控制技术。但是由于石材特有的加工工艺特性,目前这类技术在石材装备中的应用仍属于空白,这严重制约了我国石材装备制造业的发展水平和石材产业的发展水平。因此,研究适合石材加工设备所使用的多轴联动数控技术是实现石材加工设备单机多功能化和智能化的必然要求。

2. CAD/CAM 技术

现代 CAD/CAM 软件的发展加速了先进制造技术的发展速度。应用先进的Pro/Engineer、Master CAM 等软件进行 CAD/CAM 设计加工,生成 CAM 程序可直接用于 CNC 机床的加工,可以极大地提高机床加工的前期处理效率。目前沈阳建筑大学赵民教授等对平面板材的自动下料和优化的 CAD 技术做了广泛的研究,并取得多项技术专利。但目前国内对于一般异型石材制品的 CAD/CAM 技术还没有,相关加工仍然依靠手工编程来完成。

3. 激光扫描和成像技术

使用激光扫描与计算机成像技术和基于 PC 的开放式数控系统可以对珍贵文

物等制品进行仿真加工。同时采用激光扫描技术提取石材材料特性及纹理特征，通过 CAD 优化设计软件可以有效地利用石材天然的纹理并达到节约材料的目的。目前该技术在文物的保护上已经得到广泛应用，但都是基于国外技术，其所成图像一般都是点云图，很难直接用于机械加工。

4. 高速化加工技术

高速切削是一项先进的、正在发展的综合技术，必须将高性能的高速电主轴系统、高速切削机床、与石材高速切削相适应的刀具和对于具体加工对象最佳的加工工艺等技术相结合，才能充分发挥高速切削技术的优势。高速切削加工的实现可显著提高工件的加工效率，同时对于脆性材料的高速加工可提高加工工件的表面质量和降低材料的破损率。沈阳建筑大学目前已在高速电主轴技术和陶瓷等脆性材料的高速加工工艺及相关理论方面有较深入的研究。

第 2 章　石材数控加工工艺与刀具

石材是一种硬度高、脆性大、成分复杂的天然材料,其加工工艺、工具和加工特性与普通金属加工都存在着本质的差别,加工过程中存在着一定的复杂性和随机性。无论是石材的锯切,还是异型面成型铣刀的铣削,其本质上都是金刚石磨料在金属黏结剂的黏合下对岩石材料的进行磨削加工,因此研究石材的磨削加工特性成为石材加工工艺研究的重点。

目前,磨削石材所使用的各种金刚石磨削工具普遍存在着加工成本高、加工效率低等问题。国内外学者围绕磨削加工过程中存在的问题从不同的研究方向展开了广泛的研究,主要包括金刚石工具的制造、石材的磨削机理、金刚石工具的磨损特性、磨削工艺、磨削过程参量、石材可磨削加工性以及磨削冷却液的作用等方面的试验和生产应用研究。其中石材磨削机理的研究是最为基础的研究,它对解释实际加工过程中出现的现象以及指导生产具有重要的指导意义[10]。但由于石材的加工性能十分特殊,对切削力的纯理论推导往往很难和实际结果相吻合,因此对切削力的研究仍要结合试验进行。

2.1　石材加工工艺基础

2.1.1　国内外研究现状

1. 国内研究进展情况

实际生产过程中,根据所要加工的石材和生产要求,确定合适的金刚石和金属黏结剂、磨削加工工艺将直接影响到砂轮使用性能、加工效率和生产成本。磨削工艺的控制主要包括刀具的圆周线速率、磨削深度和进给速率。研究表明,每种石材的磨削效率都对应着一种最佳工艺参数,即刀具圆周线速率、磨削深度和进给速率的优化组合。

砂轮表面形貌是一切影响因素的综合反映,尽管通过观察砂轮表面形貌对理解磨削过程、改进磨削性能的确能起到积极的作用,但它却很难对磨削过程提供定量的描述信息。因此,磨削过程中的力、比磨削能以及磨削比等过程参量的变化就成为磨削机理研究的重点。

山东大学黄波博士提出了石材异型面高效加工的定义,指出了石材异型面高效加工的特点及其关键技术,分析了传统工艺参数下加工石材的不足之处,基于石材高效加工的技术要求,设计制定了一系列高效加工工艺参数,作为石材 1/4 圆弧异型面的加工试验参数,加工效率为传统工艺的 3~5 倍。

东北大学蔡光启教授使用人造金刚石和立方氮化硼(CBN)磨料,以 7.62mm 子弹为载体,利用 81 式步枪作为加速装置,对天然大理石进行了 720m/s 的超高速冲击磨削试验,并对试验结果进行了分析和检测。通过对冲击区形貌的观察,发现了超高速冲击成屑现象,通过对金刚石和 CBN 在大理石表面所留下的细微划痕的分析,得出了脆性材料在超高速磨削条件下可以获得延性域磨削效果的结论[11]。

沈阳建筑大学赵民教授对高压水射流中混入的磨料,以及在切割石材过程中磨料参数的选择进行了试验研究,并对磨料水射流的切割机理进行了研究,探讨了磨料参数的变化对切割石材的影响[12]。

沈阳建筑大学以吴玉厚教授为学术带头人的科研团队,以硬脆材料加工作为一个主要的研究方向,对石材内圆磨削进行了比磨削能的研究,找到了石材内圆磨削与最佳加工效率相对应的磨削参数[10]。

华侨大学的于怡青教授研究了金刚石砂轮对石材进行平面磨削特性。通过在线测量水平和垂直磨削力,研究了金刚石砂轮平面磨削加工两种天然石材过程中的法向力和切向力变化特征。建立了单颗磨粒承受平均切向和法向负荷与单颗磨粒最大切削厚度之间的对应关系。结合扫描电镜观察结果,探讨了两种石材的去除机理。华侨大学徐西鹏教授认为在石材磨削过程中金刚石的破碎是由冲击和低周疲劳引起的,其磨损归因于摩擦、压力和局部热应力的综合作用,而黏结剂的磨损是由气蚀和磨蚀所致。含蚀痕较多的金刚石对应的法向力大,磨削比低,切削硬石材时,由切向力引起的金刚石破碎是主要磨损形式,当磨粒破碎和脱落的比例超过 1/3 时,则锯片失去切削能力。在此基础上分析不同金刚石节块使用效果和节块表面磨损状态的对应关系,探讨了不同制备条件下节块的磨损特征,为有效抑制金刚石的非正常磨损提供了依据。李远研究了较大切削参数范围内切削力随切削深度、进给速率、切削转速、材料去除率等的变化特征以及锯片磨损过程中切削力的变化。研究表明,磨损过程中,随着切削的进行,切削力逐步增大,最后逐渐趋向平稳,达到较为稳定的状态。初晓飞、陈光华等还通过试验研究,建立了石材切削过程中切削力对切削深度、进给速率的经验公式。研究认为,在一定的切削条件下,单颗金刚石磨粒承受的平均载荷、磨削比能等与单颗磨粒最大切削厚度都有一定的对应关系。研究结果表明,在某一固定材料去除率下,单颗金刚石磨粒所承受切削力基本上随着单颗磨粒最大切削厚度的增大而线性增加;而随着锯片转速的增大,单颗金刚石磨粒最大切削厚度减小,单颗金刚石磨粒承受的切削力随着单颗磨粒最大切削厚度的减小而线性降低。华侨大学徐西鹏教授等对石材磨削弧区温度进行了深入的研究。他们对石材磨削温度的研究基本代表了国内现阶段研究水平。另外，国内还有南京航空航天大学、广东工业大学、武汉理工大学、中国地质大学等单位对石材磨削温度进行了研究和探索[13]。

2. 国外研究进展情况

国外学者也对石材磨削特性的研究起步比较早。20 世纪 70 年代，德国学者 Buttne 等就对切削力进行了试验研究。在随后的几十年中，很多学者研究了不同条件下切削力的变化特征，一方面试图建立磨削力与磨削参数的对应关系，另一方面试图建立砂轮磨削性能与磨削力的对应关系。Webb 等学者研究了一个新修整的金刚石刀具从开始切削到磨损平稳整个过程中切削力的变化特征，并建立了耐磨度与磨削力比之间的单调对应关系。在切削力的研究中，通过单颗粒的切削几何参数来推导切削力，这方面国外学者也做了大量的研究。目前最常用的几何参量仍然沿用磨削加工中的单颗磨粒最大切削厚度。在以往的这些研究中，研究人员一方面试图通过研究不同条件下的磨削力和功率变化特征，揭示磨削机理并建立力和功率与磨削参数之间的对应关系，另一方面试图建立砂轮磨削性能与磨削力、磨削功率的对应关系。可是到目前为止还无法建立起一个统一的磨削力和功率相对磨削参数的变化关系，而且不同研究者之间的结果也很难进行比较，这主要是由于磨削力和功率的变化与砂轮的表面状态还有很大的关联。除了寻求与磨削参数的对应关系之外，人们还在尝试寻找出一个以单颗磨粒切削几何参数为基础的几何参量用于描述磨削过程，预测磨削力、比磨削能甚至预测砂轮耐磨度[14～16]，可是至今也没能找到这样通用的几何参量。尽管很难建立起统一的磨削力和功率与磨削参数的对应关系，也没有寻找到砂轮磨削性能随磨削力、磨削功率变化的通用规律，但是，通过研究力和功率的变化，却能够从量化的角度对磨削机理做出解释。

相比于磨削力和功率，磨削温度的研究要少得多，也晚得多。温度对加工性能、刀具寿命、加工质量都有重要的影响。在金属加工中，温度问题的研究也已经比较成熟了；在研究陶瓷材料的加工过程中，对温度的研究也非常深入。但是同作为硬脆材料的石材，各种加工中温度的研究一直没有引起足够的重视，无论是磨削加工还是异型面加工，加工弧区的温度研究对金刚石颗粒的磨破损，石材加工表面质量、加工性能的影响是非常关键的，尤其当金刚石在 800℃ 以上就会有石墨化倾向，逐步失去切削能力，所以弄清楚切削弧区的温度，尤其对实现石材异型面的高效加工有至关重要的意义。

1999 年，德国学者通过在金刚石砂轮中预埋温度传感元件测量了大切深磨削中的弧区温度信号。研究表明，在大切深磨削中，弧区温度最高不超过 300℃。这一温度范围在随后使用工件夹热电偶薄片的温度测量研究中得到进一步证实。但是，这样低的弧区温度无法解释在砂轮表面所观察到的热磨损现象。文献[17]、

[18]在弧区温度测量结果的基础上,通过求解砂轮与岩石界面的热量传输比例,从理论上分析了金刚石磨粒所承受的温度。结果表明,磨削中砂轮表面有一部分金刚石磨粒的表面温度会超过金刚石的石墨化温度,并会对金刚石失效机制产生显著影响。但是,由于无法准确地知道磨削过程中金刚石磨粒的实际接触半径,用解析方法求解金刚石磨粒表面温度只能是大概估算,而且只适合于干磨的情况。如果要比较准确地研究各种磨削条件下的磨粒表面温度特征,还依赖于磨粒表面温度测试方法的突破。

2.1.2　石材加工金刚石工具

1. 金刚石工具特点

金刚石磨料因其高硬度和优良的耐磨性能,不仅在一般钢材加工中有广泛应用,而且作为半永久性及超高速磨具,在陶瓷、玻璃、石材、半导体等硬脆材料加工中的作用日益突出。它可在很长使用期间内不修整,非常适宜自动化、半自动化和多机台管理生产中稳定的高精度磨削。

用于金刚石工具的磨料可分为天然金刚石和人造金刚石(RVD)两种。在金刚石晶体中间 C12/C13 值变动在很小。在人造金刚石内,主要的杂质是氮。金刚石在纯氧中,700~800℃可燃烧;在空气中加热至 850~1000℃时即可燃烧;800~1700℃在结晶表面的薄层有石墨化,内部无变化;人造金刚石在大气条件下,氧化温度在 740~838℃,人造金刚石具有磁性。在金刚石表面均匀包覆一层金属、金属化合物或合金薄膜,可以实现金刚石的表面金属化,镀膜是目前常用的方法。金刚石表面金属化可以修补金刚石的初始缺陷,提高金刚石强度,改善金刚石磨粒和工具黏结剂的结合状态,提高金刚石性能。另外,金属膜层还有散热作用,减少黏结剂的热磨损和由此导致的金刚石过早脱落,能延长工具使用寿命[19,20]。

金刚石工具的突出优点是:加工质量好,加工效率高,大大降低加工成本,改善劳动条件,使加工工序易于实现机械化和自动化。在异型石材加工中,主要采用的金刚石工具包括金刚石锯片、金刚石串珠绳及成型刀具。

2. 金刚石工具分类

金刚石工具应用于石材加工的主要种类包括:锯切工具、磨削工具、抛光工具。按照黏结剂的不同,金刚石工具可以分为:金属黏结剂金刚石工具、电镀黏结剂金刚石工具、树脂黏结剂金刚石工具、陶瓷黏结剂金刚石工具等。

3. 金刚石工具加工石材的性能评价

使用金刚石刀具加工各种石材的实践证明,要达到满意的技术经济效果,关键在于选用优质的金刚石颗粒和与之相适应的黏结剂,并辅之以合理的加工工艺及参数。

金刚石工具加工性能的主要影响因素:

1) 金刚石砂轮的基本结构

磨料及金刚石孕镶工具都是由金刚石层、非金刚石层和基体三部分组成;电镀金刚石刀具则由金刚石镀层和基体两部分组成。其中,金刚石层(工作层)由金刚石和黏结剂组成,是锯、切、铣磨石材的有效工作层。非金属层(过渡层)不含金刚石,其作用是将金刚石层与基体牢固地连接在一起。基体一般用钢带、钢板、钢片等材料制成,起到承担工作层和传递动力的作用。

2) 金刚石磨料浓度

浓度是砂轮的基本参数之一。金刚石磨料浓度是指工具的金刚石层单位体积内金刚石的含量。浓度越高,则金刚石的含量越多。需要指出的是,浓度的选择合理与否,直接影响了磨削效率和产品成本。浓度低的砂轮磨削效率不高;浓度高的砂轮磨损过早,成本过高。因此,浓度的选择应根据金刚石刀具使用的金刚石粒度、黏结剂种类、工具类型以及所加工的材料、加工方法、生产效率、对工具的寿命要求来综合考虑。浓度的选择与磨削材料及黏结剂的材料有关,黏结剂黏性越强浓度也越高;而且还与磨具的形状及加工方式有关,磨具工作面宽则浓度也应越高。

对于粗磨加工来说,切除量较大,所选砂轮磨粒粒度要粗,浓度要高,而高浓度的砂轮在单位时间内残余切削的磨粒有所增加,有利于材料的去除,但磨削过程中磨削力较大,磨削温度有所增加;对于精加工来说,切除量较小,选择浓度低的砂轮有利于满足粗糙度和磨削力的要求。浓度越低越有利于粗糙度的降低。本试验中使用浓度均为 100% 的金刚石砂轮,即金刚石含量为 25%。

3) 金刚石的粒度

金刚石的粒度是指金刚石颗粒的大小程度。选择金刚石粒度时,首先应考虑加工要求,粗磨时使用较粗颗粒,精磨时使用较细颗粒;其次应考虑黏结剂的种类,一般对金刚石黏结较牢固的黏结剂宜采用较粗颗粒,黏合度较差的黏结剂适用于较细的颗粒;此外还应考虑磨削效率,在满足加工要求的前提下,可以选用较粗粒度的金刚石,以提高磨削效率。一般来说,工件加工精度要求较高,表面粗糙度较低时应选取磨料粒度较细的砂轮。砂轮和工件表面接触面积比较大,或者磨削深度也较大时应选用磨料粒度较粗的砂轮。粗磨时,加工余量和采用的磨削深度都比较大,磨料的粒度应比精磨时粗。切断和开沟工序,应采用粗粒度。砂轮磨削硬度高的材料时,如工程陶瓷、石材等应采用粒度粗的一些磨具。对于去除余量小,或者磨具与工件接触面积不大的工件,可以选用粒度细的一些磨具。高速磨削时,为了提高磨削效率,磨料的粒度反而要比普通磨削时偏细 1~2 个粒度号。

4）金刚石砂轮的黏结剂

金刚石砂轮的黏结剂是黏结金刚石颗粒的材料。近几年来，随着高速磨削和超精密磨削技术的迅速发展，对砂轮提出了更高的要求，陶瓷和树脂黏结剂的砂轮已不能满足生产的需要。由于金属黏结剂具有结合力强、耐磨性好、使用寿命长、可承受大负荷特点，故广泛应用于石材等非金属硬脆材料的加工中。金属黏结剂金刚石砂轮按制造方式不同主要有烧结和电镀两种类型。为了充分发挥超硬磨料的作用，国外从 20 世纪 90 年代初开始用高温钎焊工艺开发一种新型砂轮，即单层高温钎焊超硬磨料砂轮，目前国内这种砂轮还处于研制开发阶段。

2.1.3　石材磨削加工的基础理论

1. 球形压头的作用过程

金刚石砂轮磨削石材的过程，实际上可以看做是大量的具有微刃的金刚石磨粒不断地切削石材的过程。不同的石材由于形成原因及条件的不同，在矿物成分、晶体粒度、晶体形状和组织结构等方面具有很大的差异，同时由于受力状态的不同，对石材的强度特性也有很大的影响。因此石材的断裂、加工过程是一个非常复杂的力学行为。另外，工具表面上金刚石磨粒的晶形、磨损状态、出刃高度及其在节块表面分布的不同，使磨削石材过程的研究变得更加复杂了。金刚石工具在实际磨削加工石材的过程中，线速率都非常大，参与切削的金刚石磨粒数很多，同时还有切屑在切弧区的交互作用，从而使研究真实加工条件下金刚石磨粒的破岩机理变得非常困难。一般对石材磨削机理的研究大都采用单颗金刚石磨粒（或其他刀具）滑擦和以压痕理论为基础的磨削试验研究方法。金刚石砂轮节块表面上露出的金刚石磨粒一般都具有较大的负前角，由于磨粒晶形、磨损状态、出刃情况的不同，各磨粒具有不同的工作状态。对于出刃高度较低、顶部磨钝程度较大的具有较大的刃口钝圆半径的金刚石磨粒，通常把它对岩石的切削过程看成球形压头的压痕侵入作用过程；而把出刃高度较高、刃部锋利的金刚石磨粒切削岩石的过程看做尖压头的压痕侵入作用过程。虽然用压头的压痕侵入过程来解释金刚石工具锯切石材过程具有很大的不足，但其基本原理仍具有一定的代表性。

前苏联学者奥斯特洛乌什柯把球形压头在脆性或塑性岩石的破碎过程划分为如下几个阶段[19]：

1）弹性变形阶段

当作用在球形压头上的载荷 P 不大（约小于等于 0.4 倍岩石抗压强度）时，岩石只产生弹性变形，在 a、b 接触点产生两组微细裂隙。当载荷 P 取消时，裂隙也随之消失，见图 2-1(a)。

2）压皱压裂变形

当载荷增加至 $0.4\sim0.6$ 倍岩石抗压强度时，a、b 两组裂隙向深部发展，汇交于 o 点，形成 aob 角锥体，自 a、b 处又产生 ac、bc 两组裂隙，此阶段也称为疲劳破碎阶段。载荷 P 取消后，裂隙已不能消失，故称压皱压裂阶段。a 为锥顶角，岩石越硬，锥顶角越小，见图 2-1(b)。

3）体积破碎阶段

载荷 P 继续增加，超过岩石抗压强度，球体与岩石接触而产生压碎变形，ao、bo 两组裂隙自 o 点，ac、bc 两组裂隙自 c 点向自由面 A、B 方向扩展，裂隙串通，Aoa、Bob 剪切体崩离，aob 主压力被压碎，即体积破碎阶段，见图 2-1(c)。

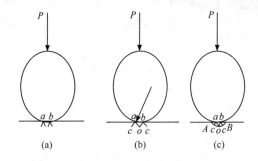

图 2-1　球形压头脆性岩石破碎发展过程

体积破碎以后，球形压头落在 o 点，破碎坑内留少量磨屑，在载荷 P 的作用下，又开始前述过程。

2. 尖压头的作用过程

尖压头对硬脆材料的压痕模型如图 2-2 所示。当尖压头在载荷 P 作用下以某一缓慢速率压入脆性材料表面，压应力的作用使压头下部的试件材料发生非弹性流动。载荷不大时，卸载后压痕保留，即非弹性流动结果保留。对于某些韧性好的脆性材料，压头侧面会出现类似于切削塑性金属材料那样的隆起现象，但并不十分显著。尽管这种压痕流动是许多原因造成的，如密度、嵌杂等，但可以将这种非弹性流动称之为显微塑性流动。若压痕是通过材料的显微塑性流动形成，则作用于压头上的载荷 P 与压痕特征尺寸 $2a$ 有如下关系：

$$P = \xi Ha^2 \tag{2-1}$$

式中：ξ 为压头几何因子，对于维氏压头，$\xi = 2$；H 为脆性材料硬度。

当载荷 P 继续增大，塑性变形区下端将有一个中位径向裂纹生成并扩展，如图 2-3(a)、(b)、(c)所示，卸载过程见图 2-3(d)、(e)。在材料压痕局部塑性变形及径向裂纹形成的应力场作用下，将引起横向裂纹，并当满足横向裂纹扩展条件时，横向裂纹向前延伸并发展至表面，形成由裂纹所产生的局部剥落块。

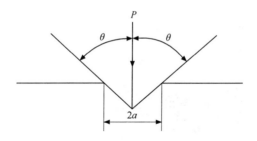

图 2-2　尖压头的压痕模型

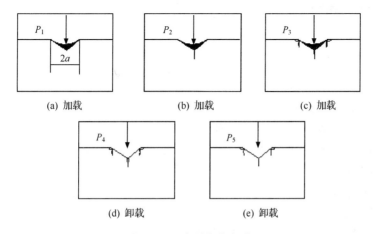

(a) 加载　　　　　　　(b) 加载　　　　　　　(c) 加载

(d) 卸载　　　　　　　(e) 卸载

图 2-3　压痕裂纹的变形

一般认为,存在一个导致裂纹扩展的临界载荷 P_c:

$$P_c = \lambda_0 K_k \left(\frac{K_k}{H}\right)^3 \tag{2-2}$$

式中:λ_0 为系数;K_k 为材料的断裂韧性;H 为材料的硬度。

当 $P < P_c$ 时,材料的损伤由表面压痕区的塑性变形程度所控制;当 $P > P_c$ 时,则由表面裂纹扩展过程所控制。由式(2-1)和式(2-2)可知,显微塑性变形取决于材料的硬度,而裂纹扩展取决于材料的断裂韧性。

3. 单颗金刚石磨粒切削岩石过程模型

以上压头的压痕侵入过程基本上是在静压的条件下获得的,而金刚石工具中金刚石磨粒切削岩石的过程是一个动载的过程,而且金刚石的形貌要远比压头复杂,再加上受到岩石矿物成分和组织结构特性的影响,金刚石工具切削岩石的过程变得非常复杂,对其机理很难有一个统一的认识。

Meding 在细致研究了单颗粒金刚石切削石灰岩、大理岩和石材后,在改进前人提出的机理模型的基础上,提出了如图 2-4 所示的模型。

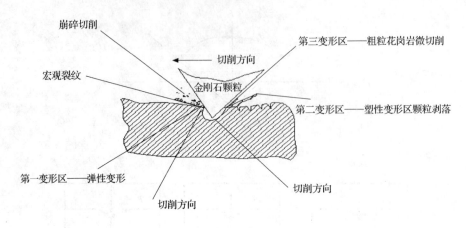

图 2-4　单颗粒金刚石切削方向

该模型指出金刚石磨粒切削岩石的过程存在三个变形区：

1) 第一变形区（磨粒前方及其附近区域）

在磨粒前方，负前角刀刃产生的压应力使岩石产生了剪切破坏，破裂的石材颗粒飞出磨粒前部，并向磨粒两旁挤压，挤压程度与负前角大小、矿物晶粒及矿物的组织解理所处的方位状态有关。

2) 第二变形区（在磨粒下方）

对于石灰岩和大理岩而言，在磨粒与岩石的接触范围内的工件表面上，形成了一个塑性变形区域，工件表面呈光滑状。这是由压应力形成的，在形成连续切屑时，可以从清除切屑后显示出的工件材料本体上看出这点。强烈塑性变形层只有几微米厚，第二变形区不仅在工件表面上产生薄层变形，而且剥裂了本体层材料。因此，切屑是通过塑性变形和受压的薄层材料强化产生的。对于石材，在磨粒和岩石接触区的高压及高温作用下，也会产生局部塑性变形。

3) 第三变形区（在磨粒后方）

在与磨粒紧邻的地方，产生了一些宏观细小岩石颗粒组成的尾巴，还不清楚这些颗粒是否是集中在磨粒下方的已破碎切屑或至少部分是碎屑。根据试验结果推断，这是由于磨粒划过后，划痕表面的应力由压应力转化为拉应力所致。随着划伤深度增大，磨粒后方出现的颗粒切屑数量增加，其大小均在微米范围之内。

该模型还反映了岩石加工表面在金刚石磨粒挤压作用下的压实层在磨粒的前下方起着静应力作用，传递部分切削载荷，但未能表明压实层形成规律及其对切削表面形成过程的影响。

由前述的岩石断裂屈服理论和金刚石的破岩机理可以看出，金刚石工具在不同的切削条件下切削石材时，脆性断裂的崩碎行为在岩石破碎过程中占主导地位，同时只要受力情况符合一定的条件,仍然有塑性变形区存在。这一些情况都可以从金刚石工具切削加工后的岩石表面形貌的扫描电镜图中得到验证。通过对锯切石材过程中不同矿物成分的去除形式进行了观察和分析,指出石材中云母的解离最完整,最易去除,其次是正长石和斜长石,而石英几乎不发生解理断裂,因此最难切割。石英含量越高,金刚石磨损越剧烈;正长石的含量若明显偏高,则磨削过程相对较难进行;粒度粗的石材较之粒度细的石材,在相同的锯切条件下,更难以发生解理断裂。

2.1.4　石材的可加工性预测

石材的加工主要是锯、切、磨、抛。石材的可加工性是指锯、切、磨、抛加工的难易程度。锯、切相同,磨、抛虽有差别,但很相近。因此一般石材的可加工性通常指可锯性和可磨性。影响石材加工性的主要因素如下:

1) 硬度

一般情况下,石材硬度越大,加工越困难,对工具的磨损也越大。

2) 矿物成分和化学成分

石材的物质组分包括矿物组成和化学成分,不同的矿物成分和化学成分,加工性也不同。如大理石造岩矿物主要为方解石、白云石,其摩氏硬度分别是 3 和 3.5~4,较石材硬度低,易于加工。花岗岩的主要造岩矿物是石英、正长石、斜长石,它们的摩氏硬度为 6.5~7。其可加工性在很大程度上取决于石英和长石的含量,含量越高,越难加工。在化学成分上,如 SiO_2 含量越高,加工越困难。

3) 岩石的结构构造

一般来说,颗粒均匀比不均匀的石材易加工,细粒比片状磨光质量高,致密石材比疏松石材光泽度高。矿物结晶程度好,且定向排列、光轴方向一致,将大大提高抛光后的光泽度。岩石的解理、晶界和初始裂纹对加工性也是很重要的影响因素。

此外,所选的加工工具以及工艺参数都是一个必须考虑的影响因素。

建筑装修用的饰面石材主要有大理石和花岗岩两大类。将饰面石材荒料加工成建筑装饰板材,其主要工序为锯切、研磨抛光、切割成品板材、修边倒角开槽。其中锯切工序最为关键,它决定着产品的产量与质量。而在锯切加工中有以金刚石锯片用得最多。据国内外统计资料估计,目前世界上工业金刚石 50% 左右用于制造石材加工工具,其中主要是石材加工锯片。下面就金刚石锯片的相关问题展开讨论。

2.1.5　石材磨削中润滑及冷却的研究

为了提高花岗岩磨削加工的水平,除了重视基于合理评价花岗岩可磨性基础上优化选择金刚石磨粒、金属黏结剂及其烧结工艺、磨削工艺参数等方面的研究之外,还应当加强对磨削润滑冷却液方面的研究。所谓润滑,是指磨削液渗入磨粒-工件及磨粒-切屑之间形成润滑膜。由于这层润滑膜的存在,使得这些界面的摩擦减轻,防止磨粒切削刃摩擦磨耗和切削黏附,从而使砂轮的耐用度得以延长,使砂轮维持正常的磨削,减小磨削力、磨削热和砂轮耗损量,防止工件表面状态特别是已加工表面粗糙度恶化。花岗岩磨削过程中砂轮与花岗岩以及磨屑的摩擦作用对金刚石砂轮的寿命、功率消耗、磨削效率和磨削质量有很大的影响。润滑冷却液在花岗岩磨削加工过程起到冷却、润滑、清洗、抗硬水、岩粉混凝沉淀等方面的物理化学作用。对于冷却特性,首先是磨削液能迅速地吸收磨削加工时产生的热,使工件温度降低,维持工件的尺寸精度,防止加工表面完整性恶化;其次是使磨削点处的高温磨粒产生急冷,给予热冲击的效果,以促使磨粒的自锐作用。

国内外对花岗岩切削冷却液的研究报道较少,部分研究表明,采用无油有机水溶液可使切削力下降,磨削比提高,金刚石颗粒磨平数、破碎数减少。部分学者研制了由硅酸盐、矿物油、高分子沉淀剂组成的石材加工冷却液,认为冷却液的作用是在金刚石-岩石切削界面和黏结剂-岩石界面生成表面润滑膜,从而降低界面温度,减少磨损。决定磨削过程中金刚石摩擦磨损速率的关键是金刚石与被磨削岩石的硬度差以及二者之间的摩擦特性。如果通过添加合适的表面活性剂,使其在形成润滑膜的同时又能适当降低被磨削花岗岩的表面硬度,则可更加有效地抑制花岗岩对金刚石的磨损。根据矿物表面固-液界面电现象的大量研究成果,通过改变液相的成分可实现降低花岗岩表面显微硬度的目的。在磨削过程中,使用含表面活性剂的冷却液,法向力与切向力可降低 50%。实际上磨削冷却液的使用效果还跟金刚石节块的性能以及所加工的花岗岩的种类有很大的关系。由于目前的润滑冷却液不同程度上都会对环境产生污染,一方面要继续努力研制出新型绿色环保的冷却液,另一方面要通过砂轮结构和冷却液注入方式的改进来进一步提高冷却液的利用率,少、无冷却液加工也是今后机械加工新的发展方向之一。

2.2　石材加工工艺的试验研究

2.2.1　花岗岩内圆磨削中磨削力的试验研究

1. 试验条件

1) 试验设备

本试验采用无锡机床集团生产的 MK2710 型数控内外圆复合磨床,该磨床的结构如图 2-5 所示。该磨床采用德国西门子 840D 数控系统,具有双通道同时运行两套加工程序的功能。该磨床具有大功率高速主轴系统和高抗震性、高动态精度、高阻尼和热稳定性,同时磨床工作台具有很高的进给速率和运动加速率,可以组合多种磨削功能,可在这一台磨床上完成多种磨削工序。该磨床选用日本 THK 公司直线滚动导轨,随动性好,定位精度高。内孔磨削进给运动由 X 轴完成,往复运动由 Z 轴完成。X、Z 轴均由伺服电机通过挠性联轴器加滚珠丝杠构成,可实现无间隙、高灵敏度运动。

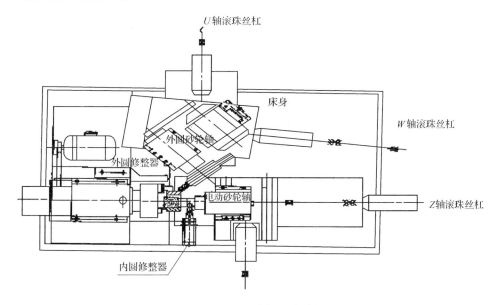

图 2-5　MK2710 磨削系统结构图

该磨床的床身是一个整体铸件,用于支撑机床其他部件,床身上部为一整体大平面,用于安放 Z、W 轴进给滑板和床头箱过渡板,并有回流通道使冷却水及磨屑排放至冷却箱,床身上备有冲洗垃圾的水枪,床身的下部有均匀布置的箱板支撑,确保床身的整体刚度。独立安装了液压油箱、润滑油箱及冷却箱,可减小磨床的热变形量。床身内部具有通伺服电机的电线及润滑油回油管道。

床头箱是由箱体、套筒式主轴、卡具油箱及其配油装置和床头电机组成,床头箱通过底板固定在工作台的左侧,床头箱主轴的前端装有卡盘,将工件卡紧,并带动工件旋转。套筒式主轴由前端凸缘台阶轴向定位,利用箱体中部的弹性结构将套筒式主轴夹持在箱体内,当套筒式主轴装入箱体后,拧紧床头箱上边的紧固螺钉可加紧主轴。卡具油箱安放在主轴尾部,油缸有效面积为 $85cm^2$,油缸最大行程为 20mm,压力油通过配油装置向夹紧油缸供油,可使拉杆前后移动,达到夹紧、松开工件的目的。该磨床的技术参数如表 2-1 所示。

表 2-1　MK2710 磨床技术参数

参数指标	参数范围
磨削孔径	30～100mm
磨削外锥最大直径	150mm
工作台 Z 轴行程	350mm
工件主轴转速	100～800r/min
最大磨削深度	80mm
磨削端面直径	30～150mm
工作台 U 轴行程	220mm
内圆砂轮轴转速	0～36000r/min

2）电主轴

电主轴是一种智能型功能部件，它采用无外壳电机，将带有冷却套的电机定子装配在主轴单元的壳体内，转子和机床主轴的旋转部件做成一体，电主轴可以理解为是一个内装式电机。主轴的变速范围完全由变频交流电机控制，使变频电机和机床主轴合二为一。电主轴具有结构紧凑、重量轻、惯性小、振动小、噪声低、响应快等优点，不但转速高、功率大，还具有一系列控制主轴温升与振动等机床运行参数的功能，以确保其高速运转的可靠性与安全性。电主轴结构如图 2-6 所示。

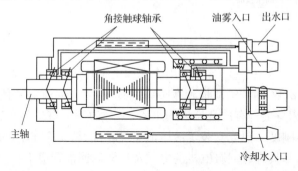

图 2-6　电主轴结构简图

电主轴冷却系统采用单独的冷却水箱，容积为 140L，冷却原理见图 2-7 所示。电主轴的冷却利用循环冷却水降低主轴系统的温升。为了降低散热系数，采用定子循环冷却方法，对电机定子进行强制冷却。为了保证电机的绝缘安全，对定子采用连续、大流量、循环油冷。其输入端为冷却油，将电机定子产生的热量从输入端带出，然后流经逆流式冷却交换器，将油温降到接近室温并回到油箱，再经过压力泵增压输入到主轴输入端，从而实现电主轴的循环冷却。

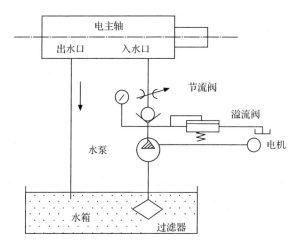

图 2-7　电主轴冷却原理图

　　试验用电主轴型号为 4SD36A,最高转速为 36000r/min。润滑方式为油雾润滑,额定输出功率为 55kW,采用变频器进行无级变频调速。

　　3) 冷却系统

　　磨削液在高速磨削加工中起着冷却、润滑、清洗和除锈的作用,对提高工件质量和稳定工件尺寸具有十分重要的意义。磨削表面质量、工件精度和砂轮的磨损在很大程度上受磨削热的影响。采用恰当的磨削液注入方法,增加磨削液进入磨削区的有效部分,提高冷却和润滑效果,对于改善工件质量、减少砂轮磨损极其重要。

　　磨削加工时,砂轮高速旋转并与工件直接接触,在极短的时间内磨粒与工件产生剧烈摩擦,热量来不及向工件深处传递而聚集在工件表层里形成局部高温,导致磨削点的瞬间高温变化可达 1000℃左右。在磨削加工中,磨削液的适当选用有利于降低磨削温度,减小磨削力,延长砂轮的使用寿命。郭成等通过对花岗岩的磨削试验证明了不同种类的磨削液对磨削力有很大的影响,其中,磨削液的渗透能力越强,磨削力越小。柯宏发认为,在对花岗岩进行半延展性磨削时,由于花岗岩的导热性能较差,冷却液的迅速冷却会加大花岗岩的脆性,导致表面产生微裂纹。他还指出,如果要获得良好的加工表面,不应使用冷却液,以使花岗岩尽可能地以塑性变形被去除。但施平等认为,花岗岩材料的加工需要冷却液,因为冷却液起到减小磨削力、防止产生热裂纹及清洗作用。对磨削液的选用应视具体的加工要求而定。强冷磨削可以使工件表面获得残余压应力或降低工件表面残余拉应力,冷却条件对缓进给强力磨削表面残余应力性质有决定性的影响,高压大流量的强冷措施是此种磨削表面残余应力低的关键条件。

　　本试验中对花岗岩进行内圆磨削加工,冷却液采用水基冷却液进行冷却。工作冷却液流量为 100L/min,冷却液为乳化油的水溶液,乳化油与水按 1∶20 的比例配比而成。这种磨削液具有极好的润滑和抗泡沫性能。冷却液由高压水泵输送到各冷却位置,冷却液由床身后的出水口流回冷却箱上方的磁性分离器,经过沉淀后的冷却液再流入过滤纸上进行过滤,通过二次过滤后可循环使用,是一种无毒无污染的环保型磨削液。

4) 润滑系统

在磨削加工中,分为干磨和湿磨两种。在湿磨中由于磨削液向磨削区的充分供液,磨削液的润滑和冷却能力对于控制被磨工件的表面完整性是必不可少的。在磨削过程中,磨削液提供的良好润滑,一般来说可减少砂轮的磨损。该磨床 Z 轴伺服传动中直线滚动导轨、滚珠丝杠和前后支撑轴承采用抵抗式集中润滑系统进行自动间歇润滑,由电动柱塞式油泵与抵抗式计量件组成。该系统润滑油采用 HM-32$^{\#}$ 液压油。

油-气润滑是一种新型的、较为理想的方式,图 2-8 为油气润滑系统原理图。它利用分配阀对所需润滑的部位,按实际需要,定时(间歇)、定量(最佳数量)地供给油-气混合物。定时,就是每隔一段时间注一次油;定量,就是通过定量阀精确地控制每次润滑油的油量。油气润滑是指润滑油在压缩空气的携带下,吹入轴承,利用压缩空气将微量的润滑油分别连续不断地、精确地供给每一套主轴轴承,微小油滴在滚动体和内外滚道之间形成弹性动压油膜,而压缩空气则带走轴承运动所产生的部分热量。油量太少起不到润滑作用,太多则会在高速旋转时会因阻力而发热。

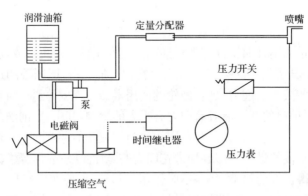

图 2-8　油气润滑系统原理图

5) 磨削力测量仪器

磨削力的测试,采用瑞士 Kistler 公司生产的 Kistler9123C1011 型压电晶体旋转测力仪来对花岗岩材料内圆磨削进行磨削力测试。该仪器是国际领先的旋转测力设备,可同时测量切向力 F_t,法向力 F_n,轴向力 F_z。除此之外还可以同时测量砂轮磨削过程中的输出扭矩。其中 F_t、F_n 的测量范围为 ±5kN，F_z 的测量范围为 ±20kN。该测力装置采用无线遥感技术对测得的信号进行输出，如图 2-9 所示。砂轮安装在电主轴上，测力仪器通过适配器与电主轴的主轴连接在一起，高灵敏的石英晶体传感器和标定部件使 9123C1011 型测力仪具有极高的灵敏度和精度。旋转测力仪中安装有微型电荷放大器，放大器的电量供给采用无线传输方式。复位/开启、量程选择和放大转换都采用无线传输。电荷放大输出 12bit 的数字信号，以脉冲调制进行传输。由压电晶体传感器拾取的电信号经过 9123B 型多通道电荷放大器放大后，又由 5311032 型 A/D 转换器转换为数字信号输入计算机，利用计算机的强大数字运算功能，进行数字信号处理。

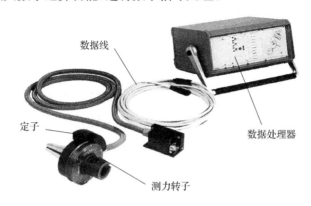

数据线

数据处理器

定子

测力转子

图 2-9　Kistler 旋转测力仪

本试验中采用 Kistler 公司生产与旋转测力仪相配套的型号为PCl-MIO-16E-1的数据采集卡来实现对各信号的采样，信号经采样后传输并存储到计算机中以待后续分析处理。本虚拟仪器系统可以实现对各采集信号的量程范围和增益分别进行设置，对信号的采样频率、采样时间、采样后保存位置以及具体的试验说明也都可以通过前面板来进行设置。设置完成后就可以对信号进行采集、滤波、求不同区域的信号均值以及频谱分析等操作。

6）试验数据采集系统

磨削测力仪安装在电主轴的主轴和砂轮之间，砂轮所受的力信号通过无线技术进行传输，磨削测力系统如图 2-10 所示。

电荷放大器是测量系统的发送和接收单元。发射天线发送旋转部分需要的能量，以及其他四个控制信号：量程Ⅰ/Ⅱ、启动/复位、启动/复位放大、放大选择。接收天线接收转动部分发出的数字信号。零信号记录单元安装在接收发送天线下。

信号调节器是旋转测力仪信号输出和输入的控制单元。控制命令可以通过控制板的开关或者通过计算机的 RS-232C 接口。

测力仪所测信号为模拟信号，测得的信号通过电荷放大器进行放大。

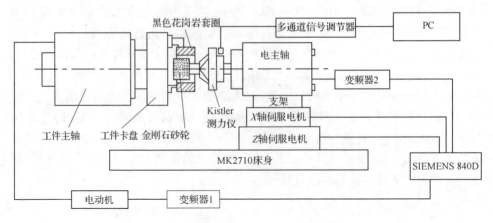

图 2-10　磨削测力系统图

7）测力仪调试

该测力系统采用的是压电晶体传感器，空载工况下来自于磨削系统的噪声和振动可影响测试位移，通过调整测力仪测力定子与砂轮的相互位置可降低振动和噪声的影响。通过实际测试，测力仪器定子与砂轮间距为 1.5mm，并且尽可能保持探头与砂轮的同心度的工况下测量结果比较理想，这是因为若转子和定子的间距大于 2mm，转子发出的测量信号部分丢失（定子接收不到）导致测量结果失真；若小于 1mm，由于机床振动导致转子随之振动，而间距过小同样影响信号的传播。为了保证安装间距，自制 1.5mm 厚的金属片用于检查定子与转子之间的间距。图 2-11 是在此工况下的测试结果，通过图 2-11 可以看出，此工况下这两因素影响不大，误差在 1N 以内，能够满足测量要求。

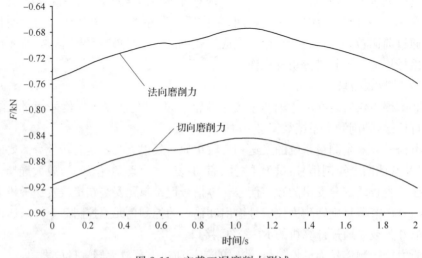

图 2-11　空载工况磨削力测试

8）花岗岩工件的选择

本次试验所用的试件是黑色花岗岩套圈,试件的几何尺寸和矿物组成分别参见表 2-2、表 2-3,花岗岩套圈试件如图 2-12 所示。

表 2-2　花岗岩试件的几何参数

参　数	数　值
外径	120.00mm
内径	70.00mm
宽度	12.50mm

表 2-3　工件的矿物组成及主要特征

试样名称	主要矿物含量/%			颜色	结　构
	石英	长石	黑云母及其他		
山西黑	5	45	50	黑色	粒状隐晶

图 2-12　试验用花岗岩试件

9）磨削力测试试验方案

本试验采用金刚石砂轮对花岗岩套圈进行磨削,采用单一因素试验方法,这里分别对砂轮粒度、砂轮线速率、工件线速率和磨削进给深度这五个与花岗岩磨削力密切相关的因素进行了深入研究,在考查某一磨削参数时,其他磨削参数固定在最常用数值。结合生产实际对受考查参数在合理范围内进行取值,这里每个参数按从小到大顺序取十个数值。结合试验结果,建立磨削力与各个磨削参数的曲线图,通过对曲线图的观察,分析磨削力随参数变化而改变的内在原因。

2. 试验结果分析

1）不同砂轮粒度对磨削力的影响

为明显区分出砂轮粒度对花岗岩磨削力的影响情况,这里分别取 80$^{\#}$、200$^{\#}$ 两种粒度跨度很大的砂轮,这两种砂轮均为树脂黏结剂。其他磨削参数均设定一致,其设定数值分别为:砂轮线速率 v_s＝17.27m/s,径向切削深度 a_p＝12μm,工件转速 v_w＝0.46m/s,通过试验测定两种不同粒度砂轮的磨削力结果分别如图 2-13、图 2-14 所示。

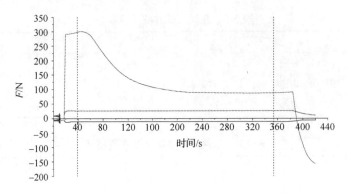

图 2-13　粒度为 80# 砂轮

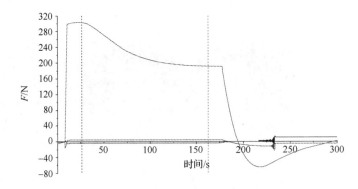

图 2-14　粒度为 200# 砂轮

图 2-13 反映的是粒度为 80# 的砂轮对花岗岩的磨削力,图 2-14 反映的是粒度为 200# 的砂轮对花岗岩的磨削力。从两图可以明显看出,在使用 200# 砂轮进行磨削时的磨削力要明显小于粒度为 80# 砂轮。如磨粒与磨削深度、进给速率、砂轮线速率相关的切削刃特征用金刚石磨粒顶锥角 2θ 及尖端圆弧半径 p_g 表示,则粒度越小,2θ 与 p_g 越小,单颗金刚石越锋利,因而有利于磨粒切入花岗岩,使磨削性能得到改善,所以粒度小的金刚石总磨削力会偏小。

2) 不同工况条件下磨削力比的试验研究

图 2-15～图 2-17 分别反映了不同磨削参数(砂轮线速率 v_s 和径向切削深度 a_p)组合下的磨削力测试结果,这三种组合分别为:图 2-15 砂轮线速率 v_s＝8.64m/s,径向切削深度 a_p＝6μm;图 2-16 砂轮线速率 v_s＝17.27m/s,径向切削深度 a_p＝12μm;图 2-17 砂轮线速率 v_s＝25.91m/s,径向切削深度 a_p＝18μm。这三

种参数组合具有典型性,因此能够很好地反映花岗岩材料磨削力的特点。这里主要通过三组测试结果讨论此花岗岩材料的磨削力比(F_n/F_t)。在磨削中,磨削力比是一个很重要的参数,它可以反映一种材料的可磨性,磨削力比随被磨材料的不同而不同,通过相关文献查得,普通钢料 $F_n/F_t = 1.6 \sim 1.8$,淬硬钢 $F_n/F_t = 1.9 \sim 2.6$,铸铁 $F_n/F_t = 2.7 \sim 3.2$,工程陶瓷 $F_n/F_t = 3.5 \sim 2.2$,本试验测得 $F_n/F_t = 2.5 \sim 4$。综合本试验可知,花岗岩与金属材料相比可磨性差,与陶瓷材料相比磨削力比较小。这可由磨削力的组成来分析,对于磨削来说,磨削力主要由切屑变形力和摩擦力组成,由于花岗岩属于典型的硬脆材料,一方面由于材料硬度高使磨粒难以切入,另外由于其高脆性,材料去除方式多为脆性崩碎,很少有塑性变形,因而分析花岗岩磨削力时以摩擦力为主。从相关文献查得花岗岩的摩擦系数在 $2 \sim 4$ 之间,其磨削力比应在 $2.5 \sim 5$ 之间,这与试验结果基本吻合。而对于金属来说,由于切屑的去除经历了剧烈的剪切塑性变形,磨削力以切削变形力为主,那么在分析金属磨削力比时可忽略摩擦力,则磨削力比取决于磨粒顶圆锥半角。根据 $F_n/F_t = 4\tan\theta$,θ 一般取 $53°$,则磨削力比在 5.3 左右。由此可见,金属材料与花岗岩的磨削力比的巨大差异,正好反映了两种材料的去除机理的本质区别。

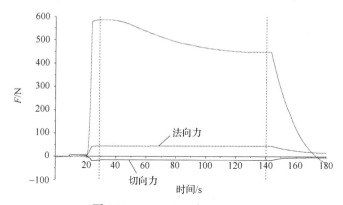

图 2-15　$v_s = 8.64\text{m/s}, a_p = 6\mu\text{m}$

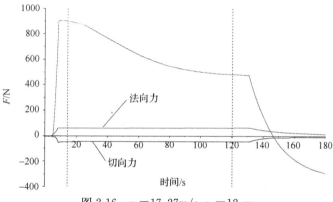

图 2-16　$v_s = 17.27\text{m/s}, a_p = 12\mu\text{m}$

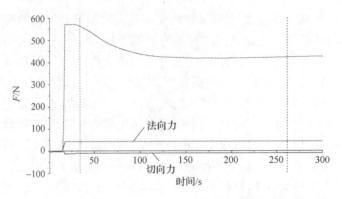

图 2-17　$v_{\mathrm{s}}=25.91\mathrm{m/s}, a_{\mathrm{p}}=18\mu\mathrm{m}$

3）磨削用量对磨削力影响的试验研究

图 2-18 反映了工件转速为 18m/min，径向切削深度为 3μm 工况条件下砂轮转速对磨削力的影响。图 2-19 反映了砂轮线速率为 30m/s，径向切削深度 3μm 工况条件下工件转速对磨削力的影响。从图 2-18 可以看出，随砂轮转速的增加，磨削力逐渐减小，当砂轮线速率增加到 23m/s 以后，磨削力变化趋于平缓。由图 2-19 可以看出，随工件线速率增加，法向磨削力和切向磨削力同时增加，当工件速率增加到 13m/min 以后，磨削力又呈减小趋势。为了解释这个现象，本书引进最大未变形切屑厚度 d_{max} 这个概念。假定单个切屑截面为三角形且整个切屑不变形，d_{max} 可用式（2-3）表示：

$$d_{\mathrm{max}} = \left(\frac{3}{c\tan\alpha}\right)^{\frac{1}{2}} \left(\frac{v_{\mathrm{w}}}{v_{\mathrm{s}}}\right)^{\frac{1}{2}} \left(\frac{a_{\mathrm{p}}}{d_{\mathrm{s}}}\right)^{\frac{1}{4}} \tag{2-3}$$

式中：c 为砂轮单位面积上的有效磨粒数；α 为未变形切屑横断面的半角（取 60°）；a_{p} 为磨削深度；d_{s} 为砂轮直径。

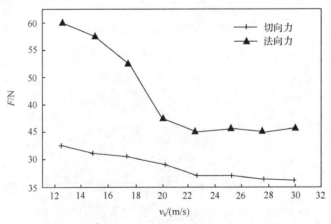

图 2-18　砂轮速率变化曲线图

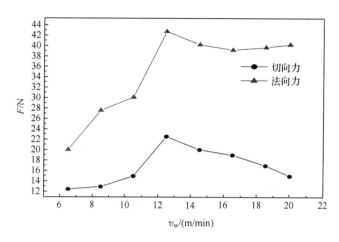

图 2-19　工件速率变化曲线图

由相关文献可知,单颗磨粒的磨削力与最大未变形切削厚度 d_{max} 呈正相关。由式(2-3)可见,在其他参数不变的情况下,提高砂轮线速率 v_s,将使最大未变形切削厚度 d_{max} 减小,单颗磨粒的磨削力减小。反之,若提高工件线速率 v_w,将使最大未变形切削厚度 d_{max} 增加,单颗磨粒的磨削力增加。但是当砂轮速率增加到一定程度,磨削层厚度将不再改变,所以磨削力趋于平缓。当工件线速率增加到一定程度,磨削层厚度增加到实现材料延性和脆性去除转变的临界切深时,花岗岩材料由塑性去除转变为脆性去除,从而导致磨削力逐渐下降。

图 2-20 反映了砂轮转速为 30m/s,工件转速为 18m/min 时切削深度对磨削力的影响。法向力和切向力随径向进给速率的增大而增大,但从图中我们还可以观察到,当磨削深度达到 $7\mu m$ 时,该曲线图出现一个拐点,即法向力在这点增趋势略有下降。这是因为增大径向磨削速率既使磨粒切削厚度增加,又使接触弧长增大,有效磨刃数增加,磨削力自然增大,这是第一个影响因素。但当径向磨削深度增加到 $7\mu m$ 时,材料去除机理发生了本质变化。研究发现,当磨削深度大于某一临界值(临界磨削深度)时,花岗岩表面由显微塑性变形演变成脆性脱落。由相关文献查得花岗岩的临界磨削深度为 $5\mu m$,而图像拐点磨削深度为 $7\mu m$,可见材料去除方式已经发生了本质变化。这样就会对法向力有所影响,这是第二个影响因素。但这个因素要小于第一个因素的影响,所以总体趋势磨削力还是逐渐增大的。

4) 内圆磨削花岗岩套圈磨削力经验公式建立

磨削力的理论公式对磨削过程做定性分析和大致估算时具有很大作用,但是由于磨削加工情况的复杂性,建立于一定加工条件和假设条件之上的理论公式,在条件改变后就导致使用受到极大限制。由于各研究者使用的仪器水平和试验材料不同,磨削力公式不统一按不同公式的幂指数值计算出来的结果差别可能很大。

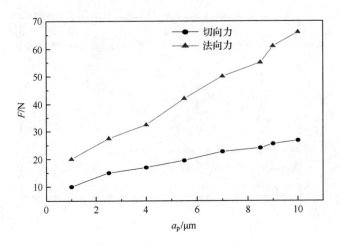

图 2-20　径向切削深度变化曲线

同时,研究者常常由于保密原因,一些参数均不在试验公式中给出,故导致生产中应用这些试验公式也比较困难。为了迅速得出这些关键的指数并使公式实用化,北京工业大学提出一种磨削力试验公式中系数和指数的新求法。试验采用正交回归法。为了保证试验数据的均匀和整齐,这里采用正交试验方法,选取典型的试验数据,从而保证所建立的经验公式的准确度。相关研究显示,磨削力与磨削用量成幂指数关系,对于内圆磨削来说,与磨削力关系最密切的磨削变量主要包括砂轮线速率 v_s,径向进给量 a_p,轴向进给速率 v_w。这里取这三个变量为变化因子进行正交试验。试验安排和结果如表 2-4 所示。

表 2-4　磨削力正交试验计划及结果

序号	$v_w/(m/min)$	$a_p/\mu m$	$v_s/(m/s)$	F_t/N	F_n/N
1	4	1	51.8	14	32
2	4	2	40.3	19	41
3	4	3	41.6	20	43
4	5	1	41.6	18	44
5	5	2	40.3	21	47
6	5	3	54.8	19	39
7	6	1	40.3	21	47
8	6	2	51.8	18	43
9	6	3	41.6	22	53

磨削力的数学模型如式(2-4)、式(2-5)所示,其中 C 为与材料有关的待定系数,利用正交回归法,进行以下计算,其形式如下:

$$F_t = C a_p^x v_s^y v_w^z \tag{2-4}$$

$$F_n = C a_p^u v_s^v v_w^w \tag{2-5}$$

式中：C、x、y、z、u、v、w 为待定系数；a_p 为径向磨削深度（mm）；v_s 为砂轮线速率（m/s）；v_w 为工件线速率（m/min）。

取自然对数可得回归方程：

$$\ln F_t = \ln C + x \ln a_p + y \ln v_s + z \ln v_w$$

$$y = b_0 + b_1 x_1 + b_2 x_2 + b_3 x_3 \tag{2-6}$$

式中：$y = \ln C$；b_0、b_1、b_2、b_3 为待定系数；x_0、x_1、x_2、x_3 为 C、a_p、v_s、v_w 的水平编码。如对磨削用量进行水平编码，大值为 $+1$，小值为 -1，并对磨削力的试验值取自然对数，如表 2-5 所示。

表 2-5　内圆磨削力测试数据

试验序号	磨削条件			水平编码				磨削力	
	a_p /mm	v_s /(m/s)	v_w /(m/min)	x_0	x_1	x_2	x_3	F_t/N	F_n/N
1	0.001	51.8	4	$+1$	-1	$+1$	-1	14	32
2	0.003	41.6	5	$+1$	-1	-1	$+1$	18	44
3	0.001	41.6	4	$+1$	$+1$	-1	-1	20	43
4	0.003	51.8	5	$+1$	$+1$	$+1$	$+1$	19	39

将表 2-5 中的数据代入式（2-6）得

$$\begin{cases} b_0 - b_1 + b_2 - b_3 = \ln 14 \\ b_0 - b_1 - b_2 + b_3 = \ln 18 \\ b_0 + b_1 - b_2 - b_3 = \ln 20 \\ b_0 + b_1 + b_2 + b_3 = \ln 19 \end{cases} \tag{2-7}$$

解方程得 $b_0 = 2.867$，$b_1 = 0.103$，$b_2 = -0.076$，$b_3 = 0.05$。

最终相应的编码公式为

$$\begin{cases} x_1 = \dfrac{2(\ln a_p - \ln 0.003)}{\ln 0.003 - \ln 0.001} + 1 \\[2mm] x_2 = \dfrac{2(\ln v_s - \ln 51.8)}{\ln 51.8 - \ln 41.6} + 1 \\[2mm] x_3 = \dfrac{2(\ln v_w - \ln 5)}{\ln 5 - \ln 4} + 1 \end{cases} \tag{2-8}$$

求得三个变量值为 $x_1 = 1.82 \ln a_p + 6.11$，$x_2 = 909$，$\ln v_s = 3491$，$x_3 = 909$，$\ln v_w = 1363$。

将 x_1、x_2、x_3 代入式（2-6）中得到

$$y = 5.47 + 0.19\ln a_p - 0.69\ln v_s + 0.45\ln v_w$$

取反自然对数后可得

$$F_t = 259 a_p^{0.11} v_s^{-0.74} v_w^{0.56} \tag{2-9}$$

根据相同的原理可以得到法向磨削力的经验公式：

$$F_n = 457 a_p^{0.14} v_s^{-0.61} v_w^{0.52} \tag{2-10}$$

由以上公式可知,在这三个因素中,砂轮线速率 v_s 影响因子最大,分别达到 0.74 和 0.61,但和磨削力呈反相关,这与前面的试验结果是吻合的,即磨削速率增加,磨削厚度减小,则磨削力相应减小。切削深度 a_p 对磨削力的影响也较大,和磨削力呈正相关,与前面的试验结果也是吻合的,即磨粒切削厚度增加,接触弧长增大,有效磨刃数增加,因而磨削力会增大。但 a_p 对磨削力的影响程度不如轴向进给速率 v_w 的影响大,这与金属切削试验规律明显不同,这有可能由于花岗岩材料的硬度很大,加上主轴系统在磨削过程中的弹性变形导致实际切入深度比名义切深要小,所以砂轮的名义切深要比轴向进给速率影响要小。

2.2.2　花岗岩套圈内圆磨削中表面质量的试验研究

1. 花岗岩内表面磨削粗糙度试验研究

1) 试验意义

在进行花岗岩套圈磨削时,有很多磨削参数(即很多因素)对花岗岩磨削后的表面质量有直接影响,但在实际加工中又不是单一因素在起作用,这样就存在着多重因素配合试验的问题,这就需要对各个因素的各种试验条件进行合理的组合,而正交试验法恰恰满足了这个要求。运用正交试验法只需要做少数试验就能够反映出试验条件完全组合的内在规律,正确地、灵活地运用正交试验法可以在最短的时间内,用最少的投资达到比较理想的效果。因此本试验运用正交试验方法对影响其表面粗糙度的多重因素进行了研究,这些因素分别为砂轮粒度、工件转速、砂轮线转速和径向磨削深度等,并希望由此得出磨削花岗岩套圈时这些因素的最优组合。通过方差分析方法,得出这几个因素对花岗岩内圆磨削表面质量的影响程度,对花岗岩加工有着很重要的现实意义。

2) 表面粗糙度测量仪器介绍

本试验采用的粗糙度仪是由英国 Taylor Hobson 公司生产的型号为 SURTRONIC25 的接触式粗糙度测量仪。该仪器采用最高精度为 32nm 的传感器,适合生产线或实验室使用。该仪器可测量各种工件表面的粗糙度、波纹度和轮廓,由于该测量仪器的试验台为开敞结构,可以测量较大尺寸的工件,且对工件的形状限制较小。这就避免了因为很多测量仪器的封闭式测量平台导致的测量时将工件破坏的弊端。该测量仪器可以同时测量 R_a、R_z、R_t、R_P、R_v 等多种测量参数。

除此之外,该粗糙度仪同时具有三维测量功能,即通过数据点的采集,经过分析后即三维建模。首先设定需要采集的数据点,在一点的范围内进行数据点的采集,然后通过分析软件进行相应的分析,最后建立所测工件的三维模型,在此三维模型上任意一点的粗糙度都得到明确的标示。三维模型的建立使工件加工后的表面形貌的观察更加直观,更加便于分析。

该仪器的测头撑杆采用特殊碳纤维材料制成,这种材料密度小、硬度高,对微小的位移有很好的敏感性,能够有效地传递感应信号。侧头则采用人造金刚石材料制成,配有多种形状的测头,有球形、斧形、锥形等,便于不同形状和材料的工件测量。本试验主要采用锥形测头对磨削表面进行测量,工作台由花岗岩制成,花岗岩材料用于测量仪器的工作台,主要考虑到花岗岩材料的热膨胀系数很小,在实验室温度变化比较大的时候,这种材料不会发生大的形变,而且花岗岩这种材料属于天然石材,经过长时间的自然时效处理,其内应力非常小,甚至已经完全消失,那么在制成类似于这种高精度的测量仪器,在使用过程中不会发生由于材料的内应力而产生微小形变,从而提高了测量精度。因此,花岗岩特别适用制造高精度测量及加工设备的支撑部件。该仪器外观图如图 2-21 所示。

图 2-21　Taylor Hobson 粗糙度仪外观图

3）粗糙度仪标定

在进行工件的正式测量之前,需对粗糙度仪进行标定。粗糙度仪的标定采用随机携带的粗糙度仪标定样件进行标定,标定样件如图 2-22 所示。该仪器标定过程非常智能,操作起来也十分方便,标定用样件为一陶瓷材料球体,球体镶嵌在圆柱体样块上,在标定前使标定样件(球体)的顶部尽量与粗糙度仪的测针保持在同一个点,这样可以减少标定时间,当标定后的粗糙度 R_a 小于 $1\mu m$ 时,表明标定成功。标定成功界面如图 2-23 所示。

图 2-22　粗糙度仪标定样件

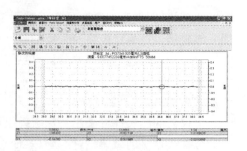

图 2-23　粗糙度仪的标定成功界面

4) 表面粗糙度评价参数的选用

零件加工过程中,由于刀具或砂轮切削后遗留的刀痕、切削过程中切屑分离时的塑性变形,以及机床的振动等原因,会在加工表面产生微小的峰谷。这些微小峰谷的高低程度和间距状况称为表面粗糙度,是一种微观几何形状误差。表面粗糙度的大小将直接影响零件的耐磨性、抗腐蚀性,影响零件的强度和机器与仪器的工作精度,因此表面粗糙度是评定加工制品表面质量的重要指标之一。

表面粗糙度就是研究零件表面和性能之间的关系,实现对表面形貌准确量化的描述。表面粗糙度对机械零件使用性能和寿命有很大的影响,尤其是对在高温、高压和高速条件下工作的机械零件影响更大。

(1) 对摩擦和磨损的影响。相互接触的工件表面有相对运动时,峰顶间的接触作用会产生摩擦阻力,使零件磨损,零件表面越粗糙磨损越快。但零件表面太光滑不一定意味着摩擦作用小,因为还有润滑以及分子间的吸附作用等因素有关。

(2) 对配合性能的影响。间隙配合由于粗糙不平相对运动的表面迅速磨损,使间隙增大,过盈配合,在装配时表面轮廓峰顶容易被削平,使实际过盈量减少。

(3) 对抗腐蚀性的影响。表面粗糙的零件,易使腐蚀性物质存积于表面的微观凹谷处,并渗入金属内部,使腐蚀加剧。

(4) 对疲劳强度的影响。粗糙表面对应力集中敏感,易产生裂纹。

本试验选用轮廓算术平均偏差 R_a 作为表面粗糙度纵向评定指标,R_a 为取样长度 l 内轮廓偏距绝对值的算术平均值,即在取样长度内轮廓偏距绝对值的算术平均值,如图 2-24 所示,即

$$R_a = \frac{1}{l} \int_0^l |y(x)| \, dx \tag{2-11}$$

或者近似为

$$R_a = \frac{1}{n} \sum_{i=1}^{n} |y_i| \tag{2-12}$$

式中:y 为轮廓偏距(轮廓上各点至基准线的距离);y_i 为第 i 点的轮廓偏距($i=1$,$2,\cdots,n$)。

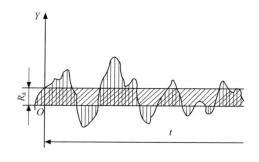

图 2-24　轮廓算术平均偏差的确定

5）磨削用量参数的选取

在磨床上进行内圆磨削加工花岗岩套圈时的磨削用量参数有：砂轮速率 v_s、工件速率 v_w、磨削深度 a_p 及砂轮粒度 M，它们对磨削效率和磨削后加工表面粗糙度有最直接影响。

（1）砂轮速率。

在外圆磨削、平面磨削、内圆磨削等任何一种磨削加工中，砂轮都必须进行高速回转运动，这是磨削加工的主运动，用砂轮圆周速率简称砂轮速率 v_s 来描述，单位为 m/s。砂轮速率需根据黏结剂强度、磨床条件、加工效率、磨削方式、磨削材料和工件表面粗糙度等各方面因素来综合确定。推荐使用的砂轮速率为 20～30m/s。

（2）工件速率。

外圆及内圆磨削时工件的圆周进给速率即为工件速率，平面磨削的工件速率指工件直线往复运动的速率，单位为 m/min。一般磨削加工中，工件速率在 10～20m/min，内圆磨削或细粒度砂轮精磨时，可适当提高工件速率。

（3）磨削深度。

磨削深度指砂轮每次切入工件的深度，单位为 mm。磨削深度的选择应以加工效率、磨削方式、磨具的粒度、黏结剂的种类等多方面因素综合考虑。一般地，磨料粒度越粗，选用的磨削深度越大；平面磨削方式的磨削深度大于外圆磨削；外圆磨削的磨削深度大于内圆磨削；黏结剂强度高时，选择的磨削深度可大一些。在内圆磨削中的磨削加工中磨削深度在 3～5mm 范围选择。

（4）砂轮粒度。

砂轮粒度是指磨料颗粒的几何尺寸大小，是沿磨粒长轴的垂直方向测定的。选择粒度时必须充分考虑黏结剂结合能力大小对粒度的影响，对于确定的黏结剂来说，有一最佳的粒度范围。通常情况下，树脂黏结剂磨具选用 100/120 以内；陶瓷黏结剂在 100/120～170/200 内选用；金属黏结剂其粒度在 70/80～230/270 之间。本试验采用的是金属黏结剂,所以其粒度范围应在 70～270 之间选取。

磨削用量的选择既要遵循上述原则,还应视具体情况进行综合平衡。

2. 试验设计

1) 正交试验原理

试验中共有四个因素,每个因素有三个水平,如果不用正交试验法而通过全面试验来确定优秀的试验方案,需要进行完全的位级配合,共做 81 次试验。现在选用 $L_9(3^4)$ 正交表进行试验,只需要做 9 次试验,节省了大量的时间,并具有更高的试验效率。正交试验每个因素的每一个位级都有 3 个试验,位级的搭配是均匀的,试验方案均匀地分散在配合完全的位级组合之中,而且对于每列因素来说,在各个位级导致的结果之和中,其他因素的各个位级出现的次数都是相同的。在比较某一个因素的几个位级,选取优秀位级时,其他因素的各个位级出现了相同的次数,这就最大限度地排除了其他因素的干扰,使这一因素的几个位级之间具有可比性。

2) 试验因素和试验水平

影响花岗岩内圆磨削表面粗糙度的因素很多,本试验仅限于研究金刚石砂轮特性参数和数控磨床磨削用量主要参数对表面粗糙度的影响。影响本试验研究的因素有四个,各因素取三个水平。

(1) 粒度是砂轮特性参数中最重要的因素,是重点研究对象,试验方案中粒度因素用代号 M 表示。国标规定有 28 个粒度号,本试验选取有代表性的三种粒度 $80^\#$、$140^\#$ 和 $200^\#$ 作为 M 因素的三个水平。

(2) 花岗岩是一种硬度很大的天然石材,因此磨削过程中磨削深度不宜过大,在内圆磨削中磨削深度一般在 $3～5\mu m$ 选取。本试验选取有代表性的三种磨削深度 $6\mu m$、$12\mu m$ 和 $18\mu m$ 作为磨削深度研究的三个水平。试验方案中磨削深度因素用代号 a_p 表示。

(3) 本磨床的最高转速可达到 36000r/min,考虑到实际加工中砂轮速率的常用范围为 15～30m/s,不考虑工具磨损,在低速、中速和高速段各选取一种。这里分别取 8.64m/s,17.27m/s 和 25.91m/s 作为砂轮速率的三个水平。试验方案中砂轮速率因素用 v_s 表示。

(4) 工件速率的常用范围为 10～50m/min,内圆磨削或细粒度砂轮精磨时,可适当提高。所以,取 13.8m/min、27.6m/min、41.4m/min 三种速率作为工件线速率的三个水平。试验方案中工件速率因素用 v_w 表示,详见表 2-6。

表 2-6　试验因素水平表

序号	砂轮粒度 M	磨削深度 a_p/mm	砂轮速率 v_s/(m/s)	工件速率 v_w/(m/min)
1	80#	0.006	8.64	13.8
2	140#	0.012	17.27	27.6
3	200#	0.018	25.91	41.4

3. 正交试验计划表

由于正交试验计划表具有均匀分散性和整齐可比性,以 R_a 为表面粗糙度评定参数。这里取四个因素,每个因素取三个水平,按照正交试验设计要求,任一因素的诸水平做相同数目的试验,任两个因素的组合做相同数目的试验。所以我们完全可以按照表 2-4 的因素组合进行试验工作。

4. 表面粗糙度试验结果分析

测量表面粗糙度的试验结果如表 2-7 所示。对表 2-7 中正交设计的试验数据进行处理,各列在同一水平时,其试验数据的总和记为 $T_i(i=1,2,3)$,其平均值记为 $m_i=T_i/3$,极差 $R_i=\max(m_i)-\min(m_i)$。极差 R_i 越大,表明该因素的水平变化时对粗糙度的影响越大。

表 2-7　测量表面粗糙度的试验结果计算分析表

序号	a_p/μm	v_s/(m/s)	M/(#)	v_w/(m/min)
1	6	8.64	80	23
2	6	17.27	140	46
3	6	25.91	200	92
4	12	8.64	140	92
5	12	17.27	200	23
6	12	25.91	80	46
7	18	8.64	200	46
8	18	17.27	80	92
9	18	25.91	140	23

通过对表 2-7 的分析可知,砂轮粒度这一因素的极差,高于其他三因素的极差,说明这个因素对花岗岩表面质量的影响最为活跃。那么,砂轮粒度对花岗岩加工后的表面质量影响最为明显,砂轮径向磨削深度影响次之,工件线速率的影响第

三,砂轮线速率影响最小。即这四因素对花岗岩加工表面的影响水平顺序为:砂轮粒度 M>径向磨削深度 a_p>工件线速率 v_w>砂轮线速率 v_s。以每个因子各水平代表的实际状态为横坐标,试验结果之和平均值 m_1 为纵坐标,画出该因素对花岗岩比磨削能的影响示意图如图 2-25~图 2-28 所示。

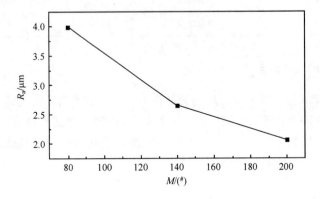

图 2-25　粗糙度随砂轮粒度变化

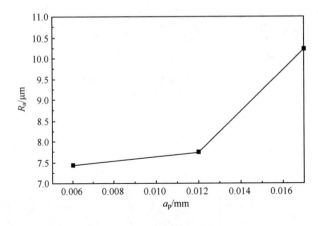

图 2-26　粗糙度随砂轮磨削深度变化

1) 砂轮粒度的影响

图 2-25 反映的是粗糙度随砂轮粒度变化情况。砂轮粒度对表面粗糙度指标 R_a 的影响最大,在各因素中起主导作用。从试验结果看,使用 80# 粒度砂轮加工表面粗糙度普遍大于使用 140# 粒度砂轮加工表面粗糙度,均大于 200# 粒度砂轮加工表面粗糙度,使用 140# 粒度砂轮加工表面粗糙度普遍大于 200# 粒度砂轮加工表面粗糙度。从表 2-7 及图 2-25 中表面粗糙度 R_a 与粒度关系图可以看出,砂轮粒度从 80#、140# 到 200# 改变时,平均粗糙度变化是 3.9810μm—2.6467μm—

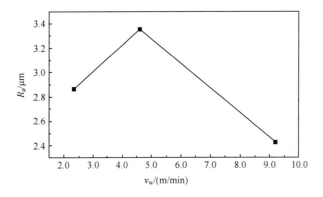

图 2-27　粗糙度随工件速率变化

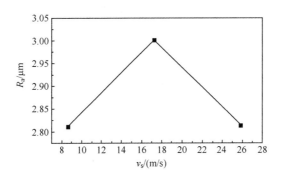

图 2-28　粗糙度随砂轮速率变化

$2.0612\mu m$,相差较大,特别是从 $80^{\#}$ 换到 $140^{\#}$ 时的变化更大。说明把砂轮从 $80^{\#}$ 换成 $140^{\#}$,加工表面粗糙度的变化很大,究其原因是由于磨粒的尺寸效应对磨料破碎程度和砂轮表面形貌发生着较大影响。在磨削过程中,一些磨粒切削了工件表面,是有效磨粒;但也有一些磨粒在整个磨削过程中始终没有切削工件表面,是无效磨粒。砂轮磨粒粒径大小影响实际参加切削的磨粒数量。随着磨粒尺寸的减小,在砂轮表面的磨粒数越多,砂轮表面上的磨粒间距减小,单位面积上的有效磨粒切刃数增加,这样工件表面加工残余高度就会大大下降,即形成表面粗糙度 R_{a} 小的表面。因此,要控制加工细的表面必须首先选择细粒度砂轮。

2) 径向磨削深度的影响

图 2-26 反映的是粗糙度随砂轮磨削深度变化情况。花岗岩内表面的粗糙度值基本上是随着径向磨削深度的增大而增大的,因为在径向磨削量、轴向振荡量和轴向振荡速率一定的条件下,砂轮的磨削深度是随着径向磨削速率的增大而增大,当砂轮的磨削深度增大时,会使花岗岩内表面的法向力增大,这就使电主轴的主轴在磨削过程中产生微振,而花岗岩脆性很大,这就使花岗岩表面产生脆性破碎,从

而使得表面粗糙度很大。

3) 工件速率的影响

图 2-27 反映的是粗糙度随工件速率变化情况。随着砂轮线速率的增加,花岗岩套圈内表面的粗糙度会降低,这是因为砂轮线速率增加,既可以增加磨削砂轮的自锐能力,获得较高的去除率,还可以在花岗岩表面和砂轮之间产生高温,提高了工件材料的断裂韧性,增加了塑性变形,改善了工件的表面质量,表面粗糙度也会随之减小。但是砂轮的速率不能太大或太小,太大会增大砂轮的热磨损,引起砂轮黏结剂的失效,使得金刚石颗粒的快速脱落,这样会造成加工成本增加,而且增大砂轮的速率,还会引起磨削系统的振动,增大了加工误差;如果砂轮速率过小,则会增大每个金刚石颗粒在花岗岩表面上的实际磨削深度,这样会增加磨削力,导致花岗岩表面更易发生破碎,影响表面加工质量。

4) 砂轮速率的影响

图 2-28 反映的是粗糙度随砂轮速率变化情况。低速时,表面粗糙度随着磨削深度的增大而增大;中高速时,表面粗糙度随着磨削深度的增大而减小;中速时,磨削深度对表面粗糙度影响较大;高速时影响较微弱。这是因为,低速时单位时间内参与切削的磨刃数少,增加磨削深度使得单位切削面积内单位时间的切削刃数减少,工件表面残留高度增加,表面粗糙度增大;高速时单位时间内参与切削的磨刃足够多,增加磨削深度虽然使单位切削面积内单位时间的切削刃数有所减少,但不会影响工件表面残留量,所以不会降低表面粗糙度。

通过进一步分析可知,当径向磨削深度为 $12\mu m$ 时,花岗岩的表面粗糙度最小,其表面质量最好,即最佳径向磨削深度为 $12\mu m$。以此类推,与最佳表面质量相对应的其他三因素分别为:砂轮线速率为 $17.27m/s$,砂轮粒度为 $140^{\#}$,工件线速率为 $92m/min$,但是在以上九组试验设计中并没有包含这种数据组合,因此需要追加一次试验。那么本试验在 $a_p=12\mu m$,$v_s=17.27m/s$,$M=140^{\#}$,$v_w=9.2m/min$ 工况下进行花岗岩的磨削,结果得到花岗岩表面粗糙度为 $1.7486\mu m$,其测量结果见图 2-29。由图 2-29 可见,追加试验所测粗糙度要小于以上九组试验中的任意一组,因此追加试验是有意义的。

5. 花岗岩磨削微观分析

图 2-30 和图 2-31 分别为以上九组试验数据组合中两种典型的花岗岩磨削后的表面形貌,数据采集是在 1mm×3mm 长方形区域内进行的,数据采集点数设定为 60,通过软件的数据处理建立测量区域的三维模型。理论上来说,设定的数据采集点越多,建立的三维模型越精确,越接近真实。为了保证数据采集区域的一致性,在花岗岩试件上做上相应的标志。

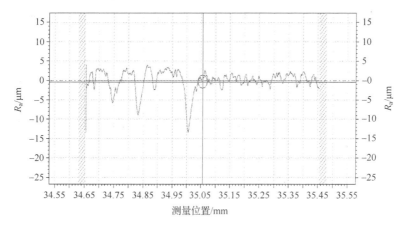

图 2-29　追加试验粗糙度结果

图 2-30　粗糙度最大表面形貌

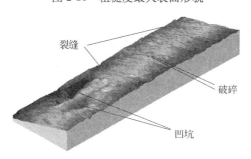

图 2-31　粗糙度最小表面形貌

图 2-30 反映的是径向磨削深度为 $6\mu m$,砂轮线速率为 8.64m/s,砂轮粒度为 $80^{\#}$,工件转速为 23m/min 的工况下花岗岩磨削后的表面形貌。从试验结果来看,此工况下的粗糙度为 $4.5861\mu m$,在九组试验里粗糙度最大。从图 2-30 中可以看出,此花岗岩表面划痕非常均匀,未出现明显的凹坑,这是因为此种工况砂轮粒度非常小,砂轮粒度越小,切削刃越锋利,很多时候能够顺利地将花岗岩中云母等成分切割下来,而不发生解离。表面的划痕一般是因为花岗岩材料被去除后,部分材料未被磨削液冲走,而是停留在砂轮与花岗岩表之间,随着砂轮的旋转在加工表面形成

了与旋转方向相一致的运动。由以上分析可知,磨削因素中,砂轮粒度影响最大。

图 2-31 反映的是径向磨削深度为 $12\mu m$,砂轮线速率为 17.27m/s,砂轮粒度为 $200^{\#}$,工件转速为 23m/min 工况下花岗岩磨削后的表面形貌。从试验结果来看,此工况下的粗糙度为 $1.8238\mu m$,在九组试验中粗糙度最小,表面质量最好。从图 2-31 可以明显看出,此工况磨削条件下,花岗岩表面存在着凹坑、孔隙、裂隙、破碎等缺陷,这是因为花岗岩是一种成分和结构都很复杂的材料,不同的矿物成分和结构上的缺陷都将影响磨削加工表面的粗糙度,其表面特征与其他硬脆性材料有很大的差别。在这些缺陷中,孔隙、裂隙、晶界是花岗岩与生俱来的,即使再精细的加工也无法将其消除;凹坑则可能来源于材料在力学上的缺陷,并在各道工序中受力破碎后造成的。

2.2.3　基于比磨削能的花岗岩内圆磨削的正交试验研究

1. 尺寸效应和比磨削能

1) 磨削中的尺寸效应

磨削过程中的尺寸效应是指随着磨粒切深及平均磨削面积的减小,单位磨削力或比磨削能增大,即随着切深的减小,切除单位体积材料需要更多的能量。

目前,解释尺寸效应生成的理论有三种,分别为 Pashlty 等提出的从工件的加工硬化理论解释尺寸效应,从金属物理学观点分析材料中裂纹与尺寸效应的关系,用断裂力学原理对尺寸效应进行解释。

(1) 用加工硬化理论解释比磨削能的尺寸效应。

用磨削中工件材料加工硬化解释尺寸效应的产生机理,是在研究磨削的变形和比能时得出的。磨削时被磨削层比切削时的变形大得多,其主要原因是磨削时磨粒的钝圆半径与磨削层厚度比值较切削加工时大得多。另外,磨粒切刃有较大的负前角以及磨削时挤压作用,加上磨粒在砂轮表面上的随机分布,致使被切削层经受过多次反复挤压变形后才被切离。通过观察收集磨屑和磨削后的表面变质层,并通过测量磨削力的大小与计算出的磨削比能的情况可知,磨削时,磨削比能比车削时大得多。

(2) 用材料的裂纹缺陷解释比磨削能的尺寸效应原理。

美国的 McShaw 等在研究比磨削能时,测量出磨削力,并计算出比磨削能。结果显示,在磨削深度小于 $7\mu m$ 时,比磨削能便减小。磨削中的尺寸效应主要是由于工件材料内部的缺陷所引起的。当磨削深度小于材料内部缺陷的平均间隔时,磨削相当于在无缺陷的理想材料里进行,此时的磨削剪应力和单位剪切能量保持不变;当磨削深度大于平均间隔时,由于材料内部的缺陷(如裂纹等)使切削时产生应力集中,随着磨削深度的增大,单位剪应力和单位键剪切能减小,这就是尺寸效应。

（3）用断裂力学原理分析尺寸效应产生的机理。

由断裂力学可知,材料的断裂与材料中的裂纹有关,材料强度的降低是由于材料中存在细微裂纹造成的。因此材料的断裂过程实际上就是裂纹的扩张过程。材料的单位磨削力与磨削深度之间存在如下关系:

$$F_P = K \left(\frac{1}{a_p} \right)^{\delta} \tag{2-13}$$

式中: F_P 为单位磨削力; K 为传递系数; a_p 为磨削深度。

当 $\delta=0.5$ 时,可认为磨削能量全部消耗在工件上磨削深度 a_p 处材料的断裂所做的功,相当于静态力作用于工件上;当 $\delta=0$ 时,则意味着单位磨削力不随磨削深度的改变而改变,没有尺寸效应产生,能量全部消耗在与工件产生的摩擦热上。实际上,不可能出现完全切削和单纯摩擦这类极限情况,因此, δ 值的取值范围应该在 $0\sim0.5$ 之间。从式(2-13)中可以看出,单位磨削力随磨削深度的增加而降低。

2）比磨削能的意义

比磨削能是磨削单位体积材料的磨削能量,它主要反映的是磨削效率,也可以反映磨粒与工件的干涉机理和干涉程度,同时还可反映出过程参数对磨削效率的影响情况,与材料的可磨性以及去除机理有着密切的关系。在粗加工中,花岗岩材料主要以脆性断裂方式去除,比磨削能较小;在精加工中,去除率的降低使得未变形切削尺寸减小,导致更多塑性变形,比磨削能较大。这主要是因为花岗岩材料发生塑性变形比发生脆性变形需要消耗更多的能量,故比磨削能在一定程度上可以作为判断花岗岩等材料去除机理的一个重要参数。本书讨论的是粗加工过程中比磨削能随磨削参数的变化情况以及与最佳磨削效率相对应的磨削参数。

3）比磨削能的计算公式

比磨削能 u 和切向磨削力的关系十分密切,其值可用下式计算:

$$u = \frac{F_t (v_s \pm v_w)}{v_w a_p b} \tag{2-14}$$

式中: F_t 为切向磨削力; b 为磨削宽度; a_p 为径向磨削深度; v_w 为工件转速; v_s 为砂轮线速率;逆磨取"＋"号,顺磨取"－"号。

要说明的是,这里的比磨削能计算公式为经验公式,在实际工程计算中,当前仍采用经验公式为主。由式(2-14)可以看出,比磨削能的计算包括砂轮线速率、磨削深度、工件转速这几个主要因素,它们的变化会都会影响比磨削能的变化。因此在进行正交试验设计时,应主要考虑这几个因素。

2. 正交试验设计与磨削试验

1）参数的选取

由比磨削能的经验公式(2-14)可知,与比磨削能直接相关的参数分别为:砂轮径向磨削深度、砂轮线速率、工件转速及切向磨削力。其中切向磨削力是由 Kister 旋转测力仪测得的，又根据相关研究可知，影响磨削力的主要因素分别为磨削深度、砂轮线速率、砂轮粒度、工件转速。综合磨削力与比磨削能的影响因素，这里我们选取磨削深度、砂轮线速率、砂轮粒度和工件转速这四个参数作为正交试验的因素，每个因素取三个水平。根据实际试验条件，Kister 旋转测力仪测力极限转速应在 10000r/min 以下，当砂轮转速超过 10000r/min 时，测力仪采集的数据将会失真。因此试验选取砂轮转速分别为 3000r/min、6000r/min 和 9000r/min。根据大量试验可知，磨削花岗岩时，当径向磨削深度到 20μm 以上时，磨床剧烈振动不能正常工作，因此试验选取径向磨削深度分别为 6μm、12μm 和 18μm。砂轮的粒度选取原则应该控制在粗加工范围内，且有一定的范围跨度，以便于进行对比分析。这里分别选取 80#、140# 和 200# 这三种粒度的砂轮。结合生产实践，这里设定工件线速率分别为 23m/s、46m/s 和 92m/s。具体数据如表 2-8 所示。

表 2-8　正交设计的因素和水平

水平	A 径向磨削深度 /μm	B 砂轮线速率 /(m/s)	C 砂轮粒度	D 工件线速率 /(m/min)
1	6	8.64	80#	23
2	12	17.27	140#	46
3	18	25.91	200#	92

表头设计用 $L_9(3^4)$ 正交表，即一共九组试验。按上述四因素三水平设计的各个试验号、参数选取以及试验参数配比如表 2-9 所示。

表 2-9　正交表和比磨削能试验参数配比

试验号	列　号				相应配比				试验结果 /×10⁻³N
	A	B	C	D	A	B	C	D	
1	1	1	1	1	6	8.64	80	23	16676
2	1	2	2	2	6	17.27	140	46	27556
3	1	3	3	3	6	25.91	200	92	40248
4	2	1	2	3	12	8.64	140	92	1884
5	2	2	3	1	12	17.27	200	23	26235
6	2	3	1	2	12	25.91	80	46	6493
7	3	1	3	2	18	8.64	200	46	4844
8	3	2	1	3	18	17.27	80	92	1529
9	3	3	2	1	18	25.91	140	23	14171

对表 2-9 中正交设计的试验数据进行处理，计算如下：各列在同一水平时，其

试验数据的总和记为 $T_i(i=1,2,3)$，其平均值记为 $m_i = T_i/3$，极差 $R_i = \max(m_i)$ $-\min(m_i)$。极差 R_i 越大，表明该因素的水平变化时对比磨削能 u 的影响越大，反之越小。

具体试验结果以及试验数据分析见表 2-10。

表 2-10　正交试验结果分析

| 序号 | 列　　号 | | | | 切向磨削力 F_t $/\times 10^{-3}\text{N}$ | 比磨削能 $u/(\times 10^{-3}\text{J/mm}^3)$ |
	A 磨削深度	B 砂轮速率	C 砂轮粒度	D 工件速率		
1	1	1	1	1	32.43	16676
2	1	2	2	2	53.62	27556
3	1	3	3	3	102.86	40248
4	2	1	2	3	27.21	1884
5	2	2	3	1	51.75	2623
6	2	3	1	2	16.99	6493
7	3	1	3	2	55.09	4844
8	3	2	1	3	17.40	1529
9	3	3	2	1	28.05	14171
T_1	84480	23404	24698	57082		
T_2	34612	55012	43611	38933		
T_3	20544	60912	71327	30661		
m_1	28160	7801	8233	19027		
m_2	11537	18337	14537	12978		
m_3	6848	20304	23776	10220		
R_i	21312	12503	15543	8807		

2）正交试验设计的直观分析

观察表 2-10 中的极差 R_i 可以看出，径向磨削深度的极差最大，砂轮粒度极差次之，砂轮转速第三，工件转速最小。故可以得到对花岗岩比磨削能的影响主次顺序为：径向磨削深度＞砂轮粒度＞砂轮转速＞工件转速。

通过对表 2-10 的观察可知，磨削深度在 $18\mu\text{m}$，相应的比磨削能最小。相类似地，其他与最小比磨削能相对应的因素分别为：砂轮粒度 80#，砂轮转速 8.64m/s，工件转速 92m/min。可惜在这九次试验中并没有包括这种水平组合，追加此水平组合试验。如图 2-32 所示测力仪所测追加试验结果，其大小为 14.5N，那么通过比磨削能经验公式可得此水平组合下的比磨削能为 6.69J/mm³。这个结果要低于九次试验的最好结果 15.29J/mm³，显然是最佳组合。

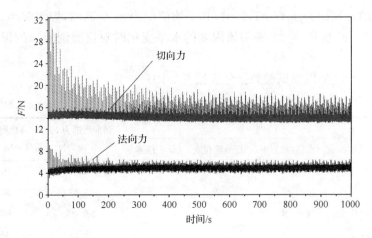

图 2-32　追加试验磨削力

通过对表 2-10 的观察我们可以得出，花岗岩的比磨削能基本在 $15\sim40\mathrm{J/mm^3}$ 之间，查得普通钢料的比磨削能在 $60\sim200\mathrm{J/mm^3}$ 之间，Si_3N_4 比磨削能在 $11.12\mathrm{J/mm^3}$ 左右，Al_2O_3 比磨削能在 $4.0\mathrm{J/mm^3}$ 左右，9Mg-PSZ 比磨削能在 $8.12\mathrm{J/mm^3}$ 左右。

花岗岩与金属材料相比可加工性差，而与陶瓷材料相比较，可加工性较好，关于不同材料比磨削能的讨论如下。对于磨削来说，比磨削能的大小与材料的去除方式有着极大的关系，研究表明，磨削过程的特征类型取决于由材料显微硬度及断裂韧性所确定的磨粒临界切削厚度。因此，当磨削用量确定后，材料的性能将确定磨削过程的特征。在试验采用的磨削条件下，普通钢的材料去除主要以塑性剪切为主，Al_2O_3、Si_3N_4 等陶瓷材料的材料去除方式主要以脆性破碎为主，而花岗岩这种材料的去除方式兼有塑性剪切和脆性破碎。显然，磨粒在显微塑性变形过程受到比脆性断裂过程更大的切削阻力，显微塑性变形所需要的能量也大于形成脆性断裂所需的能量。同属显微塑性变形过程，硬度较高的陶瓷材料，其显微塑性变形的阻力较大，磨削力和比磨削能较大。因此可知，这三种材料比磨削能大小顺序为：金属材料＞石材＞陶瓷材料。金属材料、石材与陶瓷材料的比磨削能的巨大差异，反映了这三类材料的去除机理的本质区别。

下面以每个因子各水平代表的实际状态为横坐标，试验结果的平均值为纵坐标，画出该因素对花岗岩比磨削能的影响示意图。

图 2-33 为比磨削能随砂轮径向磨削深度变化情况。从图中可以看出，径向切削深度在 $6\sim18\mu m$ 时，比磨削能呈降低趋势。磨削深度的增加，一方面使得磨粒切削厚度增加，另一方面又使得接触弧长增大，有效磨粒的总数增加，因此磨削力有着显著的增加，其影响要大于砂轮磨削速率和工件速率。但随着磨削深度的增

大,单位时间的磨除量增大,磨削能增加,相反磨削深度增大,以大量级崩碎去除材料的磨粒数目明显增多,去除单位体积材料所需的能量下降,因此比磨削能大幅度减小。

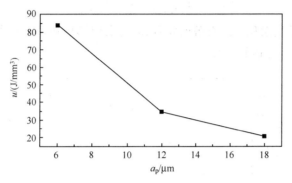

图 2-33　比磨削能随砂轮径向磨削深度变化

图 2-34 为比磨削能随砂轮粒度变化情况。从图中可以看出,随着砂轮粒度的增大,比磨削能也逐渐增加。粒度表示磨粒大小的程度,数字越大则表示磨粒越细,磨粒体积越小,砂轮在磨削过程中,越容易以脆性去除的方式切入加工对象,而且切削深度越大,意味着被切削材料以大量级去除的比例越大,这样也就降低了材料去除所需的能量。而当以很细磨粒的砂轮对石材进行磨削时,大部分磨粒并未切入花岗岩,而是在花岗岩表面进行滑擦,大部分能量转化成由于摩擦产生的热能。根据文献可知,在磨削中由于砂轮滑擦损耗的能量要远大于材料脆性去除消耗的能量,所以比磨削能随砂轮粒度号的增加而增加。

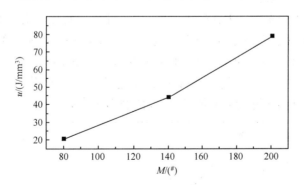

图 2-34　比磨削能随砂轮粒度变化

图 2-35 为比磨削能随砂轮线速率变化情况。从图中可以看出,随砂轮转速的增加,比磨削能呈增大趋势。由磨削理论可知,比磨削能由成屑能、耕犁能和滑擦能组成。其中只有成屑能真正用于材料去除,反映材料的去除机理,耕犁能和滑擦能基本转化为热能。随磨削速率的提高,耕犁能、滑擦能增大并转化为热能。为了

解释这个现象,本书引进最大未变形切屑厚度 d_{max} 这个概念,假定单个切屑截面为三角形且整个切屑不变形,则 d_{max} 为

$$d_{max} = \left(\frac{3}{c\tan a}\right)^{\frac{1}{2}} \left(\frac{v_w}{v_s}\right)^{\frac{1}{2}} \left(\frac{a_p}{d_s}\right)^{\frac{1}{4}} \tag{2-15}$$

式中:c 为砂轮单位面积上的有效磨粒数;a 为未变形切屑横断面的半角(取 60°);a_p 为磨削深度;d_s 为砂轮直径。

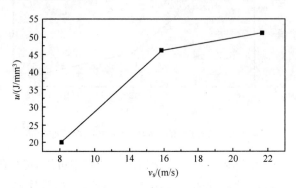

图 2-35　比磨削能随砂轮线速率变化

　　由式(2-15)可知,在其他参数不变的情况下,砂轮速率越低,最大未变形切削厚度 d_{max} 越大,那么就意味着大部分材料以大量级的形式去除,比磨削能主要集中在成屑能上。相反,砂轮速率提高,材料的去除方式由脆性剥落演化成显微塑性变形,那么大部分能量为耕犁能和滑擦能转化成的热能。而这要比材料脆性去除消耗的能量大,因此砂轮速率越高,比磨削能越大。

　　通过图 2-34～图 2-36 的比较可以看出,工件转速对比磨削能的影响比较小,这是因为工件转速相对较小,所以工件速率的增大对单颗磨粒未变形磨屑厚度的影响比较小。工件速率增加时,单颗磨粒未变形磨屑厚度成正比增加,单颗磨粒未变形磨屑厚度的增加,对于脆性材料而言,就意味着更多材料以大量级的形式去除,因此降低了材料去除所需的能量,所以比磨削能降低。

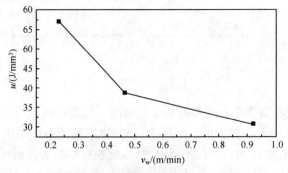

图 2-36　比磨削能随工件转速变化

2.2.4　花岗岩内圆磨削中砂轮磨损的研究

1. 磨削过程中金刚石砂轮磨损机理的研究

1) 砂轮磨损影响因素

工具中金刚石含量低,功耗也低,但金刚石含量太低,宏观破碎会剧增,从而造成出刃高度不足,使功耗反而增加;金刚石含量高,则功耗增加,进而导致金刚石脱落,工具耐磨性反而下降。如果金刚石品级高,在含量低的条件下,其完整晶型率仍较高,功耗低,此时要求黏结剂的耐磨性要好,这才能发挥高质量金刚石的效用。相反,金刚石品级低时,其抗压和抗冲击力差,在磨削时易发生磨损和破碎,这就要求黏结剂的耐磨性要相对低些,以保证砂轮的良好自锐效果。

加工条件对砂轮的磨损有明显影响。在其他参数一定时,不同磨削深度存在着一最佳砂轮速率;不同切削深度存在着一最佳进给速率。所以对不同磨削条件都要进行参数优化,确定出最佳磨削工艺参数。

被加工材料的性质对金刚石砂轮的磨损也有不同影响。材料的硬度、断裂韧性等均对砂轮磨损有影响。硬度大的材料,砂轮的磨损为金刚石磨粒的宏观破碎和脱落,主要是黏结剂强度和耐磨性不够;硬度不大的材料,砂轮的磨损主要表现为磨粒的微观破碎和磨粒脱落。

2) 金刚石砂轮磨损分类

金刚石砂轮磨削石材时,砂轮与石材间的机械作用包括石材在切削力作用下产生的弹性和塑性变形、石材与金刚石之间的摩擦、石材与黏结剂间的摩擦、磨屑与黏结剂间的摩擦等。把金刚石的磨损机理可分为四种类型:

(1) 黏着磨损。金刚石黏着在石材表面,并被剪切掉一部分。

(2) 摩擦磨损。岩石中的极硬颗粒刮擦金刚石表面。

(3) 扩散磨损。工件与金刚石之间的化学反应降低了金刚石的强度和硬度。

(4) 磨粒破碎。机械过载、热过载或疲劳引起的金刚石破碎。

其中,磨粒的破碎与摩擦是导致磨粒从结块上磨损掉的主要原因。文献认为,金刚石在承受与花岗岩的直接摩擦、磨损的同时,还要受到花岗岩切削碎屑的冲击与磨损,因此金刚石的磨损类型可归纳为磨粒磨损、冲击磨损和流体中固体微粒引起的冲蚀磨损。一般来说,在低速加工时,机械载荷对金刚石磨粒磨损起着主要作用,而在高速加工时,冲击磨损起着主要作用。

由于砂轮表面状态是一切影响因素的综合反映,人们一直期望能够通过观察磨损后的金刚石砂轮表面形貌状态,揭示金刚石失效的本质。20 世纪 70 年代后期,德国学者最早对砂轮表面金刚石的磨损形态进行了分类。有的学者为更好地描述磨削过程中金刚石磨粒的磨损过程,进一步将金刚石磨粒的磨损形式分为五

种甚至六种:刚出露、完整、磨平、微观破碎、宏观破碎和脱落,典型形貌如图 2-37
所示。有的研究人员又将砂轮磨损形式分为机械磨损、化学磨损和黏附磨损三种
方式。

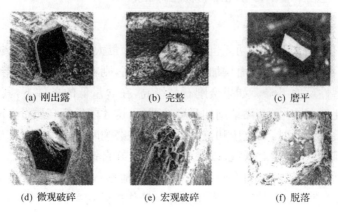

(a) 刚出露　　　　　　(b) 完整　　　　　　(c) 磨平

(d) 微观破碎　　　　　(e) 宏观破碎　　　　　(f) 脱落

图 2-37　金刚石磨损状态

3) 金刚石砂轮磨损过程分析

砂轮磨损取决于砂轮砂粒磨损面的大小、工件表面的质量及磨削力等因素。
磨削过程中随着被磨材料磨除体积的增加,砂轮磨损逐渐增大,对砂轮的磨损与金
属材料磨除体积之间的关系,文献认为砂轮的磨损过程可分为三个磨损期(如
图 2-38所示)。

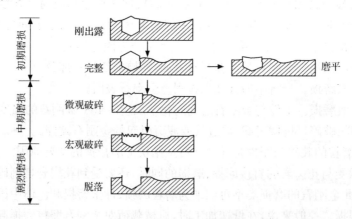

图 2-38　金刚石磨损示意图

第一期磨损阶段为初期磨损阶段,主要是磨粒的破碎和整体脱落,其原因是修
整后的砂轮工作表面上磨粒受修整工具冲击而产生裂纹。在磨削力作用下,产生
裂纹的磨粒会出现大块碎裂,而松动的磨粒则会整体脱落。

第二期磨损阶段,即正常磨损阶段,因在力的作用下,仍会有一些磨粒破碎,但

主要是磨粒经历长时间的切削钝化,为磨耗磨损。由于该阶段磨粒切削刃较稳定的切削,使砂轮的磨损曲线变得比较平坦。

第三期磨损阶段,由于磨粒切削刃进一步钝化,使作用在磨粒上的力急剧增大,导致磨粒产生大块碎裂、黏结剂破碎及整个磨粒脱落。此时曲线上升很陡,砂轮不能正常工作。

在磨削加工中,砂轮表面附着大量切屑,这种现象严重影响了砂轮的正常工作,称为砂轮堵塞。砂轮堵塞一般分为两类,一类为侵入型(嵌入型)堵塞,即切屑钻入砂轮表面的空隙中,在磨削钢材时容易出现这种形式的堵塞。另一类为黏附(黏着)型堵塞,切屑熔结在磨粒及黏结剂表面上,把磨粒切刃覆盖。如切削非铁金属,如钛合金、铜合金、镁合金等延展性好、熔点低的金属材料时常发生黏附型堵塞。当砂轮堵塞到一定程度后,其切削能力明显下降,容易出现明显的振动和噪声,甚至发生烧伤现象。砂轮堵塞的形式和程度主要和工件材料的机械性能、砂轮的特性、磨削用量、磨削液类型和供液方式等因素有关。其中,砂轮速率、工件速率、进给速率、磨削深度及磨削液等是影响磨削过程中堵塞现象及磨削效果的重要参数。对磨削用量参数进行多因素试验,建立数学模型,优化合理的磨削参数并总结出规律,是指导工业生产的一种常用方法。

金刚石磨粒出刃高度的变化是表征金刚石磨损速率和黏结剂的磨损程度是否相匹配的重要指标,合理的出刃高度反映出较优的锯切工艺参数。英国学者认为,金刚石颗粒出刃高度的变化与被磨岩石类型和磨削功率密切相关,通过扫描电镜跟踪了单颗金刚石磨粒的失效过程并测量其出刃高度的变化,研究了节块磨损规律。目前的研究主要集中在研究单颗磨粒出刃高度的变化上,然而磨削加工是由大量随机分布的金刚石磨粒参与的,只有抽取足够数量的磨粒作为样本来研究出刃高度及其分布规律才具有统计意义。由于测量困难、统计烦琐,目前这方面的研究还很少。随着计算机视频监测技术的发展,将会有新的检测手段、新的评价指标体系被引用到定量评价节块表面状态中去。

2. 金刚石砂轮的休整方法

金刚石砂轮的修整方法可分三大类,即固结磨具修整法、游离磨料修整法及特种加工休整法。目前超硬磨料砂轮的休整方法主要有:机械休整法、超声振动修整技术。

1) 机械休整法

机械休整是利用修整工具和金属黏结剂砂轮之间硬度、强度和耐磨性的差异,通过两者之间的挤压、切削与磨削作用来去除砂轮表面的材料。

(1) 金刚石笔休整。

用于修整树脂黏结剂超硬磨料砂轮,修整时砂轮应低速旋转,否则修整效果不好,且金刚石笔磨损较快,用这种方法修整的砂轮表面较光滑,磨削性能差,形状尺寸精度较低,故该方法只在没有其他修整条件下使用。

(2)滚压休整法。

所用的整形砂轮为绿色碳化硅或白色氧化铝陶瓷黏结剂砂轮,其粒度应根据超硬磨料砂轮的粒度选择,若超硬磨料砂轮粒度细,则应选较细的修整轮。滚压修整法的修整机理与金刚石笔修整工具的修整机理不同,前者主要靠压力使磨粒破碎与脱落,后者主要靠剪切力。由于滚压整形修整时需要较大的滚压力,磨床的刚性要求高,否则修整出的砂轮轮廓度较低。

(3)磨削修整法。

磨削休整法是目前广泛使用的可适用于各种黏结剂金刚石砂轮的修整方法,一般采用碳化硅、刚玉或金刚石砂轮作为磨具,磨削休整法既可用于砂轮的整形又可用于砂轮的修锐。磨削整形过程中一般通过两种方法去除砂轮黏结剂:一是表层磨料对黏结剂的切削作用;二是进入接触区的脱落的或破裂的磨粒对黏结剂的研蚀作用。采用普通固结磨具修整金刚石砂轮时,由于普通磨料砂轮无论从黏结剂还是磨粒本身的硬度及强度都低于金刚石砂轮,整形过程相当于金刚石砂轮磨削普通磨具,因而普通砂轮磨损相当迅速,修整效率很低。采用金刚石滚轮对金属黏结剂超硬砂轮进行对滚整形也属于磨削整形法。通过对滚方式压裂黏结剂桥,除可整形平砂轮、杯形砂轮外,还可进行成型整形。该法修整力大,修整效率低。

(4)软弹性修整法。

以砂带作为修整工具修整金刚石砂轮称为软弹性修整法。软弹性整形是利用砂轮高速旋转而使砂带弹性变形不能完全恢复来实现蚀除砂轮高点的目的,因此要求修整时砂轮转速比较高。需要注意,磨削深度过大时,磨削力会迅速增长并产生剧烈的振动。同时在高的接触压力作用下,金刚石砂轮表面和砂带表面的磨粒及黏结剂发生强烈的挤压摩擦,产生大量的摩擦热,容易使金刚石砂轮表面烧伤。而当磨削深度过小时,由于压力很小,砂带表面的磨粒只能对金刚石砂轮表面起到滑擦作用,却无法去除砂轮径向跳动。

机械方法对金属黏结剂砂轮进行整形或对其磨钝表层进行去除修整,方法简单、使用方便,但这种方法用于金属基超硬磨料微粉砂轮时修整效率很低,并且会产生较大的修整接触力。对大粒度砂轮来说,磨料会破碎也会有脱落而形成的凹坑。对于小粒度磨粒出刃高的磨粒脱落会被砂轮表层塑性流动的金属覆盖,出刃低的磨粒受力后易被压入金属表层。机械修整法主要适用于陶瓷。

2)超声振动修整

加工时超声频电信号由超声波发生器发出并传给换能器,交换成超声频的机械振动,由变幅杆放大后带动修整器以高频小振幅振动,迫使位于接触区的混油磨料在超声频纵向振动的驱动下直接撞击砂轮表面。超声波具有的能量激波特性,可以在波面处造成极大的压强梯度,大大增加了磨粒对黏结剂的切削和研蚀作用。在砂轮表面的径向方向修整头进行超声振动,而轴向的移动和普通修整一样,所以在砂轮表面的组织结构呈现"轴密周疏"的特征。对金属黏结剂微粉砂轮进行超声振动整形时,会使金属黏结剂表面层产生塑性流动,将微细磨料埋没在黏结剂基体中。

3. 基于磨削比的金刚石砂轮磨损研究

1) 试验意义

金刚石砂轮质量直接影响加工效率和加工成本。本试验采用的是金属黏结剂砂轮。影响金刚石砂轮使用寿命的因素很多,除了本身成分和结构外,还有花岗岩性能和磨削工艺参数,磨削参数主要有砂轮的旋转速率、进给深度和工件转速。磨削比 G 是评价磨削效果的重要参数,磨削比小,必然造成金刚石砂轮的磨耗严重,而金刚石砂轮的成本较高,这就使花岗岩材料的加工费用大大提高,一般占到花岗岩总成本的 50% 以上。因此,减少砂轮磨耗是降低花岗岩材料的加工成本的基本前提。选择不同的磨削参数,对花岗岩材料进行磨削,然后求出磨削比,通过比较可以获得一种最佳的磨削方法。所以可以通过研究磨削比的大小进而得知花岗岩材料可磨削性的优劣,对于生产、加工花岗岩具有十分重要的意义。

2) 试验用金刚石砂轮

本试验磨削用砂轮选取三种不同粒度的金属黏结剂金刚石砂轮,砂轮浓度为 100%,这三种砂轮的外观尺寸一致,具体数值为:砂轮外径为 55mm,宽度为 5mm,尺寸草图如图 2-39 所示。

3) 磨削比的定义

磨削比 G 是指同一磨削条件下砂轮耗损与去除的工件材料的体积的比值关系,即

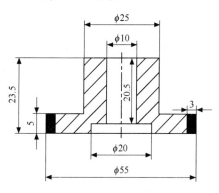

图 2-39　试验用金刚石砂轮(单位:mm)

$$G = \frac{V_w}{V_s} \tag{2-16}$$

式中: V_w 为单位宽度单位时间花岗岩磨除体积($mm^3/(mm \cdot s)$); V_s 为单位宽度单位时间砂轮所耗损的体积($mm^3/(mm \cdot s)$)。

对于内圆磨削:

$$V_w = \frac{\pi(D_w^2 - d_w^2)b_w}{4} \tag{2-17}$$

$$V_s = \frac{\pi(D_s^2 - d_s^2)L}{4} \tag{2-18}$$

式中：L 为工件长度(mm)；b_w 为砂轮宽度(mm)；D_w 为工件磨削前的直径(mm)；d_w 为工件磨削后的直径(mm)；D_s 为砂轮磨损前的直径(mm)；d_s 为砂轮磨损后的直径(mm)。

磨削比的大小是表示砂轮使用经济性的一个重要指标，磨削比越大，表示消耗单位体积砂轮可以磨去越多的被加工材料，砂轮的经济性就越好。

砂轮磨损量与磨削量关系如图 2-40 所示，在计算磨削比时，在正常磨损阶段来计算比较合适。

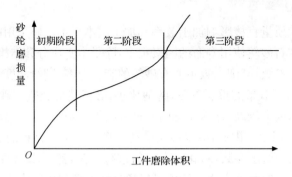

图 2-40　砂轮磨损量与磨削量的关系

4）磨削试验条件

本书试验所用金属黏结剂金刚石砂轮，是中国科学院磨具磨削研究所提供的，金刚石砂轮在磨削试验前已经经过严格的动平衡。砂轮的径向磨损采用外径千分表测量，其余的试验条件列于表 2-11。

表 2-11　磨削试验条件

砂轮线速率/(m/s)	工件线速率/(m/min)	磨削深度/μm	砂轮粒度	供液流量(L/min)
7	3	4	80$^\#$	30
14	4	6	140$^\#$	—
21	5	8	200$^\#$	—
28	6	10	—	—
35	7	12	—	—
42	8	14	—	—
49	9	16	—	—
56	10	18	—	—

4. 磨削条件对磨削比的影响

1）磨削液对磨削比的影响

在磨削加工中，分为干磨和湿磨两种。在湿磨中由于磨削液向磨削区的充分供液，磨削液的润滑和冷却能力对于控制被磨工件的表面完整性是必不可少的。在磨削过程中磨削液提供的良好润滑，一般来说可减少砂轮的磨损。借助于磨削液的散热冷却，磨削温度可以降低，这样可以防止砂轮在磨削过程中由于温度过高而产生的烧伤。因此，本试验进行了花岗岩内圆干/湿磨削对比，得到两种磨削条件下的磨削比。

磨削花岗岩套圈之前，用外径千分表测量金刚石砂轮的直径，随机抽取砂轮工作表面上的 10 个测量点进行测量，再求出 10 个测量点的平均值，即可得到砂轮磨损前的直径。运用内径千分尺并采用同样的方法测量出花岗岩套圈磨损前的内径。打开供液阀门，对花岗岩磨削 5min 完毕，取下工件和砂轮，用相同的方法获得磨削后的工件和砂轮的直径，依据公式可以得到花岗岩在磨削液的条件下的磨削比。

其他设定数值分别为：砂轮线速率 $v_s = 21\text{m/s}$，径向切削深度 $a_p = 8\mu\text{m}$，工件转速 $v_w = 5\text{m/min}$。然后将砂轮和工件再次安装完毕，在相同的磨削参数下，将供液阀门关掉，对花岗岩套圈进行干磨，利用相同的方法得到干磨情况下的磨削比如图 2-41 所示。

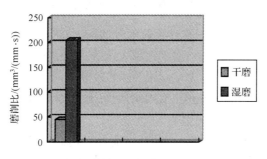

图 2-41　磨削液对磨削比的影响

通过图 2-41 可以看出，湿磨时磨削比要比干磨大很多，这就说明在湿磨时只需很小的砂轮磨损量就能去除大量的花岗岩材料。因此在内圆磨削花岗岩时，湿磨是必须采用的磨削方式。当采用干磨（即不采用润滑液磨削）方式时，能够得到较高的磨削比的较高的磨除率，但是采用干磨方式的时候，磨削表面温度太高，使得工件表面组织发生变化，并在加工表面的某些部分出现氧化变色，便形成了磨削烧伤的现象。磨削区温度越高，氧化膜厚度及表层金相组织变化越严重。因此，采用干磨方式将严重影响工件的表面加工质量。而采用湿磨的方式时，润滑液不仅能起到润滑的作用,而且还能冲洗砂轮和清除磨屑的作用。因为金刚石砂轮的组织紧密,气孔率很低,容屑能力很差,特别是在磨削花岗岩的时候,金刚石砂轮极易被堵塞,这对润滑液就起到了冲洗和清除的作用,保证了砂轮良好的磨削性能。

切削液除了润滑效果外,最近的研究认为,切削液可以直接渗入到工件表面的微小裂纹中,改变了被加工材料的物理性质,从而降低切削阻力,使切削过程容易进行。

2) 砂轮粒度对磨削比的影响

在这里分别选用 $80^{\#}$、$140^{\#}$ 和 $200^{\#}$ 三种粒度的砂轮,磨削方式采用湿磨,其他磨削参数均设定一致,其设定数值分别为:砂轮线速率 $v_s = 21\mathrm{m/s}$,径向切削深度 $a_p = 8\mu\mathrm{m}$,工件转速 $v_w = 5\mathrm{m/min}$。试验测定三种不同粒度砂轮的磨削比结果如图 2-42所示。

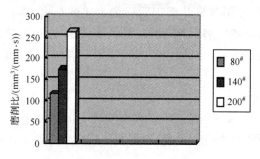

图 2-42　砂轮粒度对磨削比的影响

通过试验结果可以看出,随着砂轮粒度号的增大,花岗岩内圆磨削磨削比呈增大趋势,也就是说,砂轮粒度越大,磨削比越大,砂轮磨损越少。这是因为金刚石砂轮粒度号越大,作用在花岗岩表面上的金刚石颗粒就越多,则单个颗粒的磨削深度就越小,作用在每颗磨粒上的磨削力越小。因此,磨粒不易发生破碎与脱落,磨削比增大。

3) 砂轮线速率对磨削比的影响

在研究砂轮线速率对磨削比的试验时,需要设定其他磨削参数,参数设定为:砂轮粒度为 $140^{\#}$,径向切削深度 $a_p = 8\mu\mathrm{m}$,工件转速 $v_w = 5\mathrm{m/min}$。磨削比随砂轮线速率变化如图 2-43 所示。

当砂轮进给深度和工件转速一定时,砂轮速率提高意味着增加单位时间内通过磨削区的磨粒数导致单颗磨粒的切深减小,切屑变薄,切屑截面积减小。因此,有效磨粒的磨削力随之降低,磨料磨损速率下降,提高砂轮的耐用度。

4) 砂轮径向磨削深度对磨削比的影响

采用粒度为 $140^{\#}$ 的金刚石砂轮,砂轮线速率为 $30\mathrm{m/s}$,工件转动速率为 $5\mathrm{m/min}$,采用不同的径向磨削深度对花岗岩套圈进行磨削,砂轮磨削深度对磨削比的影响如图 2-44 所示。

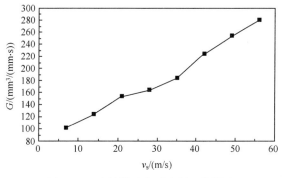

图 2-43　砂轮线速率对磨削比的影响

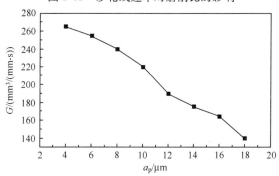

图 2-44　砂轮径向磨削深度对磨削比的影响

运用当量磨削厚度的理论对上述试验结果进行分析,当量磨削厚度与磨削力、加工表面粗糙度及金属磨除率之间呈良好的线性关系;在一定的工艺系统刚度条件下,它与砂轮寿命和磨削比之间也呈线性关系。当量磨削层厚度可用下式表示:

$$a_{\mathrm{eg}} = \frac{Z'_{\mathrm{w}}}{V_{\mathrm{s}}} \tag{2-19}$$

式中:Z'_{w} 为单位时间、单位宽度的材料磨除率($\mathrm{mm}^3/(\mathrm{mm \cdot s})$)。

在内圆磨削中 Z'_{w} 可用下式估算:

$$Z'_{\mathrm{w}} = ba_{\mathrm{p}}v_{\mathrm{w}} \tag{2-20}$$

式中:b 为砂轮宽度;a_{p} 为磨削深度;v_{w} 为工件速率。

当其他磨削参数确定后,由式(2-20)可知,Z'_{w} 仅取决于砂轮的径向磨削深度,所以,当径向磨削深度的增大时,当量磨削层厚度和材料磨除率随之增大,那么作用在砂轮上的磨削力也随之增大,从而加快了砂轮的磨损。

5) 工件速率对磨削比的影响

采用粒度为 $140^{\#}$ 的金刚石砂轮,砂轮线速率为 30m/s,径向切削深度 $a_{\mathrm{p}}=8\mu\mathrm{m}$,采用不同的工件旋转速率对花岗岩套圈进行磨削,工件转速对磨削比的影响如图 2-45 所示。

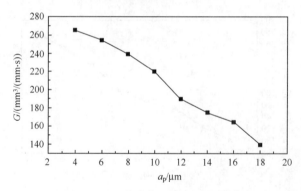

图 2-45　工件速率对磨削比的影响

　　为了解释这个现象,本书再次引进最大未变形切屑厚度 d_{max} 这个概念,假定单个切屑截面为三角形且整个切屑不变形,d_{max} 可用式(2-21)表示:

$$d_{max} = \left(\frac{3}{c\tan\alpha}\right)^{\frac{1}{2}} \left(\frac{v_w}{v_s}\right)^{\frac{1}{2}} \left(\frac{a_p}{d_s}\right)^{\frac{1}{4}} \tag{2-21}$$

式中:c 为砂轮单位面积上的有效磨粒数;α 为未变形切屑横断面的半角(取 $60°$);a_p 为磨削深度;d_s 为砂轮直径。

　　由相关文献可知,单颗磨粒的磨削力与最大未变形切削厚度 d_{max} 呈正相关。由式(2-21)可见,在其他参数不变的情况下,提高砂轮线速率 v_s,将使最大未变形切削厚度 d_{max} 减小,单颗磨粒的磨削力减小。反之,若提高工件线速率 v_w,将使最大未变形切削厚度 d_{max} 增加,单颗磨粒的磨削力增加,砂轮的磨损加剧。

5. 磨损形式与原因

　　金刚石砂轮在磨削花岗岩过程中,金刚石和黏结剂与花岗岩产生很大的摩擦,同时金刚石还受到冲击力的作用,导致金刚石砂轮表面磨损。金刚石砂轮加工花岗岩时存在四种磨损形式,即黏附磨损、摩擦磨损、扩散磨损、磨粒破碎。这四种磨损形式表现是不同,如图 2-46～图 2-51,就是用 SEM 电镜扫描的金属黏结剂金刚石砂轮表面形态图。

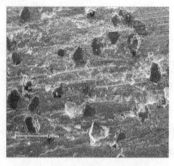

图 2-46　砂轮基体磨损表面一

图 2-47　砂轮基体磨损表面二

图 2-48　金刚石颗粒破碎一

图 2-49　金刚石颗粒破碎二

图 2-50　金刚石颗粒磨平一

图 2-51　金刚石颗粒磨平二

图 2-46 和图 2-47 分别是磨削花岗岩砂轮磨损表面。从图 2-47 可以看到,在基体上出现犁沟,有部分凹坑存在,主要是因为磨粒与磨粒之间的黏结剂发生断裂,磨粒从砂轮上脱落下来,而在原位置留下空穴。从图 2-46 的磨损表面上看,犁沟长度比较短,没有一定的规则,而图 2-47 中犁沟具有一定的规则,与运动轨迹基本一致。金刚石砂轮磨削花岗岩时,花岗岩中的一些硬质颗粒,如石英脱落,没有被冲走,形成自由磨料在刀具底面和石材表面滚动摩擦,形成有规则的犁沟。

金刚石颗粒切割花岗岩过程中,金刚石受到冲击载荷作用,作用在磨粒上的应力超过磨粒本身的强度,磨粒上的一部分就会以微小碎片的形式从砂轮上脱落,这是第一个影响因素。另外,磨削过程中,磨粒于瞬间升至高温,又在磨削液作用下急冷,反复多次急冷急热,就会在磨粒表面上形成很大的热应力,使磨粒表面开裂破碎,如图 2-48、图 2-49 所示。

当金刚石砂轮磨削花岗岩时,砂轮表面始终与花岗岩内圈相接触,其冷却效果比较差,而试验过程中砂轮转速又非常大,如果主轴转速为 20000r/min 时,砂轮最大线速率接近 60m/s。随着砂轮线速率增加,接触表面温度增加,砂轮的黏结剂硬度降低,花岗岩表面产生滑移作用,磨粒与磨削区产生化学反应以及磨粒本身塑性变形作用,使磨粒逐渐变钝,在磨粒上形成磨损小平面,如图 2-50、图 2-51 所示。

从图 2-50 和图 2-51 还可以看到,磨削速率越大金刚石磨损越严重。从金刚石磨损类型各比例来看,磨损形式主要以金刚石从基体脱落为主,其次为金刚石破碎,而最后为金刚石表面磨钝。

2.3　石材加工用锯片简介

2.3.1　金刚石锯片使用效果的影响因素系统分析

判断金刚石锯片使用效果的好坏主要依据三项指标,即锯切效率、使用寿命、加工质量。上述三项使用效果指标,首先取决于锯片本身的性能,如锋利性和耐用度。另一方面,还取决于是否合理选择和正确使用。造成锯片使用效果不佳的原因,绝不仅是锯片本身的质量问题,很多情况下是由于使用不当造成的。就目前国内情况来看,两方面因素大致各占一半。

金刚石锯片性能和使用效果影响因素概括起来,包括制造因素(原材料、制造工艺与装备)和使用因素(合理选择和正确使用)两个方面。

2.3.2　金刚石锯片的制造

金刚石锯片的本质是基体通过适当胎体材料将金刚石嵌镶固定。它是在钢的基体上焊接一种由金刚石颗粒与胎体材料组成的复合烧结体,常称之为刀头。目前,国内采用的连接方法主要是钎焊和冷压烧结。冷压烧结主要用于小片,钎焊锯片的基体、刀头结合面靠钎料熔化渗透而连接,抗弯强度低,其弯曲强度仅为350~600N/mm²;承载能力差,特别是干切时,锯片由于受热到高温时钎料软化,常导致刀头脱落,而引起伤害操作人员的危险。因此,国外从 20 世纪 80 年代后期就发展激光焊代替钎焊。激光焊与钎焊比较,有许多显著优点,由于激光受热面积小,热影响区小,大大减少了应力和基体的变形;对金刚石没有影响,保证了产品的最佳性能,特别是激光焊属于熔化焊,结合强度高,其弯曲强度达 1800N/mm²,可应用于干切场合。

2.3.3　金刚石锯片切割的相关研究

石材加工工业的蓬勃发展,对金刚石切割工具的性能提出了更高的要求。不仅要求其切割速率更快、寿命长,而且要求工具切割石材的种类范围更广、切割质量更好。为此,国内外有关学者进行了大量的有针对性的工作。

1. 提高金刚石工具的性能

1) 添加稀土元素

金刚石制品主要是由粉末冶金的方法制成,其胎体成分多为硬质合金,稀土元素对硬质合金性能的改善可望对金刚石工具的性能同样发挥作用：

（1）稀土元素的加入能提高胎体金属对金刚石的浸润性，增强黏结能力。

（2）稀土元素的加入能提高胎体材料的抗弯强度、耐磨性、抗冲击韧性等，提高金刚石工具的质量。

（3）稀土元素能降低黏结金属的熔点，降低金刚石制品的烧结温度，从而减少热压法高温造成的金刚石质量下降。

2）自蔓延高温合成技术的应用

自蔓延高温合成简称 SHS，也称为燃烧合成，是近 20 年来发展起来的、依靠化学反应自身放热来制备材料的新技术。通常，胎体中加入金刚石以后，由于金刚石的"夹杂"作用，胎体的抗弯强度下降，但通过反应热压在金刚石与胎体间形成碳化物过渡层后，胎体抗弯强度的下降幅度要小得多。

3）采用预合金胎体金属粉末

胎体金属粉末的预合金化有如下优点：

（1）合金熔点比单元素熔点低，可使一些高强度金属通过合金化后降低熔点，以达到烧结金刚石制品的要求。

（2）合金和单元素金属相比，具有较高的物理机械性能，易于满足金刚石制品胎体性能要求。

（3）合金抗氧化性比单元素强，烧结性能好，易于保存。

（4）预合金粉末比机械混合粉末均匀，对金刚石的浸润性好。

（5）合金粉末具有单一的熔点，从而避免了机械混合粉末胎体烧结中最常出现的成分偏析和低熔点金属先熔化并富集以及易氧化、挥发等缺陷，从而可保证金刚石制品的质量，制品的机械性能也大有提高。

4）活化烧结的应用

活化烧结是采用化学或物理的措施，使烧结温度降低，烧结过程加快，或使烧结体的密度和其他性能得到提高。

5）设计合理的结构

6）金刚石表面金属化

在以 Fe、Cu、Co、Ni 等为主的黏结剂制成的金刚石工具中，由于以共价结合的金刚石晶体与上述黏结剂无化学亲和力、界面不浸润等原因，金刚石颗粒只能被机械地镶嵌在黏结剂基体中。在磨削力的作用下，当金刚石磨粒被磨露到最大截面之前，胎体金属就失去了对金刚石颗粒的卡固而自行脱落，使金刚石工具的使用寿命和加工效率降低，金刚石的磨削作用得不到充分发挥。因此，金刚石表面具有金属化特征，可以有效地提高金刚石工具的使用寿命和加工效率。其实质是将成键元素，如 Ti 或其合金直接镀附在金刚石表面，通过升温加热处理，使金刚石表面形成均匀的化学键合层。通过镀附处理的金刚石磨粒，在金刚石工具制造热压固相烧结或冷压液相烧结过程中,镀层与金刚石反应形成化学结合使金刚石表面金属化。另一方面,金属化的金刚石表层又能顺利地与金属胎体黏结剂实现金属间的冶金结合。因此,镀钛及合金的金刚石对冷压液相烧结及热压固相烧结具有广泛的适用性。这样,胎体合金对金刚石磨粒的固结力提高了,减少了金刚石工具在使用过程中磨粒的脱落,从而提高了金刚石工具的使用寿命和效率。目前用于改变金刚石表面性质的方法主要有化学镀、真空蒸镀和离子镀等。

7) 采用超细或纳米级材料

粉末粒度越细,表面积越大,表面能越高,烧结过程越易进行,机械性能也越高。

纳米级材料是用纳米技术制成的纳米级尺度的物体。由于纳米材料的颗粒极其微小,比表面积剧增,表面活性很强,在粉末冶金、石化、航天、军工、能源、机械、电子和探矿等众多领域有广阔的应用前景。

2. 金刚石锯片的磨损

金刚石锯片的磨损性能是反应锯切工艺参数合理性、锯切工具性能、石材可锯切加工性的重要指标之一。

金刚石锯片的磨损状况对其锯切能力和锯切过程的稳定性有着重要的影响,保持切削刃锋利是获得锯切过程稳定的决定性因素。石材锯切过程是磨粒切削加工过程,因此在锯切过程中应不断有金刚石磨粒的机械微破碎及相应的胎体磨损,以产生新的锋利的刀刃,保证一定的锯切效率。

金刚石磨粒从胎体中出刃到脱落而完全丧失切削能力要经历一定的磨损过程。典型的金刚石磨损过程为:金刚石出刃→达到工作高度→破碎→黏结剂磨蚀→金刚石再出刃→磨粒破碎→磨粒完全脱落。由于金刚石磨粒在锯片工作面上分布不规则,所经历的磨损阶段有所差异。金刚石磨损整个过程可以分为初期磨损(出刃)、正常磨损、急剧磨损三个阶段,而正常磨损阶段又可能有以下三种不同的磨损路线:

(1) 初期磨损→局部磨损→大面积破碎。

(2) 初期磨损→抛光→局部破损→大面积破碎。

(3) 初期磨损→抛光→整体破碎。

金刚石锯片的磨损可分为金刚石磨粒的磨损和金刚石结块胎体的磨损,有关金刚石锯片的磨损机理的研究大多集中在金刚石磨粒的磨损机理研究。Bailey 等通过显微镜观察锯切工具上金刚石磨粒的磨损过程和磨损形貌,将金刚石磨粒的磨损形态分为:出刃良好、磨平、破碎、脱落四种形式。刘全贤等则进一步将金刚石磨粒的磨损形态分为五种主要形式,即初期出刃、抛光、局部破碎、大面积或整体破碎、脱落,并认为锯切过程中交变的机械载荷和热载荷及金刚石的内部缺陷决定着磨粒磨损形态。王成勇等通过研究,提出了新的金刚石磨损形态分类法,即把金刚石磨粒的磨损形态分为:良好及微破碎、端部破碎、磨平、局部脱落、脱落凹坑、出刃六种形态。这种新的分类方法可更好地描述锯切过程中金刚石磨粒的磨损过程。金刚石的磨损形态决定着锯片的锯切性能,锯片工作面上微破碎、局部破碎的金刚石磨粒数越多,锯片越锋利,切削效率相应提高,但锯片使用寿命低;磨平、抛光的金刚石磨粒越多,切削力越大,切削效率随之降低,而锯片使用寿命有所提高。因此,许多研究者都认为,锯片工作面上各种金刚石磨损形态之间存在一个最佳比值,使得锯片的锯切性能最优,但比值大小取决于石材材质和对锯切加工工艺的要求。

金刚石磨粒的磨损过程中,不断进行的微破碎、局部破碎过程使得新的切削刃不断产生,锯片处于锋利切削状态,切削效率高。切削功率消耗降低,但不断的微破碎、局部破碎将导致金刚石磨粒大面积破碎,锯片使用寿命降低;而金刚石的不断磨平和抛光会使切削刃钝化,切削力增大,切削效率降低,但锯片的使用寿命有所提高。

3. 对锯切加工机理的研究

石材加工是从传统的金属切削加工衍生出来的一个新的学科分支。多年来人们虽然围绕石材的加工设备、工具以及工艺方法做了不少工作,但因石材加工的历史不长,有关的机理研究工作还明显落后于生产应用,再加上石材市场竞争激烈,一些有价值的研究成果多被视为商业机密极少公开交流,因此无论是在国外还是在国内,石材加工这一新的分支至今仍未形成一套有效指导生产实际的理论支撑体系。事实上,不论何种花岗岩材,它们都可以被看做是一种非均质各向异性的硬脆性天然复合材料。实际锯切花岗岩材时其可能的状态不外乎以下三种:

(1)磨粒相对于石材的干涉切深过小,相应的干涉力不足以使石材产生需要的解理破坏,磨粒与石材间多为激烈的挤压滑擦和耕犁刻划,此时去除的材料多呈粉末状。在这种状态下锯切,不仅材料去除率极低,且因锯切比能高,温升明显,磨粒磨损极为严重,故锯片寿命极低。

(2)磨粒相对于石材的干涉切深过大,磨粒与石材间作用的干涉力过大,在这种状态下锯切,虽可获得高的材料去除率,但同时也会因超负荷工作导致磨粒过早地破碎和脱落,锯片寿命同样很低。

(3)磨粒与石材间有比较合理和适宜的干涉切深以及相应的干涉力,在此种状态下锯切,不仅石材可因理想的解理性碎断而获得极高的去除率,而且由于以解理为主的锯切过程轻松平稳,锯片本身也可获得最高的寿命。

对锯切加工机理的研究从早期开始使用的单颗粒化上表面形貌观察方法,逐渐发展到综合使用偏光显微镜和扫描电镜观察矿物成分及划痕形貌,用声发射信号评价切削状态。近年来,这种加强了岩石矿物特征等对锯切工程的各种现象,如锯切力、刀具磨损和锯切工艺等的影响研究。

　　4. 对基体的研究

　　锯片以高速旋转对石材进行切割,通常切割花岗岩的线速率为 25~40m/s,切割大理石为 45~60m/s。具有一定振动频率的基体在切割过程中振动频率增加,当附加的频率和固有频率一致时,产生共振,这就要求基体具有高的弹性极限和屈强比。其次,由于机体的不平度,或是锯片安装不良等,切割时产生侧压力使基体反复弯曲,导致基体刚度降低,或发生疲劳强度。所以,基体还应具有高的刚度和疲劳强度。再者,锯片在切割过程中,基体要承受循环的切割压力和冲击力,因此基体还应具有高的抗拉强度和一定的冲击韧度。

　　钢的化学成分和热处理状态决定制品的机械性能和使用寿命。对于锯片基体这样要求具有高机械性能的制品,通常采用含碳量较高的碳素钢或合金钢制造,并经淬火、中温回火,以保证得到符合性能要求的回火托氏体组织。钢中含碳量的高低对制品的机械性能影响很大。含碳量低时,使抗拉强度、弹性极限、疲劳强度等性能降低,反之,脆性增加。合金元素的种类和含量对制品的机械性能、工艺性能也有很大的影响。经研究和实践探索可知,适宜制造锯片基体的材料为硅锰钢。

　　热处理规范是决定锯片基体机械性能和使用寿命的关键因素之一。采用中频感应加热等温淬火工艺有效地解决了基体采用 65Mn 钢金刚石锯片的盐浴淬火存在的问题。此外,去应力退火、稳定化处理也是基体制造过程中不可忽视的工序。

2.3.4　金刚石锯片车刀的开发

　　随着技术的发展,金刚石锯片的家族越来越庞大,新式锯片不断地应用到生产中。

　　1. 噪声锯片

　　金刚石锯片在切割硬脆材料时,由于与被加工件的相互摩擦及冲击,基体产生剧烈振动,噪声强度达到 100~110dB,大大超过各国噪声卫生标准要求的 80~85dB。为降低噪声,国外市场上很早就开始销售低噪声锯片,而我国则处于刚刚起步的阶段。研制开发低噪声锯片大致遵循两条途径:一是改变基体结构,在基体上用激光加工特定沟槽,在沟槽中填入阻尼材料;二是将基体分成三层组合而成,中间层采用阻尼材料。据报道,世界上大型金刚石工具制造厂之一,芬兰的 Lev-abtoOy 公司生产的低噪声锯片近期已开始供应世界上最大的混凝土制件生产商 AddtekGroupCo。LevabtoOy 公司的低噪声锯片,采用德制基体,在基体上有激光加工的环槽,环槽中填入阻尼材料。它的刀头设计成三明治形式。经检测,噪声强度可从 100dB 降至 81～83dB。

2. 复合基金刚石锯片

复合基金刚石锯片采用低温电沉积合金胎体和金刚石镶嵌工艺,有效地解决了胎体机械性能差及对金刚石把持力弱的问题。利用该技术工艺制备的胎体机械性能相当于用冶金方法制备的胎体,具有优良的抗弯强度,并可根据各种石材特点调整配方组成,使其具有适宜的硬度与韧性,适合金刚石的镶嵌固定。

2.4　石材热喷涂加工工具

2.4.1　石材热喷涂工具试验研究

1. 试验设备

1) 等离子热喷涂试验设备

等离子喷涂技术是继火焰喷涂之后大力发展起来的一种新型多用途的精密喷涂方法,它具有如下特点:①超高温特性,便于进行高熔点材料的喷涂;②喷射粒子的速率高,涂层致密,黏结强度高;③由于使用惰性气体作为工作气体,喷涂材料不易氧化。进行等粒子喷涂时,首先在阴极和阳极(喷嘴)之间产生一直流电弧,该电弧把导入的工作气体加热电离成高温等离子体,并从喷嘴喷出,形成等离子焰,等离子焰的温度很高,其中心温度可达 30000K。等离子喷涂时温度分布如图 2-52 所示。

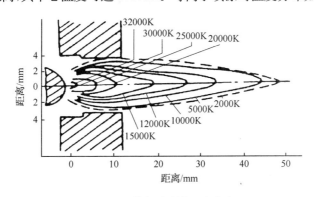

图 2-52　等离子喷涂温度分布

等离子热喷涂设备主要由喷枪、送粉器、控制系统组成,喷枪如图 2-53 所示。喷枪实际上是一个非转移弧等离子发生器,是最关键的部件,其上集中了整个系统的电、气、粉、水等。喷枪上接上电源用以供给喷枪直流电,电源通常为全波硅整流装置。

图 2-53　等离子喷枪

送粉器如图 2-54 所示，用来储存喷涂粉末并按工艺要求向喷枪输送粉末的装置。

图 2-54　送粉器

控制系统包括热交换器、供气系统和控制柜。热交换器主要用以使喷枪获得有效的冷却，达到延长喷嘴寿命的目的。供气系统包括工作气和送粉气的供给系统。控制系统用于对水、电、气、粉的调节和控制。

（1）等离子气体。

气体的选择原则主要根据是可用性和经济性，N_2 气便宜，且离子焰热熔高，传热快，利于粉末的加热和熔化，但对于易发生氮化反应的粉末或基体则不可采用。Ar 气电离电位较低，等离子弧稳定且易于引燃，弧焰较短，适于小件或薄件的喷涂。此外，Ar 气还有很好的保护作用，但 Ar 气的热熔低，价格昂贵。

气体流量大小直接影响喷涂效率、涂层气孔率和结合力等。流量过高，则气体会从等离子射流中带走有用的热，并使喷涂粒子的速率升高，减少了喷涂粒子在等离子火焰中的"滞留"时间，导致粒子达不到变形所必要的半熔化或塑性状态，结果是涂层黏结强度、密度和硬度都较差，沉积速率也会显著降低。

（2）电弧的功率。

电弧功率太高，则电弧温度较高，更多的气体将转变成为等离子体，在大功率、低工作气体流量的情况下,几乎全部工作气体都转变为活性等离子流。等离子火焰温度也很高,这可能使一些喷涂材料气化并引起涂层成分改变,喷涂材料的蒸气在基体与涂层之间或涂层的叠层之间凝聚引起黏结不良。此外还可能使喷嘴和电极烧蚀。而电弧功率太低,则得到部分离子气体和温度较低的等离子火焰,又会引起粒子加热不足,涂层的黏结强度、硬度和沉积效率较低。

（3）供粉。

供粉速率必须与输入功率相适应。过高,会出现生粉(未熔化),导致喷涂效率降低;过低,粉末氧化严重,并造成基体过热。送料位置也会影响涂层结构和喷涂效率,一般来说,粉末必须送至焰心才能使粉末获得最好的加热和最高的速率。

（4）喷涂距离和喷涂角。

喷枪到工件的距离影响喷涂粒子和基体撞击时的速率和温度,涂层的特征和喷涂材料对喷涂距离很敏感。喷涂距离过大,粉粒的温度和速率均将下降,结合力、气孔、喷涂效率会明显下降;过小,会使基体温升过高,基体和涂层氧化,影响涂层的结合。

喷涂角指的是焰流轴线与被喷涂工件表面之间的角度。该角小于 45° 时,由于"阴影效应"的影响,涂层结构会恶化形成空穴,导致涂层疏松。

（5）喷枪与工件的相对运动速率。

喷枪的移动速率应保证涂层平坦,每个行程的宽度之间应充分搭叠,在满足上述要求前提下,喷涂操作时,一般采用较高的喷枪移动速率,这样可防止产生局部热点和表面氧化。

（6）基体温度控制。

较理想的喷涂工件是在喷涂前把工件预热到喷涂过程要达到的温度,然后在喷涂过程中对工件采用喷气冷却的措施,使其保持原来的温度。

2）HVOF 热喷涂设备

超音速火焰喷涂法又叫高速火焰(HVOF)热喷涂,是 20 世纪 80 年代出现的一种高能喷涂方法。HVOF 热喷涂所使用的燃料气体主要是氢气、丙烷、丙烯或乙炔-甲烷-丙烷混合气体等与助燃剂(氧气)。当这些气体遇助燃剂以一定的比例导入燃烧室内混合,爆炸式燃烧,因燃烧产生的高温气体以高速通过膨胀管获得超音速。同时通入送粉气(Ar 或 N_2),定量沿燃烧头内碳化钨中心套管送入高温燃气中,一同射出喷涂于工件上形成涂层。在喷嘴出口处产生的焰流速率一般为音速的四倍,约 1520m/s,最高达 2400m/s(具体与燃烧气体种类、混合比例、流量、粉末质量和粉末流量等有关)。粉末撞击到工件表面的速率估计为 550～760m/s,与爆炸喷涂相当。HVOF 热喷涂设备主要由喷枪、送粉气、气体控制器、喷枪机器人构成,加工设备如图 2-55 所示。

图 2-55　HVOF 热喷涂设备

超音速喷涂特点：

（1）粉粒温度较低，氧比较轻（这主要是由于粉末颗粒在高温中停留时间短，在空气中暴露时间短的缘故，所以涂层中含氧化物量较低，化学成分和相的组成具有较强的稳定性），但只适于喷涂金属粉末、Co-WC 粉末以及低熔点 TiO_2 陶瓷粉末。

（2）粉粒运动速率高。

（3）粉粒尺寸小（10～53μm）、分布范围窄，否则不能熔化。

（4）涂层结合强度、致密度高，无分层现象，涂层表面粗糙度低。

（5）喷涂距离可在较大范围内变动，而不影响喷涂质量。

（6）可得到比爆炸喷涂更厚的涂层，残余应力也得到改善。

（7）喷涂效率高，操作方便，噪声大（大于 120dB），需有隔声和防护装置。

3）分析测量仪器

（1）显微硬度计。

表面分析主要采用显微硬度计对涂层表面进行硬度测量，测量仪器如图 2-56 所示。图 2-57 是测量 WC-Co 涂层断面显微硬度照片。

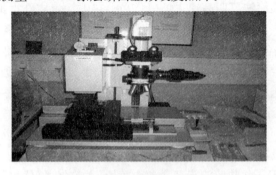

图 2-56　显微硬度计图

图 2-57　涂层显微硬度测量表面

（2）残余应力测量。

采用高速钻孔方法测量涂层表面残余应力，测量仪器如图 2-58 所示。

图 2-58　残余应力测量

2. 试验材料

材料为：WC-Co 陶瓷、金属合金、天然石材等。

金属合金粉的其化学成分由表 2-12 所示。

表 2-12　制备的复合粉中的元素成分　　　　　　　　（单位：%）

W	Co	C	Si	Al
88.23	5.70	5.9	0.05	0.05

被加工石材的化学成分如表 2-13 所示。

表 2-13　玄武岩化学成分　　　　　　　　（单位：%）

成分	1	2	3	4	5
SiO_2	48.79	47.94	51.55	48.48	45.5
TiO_2	2.08	2.17	1.79	3.06	2.97
Al_2O_3	14.44	14.37	14.68	13.71	9.69
Fe_2O_3	3.69	3.84	3.20	5.20	0.00
FeO	7.43	7.35	7.71	8.54	19.7
MnO	0.14	0.13	0.15	0.17	0.27
MgO	7.31	7.46	6.80	4.73	10.9
CaO	8.61	8.52	8.89	8.21	10.0
Na_2O	3.38	3.54	2.85	2.64	0.33
K_2O	1.65	1.91	0.81	1.28	0.66
P_2O_3	0.53	0.61	0.27	0.33	0.10
H_2O	1.64	1.82	1.07	3.62	
总和	99.69	99.66	99.77	99.97	99.52

3. 表面分析方法

　　SEM 用 X 射线激发样品，受激而发射的光电子通过狭缝进入电子能量分析器，在分析器扫描电压的作用下进行能量分析，然后被电子倍增器检测，信号输入记录系统。在 SEM 谱仪中大多数采用通道电子倍增器接收电子信号，以脉冲计数方式工作。通道电子倍增器输出的脉冲信号经放大器放大以后，再经鉴别整形输入率表，将脉冲数转换成电压，输入到 X-Y 记录仪的 Y 轴。

　　如果光电子所在的能级为 $E1$，X 射线光子的能量为 $h\nu$，则发射的光电子的动能 E 用简化的式子表示就是 $E = h\nu - E1$。由于 X 射线的能量是一定的，光电子的能量只取决于原子的一个能级，因而光电子峰一般来说比俄歇电子峰要窄，由于原子的化学环境的改变而引起的内层能级的位移（化学位移）也比俄歇能谱显著。SEM 是研究表面元素组成和化学组成、表面原子的电子能级结构的有力工具。由于发射的光电子的动能取可以在试验中测得，所以可以根据很简单的关系式 $E1 = h\nu - E$ 来求得电子的结合能。对于给定的能级（如 K 能级）来说，各种元素都有它的特征结合能。即使是周期表中相邻的元素，它们的结合能相差还是相当远，因此可以根据光电子峰在谱图中的位置来鉴定元素种类，SEM 可以检侧周期表中除氢和氦以外的所有元素，大部分元素都有可测量的 SEM 化学位移，因此不同化学环境的原子或不同氧化态的原子在谱图里会出现不同的峰，据此可以鉴别原子的化学环境或氧化态。SEM 对于电子结合能的精确测定可以重现原子内层直至价层的电子结构。它也可以研究固体的能带结构。因此,SEM 既是一种表面组分分析方法,也是一种表面能态分析方法。涂层断面采用 SEM 分析化学成分变化和表面形貌,设备如图 2-59 所示。

图 2-59　S-3400N 扫描电子显微镜

2.4.2　HVOF 热喷涂陶瓷涂层研究

1. 超音速火焰喷涂的基本原理

通过氧气与可燃性气体(如氢气、丙烷或丙烯等)在燃烧室混合并点燃,剧烈膨胀的气体受水冷喷嘴的约束形成超音速高温焰流,粉末由氮气经送粉嘴入口送到燃烧室中心的粉末通道,经焰流加速可以达到 1500~2000m/s(5 马赫)以上,火焰中可以观察到马赫锥的存在。当火焰达到超音速火焰时,将粉末轴向或径向送进火焰流中,即可以实现粉末粒子的加热与加速、涂层的沉积。由于火焰流的速率极高,喷涂粒子在被加热至熔化或半熔化状态同时,可以被加速到高达 300~650m/s 的速率,从而获得结合强度高、致密的高质量涂层。高速(可使颗粒获得高的动能和较短的氧化暴露时间)和相对较低的温度是 HVOF 热喷涂工艺方法最重要的两个特征。

当粉末粒子受到高速气体的冲击和加热后,粒子获得很高的速率和温度。粒子以很高的动能冲击表面后,其能量的一部分转换成新的表面而另一部分使表面温度升高。根据热力学热传导定义和物理量纲,可以建立作用于工件表面的热量与其温度之间关系式:

$$\frac{\mathrm{d}Q}{\mathrm{d}s} = K(T_1 - T_2) \tag{2-22}$$

式中:$\mathrm{d}Q$ 为粒子的热量(J);$\mathrm{d}s$ 为瞬间一束粒子流作用的面积(s^2);T_2 为工件新表面温度(℃);T_1 为原件温度(℃);K 为与材料有关热传导系数(J/($\mathrm{s}^2 \cdot$℃))。

在式(2-22)中,$\mathrm{d}s = hv\mathrm{d}t$,$v$ 是喷枪的横向移动速率,h 是粉末粒子一次扫描的高度。通过几何关系得到扫描高度 h 与靶距 L 和喷嘴直径 d 之间关系式:

$$h = 2L\tan\alpha + d \qquad (2\text{-}23)$$

式中：α 是火焰粒子发散角度；L 是靶距；d 是喷枪出口直径。把上述变量代入到公式(2-22)中并经过整理得到

$$T_2 = T_1 + q/v(2L\tan\alpha + d)K \qquad (2\text{-}24)$$

式(2-24)中 $q = \mathrm{d}Q/\mathrm{d}t$，可以看成是粒子冲击表面的热功率。从式中可以看到，工件表面的温度主要与喷枪的横向移动速率 v 和靶距 L 成反比，与粒子束热功率成正比，而粒子束热功率是一个比较复杂的量，这里既包括粒子本身的动能所产生的热量又包括气体本身的热量。如果单独考虑到粒子的动能 E，并且认为热量直接由动能转换而来。则

$$\mathrm{d}Q/\mathrm{d}t = \mathrm{d}E/\mathrm{d}t = \mathrm{d}(\sum 1/2 m_i V_{i_2})/\mathrm{d}t = \sum F_i V_i \qquad (2\text{-}25)$$

式中：m_i 为每个粒子的质量；F_i 为每个粒子的冲击力；V_i 为每个粒子的速率。从式(2-25)可以看到，q 实际上由粒子的冲击力和其速率所决定，而粒子的冲击力和速率由气体的燃烧温度和压力所决定。因此公式(2-24)可以综合反映出工件表面温度和各参数之间关系。

2. 喷枪移动速率对工件表面温度的影响

喷枪的出口温度可以达到 2000℃，如果工件距离为 300mm 时，粒子的飞行速率为 680m/s，在 0.00044s 时间内到达工件表面的温度为 1600℃，温度下降梯度为 9×10^5℃/s。当粒子快速结晶并转化成固态，其温度下降梯度将会变成更大。冷却过程主要是热量与周围空气的扩散造成的，导致温度急剧下降。图 2-60 是喷射角度为 0°，靶距为 250mm，$\lambda = 1.0$ 的条件下喷枪速率与工件表面温度关系曲线。从图 2-60 中可以看到，工件表面温度随喷枪的移动速率增加而降低，当横向喷射速率加快，单位长度上的喷涂时间缩短，喷射能量减少，导致表面温度降低，同时粒子数量减少，这与理论公式(2-24)的分析是一致的。横向移动速率影响表面温度。从喷射粉末的水平面来看，粉末粒子的运动轨迹应该为两个速率的合成，一个是粉末粒子从喷枪射出并沿着喷枪轴向速率 v_1，另一个是喷枪横向移动的速率 v_2，这两个速率互相垂直。粉末离子的速率 v_1 从喷枪出口的速率一般为 1020m/s，而喷枪的移动速率 v_2 为 0.9m/s，即倾斜角度 $\tan\alpha = 8.8 \times 10^{-4}$，$\alpha = 0.05°$。由此可以忽略喷枪的移动速率，认为粉末粒子的速率垂直于工件。由于空气的阻力和热传导，当粉末粒子的速率和温度到达工件表面时降低很多。因此工件表面温度主要由两部分构成，一部分是粒子本身的温度，另一部分是燃烧气体的温度。由于粒子的飞行速率很快，当它瞬时冲击工件表面时，温度向工件和周围空气扩散。而另一部分热量是燃烧的气体所产生的热量直接作用在工件表面上，这部分热量分成两部分传递，一部分向工件进行传递，另一部分向周围空气进行传递，但大部分热量

都是传递到工件上。

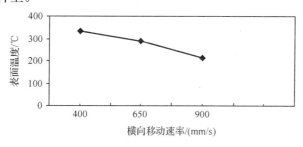

图 2-60　喷枪速率与工件表面温度关系曲线

3. 靶距对工件表面温度的影响

图 2-61 是喷射角度为 0°,速率为 900mm/s,λ＝1.0 的条件下靶距与工件表面温度关系曲线。从图 2-61 中可以看到,工件表面温度随靶距的增加而降低。从以往的测试结果上看,距喷嘴的出口距离越小,粒子的速率越高,热量越大。一般来说,粉末粒子的飞行温度和速率都是靶距的函数,并随靶距的增加而降低,当靶距为 200mm 时温度和速率都达到最大值。当靶距增大,热量和速率降低,表面温度降低。图 2-60 温度和速率的曲线斜率为 0.24,图 2-61 靶距和温度曲线的斜率为 0.31,从两斜率对比来看,靶距对工件表面温度的影响要比速率对工件表面温度的影响大。由此可以看到,喷枪的横向速率对粉末粒子的速率影响比较小,粉末粒子的速率和温度主要受到燃烧气体的热量和压力的影响。

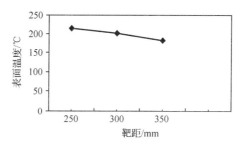

图 2-61　靶距与工件表面温度关系曲线

4. 喷射角度对工件表面影响

喷射角度是喷枪轴线与喷射方向所形成的角度,当喷枪轴线与喷射方向一致时,喷射角度为 0°。从图 2-62 的曲线上看到,喷射角度对表面温度影响不大。

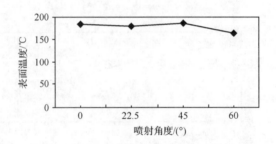

图 2-62　喷射角度与工件表面温度之间关系

5. 燃料比值对工件表面温度的影响

高速燃气流的温度取决于燃料种类及反应条件,温度在 1650～2760℃ 之间。标准的氧气与燃料比值 λ 分别为 0.9、1.0 和 1.1,当氧气的流量为 800L/min,煤气的流量分别为 22.1L/min、24.4L/min 和 27.5L/min。该值是一个重要指标,它能直接反映燃料产生的热量和温度。同时燃烧气体热量和压力也决定粒子的温度和速率。从图 2-63 中可以看到,不同的燃料比值工件表面温度不同,当燃料比值为 1.0 时,工件的表面温度为最低。

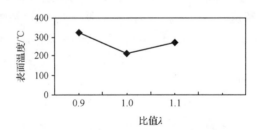

图 2-63　燃烧比值与工件表面温度之间关系

6. 工件表面温分布

在 HVOF 中,燃烧反应主要是氧气与各种燃料进行热化学反应,并释放大量的热量来熔化和加速粉末。不同的加工工件上各点温度分布不同,同时温差也不相同。为了更好地研究工件上各点的温度分布,选择热喷涂工艺是速率 900mm/s,靶距 250mm,喷枪倾斜角 0°的温度场进行测量。测量各点温度的分布选择了工件上圆周四点和圆心一点,分别记为 1、2、3、4、5,如图 2-64 所示。测量温度从喷枪喷出的火焰接触 1 点起,进行横向扫描测量,喷枪每扫过一次对上述 5 个点测量一次,喷枪是从上部开始向下逐行进行喷射,测量结果如图 2-65 所示。从图 2-65 中可以看到,当火焰刚接触到 2 点时,2 点的温度迅速上升,而这时其他各点的温度由热传导作用而缓慢上升。当扫描次数为 7 时,即到达工件中心线位置时,这时 2 点、4 点、5 点基本在一个水平线上,温度达到一个最大值。当喷枪继续向下运动,这时其他各点温度开始呈下降趋势,而最下边的 3 点温度开始上升,随喷枪继续向下运动,各点温度都开始下降。从图中温度分布曲线上看,1 点和 4 点的温度比其他点的温度都要高。这主要是因为 1 点和 4 点都是火焰开始接触的点,1 点是火焰从上部开始接触点,4 点是火焰从最右边开始接触的点。火焰开始接触点热量传递速率比较慢,受到的热量冲击较其他点较大。温差较大的点是 1 点,最大温差为 204℃,其次是 4 点为 198℃,最小点是 2 点,温差为 121℃。当喷枪结束第一周后,各点的温度基本趋于一致,温度都在 150℃ 以上。更为巧合的是,第二周进行扫描时,工件开始的温度几乎与第一周工件各点的最大温差一致,如表 2-14 所示。从第二周进行表面喷涂时,各点的温度曲线变化趋势基本与第一周一致,但温度差相应减少,同时各点的温差也趋近于一致。这是由于第二次初始温度高,同时热膨胀系数和热扩散系数与第一次不同所造成。由于工件表面存在较大温差由此导致残余应力和内部气孔等缺陷的产生。

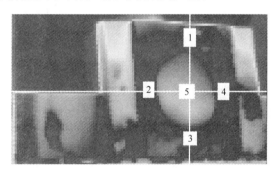

图 2-64　工件表面温度测量点示意图

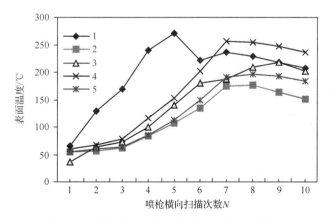

图 2-65　喷枪横向扫描次数 N 与工件表面温度

表 2-14   工件上各点最大温差分布

工件各测量点	1	2	3	4	5
第一周最大温差/℃	204.65	121.71	182.20	198.05	141.59
第二周开始温度/℃	200.52	122.90	159.16	200.02	144.68
第二周最大温差/℃	75.42	71.69	83.60	87.90	71.26

7. 金相组织

从图 2-66(a) 中可以看到,当喷枪速率 $v=900\text{m/s}$,靶距 $L=250\text{mm}$ 时,涂层厚度的平均值为 $10.95\mu\text{m}$,同时表面层不均匀。而当喷枪速率 $v=400\text{m/s}$,靶距 $L=250\text{mm}$ 时,图层厚度的平均值为 $62.85\mu\text{m}$,同时表面层均匀。图 2-66(a) 中含有比较大 WC 颗粒镶嵌在 Co 中,组织中有比较大的气孔。而图 2-66(b) 中 WC 的颗粒比较小,气孔相对较小。喷枪速率高表面温度低,与基体结合强度差,温度分布不均匀,导致大量气孔,而喷枪速率低表面温度高,颗粒发育较好,组织均匀。从式(2-36)和式(2-37)可以看到,喷枪单位时间内作用在基体上的粉末浓度下降,冲击力降低,涂层厚度减少。从图 2-66 中可以看到,喷枪速率对涂层的组织结构具有很大影响。

(a) $v=900\text{m/s}$, $L=250\text{mm}$ (b) $v=400\text{m/s}$, $L=250\text{mm}$

图 2-66   WC-Co 涂层截面照片

8. 燃料混合比对粒子飞行特性及涂层性能的影响

涂层的显微结构和特性主要取决于粒子的飞行特性,粒子的飞行特性主要是粒子的温度和速率。JP-5000 喷枪系统含有一个圆锥形的超声截面的拉瓦尔喷管,如图 2-67 所示,喷管直径为 8mm,出口直径为 11mm,总长为 133mm。粉末沿喷管轴向状态分成 4 个部分。1 和 2 处在吼管的外侧,即气流的下端,为超声区,3 区为吼管处,4 区为气流的上部分,处在吼管的上部,为次超声区。气体在这 4 处温度和速率都受到压力和气体燃烧化学反应的影响。当燃烧室压力为 0.5MPa,在 1 处内粒子的速率和温度分别为 380m/s±80m/s 和 1550K±60K,当燃烧室压力增加到 0.7MPa,在 1 处内粒子的速率和温度分别 470m/s±110m/s 和 1630K±70K。飞行粒子与燃烧气体在喷枪的燃烧室混合后从喷嘴喷出。在出口处的气流速率可以达到 2 马赫数。

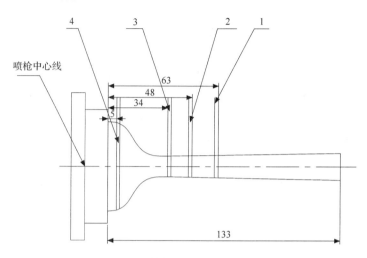

图 2-67　喷管截面示意图(单位：mm)

1) 燃料混合比对飞行粒子特性的影响

HVOF 火焰的温度可以通过燃料的质量和燃烧室的压力以及燃料与氧气的比例(F/O)来控制。燃料和氧气的比例可以定义为燃料与氧气的混合体积比例。当前两个因素选定后,改变燃料与氧气的比例可以取得不同的粒子温度和速率。在 HVOF 热喷涂中气体混合比例对飞行粒子的温度和速率具有很大影响。燃烧气体主要有煤油、丙烯、乙炔、丙烷和氧气等。燃料与氧气混合比例的理论计算混合比例所对应的温度在实际燃烧过程不都是最大值,这与燃料的质量有关。气体在燃烧室内的速率比在喷管内要低,这主要是由于燃烧室内的截面积比喷管要大得多。在 JP-5000 喷枪中,所喷射的粒子是在燃烧室的后面沿轴向输送的,燃烧室的气体并不影响喷射粒子的速率,主要是其速率比喷嘴出口速率小 10 倍,但是喷管的长度影响粒子的喷射速率。

粒子与气体在喷嘴的燃烧室内混合,粒子受到加热并随气体一同从喷嘴喷出。当粒子从喷嘴喷出后与空气混合,由此改变了粒子的速率和温度。粒子在冲击到基体表面时的熔化状态受到火焰的热传导作用。图 2-68 所示为粒子从喷嘴喷出的距离与其在空气中温度变化关系曲线。从图中曲线可以看到,出口处的温度并不是最高,最高温度距离喷枪出口为 100mm 处,这时对应三种不同比例燃烧气体的飞行粒子温度分别为 2135℃、2103℃和 2103℃。随着距喷枪出口距离的增加,温度呈下降趋势。从温度分布来看,当煤油与氧气的体积比为 0.9 时,飞行粒子的温度都高于另外两种。而当煤油与氧气的体积比为 1.1 时温度最低。

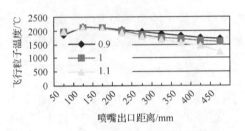

图 2-68　飞行粒子温度与出口距离关系

在本试验中采用的 WC-Co 的熔点为 2785℃，在 WC-Co 中 Co 的熔点为 1495℃，而 W_2C 的熔点为 2860℃。在粒子从喷枪喷出后，在燃料与氧气的比例为 0.9 时，距喷枪出口距离 100mm 处，其最高温度 2135℃。由此可见，在粒子流中，粉末中 WC 颗粒处在固体状态，而黏结剂 Co 处在液体状态。

飞行粒子的速率直接影响涂层表面的质量。从图 2-69 中可以看到，喷枪出口处的飞行粒子速率到 600m/s 以上，几乎为空气中音速的两倍。同时粒子的速率与喷枪出口的距离成反比，当距离喷枪出口距离为 250mm 时，对应三种不同比例燃烧气体的飞行粒子速率分别达到最大值，即 685m/s、662m/s 和 647m/s。而且从图 2-69 可以看到，煤油与氧气的体积比为 0.9 时的飞行粒子速率要高于另外两种。而煤油与氧气的体积比为 1.1 时速率最低，其结果基本与温度场分布相一致，但不同点是其速率最大值并不是粒子温度的最大值，与温度有一个滞后距离。

2）燃料混合比对涂层特性的影响。

涂层的质量受到粒子的飞行速率和温度的影响。从图 2-70 可以看到，当燃料与氧气的比例为 0.9 时，其表面的显微硬度最高，为 $2277HV_{0.5}$，而其他两种分别为 $2188HV_{0.5}$ 和 $2175\ HV_{0.5}$，比另外种混合比例的涂层硬度高出 80～100。粒子的速率高可以减少与火焰接触的时间，使固化的炭化物颗粒包含在熔化的金属团中，颗粒与金属具有良好的结合强度，同时组织更加致密，表面硬度高。涂层中的氧的含量、密度与粒子的温度有很大关系，如果粒子的温度接近其熔点，涂层的密度将要增加，同时含氧量将要降低。涂层的硬度随粒子的速率和温度的增加而加大。从表 2-15 中可以看到，燃料与氧气的比例对涂层的厚度和表面摩擦系数影响不是很大，而对表面粗糙度有一定的影响。

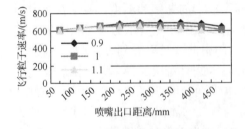

图 2-69　飞行粒子速率与出口距离关系

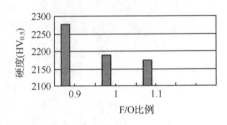

图 2-70　燃料与氧比例与涂层硬度关系

表 2-15　F/O 比例与涂层一些性能关系

F/O 比例	0.9	1.0	1.1
涂层厚度/μm	58	57	62
表面粗糙度/μm	2.8	3.65	3.49
摩擦系数	0.41	0.42	0.42

2.4.3　等离子(APS)喷涂花岗岩涂层

等离子热喷涂是表面改性很重要的方法之一,是利用等离子火焰来加热熔化喷涂粉末使之形成涂层的。等离子喷涂工作气体常用 Ar 或 N_2,再加入 5％～10％的 H_2,气体进入电极腔的弧状区后,被电弧加热电离解形成等离子体,其中心温度高达 10000K 以上,喷嘴的出口速率为 800m/s。在喷涂过程中粉末颗粒被加速、加热和熔化。等离子热喷涂可以喷涂很多种材料,包括金属材料、陶瓷材料和复合材料等,并且具有调节方便、适应性强、喷涂气氛易控、涂层结合力强、气孔率可调等优点,同时近代科学技术的发展也促进了等离子热喷涂设备和技术的不断完善。花岗岩是一种深层酸性火成岩,是火成岩中分布最广的一种岩石。二氧化硅含量多在 70％以上,主要由石英、长石和少量黑云母等暗色矿物组成,碱性长石约占长石总量的 2/3 以上。碱性长石为各种钾长石和钠长石,斜长石主要为钠长石。花岗岩中石英的含量、颗粒粒度决定了其物理性能。花岗岩加工过程中产生大量的废弃花岗岩粉末,这种粉末或进行填埋,或堆成山,或投入河中对环境造成很大影响。花岗岩具有很多优点,可以广泛应用在工业领域中。在铸铝合金中采用花岗岩颗粒可以增加合金的耐磨性,在 Al_2O_3 陶瓷生产中,花岗岩粉末作为添加剂,可以降低室温烧结温度。利用花岗岩粉末作为热喷涂材料可以降低对环境的影响和降低喷涂成本。

1. 试验条件

试验采用国产等离子热喷涂设备,工作气体采用 Ar 和 H_2,Ar 气压力为 0.88MPa,H_2 压力为 0.62MPa;等离子电流为 0.47A,电压为 50V;基体材料选用 45 号钢,喷涂材料选用花岗岩粉末,粒度为 0.125～0.106mm;送粉速率为 62g/min;输送气体采用 N_2 气,流量 800L/min;喷枪采用水冷却,水的流量为 20L/min;工件采用空气冷却,压力为 0.6 MPa;基体与喷嘴距离为 70mm;花岗岩采用球磨机进行磨粉,粒度采用标准筛分级。

2. 花岗岩粉末制备

喷涂选用的花岗岩主要矿物为石英、钠长石、长石、硅灰石等。岩石化学元素如表 2-16 所示,从其能谱图中可以看到,花岗岩中主要化学成分为 Si,其次为 Al。长石包括钾长石和钠长石。钠长石的化学分子式为:$Na_2O\text{-}Al_2O_3\text{-}6SiO_2$,其理论化学组成为 Na_2O:11.8%;Al_2O_3:19.4%;SiO_2:68.8%,外观一般为白色、灰白色,硬度为 6~6.5,密度为 2.61~2.64g/cm³,熔点为 1100℃左右。硅灰石的化学分子式为 $CaSiO_3$,密度 2.75~3.10g/cm³,莫氏硬度 4.5~4.7,热膨胀系数 6.5×10^{-6}/℃,折光指数 1.63,熔点 1540℃。钾长石化学分子式为 $KAlSi_3O_8$,属单斜晶系,密度 2.56~2.59g/cm³,其理论成分为 SiO_2:64.7%;Al_2O_3:18.4%;K_2O:16.9%,具有熔点低 1150℃,熔融间隔时间长,熔融黏度高等特点,广泛应用于陶瓷坯料、陶瓷釉料、玻璃、电瓷、研磨材料等工业部门。石英化学式为 SiO_2,熔点 1750℃,密度 2.22~2.65g/cm³。上述几种材料的物理性能如表 2-17 所示。花岗岩是上述材料的混合物,经过制粉后形成图 2-71 所示的颗粒状。从图 2-71 中可以看到,粉末的形状具有多棱状,粒度为 200 目。因为粉末是从天然石材制备而成,包括多种岩石成分,其颗粒形状随机分布,同时,一种颗粒由多种矿物构成。从图 2-71 能谱分析的成分来看,其化学成分基本与表 2-16 相同。由此看到,该颗粒成分具有多种矿物的组合。从图 2-71 图谱 2 的粉末颗粒外观看,具有玻璃光泽,并从其能谱图可以看到,其成分主要是 Si,该颗粒为石英颗粒。从其放大的 SEM 照片上可以看到,在大颗粒表面堆积很多微小颗粒,有的颗粒呈片状,有的呈棱体状,而且其粒度大小分布不均。但是从宏观来看,其粒度主要是在 160~200 目之间。

表 2-16　花岗岩中化学元素质量分数　　　　　（单位:%）

Na	Al	Si	K	Ca	Fe
3.30	6.04	29.15	3.20	1.50	4.98

表 2-17　几种矿物的物理性能

矿物名称	密度/(g/cm³)	熔点℃	热膨胀系数/($\times 10^{-6}$/℃)
钠长石	2.61~2.64	1100	2.3~6.5
硅灰石	2.75~3.10	1540	6.5
钾长石	2.56~2.59	1150	4.5

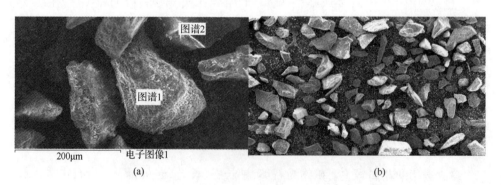

(a)　　　　　　　　　　　　　　　　(b)

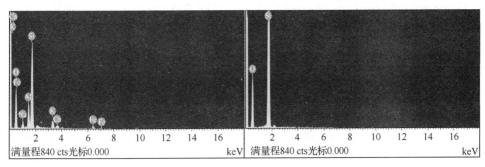

(c) 谱图1　　　　　　　　　　　　(d) 谱图2

图 2-71　花岗岩粉末形状图

3. 粒子飞行状态分析

在等离子喷涂过程中,粉末与离子火焰是在喷嘴的出口处进行混合。粉末与等离子火焰混合后,每个粒子受到热流的冲击产生加速度,同时表面温度被升高。粉末颗粒的大小和其热力学性能对粉末的飞行速率和表面温度具有很大影响,因此粉末颗粒对喷涂质量具有很大影响。粉末颗粒尺寸过小,或被氧化,或被蒸发,若粉末颗粒过大,不能被熔化,在飞行过程中粒子为固态,冲击在基材表面时被弹回。而等离子喷涂过程中涂层的形成,是在粒子熔化和半熔化状态下形成的薄片涂层。在粒子飞行过程中,Ar 的流动速率对粒子的飞行速率影响最大,而氢气的流动速率主要影响粒子的表面温度。电流增加,粒子速率和表面温度都相应地增加。粒子的熔化受到粒子的飞行速率影响,粒子飞行速率越高,粒子在飞行过程中加温时间越短,熔化的程度降低,沉积在基材上的效率也越低。

粒子飞行速率取决于等离子气体的温度和速率,图 2-72 和图 2-73 分别是 Ar 气体等离子温度和速率分布曲线。从图 2-72 和图 2-73 中可以看到,Ar 等离子气体的最高温度达到 13000℃,最大速率达到 1600m/s。当距离喷枪出口 50mm 时,等离子气体将要与周围的空气 50% 混合。达到基体距离时,周围气体与等离子的混合达到 80%,这时温度 5700℃。当石材粉末与等离子气体混合后,表面温度升高,形成熔化状态。

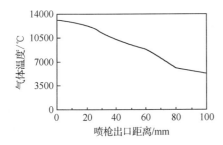

图 2-72　等离子喷涂温度与喷枪出口距离

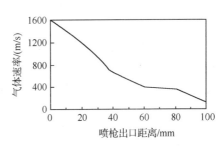

图 2-73　等离子喷涂速率与喷枪出口距离

粉末颗粒火焰接触时受到两个作用,一个是火焰的加热,另一个是加速。从火焰到粉末粒子的传热过程主要是热传导、对流和热辐射。粉末颗粒主要受到气体的热传导和对流。此外气体对粒子进行加速,气体的一部分热能转换成粒子的动能。

4. 涂层形成研究

1) 等离子喷涂花岗岩粒子的沉积过程。

等离子喷涂是利用高温、高速的等离子焰流将喷涂粉末快速加热熔化形成熔滴,并加速使其以很高的速率不断地碰撞到基体表面,经过扁平化,快速冷却凝固而形成扁平粒子,大量的扁平粒子不断沉积叠加,从而形成等离子喷涂层。在理想的等离子喷涂过程中,颗粒高速冲击到基体表面以保证涂层的致密度,而且颗粒在冲击的瞬间,应完全熔化以使得涂层的孔隙率减至为最小,由此增加涂层的抗氧化与抗腐蚀的能力;伴随着材料液滴在固体表面上碰撞、铺展和凝固的流体流动与热交换问题具有重要的理论和工程意义,此类问题是非常复杂的,这是由于在该过程中液滴在非常短的时间内自由表面发生了显著的变形,所涉及主要参数包括颗粒尺寸、材料特性、颗粒速率等。研究表明,扁平粒子的形成过程对涂层的结构和性能及涂层与基体的结合强度有着重要的影响。对于单一材料类型的颗粒熔化过程和冲击平化变形已有研究报道,王鲁、王富耻等采用数值模拟方法研究了等离子喷涂金属和陶瓷颗粒的熔化过程以及熔化状态颗粒在基体表面上的冲击平化变形过程,通过对全熔颗粒冲击平化变形过程的数值模拟得到变形与速率和时间以及沉积表面状态的定量关系,对功能梯度材料的制备工艺具有一定的指导意义。但是,等离子焰流与喷涂粉末的相互作用受焰流温度、喷嘴形状、材料种类等因素的影响,喷涂粒子并未完全熔化,而是存在固体、半熔化和完全熔化三种状态,仅通过对全熔颗粒冲击平化变形过程的数值模拟很难真实反映粒子的变形沉积过程,而且由于等离子喷涂粒子沉积的瞬时性特点,对粒子变形过程的直接观察几乎不可能。因此,本书通过 SEM、金相显微等手段对涂层进行检测,结合喷涂粒子的温度、速率,研究粒子沉积过程的冲击夯实作用、微孔结构及粒子的变形特点,探讨等离子喷涂陶瓷粒子在基体上的沉积规律。

2) 等离子喷涂天然花岗岩涂层的沉积工艺

等离子喷涂是一项复杂的技术,在喷涂过程中,影响涂层质量的工艺参数多达几十个,而且参数间也都彼此影响。工艺参数选择的正确合理与否,直接影响工艺稳定性、喷涂速率、沉积效率等。近年来,人们对等离子喷涂陶瓷涂层的工艺进行了大量的研究,如等离子气体的选择、喷涂距离、喷涂角度、移枪速率、基体温度、喷前预处理和喷后置处理等参数对涂层组织、性能的影响,制备了许多具有特殊性能涂层,为等离子喷涂技术的推广做出了巨大的贡献。但是,由于喷涂设备、粉末粒度、纯度的不同,使得等离子喷涂制备陶瓷涂层的工艺参数相差较大,在生产过程中工艺参数在小范围内波动也是难以避免的。因此有必要对这一问题进行研究，以确保涂层质量的稳定。

　　等离子射流是一个空间上的圆锥体，在距枪口不同距离的各个截面上，其温度、熔值和轴向速率都是以中轴线处为最高，因此，在等离子射流中轴线上运动的粉末颗粒能获得最好的加热效果。等离子喷涂有三种送粉方式：枪内送粉、枪外送粉和轴向送粉。枪外送粉由于其结构简单，方法灵活，目前被广泛采用，但粉末加热不如枪内和轴向送粉好，沉积率较低。轴向送粉是比较理想的送粉方式，可以有效地利用射流的特征而获得高效优质的涂层，粉末沉积率是最高的，但轴向送入的气体和粉末会影响射流的温度和熔值，喷涂低熔点和很细小的粉末材料比其他送粉方式更容易气化，而且，轴向送粉使枪体结构设计难度加大，且粉末易熔敷于喷嘴内壁，影响喷涂过程的稳定性，所以很少应用。枪内送粉有较好的入射条件，粉末能直接进入射流核心区，容易得到更多的热量和动能，粉末熔化充分，沉积率高，使用较小的功率即可能得到较好的喷涂质量。虽然使枪体结构变得复杂，但较轴向送粉易于实现，目前正在逐步推广。

　　目前，等离子喷涂技术的许多工艺参数已基本规范，如基体预热、喷砂、喷涂距离、喷涂角度、喷枪移动速率及不同使用条件下的涂层厚度等，但工艺参数变化及枪内、枪外送粉对涂层性能影响的系统研究未见报道。因此，本书通过热源、送粉方式、送粉速率三个参数的调节制备天然花岗岩涂层，对其孔隙率、显微硬度、耐磨性及结合强度进行测定分析，以探求影响涂层质量的主要工艺参数，为获得优质涂层提供试验依据。

　　3）等离子喷涂花岗岩涂层的形成过程

　　涂层的形成一般都是由熔化的颗粒飞溅在基体形成一个圆形薄片。熔化的颗粒冲击到基材表面时在薄板的底部快速固化并被基体所吸收。像陶瓷等脆性材料与金属材料不同，金属材料飞溅在基体上具有浸润性，而陶瓷等脆性材料飞溅在基体上没有浸润性。从上述的几种矿物成分性能可以看到，熔点都在1000℃以上，其中石英的熔点最高，为1750℃，钠长石熔点为1100℃左右。采用等离子喷涂，其出口的温度在13000℃，工件距等离子喷嘴距离70mm，此时的等离子气体温度在4000℃以上。几种矿物粒子基本在熔化状态下飞溅到金属材料表面而形成涂层。从图2-74的涂层表面可以看到，矿物粒子在基体表面形成颗粒状，有的颗粒嵌入到基体中，有的颗粒与基体形成热连接。图2-75为涂层表面的能谱，从图中可以看到，其成分基本与图2-71颗粒相同，但有部分氧化物生成。从涂层矿物颗粒与其粉末形状比较可以看到，涂层中所形成的颗粒具有球状结构，而原始粉末颗粒形状为棱状。因为粉末在高温熔化状态冲击到金属表面，没有产生破碎形成薄片与基体结合，而是快速冷却形成球状颗粒与基体结合。在与基体结合的过程中基体表面的成分也渗透到涂层中。基体距离喷嘴70mm，这时等离子气体温度在

4000℃以上,瞬间基体表面熔化与粉末结合。从表 2-17 可以看到,几种矿物的热膨胀系数都比较小,而碳钢热膨胀系数为 $10\times10^{-6}\sim13\times10^{-6}/℃$,粉末与基体之间收缩比很大,界面产生比较大裂纹,而粒子之间的热膨胀系数相近,产生内应力相对较小。

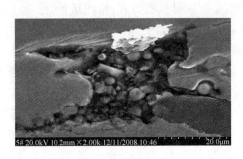

图 2-74　涂层表面

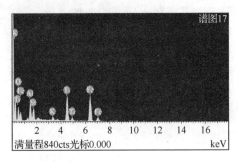

图 2-75　涂层表面能谱图

2.4.4　等离子(APS)喷涂玄武岩涂层研究

玄武岩是一种基性喷出岩,主要矿物是富钙单斜辉石和基性斜长石;次要矿物有橄榄石、斜方辉石、易变辉石、铁钛氧化物、碱性长石、石英或副长石、沸石、角闪石、云母、磷灰石、锆石、铁尖晶石、硫化物和石墨等。玄武岩的主要化学成分为 SiO_2、Al_2O_3、FeO、CaO、MgO、K_2O、Na_2O 等。玄武岩的熔化温度 1500~1600℃,当其快速熔化时组织为非晶态,如果慢速冷却组织成为矿物晶体结构。玄武岩具有耐腐蚀性、耐磨性特点,同时其制品具有良好的保温特点,玄武岩在许多工业中得到应用。

试验采用国产等离子热喷涂设备,工作气体采用 Ar 和 H_2,Ar 气压力为 0.88MPa,H_2 压力为 0.62MPa;等离子电流为 500A,电压为 50V;基体材料选用 45 号钢和铝板,喷涂前经过喷砂打磨;喷涂材料选用玄武岩粉末,粒度为 0.125~0.106mm;送粉速率为 62g/min,输送气体采用 N_2 气,流量 800L/min;喷枪采用水冷却,水的流量为 20L/min;工件采用空气冷却,压力为 0.6 MPa;基体与喷嘴距离为 70mm;玄武岩采用球磨机进行磨粉,粒度采用标准筛分级;涂层断面采用线切割进行切割,S-3400N 扫描电子显微镜观察表面磨损形貌及组分;采用 FM-700 显微硬度计测量涂层硬度;采用 XRD 分析涂层组织结构;D/max-rB 型 X 射线粉末衍射仪上进行晶相分析;试验条件为 Cu 靶 K 射线,扫描电压为 40kV,电流为 50mA,扫描范围为 5~75,扫描速率为 4mm/min。

1. 玄武岩粉末

玄武岩粉末颗粒主要是带有棱角的粒子构成,颗粒呈分散状,没有团聚,如

图 2-76 所示。颗粒最大尺寸为 $3.35\mu m$,最小为 $0.5\mu m$,平均尺寸为 $1.53\mu m$。玄武岩由各种矿物构成,因此各颗粒成分和结构也不同。通过对其能谱分析可以看到,各颗粒的化学成分不同。表 2-18 为不同颗粒的化学成分。从表 2-18 和图 2-77 中可以看到,玄武岩粉末的主要化学成分为 SiO_2、K_2O、CaO、Fe_2O_3、Al_2O_3。两种颗粒 Si 的含量基本相同为 19%,在第一个颗粒中铁的含量为 25.25%,但是没有 Al 的成分,而第二个颗粒的化学成分中没有 Fe,但是含有 Al 的成分。粉末中各个颗粒化学成分不同,其构成的矿物也不相同。玄武岩主要由辉石和长石构成。辉石的化学式为 $Ca(Mg,Fe,Al)_2[(Si,Al)_2O_6]$,而长石的化学式有 $K[AlSi_3O_8]$ 和 $Ca[Al_2Si_2O_8]$,不同矿物其化学元素不同。

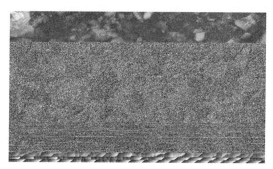

图 2-76　玄武岩颗粒

表 2-18　颗粒的化学成分　　　　　　　（单位：%）

元素	颗粒 1	颗粒 2
O	52.93	67.68
Si	19.06	18.90
K	1.12	4.55
Ca	1.64	3.54
Fe	25.25	
Al		5.34
合计	100	100

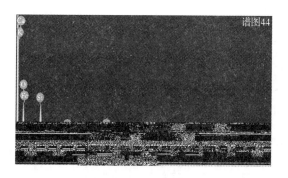

图 2-77　粉末能谱图

2. 45 钢基表面玄武岩涂层分析

图 2-78 为 45 钢基体的玄武岩粉末涂层。从图 2-78(a)中可以看到,涂层由溶化的玄武岩粉末构成,涂层断面有波浪形,表面有一些气孔。在与 45 钢结合面上产生包裹体,即玄武岩熔焊在基体上,同时有大的熔块镶嵌在基体中。涂层的厚度比较均匀,平均厚度为 66.2μm。从涂层的能谱图 2-79 中可以看到,其主要化学成分为 Mg、Si、Ca、Ti、Fe。对涂层断面进行横面成分分析得到的主要化学成分为 Mg、Si、Ca、Al、Fe。从涂层的化学成分来看,主要成分与喷涂粉末相同,但有个别不同,不同的断面形成的结构不同,因此其化学成分不同。而矿物涂层与基体结合处有部分裂纹存在。涂层具有层状结构,同时气孔形成。涂层层状结构的形成是由于等离子喷涂时熔化状态粉末粒子以高速喷向基体表面,经层层叠加形成层状不连续结构,粒子喷射到基体表面上经过撞击、变形、冷凝等过程。特别是有些粒子仅表层熔化,在喷涂过程中不可能完全展平,难以填充到其他颗粒的孔隙中去,而造成涂层分层、多孔结构。同时,由于陶瓷不易发生塑性变形,冷却时其热收缩应力难以松弛,易形成裂纹。从图 2-80 所示 X 射线衍射图和图 2-78(b)的放大图中可以看到,涂层为玻璃态结构,主要是玄武岩中的石英和长石矿物在动态高温高压作用下较易熔融和经骤冷而形成的一种稠密淬火玻璃物质。涂层的显微硬度为 $640\sim593HV_{100}$。

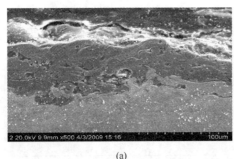
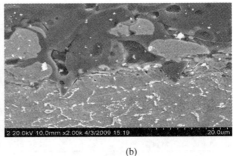

(a)　　　　　　　　　　　　　　　　(b)

图 2-78　钢基体上玄武岩涂层

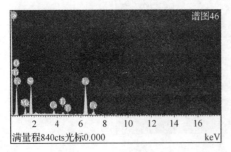
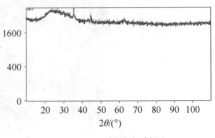

图 2-79　涂层能谱图　　　　　　　　　图 2-80　X 射线衍射图

3. 铝基表面玄武岩涂层分析

由于铝和玄武岩热膨胀系数和导热系数相差较大,防止涂层急速过冷产生剥离现象,在铝板表面先喷涂过渡层,然后喷涂玄武岩涂层。图 2-81 为玄武岩涂层表面,从图中可以看到,其表面形貌明显呈现出 3 个断面。最外部的涂层为玄武岩涂层,中间为过渡层,最下面为铝基体。在玄武岩涂层中有大量的气孔和裂纹出现,具有层状结构。在矿物涂层中有一些柱状结构,在柱状区域内的主要化学成分为 SiO_2、MgO、Al_2O_3、CaO、TiO_2、Fe_2O_3 等。粉末是由多种矿物构成,该区域内的化学成分与玄武岩中的辉石成分相一致。由于玄武岩的热膨胀系数与过渡层的线膨胀系数相差较小,玄武岩涂层与过渡层表面有良好的结合,没有出现明显裂纹。同时过渡层与基体的结合处出现明显的裂纹。玄武岩涂层厚度为 $134\mu m$,过渡涂层厚度为 $83\mu m$。从涂层的能谱分析中可以看到其化学元素主要为 Mg、Si、Ca、Ti、Fe、AL。在过渡层的元素有 Ni、Cr、Al、Si、Co 等,两个涂层的主要化学成分由表 2-19 所示。从表 2-19 中可以看到,玄武岩涂层中的化学成分基本上与玄武岩粉末相同,但是出现 Mg 和 Ti 元素。在玄武岩中是含有这两种元素的,而粉末是随机选择的,没有体现玄武岩完整成分。从过渡层的化学成分来看,过渡层主要由 Ni、Cr、Co 元素构成的合金。

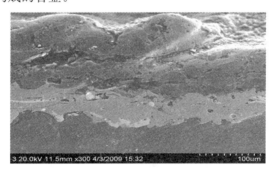

图 2-81　铝基表面玄武岩涂层

表 2-19　涂层化学成分　　　　　　　　（单位：%）

元素	玄武岩涂层	过渡涂层
O	46.73	2.83
Si	19.89	8.28
Mg	3.30	
K	1.12	
Ca	11.94	
Fe	12.36	3.49
Al	3.87	0.21
Ti	1.92	
Co		3.75
Ni		66.67
Cr		14.77
合计	100	100

过渡层与基体结合处的元素有 Ni、Al、Fe。经 XRD 检测,玄武岩涂层整体为非晶态组织结构,但也出现了衍射峰。采用显微硬度计对涂层进行测量,涂层中各点的硬度存在很大差异,涂层的显微硬度为 $658 \sim 928HV_{100}$。

4. 计算模型与方法

粉末粒子与等离子体的相互作用是一个非常复杂的过程,受诸多因素的影响,而且影响等离子过程的物理和化学现象也极其复杂和多样化。例如,等离子体中的热交换,可能被以下现象复杂化:①气体中的解离和电离,以及相反的复合和消电离过程,它们都可能具有不平衡的特征;②原子、离子和电子的扩散,随后在界面层中的绕流和物体壁上的复合和消电离,以及对于能量迁移产生的影响;③等离子体辐射;④电界面的形成。因此,为方便计算,对此过程进行了以下简化,假设:①等离子射流不与大气混合,且动量不变;②等离子射流为气固两相流;③粒子在等离子射流中只受拖动力和重力作用;④粒子沿射流中轴线飞行;⑤粒子为球形并且具有相同尺寸;⑥粒子在通道截面上均匀分布;⑦粒子相互间及与喷嘴壁之间无作用力;⑧凝相粒子在等离子体中的存在,不影响气体的热力学和热物理性质;⑨此过程没有粒子的蒸发。

5. 函数模型的推导

1) 粒子速率函数模型的推导

等离子喷涂花岗岩涂层时,在喷嘴出口处,向经等离子喷枪渐缩喷嘴加速后的射流中,沿垂直方向缓慢加入天然花岗岩粉末,其粉末快速熔化,射流中含有气体、固体粒子、液体粒子和未完全熔化的粒子四种流体,情况比较复杂。由于天然花岗岩粉末熔点较高,颗粒比较细小,送粉量较小,因而假设射流为气固两相流。由于粒子的惯性,粒子速率小于气流速率,粒子存在速率滞后;气流温度高,粒子温度低,气流向粒子传热,由于传热需要一个过程,不能瞬间完成,所以粒子存在温度滞后。速率和温度滞后使粒子和气流之间进行动量和热量交换。

质量比是两相流的一个重要参数,它是粒子与气流之间的流量比。在额定工作条件下,大气等离子喷涂每小时消耗压力为 0.85MPa 的 Ar 气 1600L 和压力为 0.32MPa 的 H_2 气 300L,喷涂花岗岩粉末的送粉量平均为 10g/min,其质量比为

$$\frac{m_p}{m_g} = \frac{0.01}{\dfrac{1.6}{60} \times \dfrac{0.85 \times 1000000}{208 \times 300} + \dfrac{0.3}{60} \times \dfrac{0.32 \times 1000000}{1120 \times 300}} = 0.0272 \quad (2\text{-}26)$$

式中:m_p 为粉末质量流量;m_g 为混合气体质量流量。

由式(2-26)可以看出,在等离子喷涂中,固、气两相的质量比很小,因此,可以忽略粒子对气流的影响,以气流的流动特性代替射流的流动特性。大气等离子喷

涂的射流是一种自由射流。射流在运动中与周围静止空气发生动量和热量交换，空气不断卷入射流混合区，加之大气等离子喷涂的射流呈一定的辐射状喷入大气，因此，射流具有横向速率。但与纵向速率相比，横向速率很小，所以，射流中心线附近的流线接近平行，可以用轴向的射流速率表征整个射流的速率特征。根据射流动力学，射流可以看做在离射流出口很近的一点处置以无限小半径的小孔所喷出的射流流动。由于大气等离子喷涂射流的质量比很小，可以看做单相自由射流，则有

$$\frac{V_g}{V_e} = 0.96 \frac{r_e}{\alpha x + 0.96 r_e} \tag{2-27}$$

式中：x 为离点源的距离；α 为射流扩散半角；r_e 为喷嘴出口半径；V_g 为射流轴心速率；V_e 为射流出口速率。其中：$\alpha = 0.04887\text{rad}$，$r_e = 2.5\text{mm}$，$V_e = 844\text{m/s}$。

大气等离子喷涂的花岗岩粒子粒径较小，且由试验可知，大多数粒子经等离子焰流加热后球化，因此，射流中的粒子可近似看做球形来处理，在简化的受力模型中，粒子主要受气流拖动力和自身重力的作用。大气等离子喷涂的粒子速率大，粒子在流场中飞行的时间非常短，在正常的喷涂距离范围（50～100mm）内，如取其平均速率为 300m/s，飞行时间 t 大约为 0.16～0.33ms。粒子的径向初始速率很小，假设为 1m/s，由动力学原理可知，径向上的速率和位移分量为 $V_r = V_0 + g_t$，$S_r = V_0t + 1/2g_{t2}$（g 为重力加速率），因此，其径向速率范围为 1.016～1.033m/s，径向位移范围为 0.16～0.33mm。由此可知，重力引起的径向速率和位移对粒子的轴向运动影响很小，可以忽略不计。

粒子所受拖动力取决于气流与粒子之间的相对速率，当气流速率大于粒子速率时，拖动力与粒子速率同向，对粒子起加速作用；当气流速率小于粒子速率时，则反之，起减速作用。由以上的分析可知，沿轴线方向飞行的粒子很大程度上反映了整个流场中粒子的速率变化。轴向飞行的粒子所受拖动力可用非向量式表示：

$$F_P = \frac{A_p}{8} C_{drg} \rho_g (V_g - V_P) |V_g - V_p| \tag{2-28}$$

式中：A_p 为粒子的表面积；C_{drg} 为拖动系数；ρ_g 为气流密度；V_g 为气流速率；V_p 为粒子速率。

沿轴向飞行粒子的拖动系数可由式(2-29)、式(2-30)来确定：

$$C_{drg} = 0.28 + \frac{6}{Re^{0.5}} + \frac{21}{Re} \tag{2-29}$$

$$Re = \frac{(V_g - V_p)d_p\rho_g}{\mu_g} \tag{2-30}$$

式中：Re 为雷诺数；d_p 为粒子的直径；μ_g 为气流的动力学黏度。

根据牛顿第二定律，$F = ma$，m 为粒子的质量，a 为粒子的加速度，粒子的速率可用式(2-31)表示：

$$\frac{\mathrm{d}V_{\mathrm{p}}}{\mathrm{d}t} = \frac{F}{m} = \frac{4\pi\left(\dfrac{d_{\mathrm{p}}}{2}\right)^2 C_{\mathrm{drg}}\rho_{\mathrm{g}}\left(V_{\mathrm{g}} - V_{\mathrm{p}}\right)|V_{\mathrm{g}} - V_{\mathrm{p}}|}{\dfrac{4}{3}\pi\left(\dfrac{d_{\mathrm{p}}}{2}\right)^3 \rho_{\mathrm{p}}} = \frac{3\rho_{\mathrm{g}}C_{\mathrm{drg}}}{4d_{\mathrm{p}}\rho_{\mathrm{p}}}\left(V_{\mathrm{g}} - V_{\mathrm{p}}\right)|V_{\mathrm{g}} - V_{\mathrm{p}}|$$

$$(2\text{-}31)$$

对式(2-31)作变换,可以将粒子速率对时间的微分转换为对飞行距离的微分:

$$\frac{\mathrm{d}V_{\mathrm{p}}}{\mathrm{d}t} = \frac{\mathrm{d}V_{\mathrm{p}}}{\mathrm{d}x} \times \frac{\mathrm{d}x}{\mathrm{d}t} = \frac{\mathrm{d}V_{\mathrm{p}}}{\mathrm{d}x}V_{\mathrm{p}}$$

$$\frac{\mathrm{d}V_{\mathrm{p}}}{\mathrm{d}x} = \frac{\mathrm{d}V_{\mathrm{p}}}{\mathrm{d}t} \times \frac{1}{V_{\mathrm{p}}} = \frac{3\rho_{\mathrm{g}}C_{\mathrm{drg}}}{4d_{\mathrm{p}}\rho_{\mathrm{p}}V_{\mathrm{p}}}\left(V_{\mathrm{g}} - V_{\mathrm{p}}\right)|V_{\mathrm{g}} - V_{\mathrm{p}}| \qquad (2\text{-}32)$$

从式(2-32)可以看出,粒子的速率随着飞行距离的增加快速下降,当速率降低到一定值时,开始缓慢减小。

2) 粒子温度函数模型的推导

与速率一样,粒子沉积前的温度对涂层的性能影响较大。等离子喷涂时,喷涂粉末进入焰流后,迅速被加热,而后继续与焰流进行热交换,并随焰流喷向工件表面。焰流与粒子间的热交换包括三种方式:热传导、对流和辐射,其中热传导和辐射所占比例较小。为讨论方便,假设粒子的导热性好,粒子表面和心部温度一致,将整个粒子作等温处理。

等离子轴心线处的温度可用式(2-33)表示:

$$T_{\mathrm{g}} = \frac{0.7r_{\mathrm{e}}(T_{\mathrm{e}} - T_{\mathrm{a}})}{\alpha x + 0.7r_{\mathrm{e}}} + T_{\mathrm{a}} \qquad (2\text{-}33)$$

式中:T_{g} 为气流温度;x 为离点源的距离;α 为射流扩散半角;r_{e} 为喷嘴出口半径;T_{e} 为焰流出口温度;T_{a} 为大气温度。其中:$\alpha = 0.04887\mathrm{rad}$,$r_{\mathrm{e}} = 2.5\mathrm{mm}$,$T_{\mathrm{e}} = 9703\mathrm{K}$,$T_{\mathrm{a}} = 303\mathrm{K}$。

对流换热中,燃气与粒子界面上的热流通量为

$$J_{\mathrm{c}} = h_{\mathrm{c}}(T_{\mathrm{g}} - T_{\mathrm{p}}) \qquad (2\text{-}34)$$

式中:J_{c} 为对流热流通量;h_{c} 为对流换热系数。

燃气与粒子的热交换中,对流传热占主导地位,对流换热为

$$\mathrm{d}Q = J_{\mathrm{c}}F_{\mathrm{s}} \qquad (2\text{-}35)$$

式中:F_{s} 为粒子的表面积。

粒子的加热行为采用对流传热模型处理。由传热学定律可知:

$$c_{\mathrm{p}}m\frac{\mathrm{d}T_{\mathrm{p}}}{\mathrm{d}t} = \mathrm{d}Q = h_{\mathrm{c}}\pi(T_{\mathrm{g}} - T_{\mathrm{p}})d_{\mathrm{p}}^2 \qquad (2\text{-}36)$$

粒子一般假设为环形,设其直径为 d_{p},粒子质量为

$$m = \frac{\pi\rho d_{\mathrm{p}}^3}{6} \qquad (2\text{-}37)$$

由式(2-36)和式(2-37)得

$$\frac{dT_p}{dt} = \frac{6h_c(T_g - T_p)}{\rho_p c_p d_p} \tag{2-38}$$

式中：T_p 为粒子温度；T_g 为气流温度；c_p 为粒子比热容。

h_c 与气流的热传导率以及努塞尔数的关系如式(2-39)所示：

$$h_c = \frac{\lambda_g Nu}{d_p} \tag{2-39}$$

式中：λ_g 为气体的热传导率；Nu 为努塞尔数，可用式(2-40)表示。

$$Nu = 2 + 0.6 Pr^{\frac{1}{3}} Re^{\frac{1}{2}} \tag{2-40}$$

式中：Pr 为普朗特数，可用式(2-41)表示。

$$Pr = \frac{\mu_g c_p}{\lambda_g} \tag{2-41}$$

将式(2-39)～式(2-41)代入式(2-38)，经变换得粒子温度对飞行距离的微分：

$$\frac{dT_p}{dx} = \frac{6(T_g - T_p)}{\rho_p c_p d_p} \frac{\lambda_p}{d_p} \frac{2 + 0.6 \left(\frac{|V_g - V_p| d_p}{\mu_g} \right)^{0.5} \left(\frac{c_g \mu_g}{\lambda_g} \right)^{\frac{1}{3}}}{V_p} \tag{2-42}$$

通过式(2-42)可以看出，粒子的加热也是一个快速过程，当粒子进入焰流中时，迅速被加热到焰流温度，然后快速飞离，随着距焰流高温区距离的增大，粒子温度快速降低，当温度降到一定时，粒子温度开始缓慢减小。

第3章　异型石材数控加工设计理论与方法

3.1　异型石材加工中心运动功能分析

运动功能设计是机床总体方案设计的一项重要内容,其目的是确定机床的运动数目(运动自由度数)、自由度的性质(直线运动或回转运动)、排列形式和顺序等,与所要加工工件的表面创成过程密切相关。运动功能方案的优劣将直接影响着机床的总体结构布局,是总体方案设计中的关键环节。

本书作者使用了数控机床运动功能的创成式设计方法,突破了传统的依靠设计者经验或类比法确定机床的运动功能方案的方法,可以为机床运动功能的创新设计、产品创新设计提供理论依据。杉村延广、张广鹏等对加工中心的运动功能创成方法进行了详细的论述,但是关于石材加工机床运动功能创成的方法尚未见有具体的报道。本书作者依据石材制品的创成过程及雕铣刀具的类型特点,分析了加工中心的运动功能需求[21~28]。

3.1.1　车削运动功能分析

石材车削与普通金属车床的车削加工工艺存在很大的差别。石材大多为硬脆性材料,加工过程中易崩碎,而且石材工件一般形状尺寸比较大,质量比较大,因此不适合高速旋转,保证加工效率,其转速一般为 20r/min,最大也不会超过 30r/min。因此,为保证足够的切削线速率,石材车削刀具一般选择锯片车刀。

1. 石材车削加工刀具与工件位置关系

根据车削加工特点,如图 3-1 所示,工件上任意加工点 M 在工件坐标系 O_W-$X_WY_WZ_W$ 中的描述矩阵为

$$[^WT_M] = \begin{bmatrix} \cos\theta_{Z_W}\cos\beta & -\sin\theta_{Z_W} & \cos\theta_{Z_W}\sin\beta & r\cos\theta_{Z_W} \\ \sin\theta_{Z_W}\cos\beta & \cos\theta_{Z_W} & \sin\theta_{Z_W}\sin\beta & r\sin\theta_{Z_W} \\ -\sin\beta & 0 & \cos\beta & Z \\ 0 & 0 & 0 & 1 \end{bmatrix} \tag{3-1}$$

再根据石材车削所用刀具类型(图中为锯片车刀),建立刀具切削点 C 在刀具坐标系 O_P-$X_PY_PZ_P$ 中的描述矩阵$[^PT_C]$,同时由于图中切削点 C 与工件上的加工点 M 在切削时重合,便有

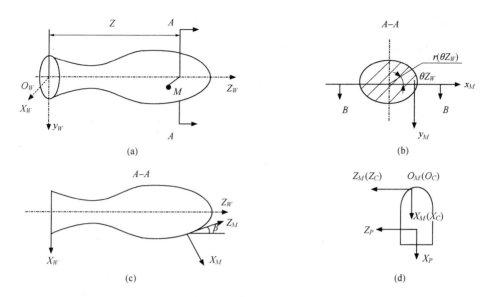

图 3-1 工件坐标描述图

$$[{}^PT_C] = \begin{bmatrix} 1 & 0 & 0 & x_0 \\ 0 & 1 & 0 & y_0 \\ 0 & 0 & 1 & z_0 \\ 0 & 0 & 0 & 1 \end{bmatrix} = [{}^PT_M] \tag{3-2}$$

在数控加工过程中应使工件与刀具之间保持合理的切削角度,即正确的刀具位置姿态,从而得到

$$[{}^WT_M] = [{}^WT_P][{}^PT_C] \tag{3-3}$$

矩阵 $[{}^WT_P]$ 即描述了刀具与工件之间的相对运动关系。由以上各式可得刀具位姿矩阵:

$$[{}^WT_P] = [{}^WT_M][{}^PT_C]^{-1} \tag{3-4}$$

$[{}^WT_P] =$

$$\begin{bmatrix} \cos\theta_{Z_W}\cos\beta & -\sin\theta_{Z_W} & \cos\theta_{Z_W}\sin\beta & -x_0\cos\theta_{Z_W}\cos\beta + y_0\sin\theta_{Z_W} - z_0\cos\theta_{Z_W}\sin\beta + r\cos\theta_{Z_W} \\ \sin\theta_{Z_W}\cos\beta & \cos\theta_{Z_W} & \sin\theta_{Z_W}\sin\beta & -x_0\sin\theta_{Z_W}\cos\beta - y_0\cos\theta_{Z_W} - z_0\sin\theta_{Z_W}\sin\beta + r\sin\theta_{Z_W} \\ -\sin\beta & 0 & \cos\beta & x_0\sin\beta - z_0\cos\beta + Z \\ 0 & 0 & 0 & 1 \end{bmatrix}$$

$$\tag{3-5}$$

式中: $\cos\theta_{Z_W}$、$\sin\theta_{Z_W}$、$\cos\beta$、$\sin\beta$、x_0、y_0、z_0 为切削点 C 在刀具坐标系中的位置,为常量; Z 和 r 为变量,且 r 是以 θ_{Z_W} 为参变量的变径值。因此,按照叠加成型原理,异型石材柱面车削加工形成可以看成是以变径 $r(\theta_{Z_W})$ 构成的封闭非圆平面曲线

为母线,沿着以 Z_W 为参变量的平面曲线为导线运动构成。

2. 加工母线与导线的运动解析

1) 串联式运动功能方案生成方法

机床的运动功能方案是由创成母线的运动功能单元与创成导线的运动功能单元综合而成,对于串联式结构机床,各基本运动单元所对应的矩阵组合构成相应的运动级联矩阵为 $[T_{WP}]$,即

$$[T_{WP}] = M_1 M_2 \cdots M_i \cdots M_n \tag{3-6}$$

刀具位姿矩阵是通过运动级联矩阵来实现的,即

$$[{}^W T_P] = [T_{WP}] \tag{3-7}$$

式(3-6)中: M_i 代表一种基本运动功能项对应的矩阵。对于笛卡儿直角坐标系机床,共有 6 种基本运动功能:沿 X、Y、Z 三个坐标方向的直线运动和分别绕 X、Y、Z 三个坐标轴的旋转运动,其齐次坐标运动矩阵分别表示为

$$[X] = \begin{bmatrix} 1 & 0 & 0 & x \\ 0 & 1 & 0 & 0 \\ 0 & 0 & 1 & 0 \\ 0 & 0 & 0 & 1 \end{bmatrix}, \quad [Y] = \begin{bmatrix} 1 & 0 & 0 & 0 \\ 0 & 1 & 0 & y \\ 0 & 0 & 1 & 0 \\ 0 & 0 & 0 & 1 \end{bmatrix}, \quad [Z] = \begin{bmatrix} 1 & 0 & 0 & 0 \\ 0 & 1 & 0 & 0 \\ 0 & 0 & 1 & z \\ 0 & 0 & 0 & 1 \end{bmatrix}$$
$$\tag{3-8}$$

$$[A] = \begin{bmatrix} 1 & 0 & 0 & 0 \\ 0 & \cos\alpha & -\sin\alpha & 0 \\ 0 & \sin\alpha & \cos\alpha & 0 \\ 0 & 0 & 0 & 1 \end{bmatrix}, \quad [B] = \begin{bmatrix} \cos\beta & 0 & \sin\beta & 0 \\ 0 & 1 & 0 & 0 \\ -\sin\beta & 0 & \cos\beta & 0 \\ 0 & 0 & 0 & 1 \end{bmatrix},$$

$$[C] = \begin{bmatrix} \cos\gamma & -\sin\gamma & 0 & 0 \\ \sin\gamma & \cos\gamma & 0 & 0 \\ 0 & 0 & 1 & 0 \\ 0 & 0 & 0 & 1 \end{bmatrix} \tag{3-9}$$

通过分析 $[{}^W T_P]$ 的特征,设置相应运动单元,即可求出基本运动方案,再通过变异式设计,亦可求出扩展运动方案。

2) 加工母线的运动解析

当只考虑非圆异型石材非圆柱面的截面型线创成时,对式(3-5),可令 $Z=0$,且刀具不需绕 Y 轴转动,即 $\beta=0$,得到加工母线时的刀具位置姿态矩阵:

$$[{}^W T_P] = \begin{bmatrix} \cos\theta_{Z_W} & -\sin\theta_{Z_W} & 0 & -x_0\cos\theta_{Z_W} + y_0\sin\theta_{Z_W} + r\cos\theta_{Z_W} \\ \sin\theta_{Z_W} & \cos\theta_{Z_W} & 0 & -x_0\sin\theta_{Z_W} - y_0\cos\theta_{Z_W} + r\sin\theta_{Z_W} \\ 0 & 0 & 1 & -z_0 + Z \\ 0 & 0 & 0 & 1 \end{bmatrix}$$

$$\tag{3-10}$$

为了通过式(3-10)求解加工母线的运动功能方案,可以根据其位置项与姿态项的特征预先设定运动级联矩阵,即

$$
\left[T_{WP}\right]_{母线} = \begin{bmatrix} \cos\gamma & -\sin\gamma & 0 & a_1 \\ \sin\gamma & \cos\gamma & 0 & b_1 \\ 0 & 0 & 1 & 0 \\ 0 & 0 & 0 & 1 \end{bmatrix} \begin{bmatrix} 1 & 0 & 1 & x \\ 0 & 1 & 0 & b_2 \\ 0 & 0 & 1 & 0 \\ 0 & 0 & 0 & 1 \end{bmatrix} \begin{bmatrix} 1 & 0 & 0 & a_3 \\ 0 & 1 & 0 & y \\ 0 & 0 & 1 & 0 \\ 0 & 0 & 0 & 1 \end{bmatrix}
$$

$$
\begin{bmatrix} 1 & 0 & 0 & a_4 \\ 0 & \cos\alpha & -\sin\alpha & b_4 \\ 0 & \sin\alpha & \cos\alpha & 0 \\ 0 & 0 & 0 & 1 \end{bmatrix} \tag{3-11}
$$

式中:a_1、b_1、b_2、a_3、a_4、b_4 为各运动坐标系之间的平移坐标变换,为常量;γ 为绕工件对称轴线 Z_W 的回转运动单元;α 为铣刀头回转切削运动单元,它属于形成母线的内联系链。

由 $\left[{}^WT_P\right]_{母线} = \left[T_{WP}\right]_{母线}$,解析可得 $\gamma = \theta_{Z_W}$,$x = r-(a_1+x_0)$,$y = r-(b_2+y_0)$,α 为常数;也就是说,γ、x、y 分别是 r 和 θ_{Z_W} 的函数,因此说刀具对称轴线 Z_W 的回转运动 γ、沿 X 轴和 Y 轴的移动是加工母线时必须的运动单元,其运动方案为

$$
W/\gamma XY/T \tag{3-12}
$$

3) 机床运动链构成与运动轴配置

在确定母线与导线运动功能方案后,将两者运动单元进行综合便可得到被加工表面的运动组合形式,从而可以确定机床的组合运动功能,即机床运动链与机构模型。再对刀具和工件进行运动分配便可以确定机床具体的运动轴。

由式(3-12)可知,满足雕铣运动功能需求的组合有

$$
\{W/\gamma XY/T ; \cdots ; W/\beta XY/T\} \tag{3-13}
$$

通过对刀具与工件位置关系模型的分析,建立了工件瞬时切削点在工件坐标系和机床坐标系中相互关系,从而可以确定刀具位姿矩阵。因刀具位姿矩阵是机床各种基本运动单元的集成,经过分析刀具位姿矩阵的特征,求解出了异型石材柱面车削加工机床的基本运动功能要求。由分析可以看出,要保证刀具能够车削任意螺旋升角的螺旋柱,对车削运动的基本功能要求是:车削锯片除具有独立的 X 轴、Y 轴进给外,还应当能够绕 B 轴旋转分度。因此车削加工模块的基本运动功能要求是:四轴三联动。

3.1.2 雕铣基本运动功能分析

对于复杂形体的异型石材雕铣加工,其加工表面是非常复杂的,往往无法使用统一的数学模型来描述。因此为了研究方便,这里假定刀具在工件上移动的曲线是关于某个自变量 t 的参数方程,即其坐标点可以表述为

$$\{X \quad Y \quad Z\} = \{x(t) \quad y(t) \quad z(t)\} \tag{3-14}$$

1. 石材雕铣加工刀具与工件位置关系

根据雕铣加工特点,工件上任意加工点 M 在工件坐标系 $O_W\text{-}X_W Y_W Z_W$ 中的描述矩阵为

$$[^W T_M] = \begin{bmatrix} x'(t) & 0 & 0 & x(t) \\ 0 & y'(t) & 0 & y(t) \\ 0 & 0 & z'(t) & z(t) \\ 0 & 0 & 0 & 1 \end{bmatrix} \tag{3-15}$$

再根据石材雕铣所用刀具类型建立刀具切削点 C 在刀具坐标系 $O_P\text{-}X_P Y_P Z_P$ 中的描述矩阵 $[^P T_C]$,同时由于切削点 C 与工件上的加工点 M 在切削时重合,便有

$$[^P T_C] = \begin{bmatrix} 1 & 0 & 0 & x_0 \\ 0 & 1 & 0 & y_0 \\ 0 & 0 & 1 & z_0 \\ 0 & 0 & 0 & 1 \end{bmatrix} = [^W T_M] \tag{3-16}$$

在数控加工过程中应使工件与刀具之间保持合理的切削角度,即正确的刀具位置姿态,从而得到

$$[^W T_M] = [^W T_P][^P T_C] \tag{3-17}$$

矩阵 $[^W T_P]$ 即描述了刀具与工件之间的相对运动关系。由以上各式可得刀具位姿矩阵

$$[^W T_P] = [^W T_M][^P T_C]^{-1} \tag{3-18}$$

$$[^W T_P] = \begin{bmatrix} x'(t) & 0 & 0 & x(t) - x_0 x'(t) \\ 0 & y'(t) & 0 & y(t) - y_0 y'(t) \\ 0 & 0 & z'(t) & z(t) - z_0 z'(t) \\ 0 & 0 & 0 & 1 \end{bmatrix} \tag{3-19}$$

式中: x_0、y_0、z_0 为切削点 C 在刀具坐标系中的位置,为常量; $x(t)$、$y(t)$、$z(t)$ 为变量,是关于事件 t 的函数。因此,按照叠加成型原理,异型石材雕铣加工形成可以看成是切削点沿 $\begin{bmatrix} x = x(t) \\ y = y(t) \\ z = z(t) \end{bmatrix}$ 的曲线。

2. 加工母线与导线的运动解析

1) 加工母线的运动解析

为了通过式(2-19)求解加工母线的运动功能方案,可以根据其位置项与姿态项的特征预先设定运动级联矩阵,即

$$
[T_{WP}]_{母线} = \begin{bmatrix} \cos\gamma & -\sin\gamma & 0 & a_1 \\ \sin\gamma & \cos\gamma & 0 & b_1 \\ 0 & 0 & 1 & 0 \\ 0 & 0 & 0 & 1 \end{bmatrix} \begin{bmatrix} 1 & 0 & 0 & x \\ 0 & 1 & 0 & b_2 \\ 0 & 0 & 1 & 0 \\ 0 & 0 & 0 & 1 \end{bmatrix} \begin{bmatrix} 1 & 0 & 0 & a_3 \\ 0 & 1 & 0 & y \\ 0 & 0 & 1 & 0 \\ 0 & 0 & 0 & 1 \end{bmatrix}
$$

$$
\begin{bmatrix} 1 & 0 & 0 & a_4 \\ 0 & \cos\alpha & -\sin\alpha & b_4 \\ 0 & \sin\alpha & \cos\alpha & 0 \\ 0 & 0 & 0 & 1 \end{bmatrix} \begin{bmatrix} \cos\beta & 0 & \sin\beta & 0 \\ 0 & 1 & 0 & b_5 \\ -\sin\beta & 0 & \cos\beta & c_5 \\ 0 & 0 & 0 & 1 \end{bmatrix} \tag{3-20}
$$

式中：a_1、b_1、b_2、a_3、a_4、b_4、b_5、c_5 为各运动坐标系之间的平移坐标变换，为常量；γ 为绕工件对称轴线 Z_w 的回转运动单元；α、β 为铣刀头回转切削运动单元，它属于形成母线的内联系链。

由 $[^W T_P]_{母线} = [T_{WP}]_{母线}$，解析可得 α、β、γ、x、y 分别是 $x(t)$、$y(t)$、$z(t)$ 的函数，因此说沿工件对称轴线 Z_w 的回转运动 γ，刀具沿 X_w、Y_w 的回转运动 α、β 和沿 X 轴、Y 轴的移动是加工母线时必须的运动单元，其运动方案为

$$
W/\alpha\beta\gamma XY/T \tag{3-21}
$$

2）机床运动链构成与运动轴配置

在确定母线与导线运动功能方案后，将两者运动单元进行综合便可得到被加工表面的运动组合形式，从而可以确定机床的组合运动功能，即机床运动链与机构模型。再对刀具和工件进行运动分配便可以确定机床具体的运动轴。

由式(3-21)可知，满足雕铣运动功能需求的组合有

$$
\{W/\alpha\beta\gamma XY/T; \cdots; W/\beta\gamma XYZ/T\} \tag{3-22}
$$

通过对刀具与工件位置关系模型的分析，建立了工件瞬时切削点在工件坐标系和机床坐标系中相互关系，从而可以确定刀具位姿矩阵。因刀具位姿矩阵是机床各种基本运动单元的集成，经过分析刀具位姿矩阵的特征，求解出了异型石材柱面雕铣加工机床的基本运动功能要求。由分析可以看出，要保证刀具能够合理地切削工件，对回转体异型石材工件，雕铣运动的基本功能要求是：雕铣刀具除具有独立的 Y 轴、Z 轴进给外，还应当能够绕 B 轴、C 轴旋转分度；同时工件要求能够绕 C 轴回转，为五轴联动功能。对平面异型石材工件，雕铣运动的基本功能要求是：雕铣刀具除具有独立的 Z 轴、X 轴、Y 轴进给外，还应当能够绕 B 轴、C 轴旋转分度。因此雕铣加工模块的基本要求为：五轴联动功能。

数控机床运动功能创成设计方法克服了传统类比法和经验法设计机床运动方案时所存在的不确定性和扩展性差的缺点，为机床总体方案设计提供了理论依据，同时也为刀具位姿控制提供了理论依据。

由运动功能创成法分析可知，异型石材加工中心的车削加工模块，应当具有四轴三联动的运动功能；异型石材加工中心的雕铣加工模块应当具有五轴联动功能。

3.2　典型异型石材数控加工装备设计方案比较

3.2.1　部件方案设计及比较

1. 整体结构方案

1) 单面墙结构

如图 3-2 所示,单面墙结构的主要特征为:横梁固定在主支撑上,横梁上有滑鞍和工作部件,横梁下安装旋转工作台,主要用于对回转体石材的加工。优点:因为石材加工过程中振动性较强,采用单面墙结构其横梁固定不动,可以有效减小振动,垂直方向弯曲挠度较小,结构比较稳定。缺点:单面墙加工对象比较单一,只能加工回转体石材,不符合对石材加工中心的设计要求。

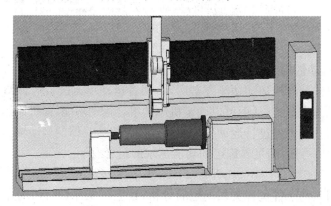

图 3-2　单面墙结构石材加工中心

2) 整体式龙门结构

整体式龙门结构为国内龙门式加工机床采用的通用结构。结构形式为:龙门与支架为一体式的钢结构,通过安装在地基上的丝杠副拖动横梁运动,实现 X 轴进给。优点:整体式龙门由于龙门与支架为一体结构,质量较大,重心较低,不易受弯曲扭矩的影响;整体式龙门可以采用底部单一丝杠拖动的进给方式,所以进给比较容易实现。缺点:整体式龙门正是因为其质量比较大,所以 X 轴向进给时,负载也比较大,同时横梁的弯曲挠度很大。

3) 桥式龙门结构

如图 3-3 所示,桥式龙门结构为桥式石材切割机常用结构。其结构形式为:龙门与支架间通过移动副连接,实现 X 轴移动。其支架一般为钢筋混凝土结构。优点:由于横梁与支架分开了,X 轴向进给时负载要小得多;同时采用混凝土支架,能够减少整体机床的振动性,节省机床成本。

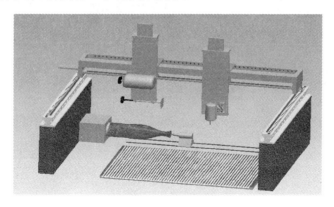

图 3-3　分布式桥式龙门加工中心

4) 方案比较及解决方法

由以上几种方案的优缺点比较可以看出,无论单面墙结构还是整体式龙门结构、桥式龙门结构都具有各自的优缺点。虽然单面墙结构的稳定性最好,但是因为其不能满足可加工范围要求,所以不被选用。

针对横梁的承载情况及石材加工工艺要求:其垂直外载荷为 20000N;允许最大弯曲挠度为 0.1mm;最大加速度为 1.25m/s²;最大切削力为 1000N。可见,石材加工过程中切削力相对横梁质量要小得多,其精度要求也不是很高,因此确定使用成本较低的桥式龙门结构。

但是桥式龙门必须是双侧驱动,而双侧同步驱动技术是数控技术中较难实现的技术之一。同时双侧丝杠副驱动会增加一根控制轴,从而增加整个数控系统的难度。为此在这里选择双侧齿轮齿条副驱动,即横梁下方穿过一个转轴,带动两侧齿轮在齿条上运动,由同一个驱动电机带动。

2. 工作头布局

1) 分布式结构

如图 3-3 所示,其结构形式为:车削工作头和雕铣工作头分别由两个十字架滑台完成。优点:结构比较简单,成本较低,两个工作部件之间很容易避免干涉。缺点:需要控制的运动轴较多,同时两个滑鞍要避免干涉会多占用空间。

2) 复合式结构

图 3-4 所示为贝得利尼复合加工中心。其工作头结构形式为:车削工作头和磨削工作头安装在同一十字架滑台下,但是车削工作头可水平放置。优点:结构比较紧凑,具有创新性,其控制轴相对要少一根。缺点:结构比较复杂,设计难度较大。

图 3-4　贝得利尼石材加工中心

3）方案比较与解决方法

由运动功能创成法分析的石材加工中心运动功能需求可知,车削加工部件与雕铣加工部件具有相同的 Y 轴进给和 A 轴旋转分度,将两者的 Y 轴进给合并在同一个滑鞍上的复合结构,可以减少两个运动轴。同时因为雕铣加工需要的进给量较小,只要在车削部件旁增加一个辅助进给机构,即可以避免两者的干扰。

图 3-5　机械结构

3. 垂直进给机构

1）机械结构

如图 3-5 所示,结构形式:采用光杠定位和滚珠丝杠副进行进给。优点:成本较低,方便数控集成,进给精度较高。缺点:由于 Z 轴进给方向承受较大载荷,对丝杠副的设计要求较严格;同时由于复合结构中,车削和雕铣部件都安装在同一个滑鞍下,采用单侧丝杠副驱动会产生很大的偏矩,而采用双侧驱动又很难保证其同步性。

2）液压结构

液压结构是石材桥式切割机采取的典型结构形式,其结构形式为:采用四根油压阀同时进给。优点:同步性较好,结构稳定,具有抗震性。缺点:进给精度较低,很难实现急停。

3）方案比较

尽管液压进给具有同步性较好和结构稳定等优点,但因其进给精度很低,所以不能在石材加工中心中使用。为避免使用单侧丝杠副驱动产生的较大扭矩和双侧驱动很难保证其同步性的问题,采用同一驱动电机通过两对齿轮副驱动两侧的丝杠副运动的形式。采用两对齿轮副可以通过调整齿轮减息从而减少传动误差和传统不同步产生的扭矩。

3.2.2 总体方案 1

综合比较以上各种方案,异型石材加工中心采用桥式龙门结构,龙门横梁采用齿轮齿条副驱动,横梁滑鞍采用螺旋丝杠副驱动,垂直滑鞍采用经由同一驱动器驱动两对齿轮副进而驱动双侧丝杠副的传动形式。工作头部件采取复合式结构。横梁下安装有卧式工作台和水平工作台。下面详细阐述其具体结构形式,其中整体结构方案和复合工作头都已经申报了国家发明专利,申请号分别为 200710158087.5 和 200710158086.0。

1. 整体结构方案

图 3-6 为加工中心的主视图,图 3-7 为加工中心的 *A*—*A* 局部剖视图,图 3-8 为加工中心的俯视图,图 3-9 为加工中心的立体示意图。

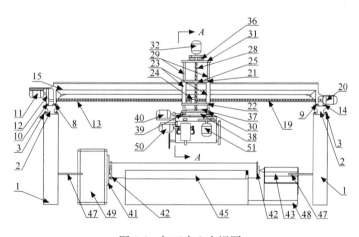

图 3-6 加工中心主视图

加工中心两侧的支架 1 上安装铸钢支架 2,它们是通过螺栓 3 相连并由螺栓 3 调整铸钢支架的水平度。两侧铸钢支架上分别放有水平导轨 5 和定位导轨 7,用于支撑并定位横梁 15。导轨放置在铸钢支架上的油池 6 内,采用稀油润滑的方式。铸钢支架上还分别放有两根齿条 4,用于驱动横梁。

加工中心的横梁 15 采用 T 形结构。横梁通过一侧的镶钢水平导轨 8 和另一侧的镶钢定位导轨 9 放置在铸钢支架的相应导轨上。伺服电机 11 通过齿轮 12 与横梁一侧的齿轮 10 啮合,横梁下有一根长转轴 13,连接安装在横梁另一侧的齿轮 14,从而使两侧的齿轮同步在齿条 4 上行走,实现横梁在 *X* 轴坐标方向的移动。

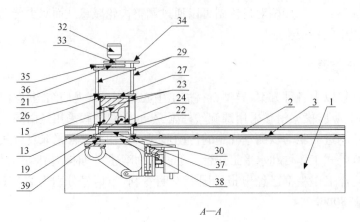

图 3-7　加工中心 *A—A* 向剖视图

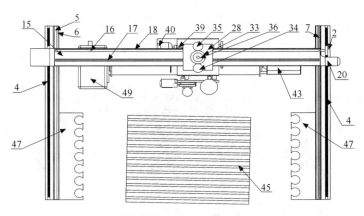

图 3-8　加工中心俯视图

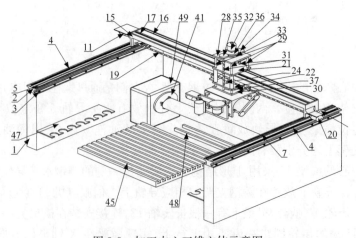

图 3-9　加工中心三维立体示意图

同时在横梁的左侧与支架之间安装有光纤尺检测设备,用于反馈横梁的 X 轴实际位置。横梁上放还放有用于支撑和定位横梁 Z 轴滑鞍的水平导轨 16 和定位导轨17,它们同样被放置在油池 18 内,采用稀油润滑的方式。横梁下还穿过一根丝杠19,用于驱动横梁 Z 轴滑鞍,该丝杠通过安装在横梁一侧的驱动电机 20 驱动。

横梁 Z 轴滑鞍由上板 21 和下板 22 通过四根支柱 23 连接而成。滑鞍通过水平导轨 26 和定位导轨 27 分别与横梁上相应导轨连接并定位。横梁下板上安装有与安装在横梁上的丝杠相配合的丝杠螺母 24,实现横梁 Z 轴滑鞍在 Z 轴方向的移动。同时在滑鞍下板 22 的上表面与横梁之间安装有光纤尺检测设备,用于反馈横梁 Z 轴滑鞍的 Z 轴实际位置。横梁 Z 轴滑鞍的四根支柱内镗有光孔,用于定位安装在其上的 Y 轴垂直滑鞍,同时横梁 Z 轴滑鞍上板 21 的前后侧分别安装有丝杠螺母 25,用于与 Y 轴垂直滑鞍的驱动丝杠配合。

Y 轴垂直滑鞍是由上板 28 和下板 30 通过四根光杠 29 连接而成。Y 轴垂直滑鞍通过四根光杠 29 穿过横梁 Z 轴滑鞍支柱 23 的光孔定位。其中后侧靠左的光杠上安装有检测光纤尺,用于反馈 Y 轴垂直滑鞍的 Y 轴实际位移。Y 轴垂直滑鞍由上方的驱动电机 32 分别通过两对同位齿轮副 33 与 34 及 36 与 35 驱动两侧的丝杠 31 旋转,这两对齿轮副都可调整间隙。丝杠 31 与横梁 Z 轴滑鞍上的丝杠螺母 25 相配合,实现 Y 轴垂直滑鞍在 Y 轴方向(即上下)移动。Y 轴垂直滑鞍的下板 30 上还安装有用于连接工作头部件滑动轴承 37 和用于驱动工作头部件 B 轴旋转的涡轮 38。

龙门横梁下安装有两个工作台,分别为卧式旋转工作台和 T 形水平工作台。从图 3-6 可以看出,卧式旋转工作台主要由床头箱 49 与床尾的液压顶针 43 组成。床头箱 49 内是一个伺服电机驱动的涡轮蜗杆机构,涡轮轴为输出轴,通过连接在其上的液压卡盘 41 装卡工件,可实现工件 C 轴的旋转并分度功能。涡轮输出轴的后端还安装有角位移编码器,用于反馈工件的实际角位移,输出轴上还可以安装一种顶针夹具与床尾的液压顶针配合装卡工件。因为石材为硬脆性材料,光滑表面的摩擦系数很小,所以不适合直接装卡,一般采用树脂配件 42 黏结在工件上与夹具和尾部顶针配合。尾部液压顶针坐落在导轨 48 上。T 形工作台 45 通过前后两个支撑水平安装在龙门横梁下,其外侧支架应能使 T 形台垂直翻转 75°,以便安装工件。

在横梁两侧、横梁下方等安装传动机构的地方,应安装有保护装置,以防止粉尘对传动件、检测件等敏感部件的损伤。

2. 复合工作头设计方案

图 3-10 为复合工作头的主视图,图 3-11 为复合工作头的 A-A 剖视图,图 3-12为复合工作头的右视图,图 3-13 为复合工作头的立体参考示意图。

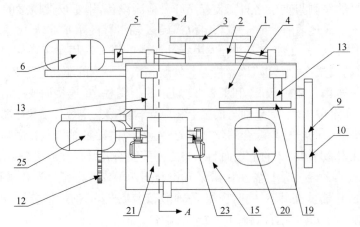

图 3-10 复合工作头主视图

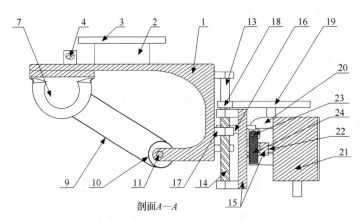

剖面A—A

图 3-11 复合工作头 A—A 向剖视图

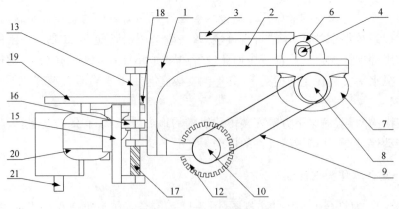

图 3-12 复合工作头右视图

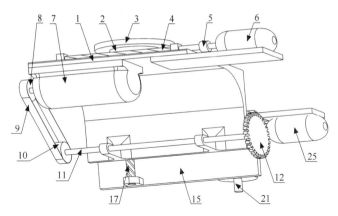

图 3-13　复合工作头三维立体示意图

　　Y 轴垂直滑鞍下连接的是工作头部件,该部件的零件标号重新标注。复合工作头包括有工作底座部件、车削部件和雕铣部件三个部分。

　　工作头底座 1 为倒置 L 型结构,底座 1 的上表面通过一根主支撑轴 2 与一个径向滑动轴承 3 相连,滑动轴承与安装该工作头的滑鞍配合,从而使工作部件能够绕 B 轴旋转。其旋转运动是由安装在工作头底座一侧的伺服电机 6 通过联轴器 5 带动安装在工作头底座 1 上表面的蜗杆 4 旋转。蜗杆 4 与安装在安装该复合工作头的滑鞍下的涡轮配合,从而实现复合工作头绕 B 轴的旋转。同时轴承上面还安装有角位移编码器,用于反馈复合工作头的实际角位移。

　　L 型工作头底座 1 的内侧与车削工作部件的车削主轴 11 连接,它是由安装在 L 型工作头底座 1 上板下方的车削电机 7 的带轮 8 与安装在 L 型工作头底座侧板内侧的车削主轴 11 的带轮 10 通过 V 型带 9 实现转动的。车削主轴 11 的另一端安装车削锯片 12。

　　工作头底座 1 侧板的外侧安装雕铣滑鞍。L 型工作头底座 1 的侧板上安装有两根定位光杠 13 和丝杠螺母 14。雕铣滑鞍的主体 15 为一长方形薄板,其内侧安装有与光杠定位配合的光杠孔 16 和与丝杠螺母配合的丝杠 17。丝杠 17 的一端的齿轮 18 与伺服电机 20 上的齿轮 19 相配合,伺服电机 20 安装在雕铣滑鞍的主体 15 的外侧,从而实现雕铣滑鞍相对工作头底座的独立的 Y 轴移动。在雕铣滑鞍的主体与复合工作头侧板之间还安装有光纤检测设备,用于检测和反馈雕铣滑鞍的实际位移。其中雕铣滑鞍的丝杠 17 通过一对齿轮副由伺服电机 20 驱动,伺服电机 20 安装在雕铣滑鞍的主体 15 的外侧。

　　雕铣滑鞍上的工作部件为雕铣电主轴 21,它通过一根支撑轴 22 固定在雕铣滑鞍的主体 15 上,同时与涡轮 24 连接在一起,可实现雕铣电主轴 21 的 C 轴旋转分度。其旋转运动通过伺服电机 25 驱动前端的蜗杆 23 驱动涡轮 24 实现的。同样在涡轮轴的后侧与雕铣滑鞍之间安装有角位移编码器,用于反馈电主轴的实际角位移。雕铣头上安装有液压卡具,可自动装卡刀具。

　　3. 数控方案

　　石材多功能加工中心的控制是由一个八轴控制器和一套辅助 PLC 控制器通过同一个控制系统来实现的。G 为电源窒息灯,H 为 SPEPN 接口,I 为 POWER 电源接口,J 为 KEY 键盘接口,K 为标准 VGA 接口,L 为 422 多功能通信接口,M 为 LAN 网络接口,N 为 USB 接口,P 为 FDD 软驱接口,Q 为侧头接口,R、S、T、U、W、X 为 ECDA 接口,V、Y 为 D/A 输出指令接口,a、b、c、d、e、f、g、z 为八个开关量的输入输出接口。

　　八轴控制器的控制系统,输入输出口 a 用于向横梁伺服电机 11 发送控制指令并接受由安装在铸钢支架与横梁间的光纤尺反馈的横梁实际位置信号;输入输出口 b 用于向横梁 Z 轴滑鞍驱动电机 20 发送控制指令并接受由安装在横梁与横梁 Z 轴滑鞍之间的光纤尺反馈的横梁 Z 轴滑鞍实际位置信号;输入输出口 c 用于向 Y 轴垂直滑鞍驱动电机 32 发送控制指令,并接受由安装在横梁 Z 轴滑鞍与 Y 轴垂直滑鞍间的光纤尺反馈的 Y 轴垂直滑鞍实际位置信号;输入输出口 d 用于向雕铣滑鞍的驱动电机 51 发送控制指令,并接受由安装在雕铣滑鞍与工作头底座间的光纤尺反馈的雕铣滑鞍实际位置信号;输入输出口 e 用于向工作头底座的驱动电机 40 发送控制指令,并接受由安装在支撑轴承与 Y 轴垂直滑鞍间的角位移编码器反馈的工作部件实际角位移信号;输入输出口 f 用于向电主轴上蜗杆的伺服电机 50 发送控制指令,并接受由安装在电主轴与雕铣滑鞍之间的角位移编码器反馈的电主轴实际位置信号;输入输出口 g 用于向卧式床头箱的驱动电机发送控制指令,并接受由安装在床头箱输出轴尾部的角位移编码器反馈的工件实际角位移信号;输入输出口 z 用于向 T 形工作台的伺服电机 46 发送控制指令,并接受由安装在 T 形工作台与减速器之间的角位移编码器反馈的 T 形工作台实际角位移信号。电主轴及其液压夹具、床头箱的液压卡盘、卧式工作台床尾液压顶针由 PLC 控制。

　　如图 3-14 所示,整个控制系统共分为五个模块。模块 1 为锯切模块,由横梁的 X 向移动、横梁 Z 轴滑鞍的 Z 向移动、Y 轴垂直滑鞍的 Y 向移动和工作头部件的 B 轴回转分度构成一个四轴联动的系统,工件放置在 T 形工作台上。该模块可实现对板材沿任意方向的锯切,可实现二维平面雕刻及拼画雕刻等异型实体的加工。

　　模块 2 为浮雕模块,由横梁的 X 向移动、横梁 Z 轴滑鞍的 Z 向移动、雕铣滑鞍的 Y 向移动、工作头部件的 B 轴回转分度和雕铣电主轴的 C 轴回转分度构成一个五轴联动的系统,工件放置在 T 形工作台上。该模块可实现对平面浮雕、立体雕塑等复杂雕塑的雕铣功能。

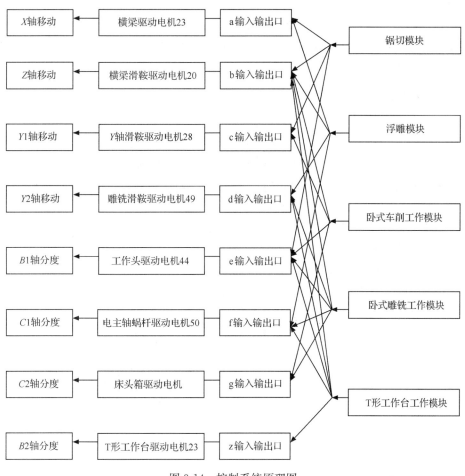

图 3-14　控制系统原理图

　　模块 3 为卧式车削工作模块，由横梁 Z 轴滑鞍的 Z 向移动、Y 轴垂直滑鞍的 Y 向移动、工作头部件的 B 轴回转分度和工件的 C 轴回转分度构成一个四轴联动的系统。该模块横梁固定在卧式工作台的上方，可车削罗马柱、螺旋柱等各种的回转体石柱。

　　模块 4 为卧式雕铣工作模块，由横梁 Z 轴滑鞍的 Z 向移动、雕铣滑鞍的 Y 向移动、工作头部件的 B 轴回转分度、雕铣电主轴的 C 轴回转分度和工件的 C 轴回转分度构成一个五轴联动的系统。该模块横梁固定在卧式工作台的上方，可在回转体石柱上雕铣各种复杂的花纹。

　　模块 5 为 T 形工作台工作模块，由横梁 Z 轴滑鞍的 Z 向移动、雕铣滑鞍的 Y 向移动、工作头部件的 B 轴回转分度、雕铣电主轴的 C 轴回转分度和 T 形工作台的 B 轴回转分度构成一个五轴联动的系统。该模块横梁固定在 T 形工作台的上方,可实现较大直径的柱头、柱帽等回转体工件的雕铣加工。

该控制系统通过将加工过程分为不同的五个模块,将国外石材加工中心通常需要六轴或八轴系统才能够完成的石材数控加工系统通过使用国产的五轴联动系统就能够实现。

3.2.3　总体方案2

1. 机床总体结构方案设计

基于国外先进的石材机械发展的前提下,根据国内市场的需求和国际石材机械的发展趋势,作者自主研发的异型石材多功能数控加工中心旨在具有单机多功能化、高速高效化、人性化、环保等多种国际先进水平。

方案2的功能设计要求:

(1) 能够实现回转体的车削、磨削加工。

(2) 能够实现平面板材的复杂二维曲线加工。

(3) 能够实现平面板材的复杂图案的雕铣加工。

(4) 能够实现对复杂立体雕刻制品的加工。

异型石材多功能数控加工中心的整体方案设计如图3-15所示。

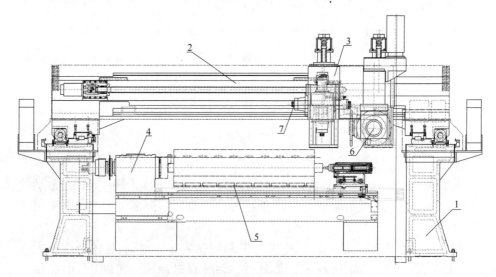

图3-15　异型石材加工中心整机模型
1. 床身；2. 横梁；3. 复合式工作头；4. 车床系统主轴箱；5. 回转工作台；
6. 车削工作头；7. 雕铣工作头

方案2整体采用桥式动龙门结构,床身为两个铸铁结构的立柱,支撑横梁结构,龙门横梁上的十字滑鞍装有复合式工作头,分别为车削工作头和雕铣工作头。

龙门架下装有卧式数控车床系统及回转工装,主要针对回转体工件的加工,如圆柱、栏杆、罗马柱等。床头箱的主轴运动应能实现工件的连续旋转并分度。同时该加工中心还装有立式旋转工作台,能够实现连续旋转和分度,主要针对一些大型的块料的加工。加工中心两旁立柱分别装有能容纳 12 把刀的刀库。

方案 2 的加工模块应具有五轴联动的功能,分别为 X 轴、Y 轴、Z 轴、A 轴、C 轴。X 轴为横梁及横梁上的工作头的纵向进给,带动工作头实现纵向加工。Y 轴为滑鞍在横梁上的横向移动,带动工作头实现横向加工。Z 轴为车削工作头和雕铣工作头的上下移动,实现工作头的上下进给。A 轴为雕铣工作头的左右摆动,能够实现之间任意角度的加工,并且可以旋转分度。C 轴为车削工作头的转动,可以实现任意角度的加工,并能旋转分度。

机床的主轴转数和进给范围都很大,能够完成各种车、铣、研磨、抛光等工序,主轴刀具的更换通过机械液压机构自动夹紧,动作迅速。导轨、滚珠丝杠和电气走线,均由大拉板封闭,防止铁屑、灰尘和冷却液漏进,使机床的精度能够长期保持。机床配有高效、自动螺旋排屑器。机床采用集中定量润滑。

2. 方案 2 的结构特点

该机床的结构特点:异型石材多功能数控加工中心采用桥式动龙门结构,两边采用两个固定立柱作为床身,支撑龙门横梁及附着在横梁上的复合式工作头。这种结构的特点是:可以获得较大的加工空间;抵抗弹性变形的能力强;可以提高机床的整体刚性、稳定性和热对称性。

横梁和床身都采用中空铸造结构,内部铸有加强筋,加强筋的厚度为 20mm,床身和横梁两端都为封闭结构,床身的左右两边和横梁的后端都开有清砂孔。这种结构可以使床身和横梁这样的大件减轻自身的重量,使床身和横梁具有良好的动态特性。

附着在横梁上的复合式工作头沿床身导轨水平纵向移动(X 轴),溜板沿横梁导轨水平横向移动(Y 轴),滑枕式主轴头沿溜板导轨垂直升降(Z 轴),复合式工作头中的雕铣工作头可以在垂直面内摆动(绕 X 轴旋转的 A 轴),复合式工作头中的车削工作头可以在水平面内转动(绕 Z 轴旋转的 C 轴)。这种将车削工作头和雕铣工作头复合在一个滑鞍上的结构,这在国内石材机械设备行业实属首创。这种结构不仅刚性好,而且还能够减轻自身的重量,从而减小因质量过大带来的横梁变形。

雕铣工作头的主轴为电主轴,最高转速能达到 12000r/min,大大提高了石材的加工效率。在垂直平面内能够摆动 $-90°\sim60°$ 并且分度,使刀具的轴线始终垂直于工件的被加工面,实现"法向"加工。这种结构特别适合一些大型块状石料的立体雕刻加工和复杂的三维曲面加工。

　　车削工作头主要以锯片车为主,主要针对回转体石材制品的加工,如圆柱、罗马柱、扭纹柱、栏河柱、工艺花瓶等。车削头在水平面内能够旋转-15°~90°并且分度。

　　高精度回转工作台主要装夹的是二维板材制品和大型的雕刻制品。特点是载重量比较大,特别适合大型的块料加工。回转工作台装有光栅尺和编码器,与加工中心的控制系统组成全闭环控制系统,实现精确的旋转和分度。

　　机床床身、工作台、横梁、立柱、溜板、铣头滑枕等均采用树脂砂铸铁件,并进行人工热时效处理,以最大限度地消除内应力。

　　X、Y轴导轨副的最佳设计与配置,即使在重载荷下仍可保证机床具有良好的性能。X、Y轴采用超重型直线运动导轨副或镶钢导轨滚动导轨块,负载大、精度高。

　　X、Y、Z三轴的进给运动采用预载双螺母滚动丝杠来实现,确保传动精度。

　　X、Y、Z三轴采用光栅尺实现全闭环控制,A、C轴采用高精度角度编码器实现全闭环控制。

　　A轴采用涡轮蜗杆实现垂直平面的摆动,C轴采用电磁离合器装置实现水平方向的转动。A、C轴分别设有液压夹紧机构。

　　电主轴采用大接触角高速陶瓷球轴承和单独的油气润滑系统,并配置了主轴冷却系统、轴承压力空气密封、主轴可矢量控制进行正/反转、刀具自动拉紧松开装置、刀具夹紧放松检测、无刀检测、主轴轴承温度检控等。

　　该加工中心可实现自动换刀,刀库可容纳16把刀。

第4章 异型石材数控加工装备功能部件研究

4.1 石材数控加工电主轴单元技术

电主轴因其能够实现零传动的结构,而具有高精密、高刚性、高转速的技术特点,成为现在数控加工中心实现高速、高效、高精密加工的关键功能部件之一[29~44]。石材加工与普通金属加工有着本质的差别,主要表现在:

(1)石材低速的车削加工主要通过锯片等刀具的大扭矩直线切削来实现。试验研究表明,石材铣削、磨削加工过程中,刀具的旋转速率越高,切削力越小,在转速为 8000~12000r/min 时,石材铣削、磨削加工的切削力最小。

(2)石材加工时,容易产生灰尘,对于主轴的密封要求特别高。

(3)石材加工时的刀具振动要比普通金属加工时的频率要高得多。

根据以上石材加工的特点,石材车铣复合电主轴除应具备普通电主轴的松拉刀机构、自动换刀、闭环速率链控制及准停、准位等功能外,还要求:

(1)能够实现石材低速大扭矩锯切加工功能。

(2)能够实现石材高速(12000r/min)时的高速铣磨加工功能。

(3)具有良好的振动稳定性和可靠性。

(4)具有良好的防尘性能,尤其是刀具接口与前端轴承。

根据以上特点,由沈阳建筑大学与洛阳轴承研究所共同研制了石材车铣复合加工电主轴。

4.1.1 石材车铣复合电主轴的结构特点

如图 4-1 所示,电主轴配备自动制动拉刀、打刀机构,其主轴采用三对角接触球轴承以提高主轴刚性,电机线圈与前端轴承组均设计循环水冷系统。除主轴拉刀口配置吹气系统外,主轴前端设计了气封结构以提高其防尘效应。电主轴低速(1500r/min)时采用恒扭矩控制,切削扭矩 114N·m;高速段采用恒压控制,最高转速 12000r/min。其运行特性如图 4-2 所示。

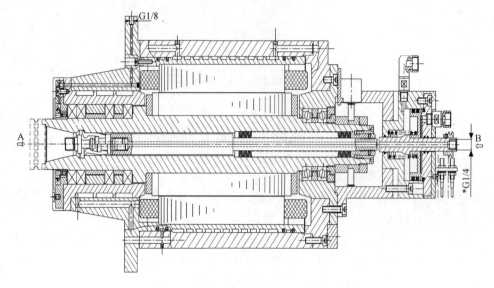

图 4-1　石材车铣复合电主轴装配图

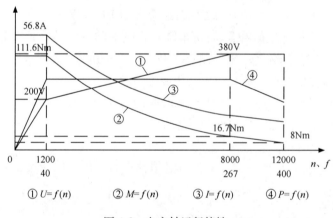

① $U=f(n)$　　② $M=f(n)$　　③ $I=f(n)$　　④ $P=f(n)$

图 4-2　电主轴运行特性

4.1.2　车铣复合电主轴模态分析与试验

1. 轴承-主轴系统有限元模型的建立

1) 系统结构简化

该电主轴是一种阶梯轴,具有中空、多支承的特点,承受着多种载荷:主轴前端承受铣削力和弯矩,以及内装电机转子传递给主轴的转矩等。根据轴承-主轴结构特点和方便计算,对其进行以下简化:①将角接触球轴承简化为弹性支承,忽略其角刚度和轴向刚度,只考虑其径向刚度;②忽略轴承负荷及转速对轴承刚度的影响,视轴承刚度为定值;③将电机的转子及过盈套等效为同密度轴材料,作为主轴的附加分布质量,等效到所在单元的节点上。每个轴承弹性支撑由四个均布的弹簧组成,而每个弹簧用一个弹簧-阻尼单元Combin14模拟,该单元远离主轴的节点完全约束,另一端节点仅 X 向约束。主轴选用的轴承是由沈阳建筑大学自制,其刚度 $K=5×10^7 N/m$,前轴承阻尼 $C_1=1170N·s/m$,后轴承阻尼 $C_2=765N·s/m$[32]。

2)主轴系统的三维有限元模型

为使所建模型具有更好的兼容性和收敛性,准确地对主轴系统进行仿真,直接利用有限元 ANSYS 软件进行主轴系统的三维实体建模。具体建模方式如下:先定义主轴外形的各个键点,然后连成线,再生成面,该面先用 Plane42 单元划分网格,再形成面单元,最后通过 Extrute 旋转成 Solid45 实体单元。其中本研究主轴的材料为 38CrMoAl,所以定义材料属性时取密度 $\rho=7850kg/m^3$,弹性模量 $E=210GPa$,泊松比 $\mu=0.3$。考虑到对于有限元分析来说,网格划分是其中最为关键的一个步骤,网格划分的好坏直接影响到分析结果的精度和计算速率,所以对该轴进行了不同网格的划分,主要是密疏程度的不同。划分时必须兼顾轴肩和后来施加约束节点的位置,尽量使网格规正化,然后对比这两种划分分析之后的结果,以确定分析的准确性。最后建立的有限元模型如图 4-3 与图 4-4 所示,其中图 4-3 有限元模型含有 2328 个节点,1571 个单元;图 4-4 模型有 11736 个节点,8802 个单元。

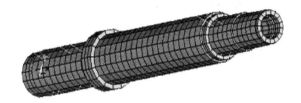

图 4-3 主轴的较疏网格划分

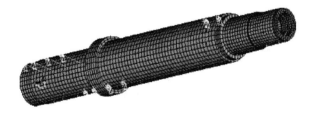

图 4-4 主轴的较密网格划分

2. 模态分析

ANSYS 中提供了 7 种模态提取方式,其中最为常用的有 Lanczos 分块法和 Subspace 子空间法,本研究采用了 Subspace 法。Subspace 法适用于大型对称特征值问题的求解,通过采用多种求解控制选项来控制子空间迭代过程,以获得比较精确、可信的结果。需要注意的是,如果想在后置处理中观察到振型,就必须选中模态扩展选项,否则振型将无法被写入结果文件中。

由于结构的振动可以表达为各阶固有振型的线性组合,其中低阶固有振型较高阶对结构的振动影响较大,越是低阶影响越大,低阶振型对结构的动态特性起决定作用,故进行结构的振动特性的分析计算时通常取前 5~10 阶即可。因此,本书采用 Subspace 模态提取法计算主轴的前 6 阶固有频率和振型。

图 4-3 和图 4-4 不同网格划分有限元模型分析之后的结果如表 4-1 所示。

表 4-1　主轴的各阶固有频率和振型

		阶 次					
		1	2	3	4	5	6
图 4-3 模型	频 率	0	347.6	582.8	872.6	1125.2	1409.3
	振 型	扭转	弯曲	弯曲	摆动	弯曲	摆动
图 4-4 模型	频 率	0	339.6	561.9	823.7	1050.9	1371.1
	振 型	扭转	弯曲	弯曲	摆动	弯曲	摆动

从表 4-1 可以看出,因网格划分程度的不同,带来的计算结果会有一定的误差,并且随着阶次的增高,误差更大。但这两种分析结果总体来说还是比较接近的,特别是低阶频率(如第 1、2 阶)几乎相等,而我们知道低阶振型对结构的动态特性是起决定作用的,所以从有限元模型的建立到分析之后的结果还是较准确的。在这里我们取图 4-3 网格划分模型计算后的结果为参考,图 4-5 和图 4-6 分别是该模型主轴的第 2、3 阶弯曲振型仿真效果,图 4-7 表示第 4 阶摆动仿真效果。

根据有限元仿真得到的固有频率就可以计算出主轴的第 1 阶临界转速:$n=339.6 \times 60 = 20376 \text{r/min}$,而其最高工作转速为 12000r/min,是低于其临界转速的,能够有效避开共振区,保证了主轴的加工精度,因此主轴的结构设计是合理的。

3. 主轴的振动响应试验

1) 试验原理

振动试验是评定元器件、零部件及整机在使用环境中的抵抗能力,在现有检测平台的基础上,达到模拟实际工作状态的目的。图 4-8 是一种较为常用的电主轴检测平台。当由变频器控制主轴的转速在升高时,振动响应的值一般也在增大,如果电主轴的实际运行转速达到或接近于转子系统的第 1 阶临界转速,振动响应的数值会突然增大;继续提高转速,振动响应值会越来越大,直至达到系统的第 1 阶临界转速时发生共振。通过对电主轴振动响应值的变化规律进行分析,从而可以确定转子系统的第 1 阶临界转速。

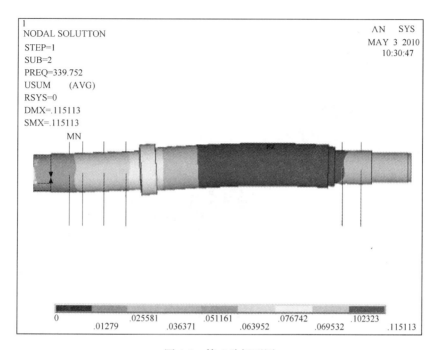

图 4-5　第 2 阶振型图

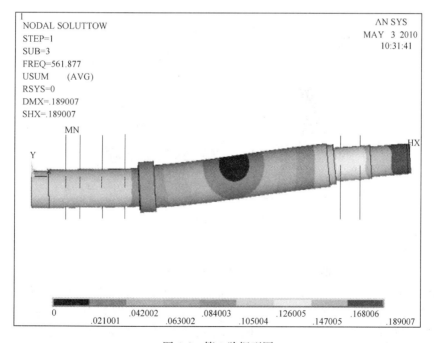

图 4-6　第 3 阶振型图

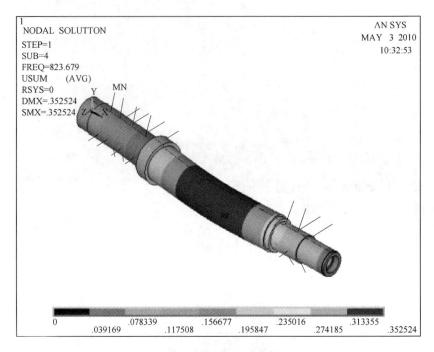

图 4-7　第 4 阶振型图

图 4-8　电主轴检测平台

2) 试验方法

　　首先把被测电主轴固定在半圆形支架上,并连接电主轴系统的润滑系统、冷却系统和变频器,以模仿主轴的实际工作状态。把 DZ-2 型振动测量仪连接到电主轴前端壳体,设置变频器参数,启动电主轴,从某一低速开始运行,然后按一定步长逐步提高转速,同时对每一种转速下电主轴的振动响应值进行测量并记录,由此获得转速振动响应值曲线。对该曲线进行分析,从而可以推断出电主轴转子系统的第 1 阶临界转速。

3）试验结果与分析

最后通过试验操作，得到转速与振动有效速率及加速度曲线如图 4-9 所示，可以看出，该主轴的试验极限转速约为 19000r/min。这与前面有限元分析的结果 20376r/min 有一定的误差，误差约 7.24%。其主要原因是，在建模的过程当中采用了简化和理想的假设，如忽略一些零部件的存在以及两两之间的配合刚度问题等；同时试验操作本身也无法避免会带来一定的误差。总的来说，有限元仿真结果与响应试验得到的结果基本相等，表明前面建立的主轴有限元模型是比较合理的，计算结果也较为准确。

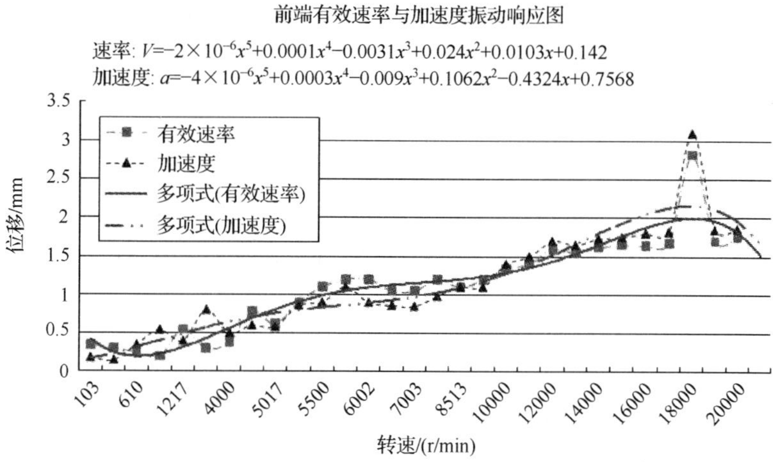
前端有效速率与加速度振动响应图
速率: $V=-2\times10^{-6}x^5+0.0001x^4-0.0031x^3+0.024x^2+0.0103x+0.142$
加速度: $a=-4\times10^{-6}x^5+0.0003x^4-0.009x^3+0.1062x^2-0.4324x+0.7568$
有效速率
加速度
多项式(有效速率)
多项式(加速度)
位移/mm
3.5
3
2.5
2
1.5
1
0.5
0
103
610
1217
4000
5017
5500
6002
7003
8513
10000
12000
14000
16000
18000
20000
转速/(r/min)

图 4-9　电主轴有效速率-转速振动响应曲线

4.2　车削工作头结构设计

4.2.1　设计思路

天然石材由于具有质感好、外观庄重、机械及物理化学性能良好（如耐压、耐磨及耐腐蚀）等优点，自古以来就是一种优良的建筑材料。石材作为一种硬脆性材料，相对于普通的金属切削具有不同的切削特性和切削工艺要求。尤其是对于石材的车削加工，由于石材属于脆性材料且制品体积一般都比较大，加工过程中不适合高速旋转，所以并不适于使用普通的金属车削车刀，而是采用圆珠笔盘锯片刀具，通过锯片的高速旋转来获得切削所需要的切削速率，通常是由三相异步电机通过带传动来实现车削锯片的高速旋转的。同时在切割加工过程中会产生很大的震动，因此为了减少切削振动的影响，其主切削电机与切削主轴之间一般都通过带传动,沿着固定的方向切割,其主切削电机功率一般在 10～25kW 之间。但对于罗马柱、螺旋柱等异型石材制品,常常要求切削锯片能够在不同的角度进行割切,因而需要切削主轴能够绕垂直方向进行旋转分度。目前国内外能够提供车削工作头绕垂直方向进行旋转分度的机床都采用动龙门结构,将车削电机和车削主轴安装在同一个工作平台上,在工作平台与垂直滑鞍之间通过一个伺服电机驱动涡轮蜗杆机构进行旋转分度,这种结构使得机床工作头在横梁滑鞍下的垂直高度至少达到1m,这必然要增加机床的整体高度,增加机床成本,同时这种结构使得垂直滑鞍的负载质量较大,稳定性较差。工作头的目的在于提供一种用于石材加工的单驱动可分度复合切削部件,其切削主轴的切削运动和主轴绕垂直方向的旋转分度运动由同一部伺服电机驱动,实现切削工具的旋转运动和切削主轴绕垂直方向的旋转分度运动。

4.2.2　设计技术方案

用于石材加工的单驱动是可分度复合切削部件,该切削部件由一部大功率伺服电机通过一个带传动机械、锥齿轮传动机构和液压夹紧机构,实现对石材切削加工和切削主轴旋转分度的驱动。伺服电机通过齿形带驱动传动轴,传动轴通过圆锥齿轮驱动切削主轴,在主轴箱与支撑箱体和主轴箱与传动轴齿轮之间分别安装有离合装置。如上所述的用于石材加工的单驱动可分度复合切削部件,当液压油路使离合装置的下圈与上圈合在一起时,主轴箱与支撑箱体固定在一起,罗盘与构件之间的离合装置分开,切削主轴可以自由旋转,使主电机通过传动齿轮驱动切削锯片;当液压油路使离合装置的下圈与上圈分开时,主轴箱可以相对支撑箱体发生相对回转,离合装置使罗盘与构件合在一起,这时主轴箱随着传动轴运动,伺服电机通过齿形带驱动主轴箱旋转分度。

本工作头的优点与效果是:

(1)复合切削部件使用同一部伺服电机实现了切削主轴的切割运动和切割主轴绕垂直方向的旋转运动,从而比传统结构节约了一部电机。

(2)复合切削部件是将主电机绕主轴方向的旋转运动转化为切削主轴沿垂直方向的旋转运动。该部件可以安装在龙门横梁的侧面,从而使龙门加工机床的整体高度减小,使机床结构更加合理、可靠。

(3)复合车削部件主轴箱的旋转分度的运动是由伺服电机通过齿形带传动直接驱动传动主轴实现的,其分度精度可达 20′,比传统的涡轮蜗杆传动机构具有更好的传动精度。

4.2.3　工作头详细结构设计

图 4-10 是本复合工作头主视图,图 4-11 是复合工作头主轴箱旋转 90°后的侧视图。

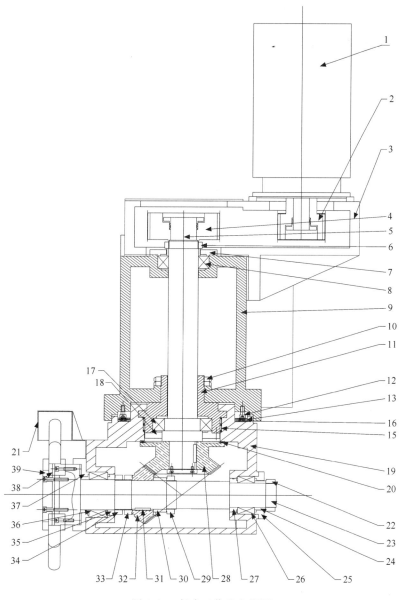

图 4-10　复合工作头主视图

单驱动可分度复合切削部件,包括一部大功率伺服电机、带传动机构、传动轴与支撑箱体、主轴箱及切削主轴等部件,传动轴与切割主轴之间安装有锥齿轮传动机构。其中在主轴箱与支撑箱体之间及主轴箱与锥齿轮机构的主动轮之间还安装有两套液压夹紧机构,通过同一个液压油路控制。工作头通过液压机构的控制,分别实现电机对主切削运动的驱动和对主轴箱体的旋转分度运动的驱动。当主轴箱

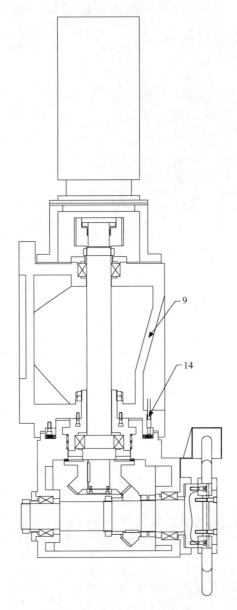

图 4-11　复合工作头侧视图主轴箱旋转 90°后

与支撑箱体夹紧时,主轴箱与传动齿轮之间的夹紧机构就会松开,这时主轴箱与支撑箱体组成固定部件,伺服电机通过齿形带将主运动传递给传动轴,传动轴再通过锥齿轮传动机构将运动传递给切削主轴,从而实现将电机沿水平面的旋转运动输出为切削主轴沿垂直面的切割运动。当主轴箱与支撑箱体之间的液压夹紧装置松开时,主轴箱与传动齿轮的主动轮之间的液压夹紧装置加紧,使得主轴箱与支撑箱之间可以发生相对滑动,主轴箱与传动轴组成同一部件,由伺服电机驱动通过齿形带传动,实现主轴箱体的旋转分度运动。

图 4-10 为本工作头复合切削部件的主视图。主电机 1 为一个大功率伺服电机,安装在固定机架 3 上,固定机架 3 固定在支撑箱体 9 上;伺服电机 1 的输出轴上连着齿形带轮 2,带轮与齿形带轮 4 构成带传动机构,将运动传递给传动轴 5;传动轴 5 的一端通过支撑轴承 8、轴承端盖 7 和紧固螺母 6 安装在主支撑箱体 9 的上端;传动轴 5 的另一端安装有圆锥齿轮 28,通过轴承 17 和端盖 18 安装在连接件 11 上;连接件 11 通过两个对拧的螺母 10 支撑并固定在支撑箱体 9 的上端;圆锥齿轮 28 与圆锥齿轮 32 构成齿轮传动机构,将传动轴 5 绕垂直方向的旋转运动转化为切削主轴 23 沿垂直方向的旋转运动,圆锥齿轮 32 通过键 31、轴套 30、螺栓 29 和 33 固定在切削主轴 23 上;罗盘 21 与构件 18 之间的离合装置 20 分开,切削主轴可以自由旋转,切削主轴 23 的一端通过轴承 26、轴套 24、螺母 22、轴承端盖 25、27 固定在主轴箱 19 上,切削主轴 23 的另一端同样通过轴承 36、轴套、螺母 34、轴承端盖 35、37 固定在主轴箱 19 上,切削主轴 23 的端面通过紧固件 39 固定切削刀具 38,主轴箱 19 上安装有刀具 38 的防护罩;主轴箱 19 与支撑箱体的连接件 11 之间安装有顶针轴承 15,使得主轴箱 19 可以相对支撑箱体 9 发生旋转运动,主轴箱 19 的上面还固定着一个液压紧固装置的下圈 16,液压紧固装置的上圈 13 固定在支撑箱体 9 上,下圈 16 与上圈 13 通过离合装置实现离合;在传动轴 5 上的圆锥齿轮 28 与主轴箱 19 之间同样有一个离合装置 20 实现离合,它们的离合运动都是通过油路 14 实现的。

如图 4-10 所示状态,当离合装置使液压紧固装置的下圈 16 与上圈 13 合在一起,螺栓 12 紧固时,主轴箱 19 与支撑箱体 9 固定在一起,圆锥齿轮 28 与主轴箱 19 之间的离合装置 20 分开,切削主轴可以自由旋转,从而使主电机能够通过传动齿轮驱动切削刀具工作。

如图 4-11 所示状态,当液压油路 14 供油,离合装置使液压紧固装置的下圈 16 与上圈 13 分开,这时主轴箱 19 可以相对支撑箱体 9 发生相对回转。离合装置 20 合在一起,这时圆锥齿轮 28 与主轴箱 19 固定在一起,主轴箱随着传动轴 5 运动,伺服电机通过齿形带驱动主轴箱旋转分度。

第5章　石材加工装备基础结构件设计与优化

模态分析技术是适用于对机械系统、土建结构、桥梁等几乎无所不包的工程结构系统进行动力学分析的现代化方法和手段，它最早应用于航空、航天领域。据统计，在飞行器所发生的许多重大事故中，约有 40% 与振动有关。在其他领域，随着现代科学技术的发展，人们对工程产品的设计提出了越来越高的要求——如车辆、船舶的乘坐舒适性和噪声控制、产品轻量化设计的疲劳强度问题，而产品结构的振动特性对此有着至关重要的影响。因此，模态分析技术的应用领域日益扩大。又由于电子计算机技术的高速发展，尤其是大容量、高速率微型计算机技术的发展，使得应用模态分析技术的费用大大降低，从而促进了其应用领域的进一步扩大，并日益成为动力学分析领域中不可缺少的手段。

在技术先进的国家，试验模态分析技术早已进入工厂化应用阶段，如在美国一些汽车公司的试验中心已设有专门车间，对汽车各零部件进行模态分析试验，为结构设计研究提供动特性数据。20 世纪 60 年代初，模态分析技术也开始在我国航空、航天领域得到应用，应该说我国第一颗人造卫星的发射也曾得益于这一技术的应用。然而，我国其他领域对模态分析技术的接触要算是 70 年代后期的事了。虽然科技界对这一技术的掌握及发展速度不算慢，但在工程技术上的普遍应用和推广还有待于各方面条件的成熟，如产品技术发展竞争的需要及模态分析技术手段的进一步廉价化。

模态分析可定义为对结构动态特性的解析分析和试验分析，其结构动态特性用模态参数来表征。在数学上，模态参数是力学系统运动微分方程的特征值和特征矢量，而在试验方面则是试验测得的系统之极点（固有频率和阻尼）和振型（模态向量）。然而随着模态分析专题研究范围的不断扩展，从系统识别到结构灵敏度分析以及动力修改等，模态分析技术已被广义地理解为包括力学系统动态特性的确定以及与其特性应用有关的大部分领域。

1. 模态分析技术的历史发展概况

模态分析技术源于 20 世纪 30 年代提出的将电机进行比拟的机械阻抗技术。由于当时测试技术及计算技术的限制，它在很长时期内发展非常缓慢。至 50 年代末，模态分析技术仅限于离散的稳态正弦激振方法。60 年代初，跟踪滤波器的问世使得频响函数的测试可大大节约时间，成为切实可行的技术，四相测试仪的出现使得利用莫提阿的正交性，将相邻较近的模态加以分离成为可能。与此同时开始了用数字计算机对模态参数进行识别的努力,先是将跟踪滤波器输出的模拟量经模数转换送入计算机,并用数值计算的方法进行参数识别。在这里首先遇到的难题是,如何解决因频响函数表达式的非线性给曲线拟合所带来的困难。但是,这一研究方向一开始就吸引了大批研究者,致使其迅速地发展成为现代模态分析技术中模态参数识别的唯一有效手段。70 年代中期以前发展成熟的模态分析频域方法有多点稳态正弦激振和单点激振频响函数法。对单点激振频响函数法发展最有影响的是于 60 年代末问世的快速傅里叶变换计算方法(FFT)。该方法在微机上的实现使得响函数的测定比用模拟量的测量节省了大量的时间,此后许多新的试验激振方法也应运而生,如脉冲、随机、伪随机等激振方法。尽管对于单点激振频响函数及多点稳态正弦激振法的优缺点始终存在着争议,但是对此我们仍可作出如下的概要评价——单点激振频响函数法简单易行,手段经济,因此应用较广,尤其是常用于精度要求不很高的故障诊断。而多点稳态正弦激振方法能分离分布密度较高的模态,丢失模态的机会少,若借助于频率分辨率高的信号源,则精确的试验结果可与有限元分析结果相对比。但其试验设备庞大,费用昂贵,对激振力的适调在很大程度上依赖于试验人员的经验,且试验也很费时,因此多点稳态正弦激振方法多用于宇航部门。鉴于上述特点,人们一直在寻求一种能综合他们优点于一体的多点激振方法——它既可像单点激振频响函数法那样,用数值分析的方法确定一个频段内全部可得到的各输入与输出间的动态响应特性,又可以用选择不同布点的多点激振方案的方法分离高模密度的各阶模态,且尽量减少丢失模态的可能性。这方面所作的努力只有在多通道数据采集及计算机小型化、高速率、大容量技术迅速发展的条件下,于 70 年代末 80 年代初才开始取得实质性的进展。80 年代中后期先后推出了先进实用的商品化系统分析软件,其中有代表性的要算是美国 SDRC 公司的多参考点复指数法(multiple reference complex exponential method)和现在一致被推荐的多点激振频域法。70 年代初期,Ibraibim 提出了与频域模态分析法并行的时域分析方法——ITD(Ibraibim time domain)法。时域法利用系统的自由衰减振动信号来提取模态参数。由于该方法没有系统输入信息,故只能提取部分模态参数,其确定的模态矢量只描述系统各点的相对运动,不具有量纲。因此无法提取模态质量或刚度的参数,故该方法应用范围局限性较大,目前多用于故障诊断技术。随后提出的随机减量技术能够从系统工作时的再现信号提取自由衰减振动信息,使得时域法成为目前唯一可对处于工作状态的系统进行模态分析的试验方法[45~52]。

随着电子计算机技术朝着大容量、高速率和小型廉价化方向的飞速发展,当今的许多工程问题都借助于数值分析方法得到了更加完善、精确的结果。结构动力学分析技术的发展也是如此,原来只能进行定性分析的问题,如今可通过建模进行解析的定量分析,而直接应用模态参数进行建模与分析更可收到快速、简便、经济的效果。因而对试验模态分析提出日益高精度的要求推动着模态试验技术的进一步发展。与此同时，当今电子计算机的发展本身也为模态分析技术的发展提供了必要的物质基础。当前试验模态分析技术发展的特点是：

（1）多通道输入的多点激振和对多通道输入输出信号数据进行总体的综合处理，是达到模态参数识别一致性和高精度的有效途径。

（2）对试验数据处理及模态参数识别不再严格地区分频域法和时域法。当今计算机的大容量与高速率使得模态分析技术在采用模型和算法上已几乎不受容量与机时的限制，因此人们有可能综合运用各种方法的长处达到高精度的提取模态参数的目的。如当前较成功的多参数考点复指数法虽然被归纳为时域法，但其模态参数识别所依据的脉冲响应函数却来自于对频响函数的逆傅里叶变换，这使得时域法具有输入信息，并由于频域的滤波处理，信噪比也得到了改善。

（3）为对数据模型进行定阶，并对从中提取的模态参数鉴别真伪，判断识别精度，研究者提出了一系列依据与算法，并且这些功能一般都可由计算机自动完成。一系列计算机辅助功能的增加，大大地降低了对试验人员经验积累的要求，从而便于模态分析技术的推广应用。但是尽管如此，试验模态分析仍然是一门技艺性要求很高的试验技术。

（4）为提高运算速率，20世纪70年代末以前商品化的模态分析算法均是以固化的硬件出现的。而计算机大容量、高速率和小型化技术的发展使得当今几乎所有的模态分析算法均以软件的形式在微机上实现，其特点是技术发展灵活，速率快且成本低。

（5）长期以来，扭转模态矢量的测试技术大大落后于直线坐标模态矢量的测试，而将试验模态参数直接用于解析分析对模态参数的识别精度提出了越来越高的要求，并由此提出了扭转模态矢量的测量问题。目前，扭转模态矢量测试技术发展较快并取得一些成果[44,45]。

2. 模态分析理论基础

一个具有黏性比例阻尼的 n 自由度系统在一组激振力作用下，其运动微分方程为

$$[M]\{x\} + [C](x) + [K]\{x\} = \{F\} \tag{5-1}$$

式中：$[M]$、$[C]$ 和 $[K]$ 分别为该激振系统的质量、阻尼和刚度矩阵；$\{x\}$ 和 $\{F\}$ 分别为系统各点的位移向量和激励力向量。$[M]$、$[K]$ 通常为实系数对称阵，而阻尼矩阵 $[C]$ 为非对称阵，因此方程(5-1)为一组耦合方程，当该连续系统自由度很大时，此方程组的求解十分困难。如果使上述方程组转化为非耦合的形式将会大大简化求解难度，这也是模态分析所要解决的主要任务。

模态分析方法就是以无阻尼的各阶主振型所对应的模态坐标来代替物理坐

标,使振动系统的微分方程解耦变成独立的微分方程组。

对式(5-1)两边进行拉普拉斯变换,得到

$$(s^2[M]+s[C]+[K])\{X(s)\}=\{F(s)\} \tag{5-2}$$

令 $s=\mathrm{j}\omega$,将其代入式(5-2)则有

$$([K]-\omega^2[M]+\mathrm{j}\omega[C])\{X(\omega)\}=\{F(\omega)\} \tag{5-3}$$

考虑到式(5-3)为一组耦合方程,为了解耦,引入模态坐标,令 $\{X\}=[\phi]\{q\}$,其中 $[\phi]$ 为振型矩阵,$[q]$ 为模态坐标。将其代入式(5-3)得

$$\{[K]-\omega^2[M]+\mathrm{j}\omega[C]\}[\phi]\{q\}=\{F\} \tag{5-4}$$

由于振型矩阵对于质量矩阵和刚度矩阵具有正交性关系,将质量矩阵和刚度矩阵对角化,得出

$$[\phi]^{\mathrm{T}}[M][\phi]=\left\{\begin{matrix} m_1 & & & \\ & m_2 & & \\ & & \ddots & \\ & & & m_n \end{matrix}\right\}, [\phi]^{\mathrm{T}}[M][\phi]=\left\{\begin{matrix} K_1 & & & \\ & K_2 & & \\ & & \ddots & \\ & & & K_n \end{matrix}\right\}$$

如果系统的阻尼矩阵也可被对角化,即有

$$[\phi]^{\mathrm{T}}[M][\phi]=\left\{\begin{matrix} C_1 & & & \\ & C_2 & & \\ & & \ddots & \\ & & & C_n \end{matrix}\right\}$$

对式(5-4)前乘 $[\phi]^{\mathrm{T}}$ 有

$$([K_i]-\omega^2[M_i]+\mathrm{j}\omega[C_i])\{q\}=[\phi]^{\mathrm{T}}\{F\} \tag{5-5}$$

通过解耦,方程组(5-1)就被解耦为 n 个在模态坐标下相互独立的运动微分方程组,其形式如下:

$$m_i q_i''+c_i q_i'+k_i q_i=\sum_{j=1}^m \phi_{ij} F_i \tag{5-6}$$

式中:i 为模态序号;j 为激振力作用点序号($j=1,2,3\cdots$);ϕ_{ij} 为 i 的阶模态在 j 点的振动系数。

第 i 个解耦后的方程为

$$(K_i-\omega^2 M_i+\mathrm{j}\omega C_i)q_i=\sum_{j=1}^m \phi_{ij} F_i \tag{5-7}$$

由式(5-7)可知,采用模态坐标后,n 自由度振动的响应相当于 n 个模态坐标下单自由度系统的相应之和,这就是模态叠加原理。

在模态坐标下的模态参数就变成模态质量 M_i、模态刚度 K_i、模态阻尼 C_i 和模态振型 ϕ_i。

采用归一化方法,使模态质量归一,记模态质量归一化振型为 ϕ,即

$$[\phi]^{\mathrm{T}}[M][\phi] = [I] \qquad\qquad (5\text{-}8)$$

$$[\phi]^{\mathrm{T}}[K][\phi] = [\omega_i] \qquad\qquad (5\text{-}9)$$

式中：$\omega_i = \sqrt{K_i/M_i}$ 为模态固有频率。

3. ANSYS 中的模态分析法

ANSYS 中可以对有预应力的结构进行模态分析，也可对循环对称结构进行模态分析。前者如旋转的涡轮叶片，后者通过只对循环对称结构的一部分进行建模分析来完成对整个结构的模态分析，如圆柱齿轮。

在所有 ANSYS 产品中，模态分析都是线性分析。任何非线性特性，如塑性和接触（间隙）单元，即使定义了也将被忽略。ANSYS 中有 7 种模态提取方法供选择：子空间（subspace）法、Block Lanzcos 法、Power Dynamics 法、缩减（reduced）法、非对称（unsymmetric）法、阻尼（damped）法和 QR 阻尼法，其中阻尼法和 QR 阻尼法允许在结构中包含阻尼[48、49]。

模态分析使用和进行所有其他类型有限元分析相同的命令来建模和进行分析。同样，无论进行何种类型的分析，均可从用户图形界面（GUI）上选择等效于命令的菜单选项来建模和求解问题。

1) 子空间法

子空间法使用子空间迭代技术，它内部使用广义雅克比（Jacobi）迭代法。由于该方法采用完整的刚度矩阵和质量矩阵，计算速率相对缩减法要慢，但精度很高，经常用于对计算精度要求高，但无法选择主自由度的情形，特别适用于大型对称特征值求解问题。

进行模态分析时，如果模型中包含大量的约束方程，使用子空间法提取模态时应当采用波前（front）求解器，而不要采用 JCG 求解器，或者改用 Block Lanzcos 法提取模态，因为这时采用 JCG 求解器将总装内部单元刚度，致使计算对内存的需求大增。

2) Block Lanzcos 法

这种模态提取方法采用 Lanzcos 算法，使用一组向量来实现 Lanzcos 递归计算，同子空间法相比，计算精度相当高，且速率要快。无论用 EQSLV 命令指定过何种求解器进行求解，Block Lanzcos 法都将自动采用稀疏矩阵方程求解器。当计算某系统特征值谱所包含的一定范围的固有频率时，采用这种计算方法特别有效。计算时，求解从频率谱中间位置到高频范围内的固有频率时的求解收敛速率和求解低阶频率时基本相同，因此当采用频移频率 FREQB 来提取从 FREQB 起始的 n 阶模态时，该法提取大于 FREQB 的 n 阶模态和提取 n 阶低频模态的速率基本相同。与子空间法一样，Block Lanzcos 法特别适用于大型对称特征值求解问题。

3) Power Dynamics 法

Power Dynamics 法内部采用子空间迭代计算,但迭代求解器为 PCG。与前两种模态提取方法相比,这种方法计算速率明显更快,但是如果模型中包含形状较差的单元或者矩阵构成不好时可能出现不收敛的问题。该法特别适用于求解非常大的模型(自由度大于 100000)的起始少数阶模态。该法求解时不进行 Sturm 序列检查(即不自动检查遗漏的模态),这可能会影响有多个重复频率的问题的解。该法总是采用集中质量近似算法,即自动采用集中质量矩阵(LUMPM,ON)。

4) 缩减法

缩减法采用 HBI(Householder-二分-逆迭代)算法来计算特征值和特征向量。矩阵缩减是通过模型矩阵的大小以实现快速、简便的分析过程的方法,在各种动力学分析中均有应用,也用于子结构分析以生成超单元。矩阵缩减允许按照静力学那样建立一个详细的模型,而仅将有动力学特征的部分用于动力学分析。可以通过辨识指定为主自由度的关键自由度来选择模型的有动力学特征部分。必须注意,主自由度应足以描述系统的动力学行为。ANSYS 程序将根据主自由度计算缩减矩阵和缩减自由度解,然后通过执行扩展处理将解扩展到完整的自由度集上,因此具有较快的计算速率。主自由度导致计算过程会形成精确的刚度矩阵,但是质量矩阵是近似的,通常会有一些质量损失,计算精度将取决于质量矩阵的近似程度,而这又取决于主自由度的数目和位置。

5) 非对称法

非对称法也采用完整的刚度和质量矩阵,适用于刚度和质量矩阵为非对称的问题(如声学中流体-结构耦合问题)。此法采用 Lanzcos 算法,如果系统是非保守的(如轴安装在轴承上),这种算法将解得复数特征值和特征向量。特征值的实部表示固有频率,虚部则是系统稳定性的量度——负值表示系统是稳定的,而正值表示系统是不稳定的。此法求解中不能进行 Sturm 序列检查,因此可能遗漏所提取的模态的一些高频端模态。

6) 阻尼法

阻尼法用于阻尼不能被忽略的问题,如转子动力学研究。该法使用完整的刚度和质量矩阵以及阻尼阵,采用 Lanzcos 算法计算得到复数形式的特征值和特征向量。特征值得虚部 ω 代表系统的稳态角频率,实部 σ 代表系统的稳定性。如果 $\sigma < 0$,系统的位移幅度将按 $\exp(\sigma)$ 指数规律递减;如果 $\sigma > 0$,位移幅度将按指数规律递增。如果不存在阻尼,特征值的实部将等于 0。ANSYS 给出的特征值结果实际上是被 2π 除过的,这样给出的频率是以赫兹(Hz)为单位的。特征向量反应的是不同节点响应的相位差。在有阻尼系统中,不同节点上的响应可能存在相位差,对任何节点,赋值应是特征向量实部和虚部分量的向量和。

7) QR 阻尼法

QR 阻尼法同时具有 Block Lanzcos 法与复 Hessenberg 法的优点,其关键思想是:以线性合并无阻尼系统少量数目的特征向量,近似表示前几阶复阻尼特征值。采用此特征值求解(Block Lanzcos 法)无阻尼振型后,运动方程将转化到模态坐标系,然后采用 QR 阻尼法,一个相对较小的特征值问题就可以在特征子空间中求解出来[50、51]。

该方法能够很好地求解大阻尼系统模态解,阻尼可以是任意阻尼类型,即无论是比例阻尼还是非比例阻尼。因为该方法的计算精度取决于提取的模态数目,所以建议提取足够多的系频模态,特别是阻尼较大的系统更需要这样做,这样才能保证得到好的计算结果。该方法一般不用于提取临界阻尼或阻尼系统的模态。对于上述模态提取法,在大部分分析过程中将选用子空间法、缩减法、Block Lanzcos 法或 Power Dynamics 法,而非对称法和阻尼法只在特殊情形下才会用到。

5.1　龙门式立柱结构设计与优化

5.1.1　床身立柱的模态分析

立柱是该加工中心的关键支撑部件,横梁和滑鞍以及上面的车削工作头和雕铣工作头都依附在机床立柱上,所以立柱的动态特性对机床的影响不言而喻。

在异型石材加工中心的各个部件中,床身是一个重要的结构大件,它起着支撑横梁以及附着在横梁上的复合式工作头的目的。在该机床的结构中,刀具部位的切削力通过加工工作头、滑鞍传递给机床横梁,横梁两端分别与两个支撑立柱相连。在加工过程中,由于石材是一种脆性材料,所以切削时刀具进给量要小,以免加工时防止石材断裂。由于进给量小,产生的切削力也非常小,相对于横梁、床身这样的结构大件,这种很小的切削力可以忽略,在模态分析计算时,不考虑切削力带来的机床的变形。

机床床身由两个立柱组成,床身的上部与横梁的直线滚动导轨相接触,下部用螺栓固接在地面上,约束其全部自由度,如图 5-1 所示。

为了更真实、准确、有效地对机床床身进行有限元分析,在建立有限元模型时采用 Solid185 单元对床身三维实体结构进行网格划分,该单元是 8 节点 6 面体,每个节点具有 x、y、z 位移方向的 3 个自由度。

1. 床身立柱的三维实体模型

图 5-1 为异型石材多功能数控加工中心立柱的三维实体模型,是利用三维绘图软件 SolidWorks 建立的,通过与 ANSYS 的无缝接口,直接转入到 ANSYS 分

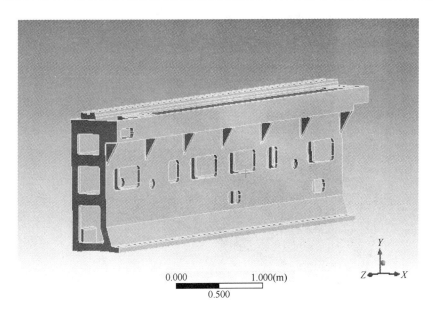

图 5-1　机床立柱模型

析软件中。

　　在分析过程中,根据床身实际的加工状况,约束床身底面的全部自由度,如图 5-2 所示。

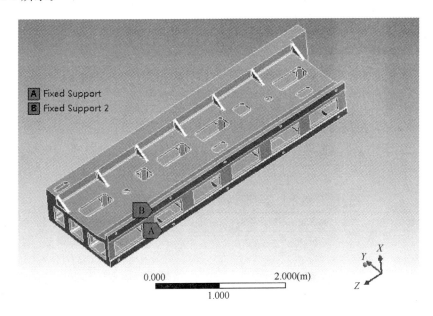

图 5-2　约束底面全部自由度

利用 ANSYS 有限元分析软件智能网格划分方式,按照 5 级精度对机床立柱进行网格划分,得到机床立柱的划分网格模型,如图 5-3 所示。

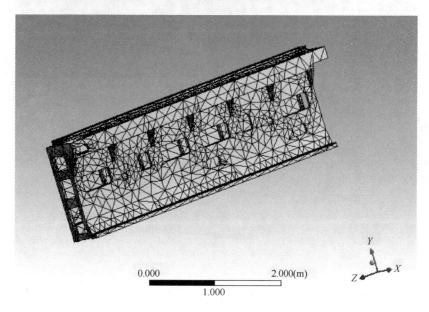

0.000   2.000(m)
        1.000

图 5-3　立柱网格划分模型

将立柱模型导入到 ANSYS 后即需要定义立柱的材料属性,立柱材料为 HT200,其弹性模量 $E=130\text{GPa}$,泊松比 $\mu=0.3$,密度 $\rho=7250\text{kg/m}^3$。选用三维实体单元 Solid185 对立柱进行网格划分,最终立柱被划分为 27583 个单元,55016 个节点。

2. 床身立柱的固有频率及振型

结构的振动可以表达为各阶固有振型的线性组合,其中低阶固有振型比高阶固有振型对结构的振动影响大,越是低阶影响越大,因此低阶振型对结构的动态特性起决定作用,故进行振动特性的分析计算时通常取 5～10 阶即可。因此,本书采用 Subspace 模态提取法计算了床身的前 6 阶固有频率和振型,如表 5-1 所示。

表 5-1　立柱前 6 阶固有频率和振型

阶数	固有频率/Hz	振型描述
1	63.6336	床身后端呈上下摆动
2	81.4547	床身前后两端呈左右摆动
3	159.591	床身前后两端呈上下摆动
4	204.318	床身后端上下部左右扭动
5	227.82	床身前后端呈左右扭摆动
6	259.402	床身前后端呈不规则波浪形振动

床身立柱前 6 阶振型图如图 5-4～图 5-9 所示。

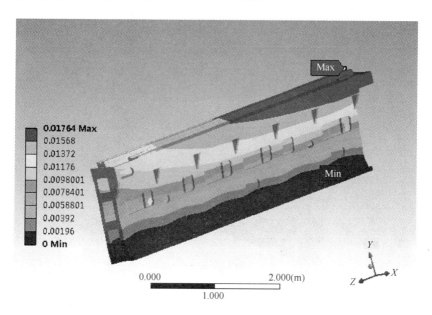

图 5-4　机床床身第 1 阶振型图

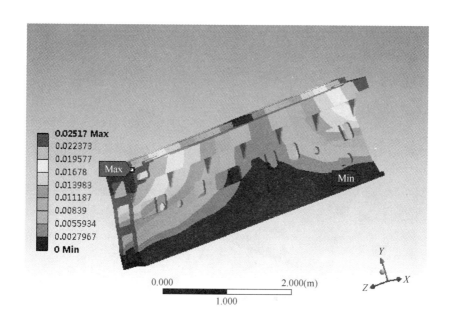

图 5-5　机床床身第 2 阶振型图

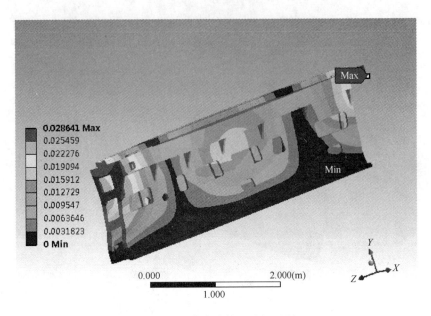

图 5-6　机床床身第 3 阶振型图

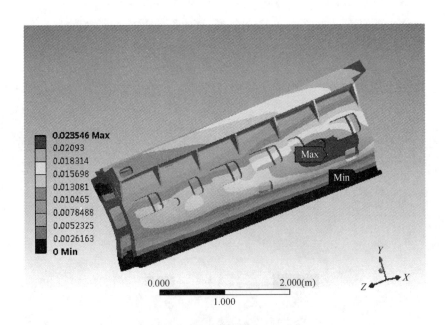

图 5-7　机床床身第 4 阶振型图

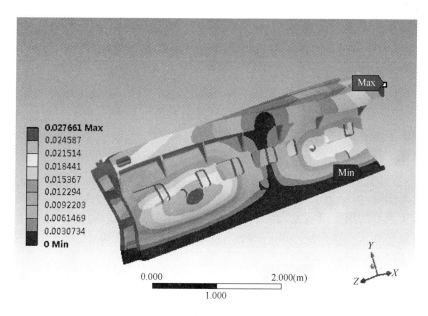

图 5-8　机床床身第 5 阶振型图

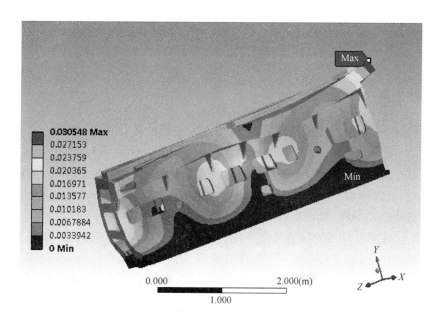

图 5-9　机床床身第 6 阶振型图

机床床身的第 1 阶振型,其固有频率为 63.6336Hz,由机床床身的振型图可知,最大变形量发生在机床床身的后端点,其最大变形量为 $1.733×10^{-2}$ mm,机床床身后端上下摆动。

机床床身的第 2 阶振型,其固有频率为 81.4547Hz,由机床床身的振型图可知,最大变形量发生在机床床身的两端,其最大变形量为 2.489×10^{-2}mm,机床床身两端呈左右摆动。

机床床身的第 3 阶振型,其固有频率为 159.591Hz,由机床床身的振型图可知,最大变形量发生在机床床身的两端点,其最大变形量为 2.863×10^{-2}mm,机床床身两端呈上下摆动。

机床床身的第 4 阶振型,其固有频率为 204.318Hz,由机床床身的振型图可知,最大变形量发生在机床床身的下端,其最大变形量为 2.364×10^{-2}mm,机床床身呈上下扭动。

机床床身的第 5 阶振型,其固有频率为 227.82Hz,由机床床身的振型图可知,最大变形量发生在机床床身的后端顶点上,其最大变形量为 2.759×10^{-2}mm,机床床身前后端呈左右扭摆动。

机床床身的第 6 阶振型,其固有频率为 259.402Hz,由机床床身的振型图最大变形量发生在机床床身后端端点处,其最大变形量为 2.983×10^{-2}mm,机床床身前后端呈不规则波浪形振动。

3. 研究结果分析

(1)立柱作为异型石材多功能数控加工中心的床身,是该加工中心横梁及其工作头的主要承载部件,需要足够高的刚度,其工作过程的动态特性对整个机床的加工精度起着十分重要的作用。

(2)由图中的固有频率和振型可以发现,床身立柱的前几阶振动频率不是很高,后几阶的振动频率较高些,同时它的最大振动幅值也在逐渐地增大,后几阶出现了左右方向的扭摆,这样会导致横梁在移动加工过程中几个方向的定位不准确,从而也就影响了横梁上工作头的加工精度。因此,如果在床身立柱左右两侧多加几个筋板,同时增加床身立柱中空空间内加强筋的数目和厚度,则可以有效减小床身立柱各项摆动的值,从而提高床身立柱的动态特性。

(3)立柱床身上部的导轨是用来横梁导向滑动的,其刚度要好。从横梁的前几阶振型可以看出,其最大变形都发生在床身的前后两端,因此,当横梁加工过程中横梁移动到此位置时,势必要影响到横梁的定位精度和工件的加工精度。解决这个问题最好的方法是在导轨下侧有加强筋的位置处再多加几根筋板,而且还要加厚,从而提高床身的动态特性。

5.1.2　床身结构的改进型研究

异型石材加工中心的床身是由两个长方体铸造结构的立柱组成,如图 5-10 所示,长 5380mm,高 1560mm,筋板厚 32mm,壁厚 40mm。床身上装有直线滚动导轨,两端为封闭结构,内部分布着筋板,中间设有两层隔板,左右两侧及下部开有清砂孔。

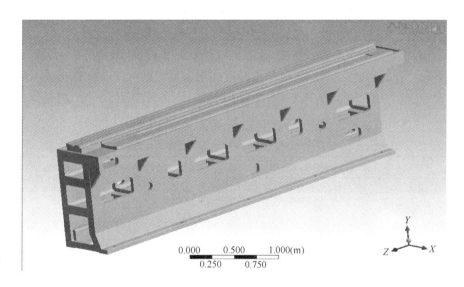

图 5-10　床身模型

由前文床身的模态分析可知,床身的第 1 阶固有频率为 63.6336Hz,振型表现为弯曲,第 2 阶固有频率为 81.4547Hz,振型表现为扭摆。因为床身第 1 阶固有频率是弯曲振型,所以在工作状态激励下容易产生大幅弯曲,容易导致工件加工精度下降。

现有床身设计时也考虑了动态特性,但是设计时结构筋板布置考虑的不是很全面。针对上述情况,在考虑床身外形尺寸不变的前提下,对床身内部筋板结构和布局作相应的修改,提出几种改进型的方案,分析床身内部筋板数目和布局的变化对结构动态特性的影响,为实现床身的优化设计提供有利的依据。

根据前文的模态分析算出的振型图可以看出,振型主要表现为床身上部两端点的摆动、扭转和床身中部的弯曲,因此床身的上部和中间部位是结构的薄弱环节,要提高床身的刚度需从这两个部位改进入手。同时,改进时要充分考虑床身的装配及整体外形尺寸不变,否则改进是没意义的。

1. 筋板的参数对固有频率的影响

1) 增加筋板高度
改进 e1 型:将床身上端侧面的加强筋板的高度增加 5mm。
改进 e2 型:将床身上端侧面的加强筋板的高度增加 10mm。

2) 改变筋板的厚度

改进 f1 型:将床身上端侧面的加强筋板的厚度增加 10mm。

改进 f2 型:将床身上端侧面的加强筋板的厚度增加 20mm。

改进 f3 型:将床身上端侧面的加强筋板的厚度减少 10mm。

从表 5-2 可以看出,筋板越高,其床身的固有频率越低,从改进 e1、e2 型就可以看出;随着筋板的厚度不断增加,其第 1 阶频率明显降低,但是第 2 阶的固有频率显著提高,证明其床身的刚度有所提高。根据以上的对比可以总结出,在实际的改进中,可以考虑在不过多增加床身重量的前提下,适当增加筋板的厚度,采用改进 e1 型来提高床身的刚度。

表 5-2　床身振动特性比较表

	第 1 阶频率/Hz	振型	第 2 阶频率/Hz	振型
原床身	63.6336	弯曲	81.4541	摆动
改进 e1 型	63.6471	弯曲	81.3965	摆动
改进 e2 型	63.6276	弯曲	81.4013	摆动
改进 f1 型	63.6313	弯曲	81.3124	摆动
改进 f2 型	63.5452	弯曲	81.2830	摆动
改进 f3 型	63.6401	弯曲	81.3533	摆动

2. 筋板的位置对固有频率的影响

如图 5-11~图 5-13 为 G1、G2、G3 型改进结构,其中:

改进 G1 型将床身上端前后第 2 块筋板向第 1 块筋板靠拢。

改进 G2 型将筋板均匀移向前后端。

改进 G3 型将厚为 45mm 的筋板分成两个 22.5mm 厚的筋板,使其均匀分布。

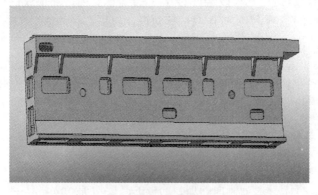

图 5-11　G1 改进型

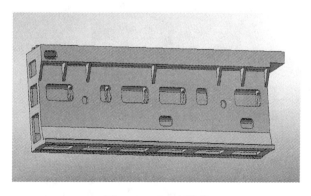

图 5-12　G2 改进型

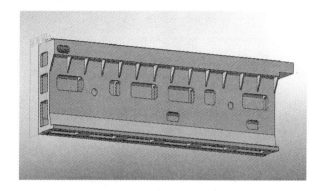

图 5-13　G3 改进型

由以上视图可知,原床身有 7 个筋板,筋板厚度为 50mm。

表 5-3　床身振动特性比较表

	第 1 阶频率/Hz	振型	第 2 阶频率/Hz	振型
原床身	63.6336	弯曲	81.4541	摆动
改进 G1 型	63.5974	弯曲	81.3419	摆动
改进 G2 型	63.5410	弯曲	81.2063	摆动
改进 G3 型	63.5199	弯曲	81.3719	摆动

由表 5-3 分析可知,改变筋板位置对提高床身固有频率影响不大,几种情况下床身的固有频率基本上改变不大,相比较而言,原床身的筋板位置固有频率略微比其他几种形式要高些。

3. 筋板的数量对固有频率的影响

如图 5-14～图 5-16 为 h1、h2、h3 型改进结构,其中:

改进 h1 型在床身上部侧面位置加一块筋板。

改进 h2 型在改进 h1 型的基础上,再加一块筋板。

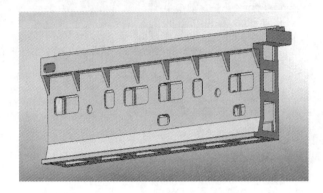

图 5-14　改进 h1 型

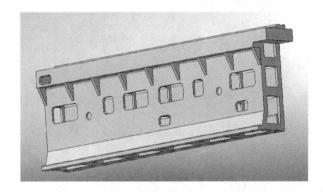

图 5-15　改进 h2 型

改进 h3 型在改进 h2 型的基础上,在床身上部突出的位置处再加一块筋板。

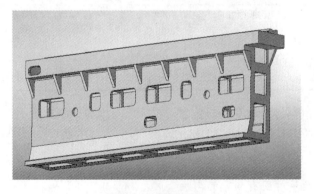

图 5-16　改进 h3 型

由表 5-4 分析可知,改进 h1 型加一块筋板比原床身的固有频率有所提高,但是提高得并不明显,最多仅提高了 0.0581Hz;改进 h2 型虽然仅比改进 h1 型多一块筋板,但其弯曲变形时的频率反而降低。由此可见,在提高固有频率时盲目增加筋板的数量,不但不会提高频率,反而会增加床身的质量。改进 h3 型在横梁上部突出部分加了一块筋板,床身的固有频率有所提高,但不是很明显,从第 3 阶开始有明显提高,高出 11.025Hz,原因是床身上部突出部分是比较薄弱的部分,增加一块筋板大大提高其自身的刚度,弯曲振型也得到了明显的降低。由此可见,突出部分加筋板明显比侧面加筋板更能提高床身的固有频率,而且不能盲目加筋板,要根据其薄弱部分加筋,这样改进才有效果。实际中,采用突出部分加筋板的方式,可以大大改善薄弱环节。

表 5-4　床身振动特性比较表

	第 1 阶频率/Hz	振型	第 2 阶频率/Hz	振型
原床身	63.6336	弯曲	81.4541	摆动
改进 h1 型	63.6917	弯曲	81.4789	摆动
改进 h2 型	63.4729	弯曲	81.351	摆动
改进 h3 型	63.6302	弯曲	81.495	摆动

4. 综合改进型

为了探讨以上三种改进方案对床身固有频率的综合影响,现分别取以上四种方案的最优形式对床身进行如下改进:将床身上部侧面的筋板高度增加 5mm;筋板的位置形式继续采用原来的形式;筋板的数量采用 h3 型,综合改进后的床身模型如图 5-17 所示。

图 5-17　综合改进型床身

将床身的实体模型导入到 ANSYS 中,进行模态分析计算,得到床身的前 6 阶固有频率值,如表 5-5 所示。

表 5-5　床身振动特性比较表

原床身前 6 阶固有频率		综合改进型床身前 6 阶固有频率	
阶次	固有频率/Hz	阶次	固有频率/Hz
第 1 阶	63.6336	第 1 阶	63.5553
第 2 阶	81.4547	第 2 阶	81.2848
第 3 阶	159.591	第 3 阶	160.277
第 4 阶	204.318	第 4 阶	204.644
第 5 阶	227.82	第 5 阶	228.206
第 6 阶	259.402	第 6 阶	259.506

在不影响横梁装配和几何尺寸的前提下,改变筋板的尺寸和布局形式,综合几种最优改进型结构,经模态分析计算,确实提高了横梁的固有频率,从而提高了横梁的刚度,最终得到了一个动、静态良好的设计方案。

5.2　龙门式横梁结构设计

5.2.1　横梁的模态分析

如图 5-18 所示,在设计的过程中利用三维设计软件 SolidWorks 建立了异型石材多功能数控加工中心关键部件的实体模型,异型石材多功能数控加工中心由几个关键部件组成,主要包括床身立柱、横梁、旋转工作台、主轴箱、车削工作头和雕铣工作头等。在进行异型石材多功能数控加工中心的有限元分析时,首先对其中的几个关键部件进行模态分析,借以了解组成异型石材多功能数控加工中心的

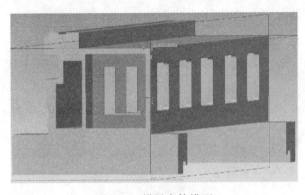

图 5-18　横梁实体模型

各个关键部件的动态特性。本节只研究横梁的有限元分析。

在加工中心的各个组成部分中,横梁可以说是一个比较关键的大件,它是车削工作头和雕铣工作头的支承件,横梁动态特性的好坏直接会影响到工件的加工精度。在加工石材过程中,刀具的进给量很小,因而产生的反作用力也很小,相对于横梁、床身这样的大件,这个力可以近似地忽略不计。

1. 建立有限元模型

将 SolidWorks 软件中创建的横梁实体模型导入到 ANSYS 中。需要说明的是,ANSYS 系统中的坐标系与机床坐标系在符号标示上不同,在这种情况下,不用调整 ANSYS 的坐标,只需将分析结果对应到机床坐标系中即可。

2. 单元类型及材料属性参数设置

在对异型石材加工机床的横梁划分单元时,选用 8 节点 6 面体单元,横梁的材料为灰铸铁,其参数为:弹性模量 $E = 1.1 \times 1011 \mathrm{Pa}$,泊松比 $\mu = 0.28$,密度 $\rho = 7200 \mathrm{kg/m^3}$。

3. 网格划分

利用 ANSYS 智能网格划分方式,使用自由网格化命令,按照 5 级精度对横梁进行网格划分,利用实体模型线段长度进行最佳网格化,横梁的单元总数为15371,节点总数为 30012。横梁模型划分情况如图 5-19 所示。

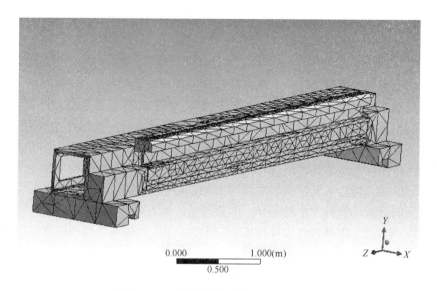

图 5-19　横梁的有限元模型及网格划分

4. 边界条件

异型石材加工中心的横梁两端分别与两个床身立柱相连接，由于横梁与床身的连接是通过 8 个直线导轨的滑块相连接的，滑块固定在横梁上，导轨固定在床身上，所以对横梁施加约束时固定约束滑块与横梁的接触面即可，限制 X、Y、Z 三个方向的移动自由度和转动自由度。约束后的横梁如图 5-20 所示。

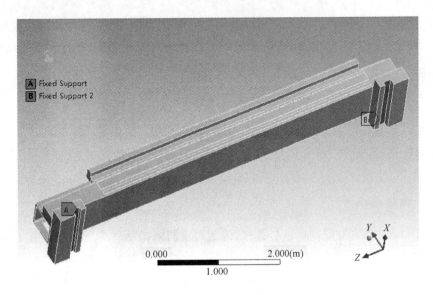

图 5-20　横梁约束

5. 横梁的模态分析

模态分析用于确定设计结构或机器部件的固有振动特性，它的固有频率和振型是承受动态载荷结构设计的重要参数。模态分析的主要任务是研究没有阻尼的系统的自由振动，特别是确定结构的固有频率，使设计人员可以避开这些频率或最大限度地减少对这些频率上的激励，从而消除过度振动或噪声。结构的振动可以表达为各阶固有振型的线性组合，其中低阶固有振型较高阶对结构的振动影响较大，越是低阶影响越大，低阶振型对结构的动态特性起决定性作用，故进行结构的振动特性的分析计算时通常取前 5～10 阶即可。本节取前 6 阶。

利用 ANSYS 软件对机床床身 CAE 模型采用自由模态处理后得到其前 6 阶固有频率，如表 5-6 所示。

表 5-6　机床横梁前 6 阶固有频率

阶数	固有频率/Hz	振型描述
1	53.11	横梁上下摆动
2	59.09	横梁前后摆动
3	109.37	横梁上下振动
4	117.68	横梁左右两端呈上下交替摆动
5	139.73	横梁左右两端呈前后交替摆动
6	200.14	横梁左右两端呈扭摆动

　　机床横梁前 6 阶振型图如图 5-21～图 5-26 所示。第 1 阶振型横梁呈上下摆动,深色的地方代表最大振幅,其变形值为 0.253×10^{-2} mm,由图 5-21 可知,机床横梁的中间部位变形最大。

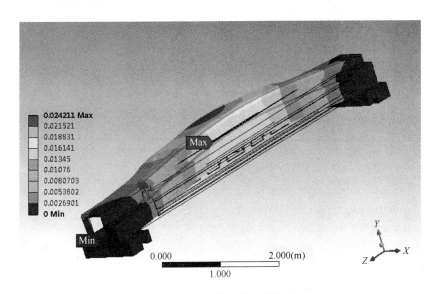

图 5-21　机床横梁第 1 阶振型

　　第 2 阶振型横梁呈前后摆动,深色的地方代表最大振幅,其变形值为 0.240×10^{-2} mm,由图 5-22 可知,机床横梁的中间上下部位变形最大。

　　第 3 阶振型从横梁的两端看呈顺逆时针扭摆动,深色的地方代表最大振幅,其变形值为 0.335×10^{-2} mm,由图 5-23 可知,横梁中间部位四周变形量最大。

　　第 4 阶振型从横梁的前面看,横梁左右两端呈上下交替摆动,深色的地方代表最大振幅,其变形值为 0.268×10^{-2} mm,由图 5-24 可知,横梁左右两边中间部位左边上部和右边下部变形最大。

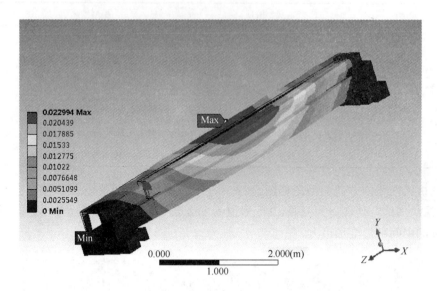

图 5-22　机床横梁第 2 阶振型

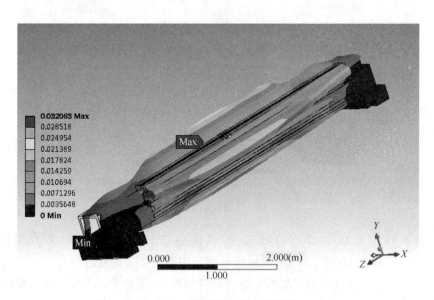

图 5-23　机床横梁第 3 阶振型

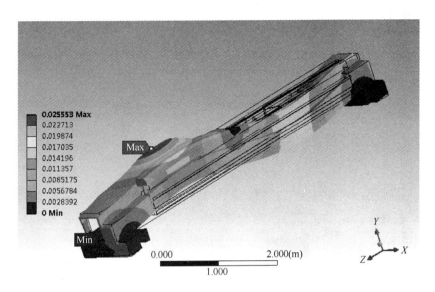

图 5-24　机床横梁第 4 阶振型

第 5 阶振型从横梁的前面看呈左右两边前后交替摆动,深色的地方代表最大振幅,其变形值为 0.244×10^{-2} mm,由图 5-25 可知,横梁的左右两边中间部位变形量最大。

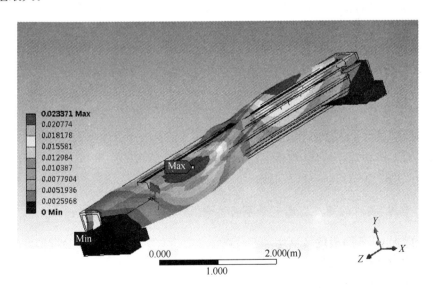

图 5-25　机床横梁第 5 阶振型

第 6 阶振型从横梁的前面看呈左右两边扭摆动,深色的地方代表最大振幅,其变形值为 0.303×10^{-2} mm,由图 5-26 可知,横梁的左右两边中间部位的前面和后面变形量最大。

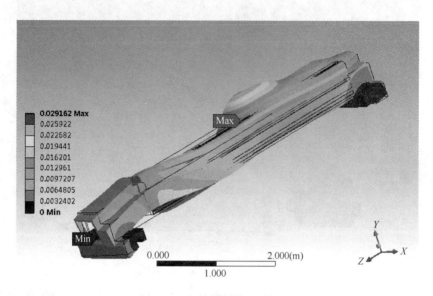

图 5-26　机床横梁第 6 阶振型

　　由横梁的固有频率和振型可以发现,前几阶的频率不是很高。从图中可以看出,前两阶横梁的变形量不是很大,大都是以横梁中部的弯曲和摆动为主,当频率逐渐升高时,横梁会出现波浪形的不规则扭动,从而极大地影响了横梁上部工作头的加工精度和稳定性,因而要尽量避免高频率的产生。如果能在横梁左右两端内部多加几条筋板,同时加厚筋板的厚度,则可以有效地减小振型的最大位移幅值。

5.2.2　横梁结构的改进设计

　　对横梁进行了模态分析,得到了横梁的前 6 阶固有频率和振型,考虑到加工设备结构的工作频带,可以认为横梁的前几阶模态对结构的影响较大。现取前两阶频率为改进依据,对其作如下改进。

1. 壁厚、筋板的厚度对固有频率的影响

　　考虑到壁厚、筋板的厚度增加会使横梁的质量增加,横梁过重会带来许多的不便,而且会产生裂纹,影响加工质量。因此,将其厚度的增加量控制在 5mm 以内。

　　改进 a1 型:筋板厚度增加 2mm。

　　改进 a2 型:横梁壁厚增加 2mm。

　　改进 a3 型:筋板、横梁壁厚同时增加 2mm。

　　改进 a4 型:筋板厚度增加 4mm。

改进 a5 型:横梁壁厚增加 4mm。

改进 a6 型:筋板、横梁壁厚同时增加 4mm。

表 5-7　横梁的振动特性比较表

	第 1 阶频率/Hz	振型	第 2 阶频率/Hz	振型
原横梁	53.11	弯曲	59.09	扭转
改进 a1 型	73.5192	弯曲	99.4116	扭转
改进 a2 型	73.4763	弯曲	97.0408	扭转
改进 a3 型	74.3818	弯曲	99.1068	扭转
改进 a4 型	73.6372	弯曲	99.2054	扭转
改进 a5 型	75.0163	弯曲	98.8471	扭转
改进 a6 型	75.0307	弯曲	98.5027	扭转

由表 5-7 分析可得,随着筋板壁厚的增加,横梁的固有频率也随之而增加,增加筋板的厚度比增加壁厚对提高横梁的固有频率稍微明显些,但总的来说,增加筋板和壁厚对提高横梁的刚度效果不大,第 1、2 阶固有频率提高不大。

2. 筋板的位置及清砂孔的形状对固有频率的影响

考虑到筋板的具体作用,横梁中间部位布满形状相同、等间距的加强筋,布置形式的不同,会产生不同的效果,如图 5-27 所示。

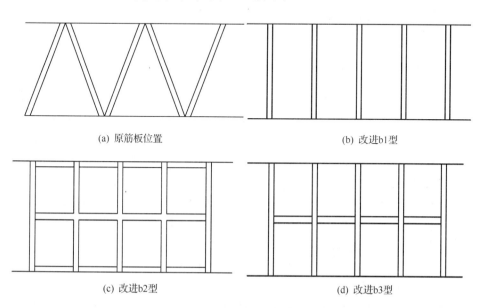

(a) 原筋板位置　　　　　　　　　　(b) 改进b1型

(c) 改进b2型　　　　　　　　　　(d) 改进b3型

图 5-27　不同筋板的位置及清砂孔

改进 b1 型筋板的布置形式为横梁中空位置放 10 个加强筋,间距为 536mm,筋板之间互相平行,清砂孔的尺寸长由原来的 400mm 改为现在的 300mm,其余的布置形式不变。

改进 b2 型筋板的布置形式为横梁中空位置放 10 个加强筋,间距为 536mm,筋板之间互相平行,清砂孔的尺寸长由原来的 400mm 改为现在的 300mm,在筋板和筋板之间加入厚为 20mm 的隔板,其余的布置形式不变。

改进 b3 型筋板的布置形式为横梁中空位置放 10 个加强筋,间距为 536mm,筋板之间互相平行,清砂孔的尺寸长由原来的 400mm 改为现在的 300mm,在筋板和筋板之间加入厚为 20mm 的隔板,在横梁壁上的筋板也加上隔板,厚度为 20mm,其余的布置形式不变。

表 5-8　横梁振动特性比较表

	第 1 阶频率/Hz	振型	第 2 阶频率/Hz	振型
原横梁	53.11	弯曲	59.09	扭转
改进 b1 型	76.7815	弯曲	104.116	扭转
改进 b2 型	75.9769	弯曲	103.202	扭转
改进 b3 型	75.5899	弯曲	102.968	扭转

从表 5-8 可以看出,在原有横梁筋板不增加的情况下,在筋板中间增加了隔板,隔板位置的不同,横梁的固有频率也不同,其中横梁筋板中间增加隔板后,横梁的固有频率反而降低,其原因是隔板削弱了筋板的强度。因此,为了提高横梁的刚度,建议使用改进 b1 型和改进 b2 型。

3. 筋板数量及布局对固有频率的影响

根据横梁的振型可以看出,横梁的第 1 阶振型和第 2 阶振型发生变形时都是在中间的位置,中间部位横梁的变形量相对两端要大些,是个薄弱环节,因此需要加固的地方是在中间部位。两种方法可以提高横梁中间部位的刚度,一是提高横梁中间部位的厚度,这种方法势必会给铸造带来很大的困难,很难加工;二是增加筋板的数量,由于增加筋板数量会增加横梁的质量,可能会改变横梁的静态特性,所以把增加筋板的数量控制在 5 根以内,图 5-28 为 c1~c4 改进型结构。

改进 c1 型是在原有筋板的基础上,在靠近中间部位筋板处两侧各加了一根平行的筋板,厚度为 20mm,其余筋板位置不变。

改进 c2 型是在原有筋板的基础上,在中间部位筋板处两侧各加一根斜向筋板,厚度为 20mm,其余筋板位置不变。

改进 c3 型是在原有筋板的基础上,在中间位置筋板处各加两根斜向筋板,厚度均为 20mm,其余筋板位置不变。

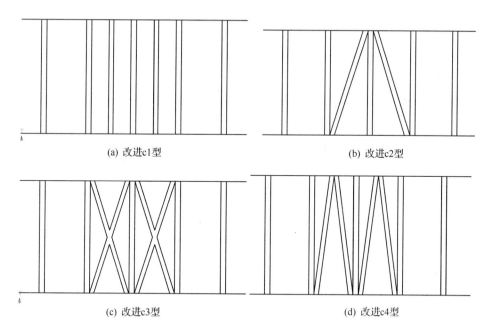

(a) 改进c1型　　　　　　　　　　(b) 改进c2型

(c) 改进c3型　　　　　　　　　　(d) 改进c4型

图 5-28　不同筋板数量及布局

改进 c4 型是在原有筋板的基础上,在中间筋板处两侧各加一个 V 型的筋板,厚度为 20mm,其余筋板位置不变。

表 5-9　横梁振动特性比较表

	第 1 阶频率/Hz	振型	第 2 阶频率/Hz	振型
原横梁	53.11	弯曲	59.09	扭转
改进 c1 型	77.5632	弯曲	105.841	扭转
改进 c2 型	75.486	弯曲	104.291	扭转
改进 c3 型	78.1562	弯曲	106.5983	扭转
改进 c4 型	78.051	弯曲	106.52	扭转

从表 5-9 可以看出,加斜向筋板比加纵向筋板更能增强横梁的抗弯抗扭能力,改进 c3 型的效果要明显好于其他 3 种改进型,V 型筋板相对于 X 型筋板反而降低了横梁的固有频率,看来盲目增加筋板的数量有时候会带来相反的效果。对于筋板形式而言,X 型筋板频率最高,第 1 阶比原横梁提高了 47.1%,加斜向筋板固有频率最低,第 1 阶比原横梁提高了 42.1%。为了更大程度地提高横梁的固有频率,建议采用加 X 型筋板。

4. 横梁壁上开孔大小及形状对固有频率的影响

横梁内部开了很多的孔,一方面是为了清砂用,另一方面是为了减轻横梁的质量,现对横梁开孔形状及大小作以下改进,分析其对横梁固有频率的影响。

改进 d1 型:封闭横梁两端开孔。

改进 d2 型:将横梁所有开孔大小长宽均缩小了 1/10。

改进 d3 型:将横梁所有开孔大小长宽均缩小了 1/4。

改进 d4 型:将横梁所有开孔均改为与原长方形开孔面积相等的圆形。

改进 d5 型:将横梁所有开孔均改为与原长方形开孔面积相等的三角形。

表 5-10　横梁振动特性比较表

	第 1 阶频率/Hz	振型	第 2 阶频率/Hz	振型
原横梁	53.11	弯曲	59.09	扭转
改进 d1 型	78.63	弯曲	105.049	扭转
改进 d2 型	78.191	弯曲	105.014	扭转
改进 d3 型	78.906	弯曲	105.59	扭转
改进 d4 型	79.069	弯曲	106.28	扭转
改进 d5 型	78.89	弯曲	105.93	扭转

从表 5-10 可以看出,改进 d1 型封闭了横梁两端的开口,第 1 阶固有频率提高了 25.52Hz,第 2 阶固有频率提高了 45.959Hz,可见开孔降低固有频率,开孔越多,固有频率越低;改进 d3 型比改进 d2 型固有频率提高 0.715Hz,可见孔径越大,固有频率越低;对孔的形状而言,开圆形孔的固有频率最高,开方形孔的固有频率最低,故可采用圆形的清砂孔。

5. 综合改进型横梁

为了探讨以上四种改进方案对横梁固有频率的综合影响,现分别取以上四种方案的最优形式对横梁进行如下改进:将横梁的壁厚及筋板的厚度均增加 4mm;筋板的位置形式采用 b1 型;增加的筋板形状采用 c3 型;开孔形状采用圆形,横梁两端面封闭。改进后的横梁形状如图 5-29 所示。将此横梁的三维实体模型导入到 ANSYS 中,计算得出的第 1 阶固有频率为 79.7173Hz,比原横梁的第 1 阶固有频率提高了 26.6073Hz,而各影响因素单独作用对横梁的影响得出的第 1 阶固有频率相对于综合改进型都要低。由此可见,各影响因素对原横梁的固有频率综合影响并不是单独因素作用简单的叠加,还受各因素相互干扰的影响。尽管如此,综合改进型横梁的固有频率比单独作用(如 X 型筋板)的横梁固有频率提高了 14%,对横梁刚度的提高效果更为明显。

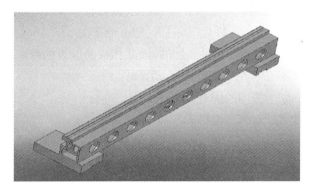

图 5-29　综合改进型横梁

在不影响横梁装配和几何尺寸的前提下,改变筋板的尺寸和布局形式,综合几种最优改进型结构,经模态分析计算,对其进行模态分析计算得出模梁的前 6 阶固有频率值,如表 5-11 所示。确实提高了横梁的固有频率,从而提高了横梁的刚度,最终得到了一个动、静态良好的设计方案。

表 5-11　综合改进型横梁前 6 阶固有频率

原横梁前 6 阶固有频率		综合改进型横梁固有频率	
阶次	固有频率/Hz	阶次	固有频率/Hz
第 1 阶频率	53.11	第 1 阶频率	79.7173
第 2 阶频率	59.09	第 2 阶频率	106.751
第 3 阶频率	109.373	第 3 阶频率	184.748
第 4 阶频率	117.677	第 4 阶频率	186.655
第 5 阶频率	139.734	第 5 阶频率	224.355
第 6 阶频率	200.143	第 6 阶频率	295.638

5.3　立式回转体工作台设计

1. 数学模型

模态分析用来计算线性结构的自振频率及振型。模态分析用来分析线性系统,一个具有 n 个自由度的系统,它的振动方程为

$$[M]\{\ddot{x}\} + [C]\{\dot{x}\} + [K]\{x\} = \{F(t)\} \qquad (5\text{-}10)$$

式中:$[M]$ 为质量矩阵;$[C]$ 为阻尼矩;$[K]$ 为刚度系数矩;$\{x\}$ 为位移矢量;$\{F\}$ 为力矢量。ANSYS 中的模态分析是线性分析,除了固有频率,模态分析不考虑动

态载荷下的响应。模态分析中 $\{F(t)\} = 0$，所以方程(5-10)可简化为

$$[M]\{\ddot{x}\} + [K]\{x\} = \{0\} \tag{5-11}$$

在模态分析中，结构假设都是线性的，因此相应的假设为谐响应：

$$\{x\} = \{\varphi_i\}\cos\{\omega_i t\} \tag{5-12}$$

式中：φ_i 为振型；ω_i 为振型的固有频率。

将式(5-12)代入式(5-11)可得

$$[[K] - \omega_i^2[M]]\{\varphi_i\} = 0 \tag{5-13}$$

所以通过式(5-13)可以得出固有频率 $\omega_i = \sqrt{[K]/[M]}$。

2. 模态分析步骤

(1) 建立有限元模型。定义单元类型、单元实常数、材料性质和模型几何性质。

(2) 加载及求解。定义分析类型和分析选项、主自由度，施加载荷计算求解固有频率。

(3) 模态扩展。将振型写入数据库或结果文件，只有扩展模态后，才能进行后置处理以及观看振型。

(4) 结果后置处理。经过扩展模态后，模态分析的结果包括固有频率、扩展的模态振型、相对应力和力的分布，将被写入到结构分析文件中去。

3. 建立有限元模型

为了能更好地对主轴进行有限元仿真分析，本工作台选用 Solid45 单元进行网格划分。由于采用了 8 节点的单元，就能利用更复杂的形状函数，从而能更准确地反映出主轴的变化，计算精度较高。材料性质为弹性模量 $E = 210\text{GPa}$，泊松比为 $\mu = 0.3$，密度 $\rho = 7850\text{kg/m}^3$。简化后的有限模型如图 5-30 所示。

4. 网格划分

网格划分的好坏直接影响分析结构的准确性。ANSYS 提供两种网格划分的方式：智能划分和手工划分。本节使用 ANSYS 智能网格划分功能，划分以后主轴节点数为 91883 个，主轴单元数 162424 个。划分模型如图 5-31 所示。

5. 模态分析结果

本节利用 ANSYS 中的 Subspace 模态分析法提取了工作台的前 6 阶固有频率，各频率值和振型见表 5-12。工作台前 6 阶振型图如图 5-32～图 5-37 所示。

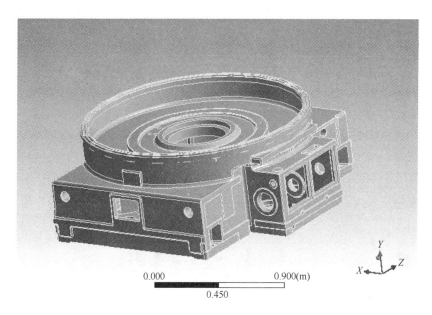

图 5-30　简化后的有限模型

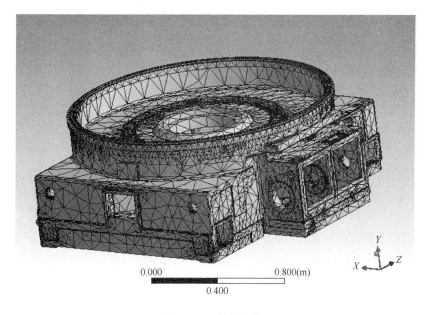

图 5-31　网格划分模型

表 5-12　工作台前 6 阶固有频率

阶数	固有频率/Hz	振型描述
1	334.757	工作台中部右端面上下振动
2	433.895	工作台右端上下摆动
3	436.096	工作台前后端上下摆动
4	458.286	工作台前后两端呈上下交替扭转
5	474.987	工作台右端上下振动
6	576.370	工作台左端上下振动

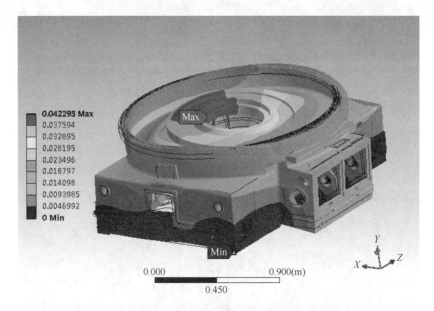

图 5-32　工作台第 1 阶振型图

工作台的第 1 阶振型,其固有频率为 334.757Hz,由工作台的振型图 5-32 可知,最大变形量发生在工作台的中部右端面上,其最大变形量为 4.229×10^{-2} mm,工作台中部右端面上下振动。

工作台的第 2 阶振型,其固有频率为 433.895Hz,由工作台的振型图 5-33 可知,最大变形量发生在工作台的右端,其最大变形量为 1.169×10^{-1} mm,工作台右端上下摆动。

工作台的第 3 阶振型,其固有频率为 436.096Hz,由工作台的振型图 5-34 可知,最大变形量发生在工作台的前端,其最大变形量为 5.077×10^{-2} mm,工作台前后端上下摆动。

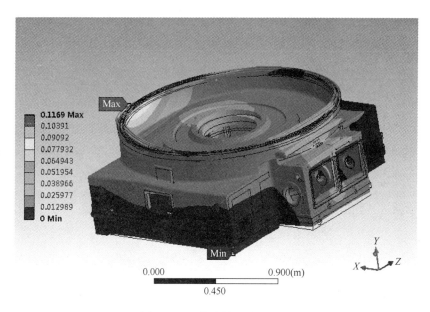

图 5-33　工作台第 2 阶振型图

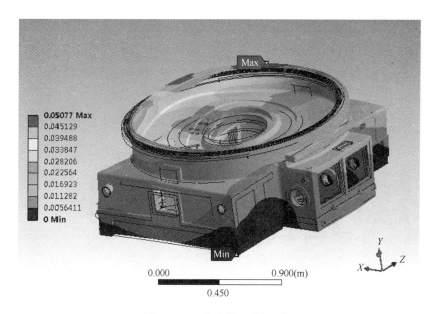

图 5-34　工作台第 3 阶振型图

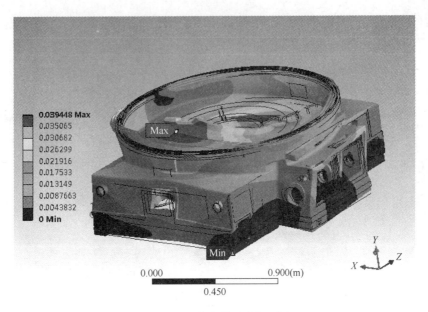

图 5-35　工作台第 4 阶振型图

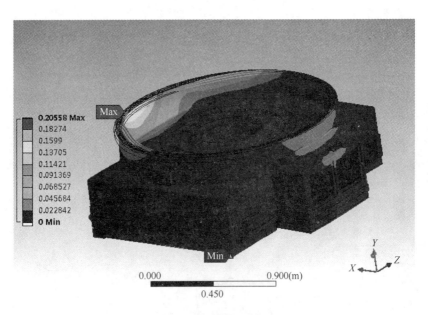

图 5-36　工作台第 5 阶振型图

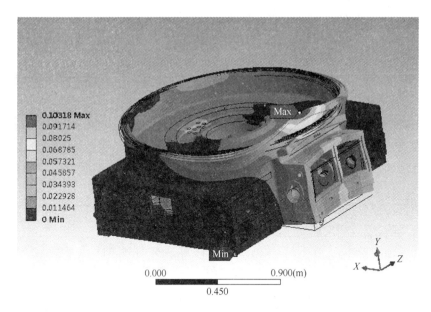

图 5-37　工作台第 6 阶振型图

　　工作台的第 4 阶振型，其固有频率为 458.286Hz，由工作台的振型图 5-35 可知，最大变形量发生在工作台的前后两端，其最大变形量为 3.945×10^{-2}mm，工作台前后两端呈上下交替扭转。

　　工作台的第 5 阶振型，其固有频率为 474.987Hz，由工作台的振型图 5-36 可知，最大变形量发生在工作台右端顶点上，其最大变形量为 2.056×10^{-1}mm，工作台右端上下振动。

　　工作台的第 6 阶振型，其固有频率为 576.34Hz，由机床床身的振型图 5-37 最大变形量发生在工作台左端端点处，其最大变形量为 1.032×10^{-1}mm，工作台左端上下振动。

第6章　异型石材数控加工装备虚拟样机技术

随着全球经济的一体化,工程机械产品市场的竞争日益激烈。为了提高市场竞争力,各企业必须不断缩短新产品的研发周期,提高产品质量、性能,降低开发成本。在这种需求下,以虚拟现实技术为代表的计算机技术不断发展,使虚拟设计逐步成为工程领域一种新的现代化设计手段。运用虚拟设计的方法,可以在产品设计初期,设计、分析和评估产品的性能,确定和优化物理样机参数,从而降低新产品的开发风险,缩短开发周期,提高产品性能。

在各种成熟的三维 CAD、CAE 商业计算机软件的推动下,虚拟样机技术(virtual prototype)不断发展,使工程机械产品的虚拟设计逐步走向成熟。但对于虚拟样机技术这种新观念、新技术,目前尚无统一的定义与体系结构,因此许多国内企业面对市场上众多的 CAD、CAE 商业软件,却不能充分应用虚拟样机技术。本章从虚拟样机技术的概念出发,基于并行设计思想,构建了适合工程机械的虚拟样机研究平台。

6.1　虚拟样机技术在异型石材数控加工装备研制中的应用

6.1.1　虚拟样机技术

虚拟样机技术是一门综合多学科的技术,它是在制造第一台物理样机之前,以机械系统运动学、多体动力学、有限元分析和控制理论为核心,运用成熟的计算机图形技术,将产品各零部件的设计和分析集成在一起,建立机械系统的数字模型,从而为产品的设计、研究、优化提供基于计算机虚拟现实的研究平台。因此虚拟样机亦被称为数字化功能样机。

虚拟样机技术不仅是计算机技术在工程领域的成功应用,还是一种全新的机械产品设计理念。一方面,与传统的仿真分析相比,传统的仿真一般是针对单个子系统的仿真,而虚拟样机技术则是强调整体的优化,它通过虚拟整机与虚拟环境的耦合,对产品多种设计方案进行测试、评估,并不断改进设计方案,直到获得最优的整机性能。另一方面,传统的产品设计方法是一个串行的过程,各子系统(如整机结构、液压系统、控制系统等)的设计都是独立的,忽略了各子系统之间的动态交互与协同求解,因此设计的不足往往到产品开发的后期才被发现,造成严重浪费。运用虚拟样机技术可以快速地建立包括控制系统、液压系统、气动系统在内的多体动力学虚拟样机,实现产品的并行设计,可在产品设计初期及时发现问题、解决问题,把系统的测试分析作为整个产品设计过程的驱动。

虚拟样机技术已被广泛应用在航空航天、汽车制造、工程机械、铁道、造船、军事装备、机械电子及娱乐设备等各个领域。

在工程机械领域可应用的方面有:履带式和轮式车辆稳定性、操作性能研究,液压系统、牵引设备性能预测,推土机、挖掘机、林业机械等动态性能研究,零部件和发动机载荷预测与尺寸确定,驾驶员视野研究,挖掘机所需要的功率预测,工作效率研究,可靠性分析等。

6.1.2　基于并行设计的虚拟样机研究平台

传统设计过程难以发现现有方案中存在的不足:产品有潜在的质量问题;物理样机设计、制造和测试周期长,消耗大,方案不易改动;难以找到最优方案,造成产品材料的浪费;难以预测产品寿命,产品可靠性不高。

针对产品传统设计过程的弊端,根据并行设计思想,利用现有虚拟样机技术的构成技术和产品,可构建工程机械产品开发的虚拟样机研究平台。产品的设计流程包含结构设计、结构有限元分析、系统运动学与动力学分析、控制系统设计、虚拟样机作业过程模拟、系统稳定性与安全性评价、系统故障预测及冗余设计等。该设计过程在设计初期就充分考虑结构系统与控制系统的相互耦合作用,并进行产品作业全过程的计算机模拟,预测产品的性能、寿命及可靠性,从而缩短了开发周期,降低产品开发成本和开发风险。

6.1.3　虚拟样机技术在异型石材数控装备研制中的实现方法

运用目前市场上一批成熟的 CAD、CAE 商业软件,可实现工程领域虚拟样机研究平台。在产品结构三维 CAD 设计方面有 Pro/Engineer、UG、SolidWorks、SolidEdge 等。结构分析软件有 ANSYS、PATRAN、NASTRAN、MARC 等。运动学和动力学仿真软件可采用 ADAMS 软件。控制系统仿真软件可采用 MATHWORKS 公司的 MATLAB 软件。CAD、CAE 软件的商业化提供了上述各软件之间数据的相互接口,并且具有十分强大的二次开发能力。通过三维 CAD 设计的结构模型可传入结构分析软件和运动学、动力学仿真软件 ADAMS 中进行分析。在 ADAMS 中建立多体模型并定义变量,定义的变量通过 ADAMS 和 MATLAB 的接口传输到 MATLAB 中,对控制方案进行仿真。仿真结果可再传回 ADAMS 中进行分析。通过重复这样的设计-仿真交互,直到得到满意的结果。

6.1.4　虚拟样机技术在异型石材数控装备研制中的发展前景

虚拟样机技术的发展,使产品设计可摆脱对物理样机的依赖,体现了一种全新的研发模式,它在工程领域的迅速发展,必将给企业带来重大的影响。

(1) 高效的研发手段促使产品的更新换代加快,产品开发风险降低,企业的生产效率将大大提高。"最快者生存"将成为企业市场竞争的法则。

(2) 虚拟产品的销售。虚拟样机技术和柔性制造技术已经使虚拟产品销售成为可能,即企业先通过虚拟样机找到客户,再组织生产。因此企业在产品制造和市场竞争方面更具灵活性。

(3) 企业间的动态联盟。产品的数字化使企业能够通过互联网进行产品信息的快速交流,克服单个企业资源的局限性,将具有开发某种新产品所需的知识和技术的不同组织或企业组成一个临时的企业联盟,即企业间的动态联盟,以适应瞬息万变的市场需求和激烈竞争。

(4) 对技术人员提出更高要求。基于虚拟样机技术的并行工程是一门综合多学科的技术,是对产品相关过程进行并行、一体化设计的一种系统技术。它组织多学科的产品开发小组协同工作,因此各子系统设计员必须了解虚拟样机技术相关专业的知识,专业分析员也必将转变为产品设计者。协同工作能力将成为企业技术人员最重要的素质。

可以预见,在 21 世纪,虚拟样机技术必将成为工程机械领域产品研发的主流。国内各企业应加强对它的应用研究,使产品更具市场竞争力,迎接全球经济一体化的挑战。

6.2　异型石材数控加工装备虚拟装配技术

6.2.1　虚拟装配的技术内涵

基于虚拟现实的产品虚拟拆装技术在新产品开发、产品的维护以及操作培训方面具有独特的作用。虚拟装配是虚拟制造的重要组成部分,利用虚拟装配,可以验证装配设计和操作的正确与否,以便及早地发现装配中的问题,对模型进行修改,并通过可视化显示装配过程。虚拟装配系统允许设计人员考虑可行的装配序列,自动生成装配规划,它包括数值计算、装配工艺规划、工作面布局、装配操作模拟等。现在产品的制造正在向着自动化、数字化的方向发展,虚拟装配是产品数字化定义中的一个重要环节。

虚拟装配技术的发展是虚拟制造技术的一个关键部分,但相对于虚拟制造的其他部分而言,它又是最薄弱的环节。虚拟装配技术发展滞后,使得虚拟制造技术的应用性大大减弱,因此对虚拟装配技术的发展也就成为目前虚拟制造技术领域内研究的主要对象,这一问题的解决将使虚拟制造技术形成一个完善的理论体系,使生产真正在高效、高质量、短时间、低成本的环境下完成,同时又具备了良好的服务。从模型重新定位、分析方面来讲,虚拟装配是一种零件模型按约束关系进行重新定位的过程,是有效地分析产品设计合理性的一种手段;从产品装配过程来讲,虚拟装配是根据产品设计的形状特性、精度特性,真实地模拟产品三维装配过程,并允许用户以交互方式控制产品的三维真实模拟装配过程,以检验产品的可装配性。

作为虚拟制造的关键技术之一,虚拟装配技术近年来受到了学术界和工业界的广泛关注,并对敏捷制造、虚拟制造等先进制造模式的实施具有深远影响。通过建立产品数字化装配模型,虚拟装配技术在计算机上创建近乎实际的虚拟环境,可以用虚拟产品代替传统设计中的物理样机,能够方便地对产品的装配过程进行模拟与分析,预估产品的装配性能,及早发现潜在的装配冲突与缺陷,并将这些装配信息反馈给设计人员。运用该技术不但有利于并行工程的开展,而且还可以大大缩短产品开发周期,降低生产成本,提高产品在市场中的竞争力。

6.2.2　虚拟装配的分类

按照实现功能和目的的不同,目前针对虚拟装配的研究可以分为如下三类:以产品设计为中心的虚拟装配、以工艺规划为中心的虚拟装配和以虚拟原型为中心的虚拟装配。

1. 以产品设计为中心的虚拟装配

虚拟装配是在产品设计过程中,为了更好地帮助进行与装配有关的设计决策,在虚拟环境下对计算机数据模型进行装配关系分析的一项计算机辅助设计技术。它结合面向装配设计(design for assembly,DFA)理论和方法,基本任务就是从设计原理方案出发,在各种因素制约下寻求装配结构的最优解,由此拟定装配草图。它以产品可装配性的全面改善为目的,通过模拟试装和定量分析,找出零部件结构设计中不适合装配或装配性能不好的结构特征,进行设计修改。最终保证所设计的产品从技术角度来讲装配是合理可行的,从经济角度来讲应尽可能降低产品总成本,同时还必须兼顾人因工程和环保等社会因素。

2. 以工艺规划为中心的虚拟装配

针对产品的装配工艺设计问题,基于产品信息模型和装配资源模型,采用计算机仿真和虚拟现实技术进行产品的装配工艺设计,从而获得可行且较优的装配工艺方案,指导实际装配生产。根据涉及范围和层次的不同,又分为系统级装配规划和作业级装配规划。前者是装配生产的总体规划,主要包括市场需求、投资状况、生产规模、生产周期、资源分配、装配车间布置、装配生产线平衡等内容,是装配生产的纲领性文件。后者主要指装配作业与过程规划,主要包括装配顺序的规划、装配路径的规划、工艺路线的制定、操作空间的干涉验证、工艺卡片和文档的生成等内容。

工艺规划为中心的虚拟装配,以操作仿真的高逼真度为特色,主要体现在虚拟装配实施对象、操作过程以及所用的工装工具,均与生产实际情况高度吻合,因而可以生动直观地反映产品装配的真实过程,使仿真结果具有高可信度。

3. 以虚拟原型为中心的虚拟装配

虚拟原型是利用计算机仿真系统在一定程度上实现产品的外形、功能和性能模拟,以产生与物理样机具有可比性的效果来检验和评价产品特性。传统的虚拟装配系统都是以理想的刚性零件为基础,虚拟装配和虚拟原型技术的结合,可以有效分析零件制造和装配过程中的受力变形对产品装配性能的影响,为产品形状精度分析、公差优化设计提供可视化手段。以虚拟原型为中心的虚拟装配主要研究内容包括考虑切削力、变形和残余应力的零件制造过程建模、有限元分析与仿真、配合公差与零件变形、计算结果可视化等方面。

6.3　异型石材数控加工中心运动仿真与干涉检验技术

COSMOSMotion 是 SolidWorks 的 CAE 应用插件,它是广大用户实现数字化功能样机的优秀工具,是一个全功能运动仿真软件。COSMOSMotion 可用于建立运动机构模型,进行机构的干涉分析,跟踪零件的运动轨迹,分析机构中零件的速度、加速度、作用力、反作用力和力矩等,并用动画、图形、表格等多种形式输出结果,其分析结果可指导修改零件的结构设计(加长或缩短构件的修改凸轮型线、调整齿轮比等)或调整零件的材料(减轻或加重或增加硬度等)。设计的更改可以反映到装配模型中,再重新进行分析,一旦确定优化的设计方案,设计更改就可直接反映到装配体模型中。此外,还可将零部件在复杂运动情况下的复杂载荷情况直接输出到主流有限元分析软件中以作出正确的强度和结构分析。

COSMOSMotion 可靠性和精确性经过成千上万位工程师在各种不同行业的长期实际应用而得到验证,且求得的结果与实际非常吻合,可以满足用户的各种需求,是真正可以实际使用的运动分析软件。用 COSMOSMotion 可以建立各种复杂的实际系统的精确运动仿真模型。COSMOSMotion 与三维 CAD 软件 SolidWorks 无缝集成,用户用 SolidWorks 完成产品实体造型设计,不用离开自己熟悉的 CAD 环境就可以进一步用 COSMOSMotion 实现运动仿真,研究所设计的机械系统的各种运动情况,感觉上好像是在使用一个软件。因此不需要学习新的软件界面,并且 COSMOSMotion 可以自动将用户已经定义的装配约束映射为运动约束。同时因为是无缝集成,不需要在不同软件间打开、传输、转换装配体文件,从而保证了设计的完整性和统一性。

仿真的目的和任务：

（1）使用 COSMOSMotion 对异型石材加工中心进行运动仿真，使用轨迹跟踪的仿真方法，分别对五种模块下的异型石材加工中心的运动状态进行仿真。

（2）检验加工中心的加工功能。

（3）进行零部件的干涉性检验。

（4）获取加工点的位移、速度、加速度运动方程。

（5）求解关键约束的反作用力。

由于篇幅所限，本书以第 3 章形成的总体结构方案 1 的平面五轴联动数控加工仿真技术为参考，对运动仿真在石材数控装备制备中的应用进行阐述。

1. 位置分析及运动建模

已知机构主动件的位置，求解机构输出件的位置和姿态称为位置分析的正解；若已知输出件的位置和姿态，求解结构输入件的位置则称为机构位置的反解。在串联机构的位置分析中，正解比较容易，而反解比较困难。这里只对异型石材加工中心的平面雕刻功能进行运动分析。

由前文的分析可知，异型石材加工中心的平面雕铣功能具有五轴联动功能，即 X 轴、Y 轴、Z 轴和 B 轴、C 轴的旋转。因此定义异型石材加工中心平面雕铣功能模块的输入量为 $\{x_i(t), y_i(t), z_i(t), \alpha_i(t), \beta_i(t)\}$。通过五轴联动的输入，可以获得刀具的 X 轴、Y 轴、Z 轴的绝对位置和刀具的位姿向量，定义输出为 $\{x_0(t), y_0(t), z_0(t), u_0(t), v_0(t), w_0(t)\}$。其中输入、输出变量都是关于时间 t 的函数。

由图解可以看出，刀具切削点的输出绝对坐标为

$$\begin{cases} x_0 = x_i + L_2 \times \cos\beta_i \\ y_0 = y_i + L_1 \sin\alpha_i + L_2 \sin\beta_i \cos\alpha_i \\ z_0 = z_i + L_1 \cos\alpha_i - L_2 \sin\beta_i \sin\alpha_i \end{cases} \tag{6-1}$$

式中：L_1 为雕铣电主轴到 A 轴回转中心的距离，其长度为 803.8mm；L_2 为刀具切削点到雕铣电主轴 B 轴回转中心的距离，其长度为 300mm。

刀具的位置向量为

$$\begin{cases} u_0 = \cos\beta_i \\ v_0 = \cos\alpha_i \sin\beta_i \\ w_0 = -\sin\alpha_i \sin\beta_i \end{cases} \tag{6-2}$$

对式（6-2）中刀具切削点的输出坐标求一阶导数和二阶导数可以获得切削点的速度和加速度方程。其速度方程为

$$\begin{cases} \dot{x}_0 = \dot{x}_i - L_2 \sin\beta_i \times \dot{\beta}_i \\ \dot{y}_0 = \dot{y}_i + L_1 \cos\alpha_i \dot{\alpha}_i + L_2 \cos\beta_i \cos\alpha_i \dot{\beta}_i - L_2 \sin\beta_i \sin\alpha_i \dot{\alpha}_i \\ \dot{z}_0 = \dot{z}_i - L_1 \sin\alpha_i \dot{\alpha} - L_2 \cos\beta_i \sin\alpha_i \dot{\beta}_i - L_2 \sin\beta_i \cos\alpha_i \dot{\alpha}_i \end{cases} \tag{6-3}$$

其加速度方程为

$$
\begin{cases}
\ddot{x}_0 = \ddot{x}_i - L_2\cos\beta_i \times \dot{\beta}_i^2 - L_2\sin\beta_i \times \ddot{\beta}_i \\
\ddot{y}_0 = \ddot{y}_i - L_1\sin\alpha_i \times \dot{\alpha}_i^2 + L_1\cos\alpha_i \times \ddot{\alpha}_i \\
\qquad + L_2\cos\beta_i\cos\alpha_i\ddot{\beta}_i - L_2\sin\beta_i\cos\alpha_i \times \dot{\beta}_i^2 - L_2\cos\beta_i\sin\alpha_i \times \dot{\alpha}_i^2 \\
\qquad - L_2\cos\beta_i\sin\alpha_i \times \dot{\beta}_i^2 - L_2\sin\beta_i\cos\alpha_i \times \dot{\alpha}_i^2 - L_2\sin\beta_i\sin\alpha_i \times \ddot{\alpha}_i \\
\ddot{z}_0 = \ddot{z}_i - L_1\cos\alpha_i \times \dot{\alpha}_i^2 - L_1\sin\alpha_i \times \ddot{\alpha}_i \\
\qquad - L_2\cos\beta_i\sin\alpha_i\ddot{\beta}_i + L_2\sin\beta_i\sin\alpha_i \times \dot{\beta}_i^2 - L_2\cos\beta_i\cos\alpha_i \times \dot{\alpha}_i^2 \\
\qquad - L_2\cos\beta_i\sin\alpha_i \times \dot{\beta}_i^2 + L_2\sin\beta_i\sin\alpha_i \times \dot{\alpha}_i^2 - L_2\sin\beta_i\cos\alpha_i \times \ddot{\alpha}_i
\end{cases}
\tag{6-4}
$$

2. 雕铣运动模块逆解

由第 3 章的运动功能分析可知,刀具要想获得较好的切削位置,不但其刀具坐标必须与工件上的坐标点相吻合,同时其位置向量必须平行于工件上坐标点的法向量。即刀具的输出位置和刀具位置 $\{x_0(t), y_0(t), z_0(t), u_0(t), v_0(t), w_0(t)\}$ 必须与工件上的坐标点和法向量重合。因为实际加工中,组成工件曲面上的点是复杂和各异的,其法向量也特别复杂,这就给雕铣运动模块逆解带来了很大的困难。因此我们这里做一些必要的简化。假定工件上点的坐标是关于某一个变量的函数,即其坐标点可表示为

$$
\{X(t) \quad Y(t) \quad Z(t)\}
\tag{6-5}
$$

则其法向坐标就可以表示为

$$
\left\{ \left| \frac{\dot{X}(t)}{\sqrt{\dot{X}^2(t) + \dot{Y}^2(t) + \dot{Z}^2(t)}} \right| \quad \left| \frac{\dot{Y}(t)}{\sqrt{\dot{X}^2(t) + \dot{Y}^2(t) + \dot{Z}^2(t)}} \right| \quad \left| \frac{\dot{Z}(t)}{\sqrt{\dot{X}^2(t) + \dot{Y}^2(t) + \dot{Z}^2(t)}} \right| \right.
\tag{6-6}
$$

根据式(6-4)的分析,刀具的位置向量由其输入 α、β 决定,将式(6-4)与式(6-6)联立获得 A 轴输入转角及 B 轴输入转角与工件上点的法向量的关系如下:

$$
\begin{cases}
u_0 = \cos\beta_i = \dfrac{\dot{X}(t)}{\sqrt{\dot{X}^2(t) + \dot{Y}^2(t) + \dot{Z}^2(t)}} \\[4mm]
v_0 = \cos\alpha_i\sin\beta_i = \dfrac{\dot{Y}(t)}{\sqrt{\dot{X}^2(t) + \dot{Y}^2(t) + \dot{Z}^2(t)}} \\[4mm]
w_0 = -\sin\alpha_i\sin\beta_i = \dfrac{\dot{Z}(t)}{\sqrt{\dot{X}^2(t) + \dot{Y}^2(t) + \dot{Z}^2(t)}}
\end{cases}
\tag{6-7}
$$

解式(6-7),获得输入量与工件函数之间的关系如下:

$$\sin\alpha_i = \frac{\mp\dot{Z}(t)}{\sqrt{\dot{Y}^2(t)+\dot{Z}^2(t)}}、\quad \cos\alpha_i = \frac{\mp\dot{Y}(t)}{\sqrt{\dot{Y}^2(t)+\dot{Z}^2(t)}} \tag{6-8}$$

$$\sin\beta_i = \frac{\pm\sqrt{\dot{Y}^2(t)+\dot{Z}^2(t)}}{\sqrt{\dot{X}^2(t)+\dot{Y}^2(t)+\dot{Z}^2(t)}}、\quad \cos\beta_i = \frac{\dot{X}(t)}{\sqrt{\dot{X}^2(t)+\dot{Y}^2(t)+\dot{Z}^2(t)}}$$
$$\tag{6-9}$$

根据式(6-3)分析,刀具的输出坐标由其输入 x_i、y_i、z_i 决定,将式(6-1)与式(6-9)联立获得 X 轴、Y 轴、Z 轴输入与工件上点的法向量的关系如下:

$$\begin{cases} x_0 = x_i + L_2 \times \cos\beta_i = X(t) \\ y_0 = y_i + L_1\sin\alpha_i + L_2\sin\beta_i\cos\alpha_i = Y(t) \\ z_0 = z_i + L_1\cos\alpha_i - L_2\sin\beta_i\sin\alpha_i = Z(t) \end{cases} \tag{6-10}$$

解式(6-10),与式(6-8)、式(6-9)联立,获得输入量与工件函数之间的关系如下:

$$\begin{cases} x_i = X(t) - L_2 \times \dfrac{\dot{X}(t)}{\sqrt{\dot{X}^2(t)+\dot{Y}^2(t)+\dot{Z}^2(t)}} \\[3mm] y_i = Y(t) \pm L_1 \dfrac{\dot{Z}(t)}{\sqrt{\dot{Y}^2(t)+\dot{Z}^2(t)}} \pm L_2 \dfrac{\dot{Y}(t)\times\sqrt{\dot{Y}^2(t)+\dot{Z}^2(t)}}{\dot{X}^2(t)+\dot{Y}^2(t)+\dot{Z}^2(t)} \\[3mm] z_i = Z(t) \pm L_1 \dfrac{\dot{Y}(t)}{\sqrt{\dot{Y}^2(t)+\dot{Z}^2(t)}} \pm L_2 \dfrac{\dot{Z}(t)\times\sqrt{\dot{Y}^2(t)+\dot{Z}^2(t)}}{\dot{X}^2(t)+\dot{Y}^2(t)+\dot{Z}^2(t)} \end{cases} \tag{6-11}$$

3. 异型石材加工中心运动仿真分析

异型石材加工中心运动仿真的主要目的有三个方面:

(1) 零部件运动干涉检验。

(2) 雕铣运动模块正解数学模型检验。

(3) 雕铣运动模块逆解数学模型检验。

使用 COSMOSMotion 进行异型石材加工中心的运动仿真的步骤为:

(1) 在 SolidWorks 建立异型石材加工中心的三维模型。

(2) 定义固定约束和运动副。

(3) 定义输入函数。因为在方案设计阶段,具体的零部件设计还没有完成,所以在这里,对 X 轴、Y 轴、Z 轴定义为移动副,其输入为直线驱动函数。

(4) 设定干涉性检验范围和时间段。这里讲干涉性检验的过程融入雕铣运动模块正解数学模型检验和雕铣运动模块逆解数学模型检验的过程中进行。

(5) 使用轨迹跟踪法,对刀具点的运动轨迹进行跟踪。

（6）设计输出量和输出结果。设定需要的输出量包括：刀具点的位移输出、速度向量和加速度向量输出；输出 AVI 动画。

1）雕铣运动模块正解数学模型求解

根据前一节的定义，我们将雕铣运动模块的输入定义为关于时间 t 的函数，为获得具体的比较数值，这里进一步定义其输入函数为

$$\begin{cases} x_i(t) = 10\sin 5t \\ y_i(t) = 10t \\ z_i(t) = 10t \\ \alpha_i(t) = \dfrac{t}{2}\dfrac{2\pi}{360°} \\ \beta_i(t) = \dfrac{t}{5}\dfrac{2\pi}{360°} \end{cases} \tag{6-12}$$

根据式（6-1）～式（6-4），使用 Excel 计算，可以获得对应的输出点的位置、速度和加速度值，如表 6-1 所示。

表 6-1　雕铣运动模块正解数值

t/s	输出量						
	x/mm	$x'/(\text{mm/s})$	$y'/(\text{mm/s})$	$z'/(\text{mm/s})$	$x''/(\text{mm/s}^2)$	$y''/(\text{mm/s}^2)$	$z''/(\text{mm/s}^2)$
0.00	0.00	0.00	3.79	9.38	−0.87	0.01	−0.05
10.00	−40.75	−7.62	3.87	8.93	−0.56	0.01	−0.04
20.00	−133.76	−9.78	3.99	8.50	0.16	0.01	−0.04
30.00	−212.19	−4.89	4.14	8.07	0.76	0.02	−0.04
40.00	−219.35	3.57	4.31	7.65	0.82	0.02	−0.04
50.00	−149.23	9.58	4.51	7.25	0.30	0.02	−0.04
60.00	−50.74	8.88	4.74	6.87	−0.43	0.02	−0.04
70.00	7.17	1.99	4.99	6.50	−0.86	0.03	−0.04
80.00	−15.19	−6.14	5.26	6.15	−0.66	0.03	−0.03
90.00	−99.91	−9.68	5.56	5.82	0.00	0.03	−0.03
100.00	−184.28	−6.07	5.88	5.51	0.67	0.03	−0.03

2）COSMOSMotion 运动仿真

（1）SolidWorks 环境下建模与约束及运动副定义。

如图 6-1 所示，在 SolidWorks 系统中建立异型石材加工中心的模型。如图 6-2所示，在异型石材加工中心模型中定义：横梁支架为固定约束，横梁与龙门

框之间为移动副;横梁滑鞍与横梁间为移动副;垂直滑鞍与横梁滑鞍间为固定约
束;雕铣滑鞍与工作头底座之间为移动副;工作头部件与垂直滑鞍之间的 B 轴回转
副和雕铣工作头与工作头底座之间的 C 轴回转副,共同组成一个五轴运动模块。

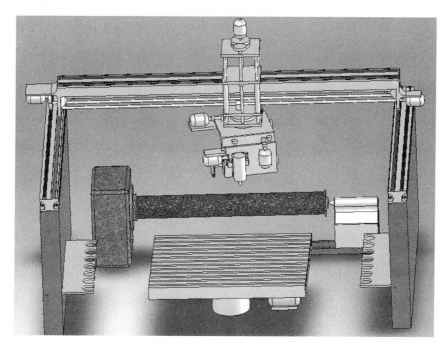

图 6-1　异型石材加工中心模型

(2) 定义驱动函数。

在前面已经建立的 COSMOSMotion 运动模型中,定义 X 轴、Y 轴、Z 轴、A
轴、B 轴输入量为

$$\begin{cases} x_i(t) = 10\sin5t \\ y_i(t) = 10t \\ z_i(t) = 10t \\ \alpha_i(t) = \dfrac{t}{2}\dfrac{2\pi}{360°} \\ \beta_i(t) = \dfrac{t}{5}\dfrac{2\pi}{360°} \end{cases}$$

说明:加工中心的数学模型是根据笛卡儿坐标系定义的,与加工中心的 Solid-
Works 模型中的坐标有一些差别,其中数学模型中的 X 轴为 SolidWorks 模型中
的 Y 轴;数学模型中的 Y 轴为 SolidWorks 模型中的 X 轴。其 Y 轴输入为谐波函
数,如图 6-3 所示在模型中定义相应的驱动函数。

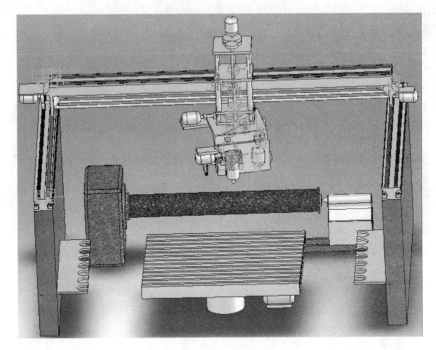

图 6-2　定义约束、运动副图例

图 6-3　Y 轴驱动定义

（3）运动仿真与结果输出。

在定义完所有的约束和运动副，以及所有的驱动函数后，就可以进行运动仿真。使用 COSMOSMotion 运动模型仿真后,定义输出 AVI 动画。同时使用轨迹跟踪法跟踪雕铣主轴的刀具顶点的轨迹,得到刀具顶点的输出运动轨迹,如图 6-4所示。

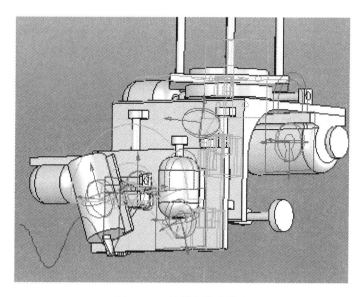

图 6-4　刀具顶点输出轨迹

　　定义刀具顶点为输出点,分别可以获得输出点的速度、加速度向量在三个坐标轴上的分量的变化曲线,如图 6-5～图 6-10 所示。

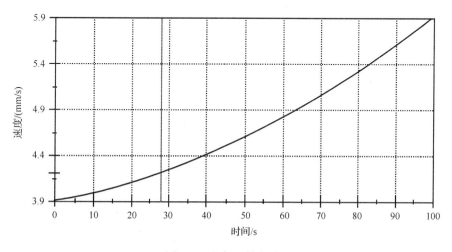

图 6-5　速度 X 轴向分量

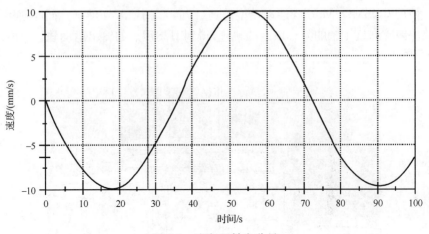

图 6-6　速度 Y 轴向分量

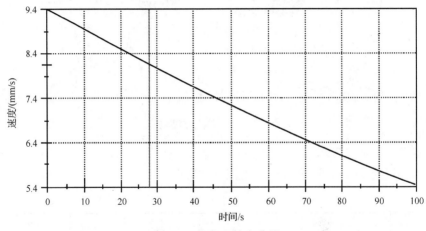

图 6-7　速度 Z 轴向分量

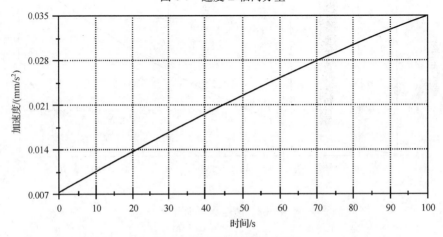

图 6-8　加速度 X 轴向分量

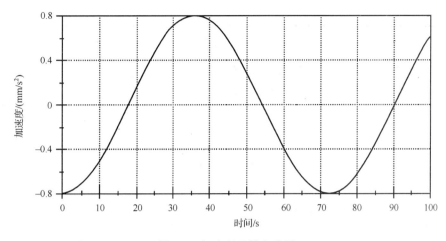

图 6-9　加速度 Y 轴向分量

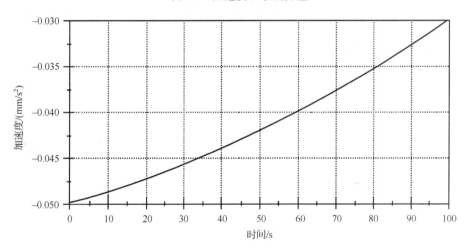

图 6-10　加速度 Z 轴向分量

　　使用轨迹跟踪法跟踪刀具顶点的速度和加速度,设定输出三维坐标值(csv),可以以 Excel 格式获得刀具顶点的速度、加速度三维坐标值,如表 6-2、表 6-3所示。

表 6-2　速度三维坐标值

时间/s	线速度/(mm/s)			
	X	Y	Z	瞬时线速度
0	3.79	0.00	9.38	10.12
10	3.87	−7.62	8.93	12.37
20	3.99	−9.78	8.50	13.55

时间/s	线速度/(mm/s)			
	X	Y	Z	瞬时线速度
30	4.14	−4.89	8.07	10.30
40	4.31	3.57	7.65	9.48
50	4.51	9.58	7.25	12.83
60	4.74	8.88	6.87	12.18
70	4.99	1.99	6.50	8.43
80	5.26	−6.14	6.15	10.16
90	5.56	−9.68	5.82	12.58
100	5.88	−6.07	5.51	10.08

表 6-3　加速度三维坐标值

时间/s	线加速度/(mm/s²)			
	X	Y	Z	瞬时加速度
0	0.01	−0.87	−0.05	0.87
10	0.01	−0.56	−0.04	0.56
20	0.01	0.16	−0.04	0.16
30	0.02	0.76	−0.04	0.76
40	0.02	0.82	−0.04	0.82
50	0.02	0.30	−0.04	0.31
60	0.02	−0.43	−0.04	0.44
70	0.03	−0.86	−0.04	0.86
80	0.03	−0.66	−0.03	0.67
90	0.03	0.00	−0.03	0.04
100	0.03	0.67	−0.03	0.67

　　对比表 6-1～表 6-3 中的数值可以看出，刀具顶点数学模型计算的输出值与运动仿真模型获得的输出值基本吻合，说明异型石材加工中心的正解数学模型是正确的。

第7章 异型石材数控加工装备的电气系统设计

7.1 伺服系统的配置

7.1.1 伺服系统的组成

数控机床伺服系统的一般结构如图 7-1 所示。它是一个双闭环系统,内环是速度环,外环是位置环。速度环中用作速度反馈的检测装置为测速发动机、脉冲编码器等。速度控制单元是一个独立的单元部件,它由速度调节器及功率驱动放大器等各部分组成。位置环是由 CNC 装置中的位置控制模块、速度控制单元、位置检测及反馈控制等各部分组成。位置环控制主要是对机床运动坐标进行控制,轴控制是要求最高的位置控制,不仅对单个轴的运动速度和位置精度的控制有严格要求,而且在多轴联动时,还要求各移动轴有很好的动态配合才能保证加工效率、加工精度和表面粗糙度。

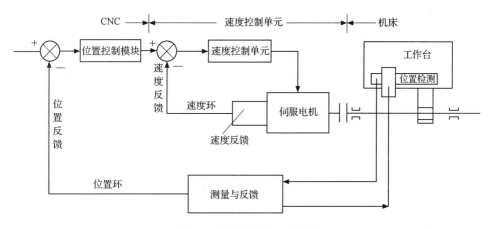

图 7-1 伺服系统的一般结构

7.1.2 异型石材车铣加工中心对伺服系统的基本要求

HTM50200 异型石材车铣加工中心集中了传统的石材雕铣机床、万能石材车床及数控技术三者的优点,将高效率、高精度和高柔性集中于一体。数控机床技术水平的提高首先依赖于进给和主轴驱动特性的改善以及功能的扩大,为此,数控机床对进给伺服系统的位置控制、速度控制、伺服电机、机械传动等方面都有很高的要求。

由于异型石材车铣加工中心所完成的加工任务具有特殊性,对进给伺服系统的要求与常规数控机床也不尽相同,可以概括为以下几方面:具有足够的传动刚性和高的速度稳定性、伺服系统对伺服电机的要求、调整范围、快速响应有无超调、高精度、低速大转矩、可逆运行。

7.1.3 异型石材车铣加工中心伺服电机的要求与选择

1. 伺服电机的相关要求

1) 伺服电机的含义及要求

驱动元件(即伺服电机)是伺服系统的关键部件,它接受控制系统发来的进给指令信号,并将其转化为角位移或直线位移,以驱动数控机床的进给部件,实现所要求的运动。异型石材车铣加工中心应满足下列要求:

(1) 调速范围宽。调速范围指数控机床要求驱动电动机能提供的最高转速和最低转速之比。

(2) 精度高。电动机运转速度要均匀、稳定、无爬行,响应特性要好。

(3) 电动机的负载特性要好。当负载变化时,电动机的输出速度应基本不变。低速运动和加工时,应有足够的负载能力和过载能力。因为异型石材车铣加工中心通常在低速情况下进行重切削,即在低速进给时,电动机要有较大的转矩输出,而且还要求电动机在数分钟之内能过载 4~6 倍而不损坏,电动机能承受频繁启动、停止和正反向运动。

2) 交流伺服电机及其工作特性

直流伺服电机具有优良的调速性能,但存在一些固有的缺点,如它的电刷和换向器易磨损,需要经常维护;由于换向器换向时会产生火花,使电动机的最高转速受到限制,也使应用环境受到限制;直流电动机的结构复杂,制造困难,所用铜铁材料消耗大,制造成本高。而交流伺服电机没有上述缺点,且转子惯量较直流电动机小,使得动态响应好。

交流异步(感应)伺服电机结构简单,制造容量大,主要用在主轴驱动系统中;交流同步伺服电机可方便地获得与频率成正比的可变速度,可以得到非常硬的机械特性和很宽的调速范围,在电源电压和频率固定不变时,它的转速是稳定不变的,主要用在进给驱动系统中。

2. 异型石材车铣加工中心交流伺服电机的选择

由于交流伺服电机比直流伺服电机有更优越的性能而得到越来越广泛的应

用。在选择电机时应考虑满足以下五项要求。

1）最高转速

快速行程的电机转速必须严格限制在电机的最高转速之内。

$$N_{max} \geqslant N = \frac{v_m i}{P} \times 10^3 \tag{7-1}$$

式中：N_{max} 为电机最高转速（r/min）；N 为快速行程中电机转速（r/min）；v_m 为工作台（或刀架）快速行程速率（m/min）；i 为系统传动比（$i = N_{电机} / N_{丝杠}$）；P 为丝杠螺距（mm）。

2）转换到电机轴上的负载惯量

负载惯量应限制在 25 倍电机惯量之内（如果超过 25 倍也可以使用，但调整范围将会减小，时间常数将会增加）。

$$J_M \times 25 > J_L \tag{7-2}$$

$$J_L = \sum_K J_K \left(\frac{\omega_K}{\omega} \right) + \sum_i m_i \left(\frac{v_i}{\omega^2} \right)^2 \tag{7-3}$$

式中：J_L 为转换到电机轴上的负载惯量（kg·m²）；J_K 为各旋转件转动惯量（kg·m²）；ω_K 为各旋转件角速率（rad/s）；m_i 为各直线运动件的质量（kg）；v_i 为各直线运动件的速率（m/s）；ω 为伺服电机的角速率（rad/s）。

3）加减速时扭矩

加减速扭矩应限定在变频驱动系统最大输出扭矩的 80% 以内。不管是线性加速还是角加速，都可以参考下列公式计算：

$$T_{Amax} \times 80\% \geqslant T_{max} = \frac{2\pi N(J_L + J_M)}{60 T_s} + T_F \tag{7-4}$$

式中：T_{Amax} 为与电机匹配的变频驱动系统的最大输出扭矩（kg·m）；T_{max} 为加减速最大扭矩（N·m）；T_s 为快速行程时加减速时间常数（ms）；T_F 为快速行程时转换到电机轴上的载荷扭矩（N·m）。

4）工作状态载荷扭矩

在正常状态下，工作状态载荷扭矩应不超过电机额定扭矩的 80%。

$$T_{MS} \times 80\% \geqslant T_{ms} \tag{7-5}$$

式中：T_{MS} 为电机额定扭矩（N·m）；T_{ms} 为工作状态载荷扭矩（N·m）。T_{ms} 取决于操作模式，其关系如图 7-2 所示。

$$T_{ms} = (x/t_0)^{1/2} \tag{7-6}$$

$$x = (T_a + T_f)^2 t_1 + T_f^2 t_2 + (T_d - T_f)^2 t_3 + T_0^2 t_4 + (T_{ac} + T_f)^2 t_5$$
$$+ (T_c + T_f)^2 t_6 + T_f^2 t_7 + (T_{dc} - T_f)^2 t_8 + T_0^2 t_9 \tag{7-7}$$

式中：T_a 为加速扭矩（N·m）；T_d 为减速扭矩（N·m）；T_f 为摩擦载荷扭矩（N·m）；T_0 为停止状态载荷扭矩（N·m）；T_{ac} 为切削状态加速扭矩（N·m）；T_{dc} 为切

削状态减速扭矩(N·m);T_c 为最大切削扭矩(N·m)。

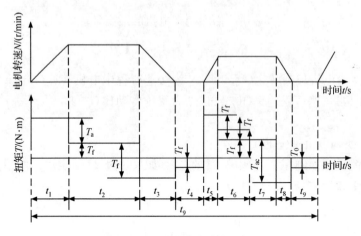

图 7-2　电机扭矩转矩图

若知道最大切削扭矩 T_c 和最大负载比 D,可以按下列方程式很容易求得选择条件:

$$T_{MS} \times 80\% \geqslant T_{ms} = T_c D^{1/2} \tag{7-8}$$

5) 连续过载时间

连续过载时间应限制在电机规定时间之内,但是,若 T_c 小于 T_{MS},则勿需对此项进行检验。

$$T_{Lon} \leqslant T_{Mon} \tag{7-9}$$

式中:T_{Lon} 为连续过载时间(min);T_{Mon} 为电机规定过载时间(min)。

3. 伺服驱动器选择

1) 伺服型号判别

由于根据设计要求已经选好了 SGMGH 型伺服电机,需根据所选的伺服电机来选择伺服驱动器,所以选择 SGDM 型伺服驱动器。若根据要使用的伺服系统决定 SGDM 以后的 4 位字母数字(容量及电源电压),则可以选定伺服单元。型号判别方法如图 7-3 所示。

2) SGMGH 型伺服电机的额定值与规格

(1) 额定时间:连续。

(2) 耐热级别:F。

(3) 震动级别:V15。

(4) 绝缘耐压:AC1500V, 1min。

(5) 绝缘电阻:DC500V,10M 以上。

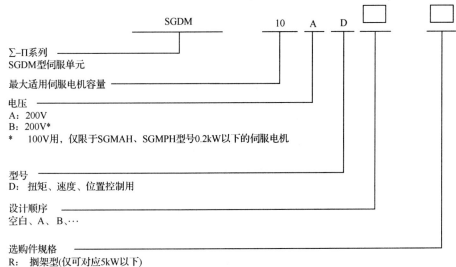

图 7-3　伺服型号判别图

（6）保护方式：全封闭与（相当于）自冷 IP44。

（7）环境温度：0 ～ 40℃。

（8）环境湿度：20％～80％（不得结露）。

（9）励磁方式：永磁式。

（10）连接方式：连接。

（11）安装方式：带脚座及法兰式。

框架编号 4095 ～ 4115：全方向安装。

框架编号 4130 ～ 4190：轴水平安装。

（12）旋转方向：与电机旋转方向相反。

（13）减速机润滑方式。

框架编号 4095 ～ 4115：润滑脂润滑。

框架编号 4130 ～ 4190：油润滑。

（14）减速机构：行星减速机构。

（15）齿隙：减速机输出轴在 0.6°～2°之间。

3）伺服单元内部原理及主电路配线

图 7-4 为安川伺服驱动器的内部接线原理图，图 7-5 为典型的外部电路配线图。220V 电源经过干扰过滤器、断路器、浪涌抑制器等保护及滤波装置为伺服系统提供电力。内部经过 CPU 运算、PWM 脉冲调制等最终控制电机。

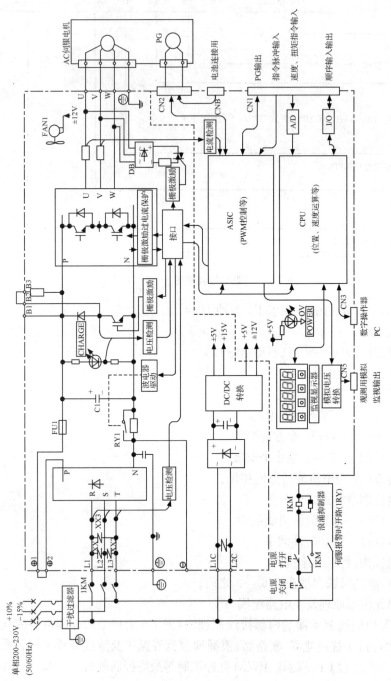

图 7-4　安川伺服驱动器内部接线原理图

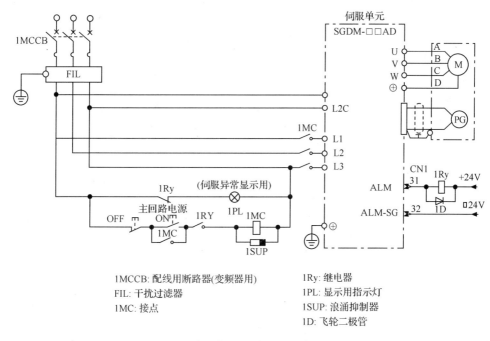

1MCCB: 配线用断路器(变频器用)   1Ry: 继电器
FIL: 干扰过滤器   1PL: 显示用指示灯
1MC: 接点   1SUP: 浪涌抑制器
    1D: 飞轮二极管

图 7-5　安川伺服驱动器主电路配线图

4) 伺服单元输入与输出信号的连接

伺服单元输入与输出信号的连接如图 7-6 所示。

5) 三相电源规格(220V)

三相电源接线图如图 7-7 所示。

(1) P 表示多股绞合线。

(2) 一次滤波器时,时间常数为 47s。

(3) 在使用绝对值编码器时连接。

(4) 在使用绝对值编码器时有效。

(5) 伺服单元型号 SGDM-08AE-S、SGDM-15AE-S,是将三相电源规格的伺服单元变更为单相电源规格的产品。因此,主电路电源连接端子有三相(L1、L2、L3)。而且,还有 B3 端子,内置有再生电阻。在配线时,请注意以下几点:

① 请将主电路电源连接在 L1～L3 端子之间。主电路电源规格:AC220～230V(+10～−15V),50/60Hz 与 187V(220V−15V) 以下的电源电压连接时,如果伺服电机在额定输出以上的领域进行加速运行,则有可能出现电压不足(A.41)的警报。

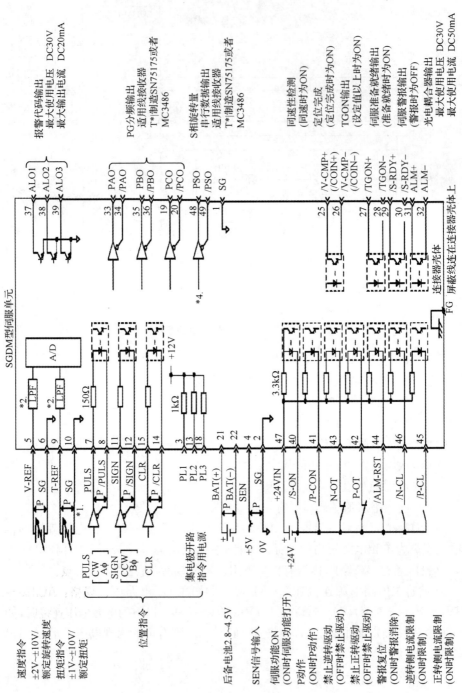

图 7-6　伺服単元輸入輸出信号連接図

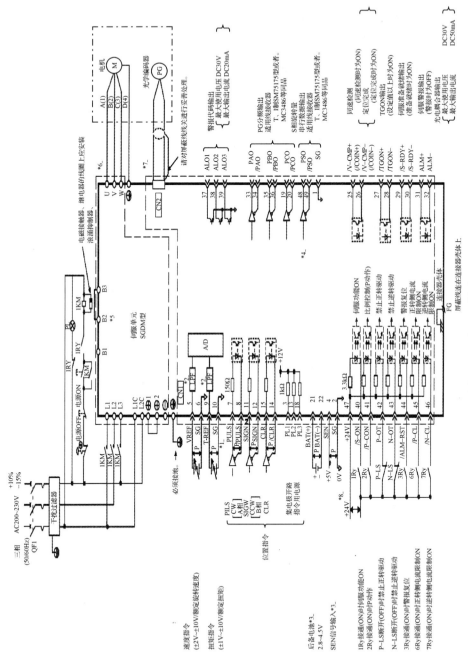

图 7-7　三相电源接线图

② 通常情况下,将 B2 与 B3 之间短路(利用伺服单元内置的再生电阻),内置再生电阻容量不足时,将 B2 与 B3 之间 OFF(拆下连接线),在 B1 与 B2 之间连接外置式再生电阻(由用户准备)。

(6) 因为本电路可能会造成触电,所以为防止从外部的接触,进行了保护分离。

(7) SELV 电路通过使用双重绝缘或者强化绝缘的保护分离,使其与其他电路分离。

(8) DC24V 电源由用户准备,并且,对于 DC24V 电源,使用双重绝缘的机器。

7.1.4　伺服系统的动态性能分析

1. 伺服系统的传递函数

对伺服系统的而言,一般先给出控制系统的数学描述,即首先建立系统中各个环节的传递函数,然后求出整个系统的传递函数,进而应用控制系统的分析方法进行分析讨论。围绕由交流伺服电机驱动,采用直线位移监测器作为位置检测元件的闭环伺服系统来分析其静态与动态性能指标。对伺服系统的数学模型进行分析,位置控制器可视为比例系数为 k_p 的比例环节,其输出须经过 D/A 转换后控制调速单元,D/A 转换单元也视为比例系数为 k_p 的比例环节;由于伺服电机的转角与指令脉冲频率之间成积分关系,并考虑系统中存在的惯性特性,则伺服驱动单元传递函数表示为

$$G_\theta(s) = \frac{K_\theta}{S(T_\theta S + 1)}$$

式中: T_θ 为惯性环节的时间常数。

机械传动部件的作用是将电机转角转换为工作台的直线位移,将该环节看成一比例环节传递函数;反馈通道由检测转换环节构成,可以看成一比例环节,其比例系数就是转换系数,所以传递函数为 k_j。

因此,伺服系统的前向通道传递函数为

$$G(s) = \frac{k_p k_a k_\theta k_m}{s(T_\theta s + 1)}$$

而其闭环传递函数为

$$\phi(s) = \frac{G(s)}{1 + k_j G(s)} = \frac{\dfrac{1}{k_j}\omega_n^2}{s^2 + 2\xi\omega_n + \omega_n^2}$$

可见,闭环伺服系统为典型的二阶系统。

2. 稳态性能分析

图 7-8 所示为位置伺服系统,其稳态性能指标主要是定位精度,表示系统过渡

过程终了时实际状态与期望状态之间的偏差程度。

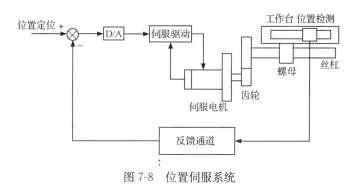

图 7-8　位置伺服系统

忽略电机轴上负载,伺服系统在单位阶跃 $R(s) = \dfrac{1}{s}$ 的输入下,稳态误差为

$$e_{ss} = \lim_{s \to 0} sE(s) = \lim_{s \to 0} \frac{s(Ts + 1)}{s(Ts + 1) + k} = 0$$

同理,可求得在单位速率信号 $R(s) = \dfrac{1}{s^2}$ 作用下,稳态误差为

$$e_{ss} = \lim_{s \to 0} sE(s) = \frac{1}{k}$$

如果考虑伺服系统所承受的各种扰动,特别是负载扰动,如图 7-9 所示。
当

$$R(S) = 0, E(s) = -C(s),$$

$$e_{ss} = \lim_{s \to 0} sE(s) = -\lim_{s \to 0} sC(s) = \frac{1}{k_1}$$

式中: k_1 指干扰作用点前的环节放大倍数,稳态误差与其成反比。

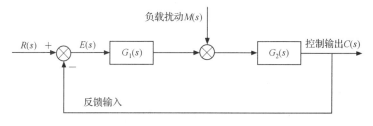

图 7-9　负载扰动

3. 动态性能分析

同样,如果将伺服放大器、伺服电机的位置检测元件取得位置反馈信息的整个部分看做伺服控制的调节对象,则对象为二阶典型环节,即传递函数为

$$G_2(s) = \frac{k_2}{s(TS+1)}$$

而调节器为比例调节器,其传递函数 $G_1(s) = k_1$,则系统的开环传递函数为

$$G_1(S) = G_1(s)G_2(S) = \frac{k_1 k_2}{s(Ts+1)}$$

考虑系统跟随输入信号的跟随性能时,令扰动量 $M(s)=0$,则系统的开环传递函数为

$$G(s) = \frac{k}{Ts^2 + s + k}$$

可获得 $\omega_n = \sqrt{\dfrac{k}{T}}$ 及阻尼比 $\xi = \dfrac{1}{2\sqrt{kT}}$。

可见,系统动态性能的两个指标与时间常数 T_θ 有直接关系。同时,伺服系统的时间常数不能随意改动,故开环放大倍数关乎动态性能。

考虑系统抗干扰性能时,设 $R(s)=0$,系统应能使各种扰动输入对系统跟踪精度的影响减至最小。

对于二阶典型系统,当负载扰动输入后,同时做到动态变化与恢复时间两项指标最小,但有时存在矛盾。调节对象(即负载扰动作用点之后的环节)的时间常数越大,输出响应的最大动态变化越小,恢复时间越长。反之,时间常数越小,动态变化越大,恢复时间越短。由此得出结论,如果一个伺服系统在给定输入作用下输出的超调量越大,过程时间越短,则它的抗干扰性能越好;而超调量性小,过渡过程时间性长的系统,恢复的时间越长。

从上述分析可知,研究伺服系统的数学模型十分重要。当交流伺服电机构成的闭环控制系统简化后为二阶系统,可方便地根据控制理论分析其动态和稳态性能,为伺服系统的调试操作提供理论指导。

7.1.5 异型石材车铣加工中心伺服系统的速度环控制

1. 交流进给的速度控制

新型大功率电力电子器件、新型变频技术的发展,以及现代控制理论、微机的数字控制技术等在实际应用中取得的重要进展,促进了交流伺服驱动技术的发展,使得交流伺服驱动逐渐代替直流伺服驱动。

由电机学可知,交流电动机的转速公式为

$$n = \frac{60f_1}{p}(1-s)$$

式中:f_1 为定子电流频率;p 为磁极对数;s 为转差率。

对于主运动系统,经常采用交流异步电动机。各种调速方法中,靠改变转差率

调速时,因低速转差率大,转差损耗功率也大,故效率低。而绕线电动机的串极调速得到了较好的应用。变极对数调速只能产生 2 种或 3 种速度,不可能做到无极。变频调速从高到低都可以保持有限的转差率,故具有高效率、宽范围和高精度的调速特性。对于进给系统经常采用交流同步电机,这种电动机没有转差率,电动机的转速公式变为

$$n = \frac{60f_1}{p}$$

从式中可看出,只能用变频调速。变频调速是交流同步伺服电机有效调速方法。

变频调速的主要环节是为交流电动机提供变频变压电源的变频器。变频器可分为交-直-交变频器和交-交变频器两大类,交-直-交变频器是将电网电源输入到整流器,经整流后变为直流,再经电容或电感或由两者组合的电路滤波后供给逆变器(直流变交流),输出电压和频率都可变的交流电。交-交变频器不经过中间环节,直接将一种频率的交流电变换为另一种频率的交流电。

2. 交流进给驱动的速度控制

交流进给驱动系统采用永磁交流同步伺服电机。变频调速适用于数控机床进给驱动的交流同步伺服电机速度控制。随着变频调速技术的发展,使阻碍同步电机广泛应用的问题迎刃而解,如启动、振荡和失步问题,频率平滑可调以及频率闭环控制都得到了圆满解决。同步电机的转速就是旋转磁场的转速,其转差恒等于零,没有转差率。根据转速公式:

$$n = \frac{U_a}{C_e\phi} - \frac{R_a}{C_e C_T \phi^2} T_M = n_0 - \Delta n$$

式中:C_e 为用转速表示时的电势常数;C_T 为用转速表示时的转矩常数;n 为转速。

可知,改变电动机提供电频率 f_1 即可改变转速。永磁交流同步伺服电机速度控制系统如图 7-10 所示。该系统包括了速度环、电流环、正弦脉宽调制变频器和功率放大三相桥式电路等。

7.1.6　伺服系统的位置环控制

位置控制是异型石材车铣加工中心伺服系统的重要组成部分,它是保证位置精度的环节。作为一个完整概念,位置控制包括位置控制环、速度控制环和电流控制环,具有位置控制环的系统才是真正完整意义的伺服系统。异型石材车铣加工中心进给系统就是包括了三环控制的伺服系统。

位置控制的基本原理:位置控制环是伺服系统的外环,它接收数控装置插补器每个插补采样周期发出的指令,作为位置环的给定。同时还接收每个位置采样周期测量反馈装置测出的实际位置值,然后与位置给定值进行比较(给定值减去反馈

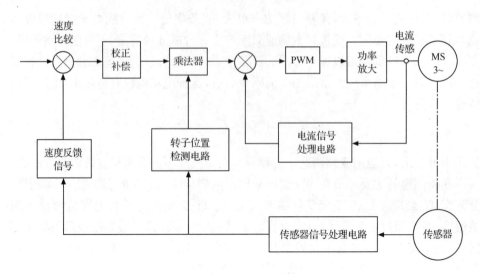

图 7-10　交流伺服电机速度控制系统

值)得出其误差,该误差作为速度环的给定。实际上,根据伺服系统各环节增益(放大倍数),倍率及其他要求,对位置环的给定,反馈和误差信号还要进行处理。从完整意义来看,位置控制包括的速度环和电流环的给定,反馈和误差信号也都需要处理。早期的位置控制,其速度环和电流环均采用模拟控制,有些系统也只有位置环具有数字控制的概念,而且是采用脉冲比较方式,其位置误差数据经 D/A 转化变成模拟量后送给速度环。图 7-11 为模拟位置控制系统原理图。

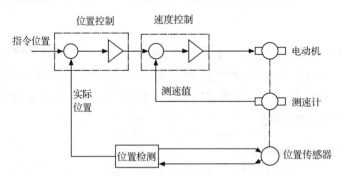

图 7-11　模拟位置控制系统原理图

　　现代全数字伺服系统中不进行 D/A 转换,位置环、速度环和电流环的给定信号、反馈信号、误差信号以及增益和其他控制参数,均由系统中的微处理器进行数字处理。这样,可以使控制参数达到最优化,因而控制精度高、稳定性好。同时,对实现前馈控制、自适应控制、智能控制等现代先进控制方法都是十分有利的。

7.2 异型石材车铣加工中心电气设计

7.2.1 电气设计基本规定

1. 电气设计主要依据的标准

(1) GB 5226.1—2002/IEC 60204-1：2000《机械安全机械电气设备第 1 部分:通用技术条件》。

(2) GB/T 3167—93《金属切削机床 操作指示形象化符号》。

(3) GB/T 3168—93《数字控制机床 操作指示形象化符号》。

(4) GB 15760—1995《金属切削机床 安全防护通用技术条件》。

(5) GB 4457.4—84《机械制图》。

(6) JB/T 2739—96《工业机械电气图用图形符号》。

(7) JB/T 2740—96《工业机械电气设备电气图 图解和表的绘制》。

2. 企业标准

A 类——材料标准   B 类——一般标准

C 类——传动件标准   D 类——电气标准

G 类——管件标准   J 类——紧固标准

L 类——冷却件标准   Q-1 类——标牌标准

R 类——润滑件标准   S 类——附件标准

Y 类——液压件标准   Z 类——操作件标准

机床电气主要技术要求如表 7-1 所示。

表 7-1 机床电气主要技术要求

序号	设 备 名 称		规 格	备 注
1	机床电气总功率		80kVA	
2	机床总电流	380V 电源	150A	380V 以上电网同 380V
		220V 电源		
3	用户电源总熔断器	380V 电源	200A	380V 以上电网同 380V
		220V 电源		
4	线制		三相四线制	
5	电网电压		基本三相 380V	
6	电网电压允许波动范围		±10%	
7	电网频率		50Hz±1Hz	

续表

序号	设备名称		规　格	备　注
8	电网频率允许波动范围		±1%	
9	工作环境温度		0～40℃	
10	相对湿度		小于 95%(无冷凝水)	
11	振动(操作时)		0.5G 以下	
12	控制电压	交流	AC 110V	
		直流	DC 24V	
13	照明电压/容量		AC 220V/60W(80W)	
14	数控系统输入电压/输出功率		AC 220V+10%，−15%/0.3kW	
15	伺服放大器电压/容量		AC 200V/55kVA	主轴＋X,Z 进给轴

注：① 机床电气系统,采用三相四相制(三根相线和一根 PE 线)交流电源供电；

　　② 外部电源引入线截面积不应小于 35mm^2(铜线)；

　　③ 外部的保护地线必须可靠地连接；

　　④ 机床附近不许接电焊机、高频之类的设备,防止干扰数控系统的正常工作。

3. 电气设计各部件及分部件名称的定义

电气设计各部件及分部件名称的定义如表 7-2～表 7-4 所示。

表 7-2　操纵台

电气图标号	电气图内容
0B 模块构成	包括所有 F 组成
0F 操纵台	包括手持盒及 I/O 等
1F 面板	包括按钮等

表 7-3　电气设计

电气图标号	电气图内容
0B 模块构成	包括所有 F 组成
0F 共用电路	包括总电源开关,变压器,稳压电源,空调器,照明灯,冷却泵,系统的连接等
1F 面板电路	包括按钮,指示灯,手持盒等
2F 主轴电路	包括电源模块上电,主轴模块及主轴编码器
3F 伺服轴电路	包括轴模块及编码器等
4F 刀架电路	包括刀架编码器及相关阀等
5F 卡盘电路	包括卡盘控制断路器,接触器,继电器及阀
6F 台尾电路	包括台尾控制断路器,接触器,继电器及阀
7F	未定义
8F 测量电路	包括测量 I/O 连接
9F	未定义

表 7-4　电箱设计

电气图标号	电气图内容
0B 模块构成	包括所有 F 组成
0F 电箱总成	总电源开关,稳压电源,空调器,控制系统,门开关等
1F 箱体	箱体的焊接件及吊环,门轴等
2F	未定义
3F 交流盘	断路器,接触器,接线台等
4F 直流盘	继电器,接线台等
5F 插座盘	插座,插头等
6F 转臂电盘	断路器,接触器,继电器,接线台,插座等
7F 配电盘	稳压电源,I/O 等
8F	未定义
9F	未定义

注:① 当电气图纸分多种模块时在括号内说明。例如,宽调速电路表示如下:XXXX18002F 主轴电路(宽调速)。

② 19 部分电箱中的交流盘或交直流盘都定义为 3F,名称为交流盘。

4. 电气目录的规定

(1) 合成件(H)图纸在目录中第一次出现标注"图样",其他处出现不标注"图样",不写"材料"名称。

(2) 分解合成件时顺序号中 1XXX 同件有对应关系;顺序号中分解 0XXX 同件没有对应关系,按顺序排。

(3) 目录中零件名称应与零件图名称一致。

以上规定为沈阳机床集团电气设计标准。

表 7-5 电气目录规定表。表 7-6 为异型石材车铣加工中心电气产品部件配套表,其中 18 电缆部分和 19 电箱部分为电气设计的主要部分。

表 7-5　电气目录规定表

明细表顺序号(分件)	范　围
专用件	1001～1999
借用件	2001～2999
通用件	3001～3999
标准件	4001～4999
国产外构件	5001～5999
引进外构件	6001～6999

表 7-6 电气产品部件配套表

序号	部件及名称	部件号	每台数量	总数量	备 注
1	01 床身	HM4-01001B	1	1	
2	02 主轴箱	HM4-02001B	1	1	12 寸中实
3	03 尾座	HM4-03001B	1	1	
4	04 动力头	HM4-04001B	1	1	电主轴
5	05 滑枕	HM4-05001B	1	1	NC-110 系统
6	06 立柱	HM4-06001B	1	1	NC-110 系统
7	07 横梁	HM4-07001B	1	1	NC-110 系统
8	13 工具	HM4-13001B	1	1	待设计
9	44 车削动力头	HM4-44001B	1	1	NC-110 系统
10	46 工作台	HM4-46001B	1	1	NC-110 系统
11	47 恒温水箱	HM4-47001B	1	1	
12	75 防护	HM4-75001B	1	1	
13	76 内防护	HM4-76001B	1	1	
14	78 气动	HM4-78001B	1	1	
15	80 液压	HM4-80001B	1	1	
16	98 标牌	HM4-98001B	1	1	
17		HM4-18000F	共用电路	1	NC-110 系统 必选
18		HM4-18002F	主轴电路	1	NC-110 系统 必选
19		HM4-18003F	伺服轴电路	1	NC-110 系统 必选
20	18 电缆	HM4-18004F	B1/B2 轴电路	1	NC-110 系统 必选
21		HM4-18005F	液压电路	1	NC-110 系统 必选
22		HM4-18006F	台尾电路	1	NC-110 系统 必选
23		HM4-18009F	刀库电路	1	NC-110 系统 必选
24	19 电箱	HM4-19000F	电箱装配	1	NC-110 系统 必选
25		HM4-19001F	电箱箱体	1	NC-110 系统 必选

5. 异型石材车铣加工中心电气线缆性能分析

异型石材车铣加工中心电气线缆性能分析如表 7-7～表 7-10 所示。

表 7-7　电线的载流容量

导线面积/mm²	一般机床载流容量/A		机床自动线载流容量/A	
	在线槽中	大气中	在线槽中	大气中
0.196	2.5	2.7	2.0	2.2
0.283	3.6	3.8	3.0	3.3
0.5	6.0	6.5	5.0	5.5
0.75	9.0	10	7.5	8.5
1.0	12	13.6	10	11.5
1.5	15.5	17.5	13	15
2.5	21	24	18	20
4.0	28	32	24	27
6.0	36	41	31	34
10	50	57	43	48
16	68	76	58	65
25	89	101	76	86
35	111	125	94	106
50	134	151	114	128
70	171	192	145	163
95	207	232	176	197
120	239	269	203	228
150	275	309	234	262
185	314	353	276	300
240	369	415	314	353

表 7-8　RVV 电缆规格表　　　　　（单位:mm）

		0.12	0.2	0.3	0.4	0.5	0.75	1.0	1.5	2.0	2.5	4	6
	2 芯	4.5	4.9	5.5	5.9	6.2	7.2	7.5	8.2	10.3	11.2	12.9	16.1
	3 芯	4.7	5.1	5.8	6.3	6.5	7.6	7.9	9.1	11.0	11.9	14.1	17.1
	4 芯	5.1	5.5	6.3	6.8	7.1	8.3	9.1	9.9	12.0	13.1	15.5	18.9
电	5 芯	5.0	5.5	6.4	7.0	7.3	9.1	9.5	10.4	12.8	14.3		
线	7 芯	5.5	6.0	7.0	7.6	8.4	9.9	10.4	11.4	14.4	15.7		
最	8 芯	5.9	6.9	7.5	8.7	9.1	10.7	11.2	12.3				
大	10 芯	6.8	7.6	9.3	10.1	10.6	12.6	13.7	15.0				
直	12 芯	7.0	7.8	9.6	10.4	10.9	13.6	14.1	15.5				
径	14 芯	7.4	8.7	10.1	11.0	11.5	14.2	14.9	16.3				
	16 芯	7.8	9.1	10.6	11.6	12.1	14.9	15.7	17.3				
	19 芯	8.6	9.6	11.2	12.2	12.8	15.7	16.6	18.2				

表 7-9　BVR 电线规格表

标称面积/mm²	0.75	1	1.5	2.5	4	6	10	16	25	35	50
最大外径/mm	2.8	3	3.3	4	4.6	5.5	6.7	8.5	11.1	12.2	14.3

　　由于电流大时普通电线的外径较大,给接线造成不便,故拟 16mm 以上用新疆特变电工股份有限公司线缆厂生产的电缆代替之,电缆选择参考表 7-10 所示规格。

表 7-10　高燃电缆规格

序号	规格	平均外径上限/mm	电缆连续负荷载流量/A
1	BVR 0.3		<3
2	BVR 0.5		3~5
3	BVR 0.75	2.8	5~7.5
4	BVR 1.0	3	7.5~10
5	BVR 1.5	3.3	10~13
6	BVR 2.5	4	13~18
7	BVR 4.0	4.6	18~24
8	BVR 6.0	5.5	24~31
9	BVR 10	6.7	31~50
10	ZR-BVR-16	8.1	50~112
11	ZR-BVR-25	10.2	112~150
12	ZR-BVR-35	11.7	150~182
13	ZR-BVR-50	13.9	182~228
14	ZR-BVR-70	16.0	228~293

7.2.2　NC-HHPS-2 设计及使用

1. 概述

　　NC-HHPS-2 是一种小型的、易操作的手持单元,如图 7-12 所示。优异的性能使它成为各种 NC 加工机械、NC 自动化机械的首选配套产品。它的主要特点包括:

　　(1) 轴选择及倍率选择的接点变更可靠。

　　(2) 按人体工程学设计的壳体美观坚固。

　　(3) 密封式结构具有防水、防油、防尘特性。

　　(4) 工业级专用弹簧电缆,耐磨、抗腐蚀。

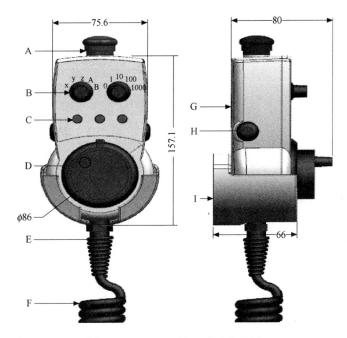

图 7-12　NC-HHPS-2 型手持单元

2. 外观尺寸和操作部件

1）操作部件

操作部件包括急停按钮 A、波段开关 B、功能按键 C、手轮 D、电缆护套 E、弹簧电缆 F、磁铁夹持器 G、使能按钮 H 和手持单元底座 I。

2）操作部件说明

（1）急停按钮。手持单元上方的按钮为急停按钮，它对外提供一对常开触点和一对常闭触点。当发生危险时，为保护工件和机床，急停按钮必须立刻按下。按钮上方箭头指示方向旋转可脱离紧急停止状态。

（2）波段开关。手持单元正面上方有两个波段开关，左侧的为轴选择开关，可以用于最多选择 5 个轴。右侧的为进给倍率开关，可以用于最多选择 5 个进给倍率。

（3）功能按键。手持单元正面有三个功能按键，可以根据用户需求，自行定义。

（4）手轮。手轮用于触发所选择轴的移动运行，可按 NC 系统轴控制单元的要求选择单端手轮或差分手轮，移动的脉冲当量由系统定义。

（5）磁铁夹持器。夹持器内有磁铁，把手持单元吸附到金属件上。

（6）使能按钮。手持单元两侧的黑色按钮为使能按钮，两个使能按钮为并联设计，任何一个按下或两个同时按下都将允许手轮控制轴移动。

（7）手持单元底座。用螺丝固定在机床适当位置，不操作时，手持单元可以放置在底座内。

电路原理如图 7-13 所示。

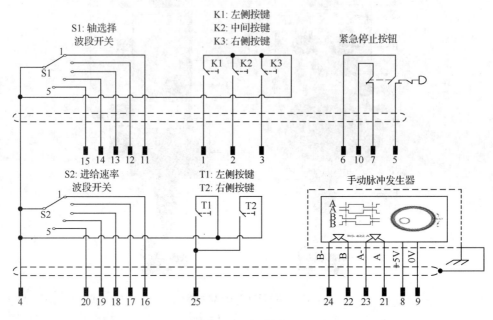

图 7-13　电路原理

表 7-11 所示为对外接线表。

表 7-11　对外接线表

序号	颜色		接线定义	标签定义	说明
	基色	第 1 环			
1	白		按键 1	KEY1	数控输入点
2	棕		按键 2	KEY2	数控输入点
3	绿		按键 3	KEY3	数控输入点
4	黄		+24V	+24V	
5	灰		急停触点 V	V1	常开
6	粉红		急停触点 R	V2	常开
7	蓝		急停触点 W	W1	常闭
8	红		手轮 5V	5V	
9	黑		手轮 0V	0V	
10	紫		急停触点 P	W2	常闭
11	灰	粉红	波段开关 X	X 轴	数控输入点
12	红	蓝	波段开关 Y	Y 轴	数控输入点
13	白	绿	波段开关 Z	Z 轴	数控输入点

| 序号 | 颜色 | | 接线定义 | 标签定义 | 说明 |
---	基色	第 1 环			
14	棕	绿	波段开关 4	4 轴	数控输入点
15	白	黄	波段开关 5	5 轴	数控输入点
16	黄	棕	波段开关 ×0	×0	数控输入点
17	白	灰	波段开关 ×1	×1	数控输入点
18	灰	棕	波段开关 ×10	×10	数控输入点
19	白	粉红	波段开关 ×100	×100	数控输入点
20	粉红	棕	波段开关 ×1000	×1000	数控输入点
21	白	蓝	手轮信号 A	HA	
22	棕	蓝	手轮信号 B	HB	
23	白	红	手轮信号 A-	HA-	
24	棕	红	手轮信号 B-	HB-	
25	白	黑	按键(侧面)	EN	数控输入点

7.3　异型石材车铣加工中心数控系统及 PLC 控制技术

　　数控系统是基于脆硬材料加工的数控系统选择。异型石材车铣加工中心采用 NC-110 数控系统,本节主要介绍该系统的硬件结构、安装尺寸,说明对外连接插座的功能及每个插座内引脚的定义,说明系统的连接电缆及插头引脚的定义,给出各硬件功能块间连线方法,说明 I/O 模板上输入输出插座的对应地址,给出硬件在异型石材车铣加工中心的使用环境等内容。

　　NC-110 数控系统可进行多过程控制、多坐标联动控制、大容量程序存储、内藏 PLC 控制器、提供充足的 I/O 点,能够满足异型石材车铣加工中心的加工控制要求以及 I/O 需求。

7.3.1　数控系统结构

　　异型石材车铣加工中心采用 NC-110 数控系统,数控系统由三个单元组成。

　　1) 控制单元

　　系统的主体采用模块化设计、插件式结构。控制单元有 8 插槽和 10 插槽两种结构。控制单元内有四种模板,分别是中央处理器(CPU)模板,内装工控计算机,完成所有的计算功能、插补功能等;轴控制(ECAD)模板,接收指令和反馈信息,对轴进行位置、速度控制;输入输出(I/O)模板,完成物理信号的输入输出传送;电源模板,提供系统需要的 +5V、±12V 电压。

2）显示操作单元

包括了人机界面的 10.4in①TFT 平面显示单元和操作键盘。

3）机床操作站单元

提供给用户一个操作机床按钮站,有 38 个按钮用户可以自己定义,完成对机床控制的操作。

7.3.2 数控系统硬件配置及控制单元

基本配置见表 7-12 所示。

表 7-12　基本配置表

序号	硬件配置
1	奔腾 CPU
2	10.4in 真彩色平面 TFT 显示操作单元
3	轴控制(ECDA)模板,有 4 轴控制板和 2 轴控制板
4	输入输出(I/O)模板,输入 96 点,输出 64 点
5	输入输出端子板 4 块,每块端子板有 24 点输入,16 点输出
6	8 个槽的总线底板(96 针欧式插座)
7	电源模板
8	机床操作站

可扩展的配置如表 7-13 所示。

表 7-13　扩展配置表

序号	可扩展硬件配置
1	10 个槽的总线底板
2	最多可增加到 4 个轴控制模板,可控 16 轴
3	最多可增加到 7 个 I/O 模板,输入 336 点,输出 224 点

1. 电源模板

电源模板面板示意如图 7-14 所示,说明如下:电源模板前面板上有四个绿色发光二极管。其中,+5V、+12V、−12V 灯亮表示三种电源正常,AUX 灯亮表示辅助电源和交流 220V 正常。

SPEPN 是控制机床上电源的开关,1、2 表示为用户提供的一对继电器触点,电压最大为 50VDC/220VAC,负载容量最大为 1A。用户可以通过 PLC(机床逻辑)编程来控制 SPEPN 触点断开与吸合。

---

① 1in=2.54cm。

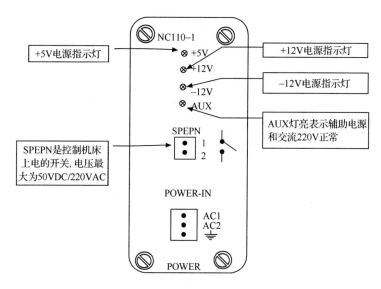

图 7-14　电源模板图

AC1、AC2、地为交流电源的三线端子,火线接端子 AC1,零线接端子 AC2,接地端子必须与交流配电网接地端相连接,输入电压～220V/300W。

2. CPU 单元模板

CPU 单元模板面板如图 7-15 所示。

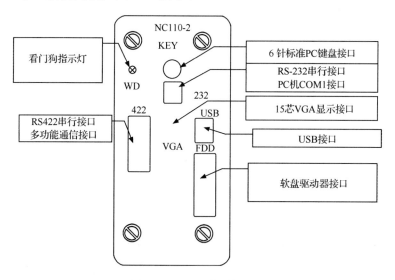

图 7-15　CPU 单元模板图

（1）KEY 是一个六针标准 PC 机键盘连接插座，脚定义如表 7-14 所示。

表 7-14　PC 机键盘连接引脚定义表

脚号	说明
1	DATA
2	NC
3	GND
4	+5V
5	CLOCK
6	NC

（2）RS-232 串行通信接口插座的脚定义如表 7-15 所示。

表 7-15　RS-232 串行通信接口引脚定义表

脚号	名称	说明	脚号	名称	说明
1	DCD	载波检测	6	DSR	数据终端就绪
2	RXD	接收数据	7	RTS	请求发送
3	TXD	发送数据	8	CTS	清除发送
4	DTR	数据准备	9	RI	振铃指示
5	GND	地			

如果 PC 机的串行口是 25 脚 D 型头时，其接线如图 7-16 所示。

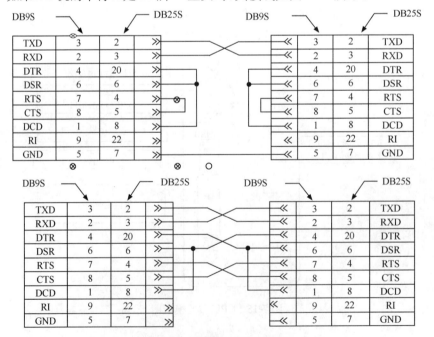

图 7-16　25 脚 D 型头引脚表

（3）多功能的通信接口插座的脚定义如表 7-16 所示。

表 7-16　多功能通信接口插座脚定义表

脚号	名称	说明	脚号	名称	说明
1	TXD+	发送数据+	11	A	手轮 A 信号
14	TXD−	发送数据−	12	/A	手轮/A 信号
2	RXD+	接收数据+	24	B	手轮 B 信号
15	RXD−	接收数据−	25	/B	手轮/B 信号
8	DATA	键盘信号	19	PUONA	电源开关信号
21	CLOCK	键盘时钟	7	PILOF	电源开关地
20	ESTOP	急停信号	17	CRTPF	显示终端电源故障信号
3,16 5,18	+12V	+12V 电源	4,6,9,22 10,11,13,23	GND	地

（4）VGA 是 PC 机标准显示器接口插座 15 脚 D 型，其脚的定义如表 7-17 所示。

表 7-17　VGA 引脚定义表

脚号	定义	脚号	定义	脚号	定义
1	RED(红)	6	GND-R	11	GND(地)
2	GREEN(绿)	7	GND-G	12	DDC DATA(DDC 数据)
3	BLUE(蓝)	8	GND-B	13	H SYNC(H 同步)
4	GND(地)	9	RESERVED(备用)	14	V SYNC(V 同步)
5	DDC RETURN(DDC 回扫)	10	GND/SYNC/SELF-RASTER	15	DDC CLOCK(DDC 时钟)

（5）FDD 是软盘驱动器接口插座，37 脚 D 型，其定义如表 7-18 所示。

表 7-18　FDD 引脚定义表

脚号	定义	脚号	定义	脚号	定义
1	GND	14	GND	27	B 马达使能
2	GND	15	GND	28	方向
3	GND	16	GND	29	单步脉冲
4	GND	17	GND	30	写数据
5	GND	18	+5V	31	写使能
6	GND	19	+12V	32	0 道
7	GND	20	高密	33	写保护
8	GND	21	没用	34	读数据
9	GND	22	没用	35	头选择
10	GND	23	目录	36	盘调换
11	GND	24	A 马达使能	37	GND 地
12	GND	25	驱动器选择 A		
13	GND	26	驱动器选择 B		

3. ECDA 模板

ECDA 模板面板如图 7-17 所示,有两种形式的模板,一种是 4 轴位置控制模板,另一种是 2 轴位置控制模板。

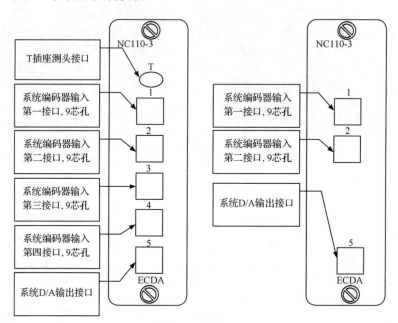

图 7-17　轴控制模板

(1) 测头信号输入 T 插座,有 6 个脚,其定义如表 7-19 所示。测头和 ECDA 模板的连接示意如图 7-18 所示。如果测头只输出一个开关信号,建议用图 7-19 所示的电路。

表 7-19　9 芯孔引脚定义表

脚号	定义	脚号	定义	脚号	定义
1	A信号	4	+5V	7	/B信号
2	B信号	5	GND	8	/Z信号

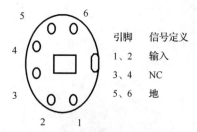

引脚　信号定义

1、2　输入

3、4　NC

5、6　地

图 7-18　插座和测头连接示意图

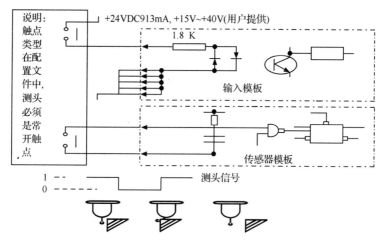

图 7-19　测头与输入模板及传感器接线图

（2）NC110-3 模板上的 1~4 号 9 脚插座和 NC110-31 模板上的 1、2 号 9 脚插座，这 6 个插座引脚的定义是相同的。它们连接电机上的编码器反馈信号，引脚（9 芯孔，如图 7-20 所示）的定义如表 7-19 所示。

（3）NC110-3 模板上的 5 号插座（9 芯孔）用于各坐标轴 D/A 输出（NC110-31 模板只有两路 D/A 输出），给伺服系统的 ±10V 指令电压，引脚（9 芯孔）的定义如表 7-20 所示。

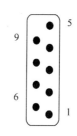

图 7-20　9 芯孔引脚

表 7-20　9 芯孔引脚定义表

脚号	定义	脚号	定义	脚号	定义
1	没用	4	对应 2 号插座 D/A 的输出	7	GND
2	对应 4 号插座 D/A 的输出	5	对应 1 号插座 D/A 的输出	8	GND
3	对应 3 号插座 D/A 的输出	6	GND	9	GND

4. I/O 模板

I/O 模板的面板示意如图 7-21 所示，它完成数控系统和机床之间的信息传递。

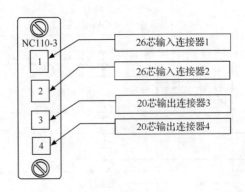

图 7-21 I/O 模板的面板示意如图

（1）输入连接插座 1、2 是 26 芯连接插座，根据不同的 I/O 模板号，在蓝天数控系统的参数配置文件 LOCFIL 中定义的语句 IN0＝0,1,2,3,…。其引脚对应的物理地址号定义如表 7-21 和表 7-22 所示。

表 7-21　输入连接器 1 引脚定义表

26 芯引脚定义	端子板引脚号	0 号 I/O 板 PLC 中的地址	1 号 I/O 板 PLC 中的地址	26 芯引脚定义	端子板引脚号	0 号 I/O 板 PLC 中的地址	1 号 I/O 板 PLC 中的地址
01	1	I00A24	I02A24	14	14	I01A05	I03A05
02	2	I00A25	I02A25	15	15	I01A06	I03A06
03	3	I00A26	I02A26	16	16	I01A07	I03A07
04	4	I00A27	I02A27	17	17	I01A08	I03A08
05	5	I00A28	I02A28	18	18	I01A09	I03A09
06	6	I00A29	I02A29	19	19	I01A10	I03A10
07	7	I00A30	I02A30	20	20	I01A11	I03A11
08	8	I00A31	I02A31	21	21	I01A12	I03A12
09	9	I01A00	I03A00	22	22	I01A13	I03A13
10	10	I01A01	I03A01	23	23	I01A14	I03A14
11	11	I01A02	I03A02	24	24	I01A15	I03A15
12	12	I01A03	I03A03	25		+24VGND	
13	13	I01A04	I03A04	26			

表 7-22　输入连接器 1 引脚定义表

26 芯引脚定义	端子板引脚号	0 号 I/O 板PLC 中的地址	1 号 I/O 板PLC 中的地址	26 芯引脚定义	端子板引脚号	0 号 I/O 板PLC 中的地址	1 号 I/O 板PLC 中的地址
01	1	I00A00	I02A00	14	14	I00A13	I02A13
02	2	I00A01	I02A01	15	15	I00A14	I02A14
03	3	I00A02	I02A02	16	16	I00A15	I02A15
04	4	I00A03	I02A03	17	17	I00A16	I02A16
05	5	I00A04	I02A04	18	18	I00A17	I02A17
06	6	I00A05	I02A05	19	19	I00A18	I02A18
07	7	I00A06	I02A06	20	20	I00A19	I02A19
08	8	I00A07	I02A07	21	21	I00A20	I02A20
09	9	I00A08	I02A08	22	22	I00A21	I02A21
10	10	I00A09	I02A09	23	23	I00A22	I02A22
11	11	I00A10	I02A10	24	24	I00A23	I02A23
12	12	I00A11	I02A11	25		+24VGND	
13	13	I00A12	I02A12	26			

（2）输出连接插座 3、4 是 20 芯连接插座，根据不同的 I/O 模板号，在蓝天数控系统的参数配置文件 LOCFIL 中定义的语句 OU0＝4,5,…。其引脚对应的物理地址号定义如表 7-23 和表 7-24 所示。

表 7-23　输出连接器 3 引脚定义表

20 芯引脚定义	端子板引脚号	0 号 I/O 板PLC 中的定义	1 号 I/O 板PLC 中的定义	20 芯引脚定义	端子板引脚号	0 号 I/O 板PLC 中的定义	1 号 I/O 板PLC 中的定义
01	1	U04A16	U05A16	11	11	U04A26	U05A26
02	2	U04A17	U05A17	12	12	U04A27	U05A27
03	3	U04A18	U05A18	13	13	U04A28	U05A28
04	4	U04A19	U05A19	14	14	U04A29	U05A29
05	5	U04A20	U05A20	15	15	U04A30	U05A30
06	6	U04A21	U05A21	16	16	U04A31	U05A31
07	7	U04A22	U05A22	17	24 V	+24V 电源	
08	8	U04A23	U05A23	18	24 V		
09	9	U04A24	U05A24	19		+24VGND	
10	10	U04A25	U05A25	20			

表 7-24　输出连接器 3 引脚定义

20 芯引脚定义	端子板引脚号	0 号 I/O 板 PLC 中的定义	1 号 I/O 板 PLC 中的定义	20 芯引脚定义	端子板引脚号	0 号 I/O 板 PLC 中的定义	1 号 I/O 板 PLC 中的定义
01	1	U04A00	U05A00	11	11	U04A10	U05A10
02	2	U04A01	U05A01	12	12	U04A11	U05A11
03	3	U04A02	U05A02	13	13	U04A12	U05A12
04	4	U04A03	U05A03	14	14	U04A13	U05A13
05	5	U04A04	U05A04	15	15	U04A14	U05A14
06	6	U04A05	U05A05	16	16	U04A15	U05A15
07	7	U04A06	U05A06	17	24 V	+24V 电源	
08	8	U04A07	U05A07	18	24 V		
09	9	U04A08	U05A08	19		+24VGND	
10	10	U04A09	U05A09	20			

(3) I/O 模板输入输出点技术指标

输入信号：逻辑"0"，电压 0～7V；逻辑"1"，电压 15～30V。

输入额定电流：12mA(24V)，输入滤波器时间常数 5ms。

输出信号：Vx(15～30V)，输出电流 30mA(+24V)。

7.3.3　操作面板

1. TFT/MDI 操作面板

NC110 数控系统操作由 TFT/MDI 操作面板和机床操作站两部分组成。TFT/MDI 操作面板是由三部分组成的。10.4inTFT(或选 14inCRT)显示器位于中央，字母数字组合键和数控系统电源钥匙开关位于右侧，如图 7-22 所示。

NC110 数控系统操作面板集 TFT 显示器、操作键和机床操作站于一体。操作面板由 10.4 inTFT 显示单元、F1～F8 软键盘、字母数字组合键、钥匙开关组成，机床操作站由循环启动按键、进给保持按键、JOG 选择开关、主轴倍率选择开关、进给倍率选择开关和 F11～F18 操作方式选择键组成，如图 7-23 所示。

其中，F11～F18 为操作方式功能选择键：F11 为手动数据输入方式(MDI 方式)按键；F12 为自动方式按键；F13 为单程序段方式按键；F14 为手动连续进给方式按键；F15 为点动移动方式按键；F16 为返回停止点按键；F17 为回零方式按键；F18 为复位方式按键。

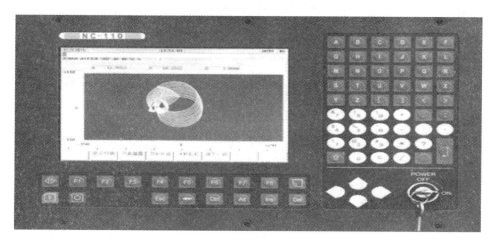

图 7-22　操作面板

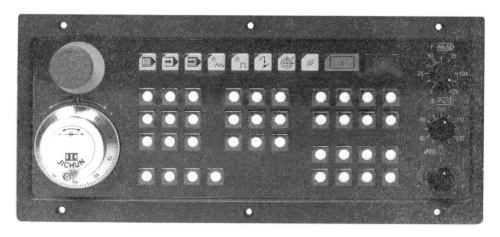

图 7-23　操作面板

2. 键盘的说明

1）右侧键盘

如图 7-22 所示,右侧键盘又分上、下两部分。上部分是字母、符号、数字及双功能键,下部分是电源钥匙开关和光标移动键。右侧下部键的说明如表 7-25 所示。

表 7-25 右侧下部键的说明

名　称	功　能
钥匙-电源开关	用于打开(关闭)数控系统电源
左移键	从当前位置向左移动光标
右移键	从当前位置向右移动光标
向上移动键	程序查找方式下按此键,光标移至上一程序 单程序段状态下,用于选择上一程序段 在编辑状态下,用于显示上一行程序段 手动移动状态下,用于向上选择相应的轴 在命令操作状态下,按此键从存储区缓冲器中调出最后输入的 9 个指令中的一个,按回车键执行此指令
向下移动键	程序查找方式下按此键,光标移至下一程序 单程序段状态下,用于选择下一程序段 在编辑状态下,用于显示下一行程序段 手动移动状态下,用于向下选择相应的轴 在命令操作状态下,按此键从存储区缓冲器中调出最后输入的 9 个指令中的一个,按回车键执行此指令

右侧上部键的说明如表 7-26 所示。

表 7-26 右侧上部键的说明

符　号	名　称	功　能
	回车键	开始执行指令或者完成一组信息的输入
	换档键	在按下此键不松手时再按某键,则输入双定义键的上档符号
	问号键	在数控系统内是符号"?",在 PC 机方式内是 TAB 键
	小于号键	在数控系统内是符号"<",在 PC 机方式内是 F11 键
	大于号键	在数控系统内是符号">",在 PC 机方式内是 F12 健
	空格键	输入一个空格
A~Z	字母键	A~Z 共 26 个字母
9/ 。:,= -[] ;	数字/符号键	双字符键

2) 下部软键盘说明

下部软键盘说明如表 7-27 所示。

表 7-27　下部软键盘说明

符　号	名　称	功　　能
 ⌖[I]	循环启动键	该键在自动和单程序段状态下,用于启动执行程序。在手动数据输入、手动移动、返回轮廓、回零等状态下,用于控制轴的运动。在复位状态下,系统复位。当数控系统配置了机床操作站时本键无效
 ⌖[O]	进给保持键	在程序自动工作时按此键,机床减速停止。如要重新执行程序,则必须再按一次此键。切螺纹时,本键不能使用。当数控系统配置了机床操作站本键无效
Esc	取消键	用于取消上一次操作。返回上一级菜单
 ◁▷	切换键	改变数控系统的显示状态,即从命令操作状态切换到机床操作状态或相反。以 PC 机方式工作时,相当于 F1 键
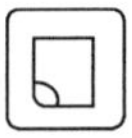 ▱	翻页键	用于选择下一页。以 PC 机方式工作时,相当于 F10 键
 ←	删除键	在编辑方式中删除光标所在处的前一字符
Del	行删除键	在机床操作状态下,用于清除输入和编辑行
+	加号键	在数控系统内是符号"＋" 以 PC 机方式工作时为 PageUp 键
*	乘号键	在数控系统内是符号"＊",以 PC 机方式工作时为 PageDown 键
Ctrl	Ctrl 键	在数控系统内不使用
Alt	Alt 键	在数控系统内不使用
Ins	Ins 键	在数控系统内不使用

7.3.4　数据的设定与显示

1. 工件坐标系原点的设定

开始加工零件之前,必须确定相对于机床坐标原点的零件坐标原点的位置,并创建原点文件,该文件描述了每个轴的零件坐标原点与机床坐标原点之间的距离,如图 7-24 所示。

工作条件:确定机床已安装好卡具(或工件)和刀具。

其操作步骤如下:

(1) 系统执行返回原点操作,确定各轴的机床坐标原点。

(2) 手动操作,读出刀具与卡具(或工件)吻合时每个轴的零件坐标原点与机床坐标原点的位移量,并记录下来(这些数据将被用于创建原点文件)。

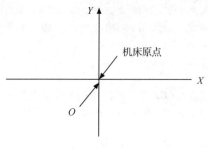

图 7-24　　机床原点图

2. 建立工件坐标系原点坐标

在执行手动返回参考点或机床原点之后,在机床操作状态下,输入指令:其中,n 为原点号,是 1~9999 的整数。X、Y、Z、A、B、C 为坐标轴的名称,其数量在轴文件中指定。…为上述各轴的当前位置(工件坐标原点)相对于参考点(或机床原点)相对坐标值。ORA,n,X…,Y…,Z…,A…,B…,C…并按回车键。

3. 确定工件坐标系原点的坐标值(调整操作)

回到机床坐标系零点后,再将轴移动到某一点,并从键盘输入 ORA,n,X…,Y…,Z…按回车键。

例 1:(车削)

(1) 用基准刀具,以手动方式切削 A 面。

(2) 不移动 Z 轴,沿 X 轴方向退刀,主轴停止。

(3) 测量 A 面到参考点的距离 β,ORA,1,Z($-\beta$),Z 轴工件坐标原点被建立。

(4) 以手动方式切削 B 面。

(5) 不移动 X 轴,沿 Z 轴方向退刀,主轴停止。

(6) 测量 B 面的直径 a,ORA,1,X($-a$),X 轴工件坐标原点被建立。

根据上述操作,工件坐标原点 1 的值被存入原点文件中。

若工件原点与参考点重合时,则输入 ORA,1,X,Z,X、Z 轴工件坐标原点被建立。

例 2：铣削 X、Y 轴坐标如图 7-25 所示。

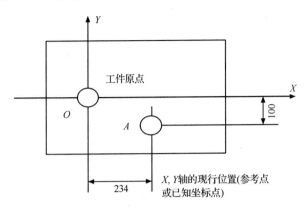

图 7-25　铣削 X、Y 轴坐标图

工件原点与参考点不重合：

（1）以手动方式将坐标轴移至 A 点（参考点或已知坐标点）。

（2）通过键盘输入 ORA,1,X-234,Y100，X、Y 轴工件坐标原点被建立；若工作原点与 A 点参考点重合，此时输入值为 0，即 ORA,1,X,Y。

根据上述操作，X、Y 轴工件坐标原点 1 被建立，其值被存入原点文件中。

4. 改变工件坐标系原点（ORA）

有以下两种方法改变工件坐标系原点：

（1）当指定新值时，输入指令：ORA,n,X…,Z…按回车键。

（2）当从键盘输入以下指令时，输入 ORA,n 并按回车键。

在输入和编辑行显示当前输入的原点号的坐标值（即几个坐标轴从机床坐标原点到该原点的距离）。显示值可以修改，通过按回车键写入 FILEOR 文件中。

备注：当"进给保持"和"循环启动"按键工作时不能定义和改变原点。

5. 检查工件坐标系原点值（VOA）

在机床操作画面，从键盘输入指令：VOA,n。

可以检查 n 号原点从机床坐标系零点到工件坐标系原点的距离，也就是可以检查写入原点文件的原点坐标值。

例如：VOA,5

此时屏幕上显示：VOA,5,Z878.25　X212.127。

6. 删除工件坐标系原点值(CAO)

删除所有在 FILEOR 文件中存储的工件坐标系原点值，在机床操作画面用指令：CAO 并按回车键；如果只删除某一个原点，则输入指令：CAO,n 并按回车键。

7.3.5　刀具补偿值的设定

1. FILCOR 刀具补偿文件

刀具补偿文件是一种格式化文件，存储于 $MPx(x=0\sim6)$ 存储区内。其文件名称在参数配置手册 PGCFIL 文件的第 4 部分 FIL 参数内定义，具有以下信息：

(1) 刀具补偿号。

(2) 沿某一轴方向的刀具长度补偿值。

(3) 沿另一方向的刀具长度补偿值，或者当刀具为铣刀时的刀具直径补偿值。

(4) 当刀具为车刀时的刀半径补偿值。

(5) 刀具安装类型。

如果系统使用电子测头用于检查刀具状态，那么文件还包含有以下补充信息：

(1) 测头测量结果确定的补偿值(c)。

(2) 最大允许补偿值(m)。

当 $c>m$ 时刀具不能使用。

建立 FILCOR 文件需按以下顺序：

(1) 将系统置于命令操作状态下。

(2) 用以下指令删除格式化文件：

DEL,FORMAT/MPx 并按回车键。

(3) 用以下指令建立格式化文件：

EDI,FORMAT/MPx 并按回车键(FORMAT 文件名应该写在 FCRSYS 文件的第 2 部分)。

(4) 写入以下格式化内容：

I2A1L3A1L3A1L3A1I1 并按回车键。

如果文件包含有关电子测头的信息(c…,m…)，则写入以下格式化内容：

I2A1L3A1L3A1L3A1I1A1L3A1L3A1L3A1L3 并按回车键。

(5) 按 F7 键存盘退出。

(6) 用以下指令建立刀具补偿文件：

FOR,FILCOR/MP3,n 按回车键。

以上(1)~(6)条可以通过命令操作状态下的菜单操作实现。

（7）刀具补偿文件初始化。

在机床操作状态下，用 CAC 指令按回车键，这时刀具补偿文件的刀具补偿号已进入刀具补偿文件。

（8）删除刀具补偿文件。

按"切换"键进入机床操作状态，在输入编辑行输入指令：CAC 并按回车键，删除全部刀具补偿值；CAC,n 并按回车键，删除某个刀具补偿值。

此时系统询问："确认吗?"（Y/N）。

输入回答：Y 并按回车键结束。

2. 向 FILCOR 文件输入刀具补偿值

在执行零件加工程序之前输入补偿值，步骤如下：

（1）在机床操作状态下按 F4 键（"刀具补偿"菜单，在输入编辑行上显示 ▯），并输入刀具补偿号。

（2）输入补偿值的格式。

当车加工时，输入 n,轴 1（尺寸 1）,轴 2（尺寸 2）,R（尺寸 3）,O（类型）按回车键。

其中：轴 1 为横坐标名称；尺寸 1 为沿横坐标轴补偿值；轴 2 为纵坐标名称；尺寸 2 为沿纵坐标轴补偿值；R 为刀具半径标识符；尺寸 3 为刀具半径值；O 为刀具安装类型标识符；类型为刀具安装代码（1～8）。

当铣加工时，输入 n,轴 1（尺寸 1）,K（尺寸 2）按回车键。

其中：n 为刀具补偿号；轴 1 为平行于主轴的轴；尺寸 1 为刀具长度补偿值；K 为刀具直径标识符；尺寸 2 为直径补偿值。

改变不同种类机床补偿值时，操作如下：

例如，原来是车床补偿值输入方式要改为铣床补偿方式时，必须先执行指令：CAC,n 按回车键，删除这个刀具补偿号的值然后再重新输入补偿值。即从 n,轴 1（尺寸 1）,轴 2（尺寸 2）,R（尺寸 3）,O（类型）,转换成：n,轴 1（尺寸 1）,K（尺寸 2），必须执行指令：CAC,n。

（3）屏幕上的输入/编辑行中将显示所输入的信息。

在机床操作方式下，按 F4 键，按（1）规定的格式输入补偿数据，此数据显示在输入编辑行。

例如，

车加工时：

▯,Z2.15,X75.4,R0.8,O2 按回车键。

铣加工时：

⬛,Z2.15,K20 按回车键。

(4) 重复以上(1)、(2)、(3)步骤,输入每一个刀具补偿号的补偿值。

(5) 刀具补偿的管理方法。

① 默认值。

这种方式下,补偿号与补偿文件中的记录号相对应。

例如,在一个补偿文件中有 3 个记录,只能有下述 1,2 和 3 三个补偿号:1Z+0.000K+0.000,2Z+0.000K+0.000,3Z+0.000K+0.000。

② 配置值。

在参数配置手册中 PGCFIL 文件第 5 部分中设定 CWP 参数,可以使设置的补偿号与文件中的记录号不一致。这样就可以用一个相对较小的文件来处理较大的补偿号。

例如,在一个已有三个记录的补偿文件中可以用 2、46、998 作为补偿号:2Z+0.000K+0.000,46Z+0.000K+0.000,998Z+0.000K+0.000。

但是这种方式下的文件存取时间要大于用默认值方式下的存取时间。

3. 刀具补偿值的显示和修改

(1) 刀具补偿值的显示。

例如,显示 3 号刀具补偿值,首先按 F4 键,然后输入 3,按回车键,则屏幕上输入编辑行中显示出 3 号刀具的补偿值:⬛ 3,Z5.612,K20.2——铣削,或 ⬛ 3,X15.4,Z24.3,R12.6,07——车削。

(2) 刀具补偿值的修改。

用以下两种方法修改补偿值:

① 用 DEL 键删除输入编辑行内的值,并按前面所述的(1)~(3)步输入新的补偿值。

例如,3,Z5.612,K20.2 ⬛——铣削,或 3,X14.5,⬛ Z20.5,R10.5,06——车削。

② 用按键"左移一格←"和"右移一格→"将光标置于需要修改的数字后,用按键 "←"来删除它,然后写入新的数值。重复此操作修改所有需要修改的值,按回车键将新的补偿值记录到 FILCOR 文件内。

备注:上述操作可以在执行零件加工程序时进行,但新的补偿值只有在遇到新的 T 代码时才被确认。

给定的补偿值和记录到 FILCOR 文件中的补偿值之间的差额,不应该大于初始化时建立在 SMC 指令内的数值(见参数配置手册中 PGCFIL 文件第 5 部分)。默认值为 1.0001。如果差额大于这个数值,则应给出新的数值。

（3）刀具补偿值的删除。

删除已经输入的补偿值有以下两种方法:删除 n 号刀具补偿值,指令:CAC,n 并按回车键。删除所有的补偿值,指令:CAC 按回车键。

输入指令后,系统提问:Y/N"确认吗?"可以做以下回答:Y 为删除补偿值;N 为不删除补偿值。

4. 设定刀具补偿值(车削)

（1）设定刀具补偿值应执行以下步骤:将 Z 轴和 X 轴移到机床坐标系零点的位置;将刀架置于可以自由旋转的位置;指令刀具。

例如,T1.1 M6;将刀具的刀尖置于某一点,该点的坐标已知;将刀具继续保持在上述第 4 条所述的点上(按 F4 键刀具补偿菜单功能),从键盘输入刀具补偿号和输入相对于工件原点的 X 和 Z 坐标。

例如,3,X20.2 ⬚,Z10 并按回车键,如图 7-26 和图 7-27 所示。

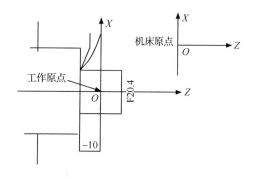

图 7-26　车削刀具补偿图

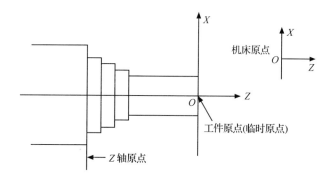

图 7-27　机床原点与工件原点关系图

重复(2)、(3)、(4)、(5)条用于每一把刀具。

（2）一个定义刀具补偿的方法。

在车床上当主轴端面与刀具刀尖接触后按 F3 键（刀具偏值菜单功能），并从键盘输入 n,↨Z0 并按回车键。

备注：给定零件当前原点的尺寸，必须要借助三字符代码 UOT（临时原点）设定主轴端面与工件原点之间的距离。理论上可以在第一次更换刀具之前只设定一次三字符代码 UOT，但是实际上最好在每一次更换刀具之前都写入三字符代码 UOT。

例如：

N1（UOT,0,Z240）

N2 T1.1 M6

N20（UOT,0,Z240）

N21 T2.2 M6

N30（UOT,0,Z240）

N31 T3.3 M6

（3）改变刀具补偿值。

在进行车加工时，系统能够测量实际值和标称值的差，如图 7-28 所示。

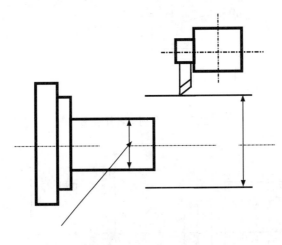

公称直径 —— 65mm

测量直径 —— 65.4mm

图 7-28　实际值和标称值的差图

在“手动输入”状态（MDI）下指令当前刀具，例如，T1.1M6 按回车键，系统显示 X 轴和 Z 轴的当前位置。

在本例中：X+0100.422 Z+0018.964。

因为测量直径比标称直径大 0.4mm,则必须从键盘输入下列指令:

🔲 1,X100.822 按回车键。

此时屏幕上显示 X 轴的当前位置($X=100.822$)和刀具长度的新的补偿值,该值比旧的补偿值小 0.2mm。

Z 轴补偿值的改变与此类似。

(4) 在屏幕上直接改变补偿值的另外一种方法。

这种情况下应按顺序执行以下步骤:

① 在机床操作画面下,用 DEL 键清除输入行。

② 选择要修改的补偿值。

③ 按 F4 键,输入要修改的补偿号,例如,1,按回车键,此时补偿的号码和数值都显示在屏幕上,如:

1,X 🔲 150.032,Z—0120.367,R1.2,03

将光标置于要修改的数字上,并进行必需的修改,例如:

1,X 🔲 150.232,Z—0120.367,R1.2,03

④ 系统进行检查,使补偿值不超过初始化时建立的允许范围。默认值为 1mm。如果必须输入大的数值,则首先必须将补偿值清零(借助指令 CAC,n),然后将其更换为所需的数值。

⑤ 用键盘输入。

⑥ 将 T 功能和刀具对应的刀具号和补偿号以及 M06 功能一起输入到系统内,例如,T1.1M06。

⑦ 按"启动"键,当轴第一次移动时,刀具补偿值被调用。

用步骤(2)指定刀尖半径偏移和矢量半径补偿的刀具安装类型的标识符 O。如果要指定或修改现行的和最大的修正值($c\cdots$,$m\cdots$)也可以使用步骤(2)。

5. 刀偏值的增量方式修改

通过 UCA 指令进行刀偏值的增量方式修改。指令格式如下:

UCA,n,X±直径修正值,Z±长度修正值。

或

UCA,n,Z±长度修正值,K±直径修正值。

其中:n 为刀具偏置号;+为如果测得一个负的误差值(径向或长度方向上)时输入正值;-为如果测得一个正的误差值(径向或长度方向上)时输入负值。

例如:UCA,3,X—0.02 按回车键。

有两种可能的情况:

（1）存入的偏移值修改。

如果要修改的偏移值不是当前执行的那一个，而且机床只是处于停顿（不是保持）状态，修改后的新值将被存入，并在有 M06 命令调用该偏移值时加入。

（2）现行使用的偏移值修改。

如果要修改的是一个正在使用的偏移值，而且机床处于停顿（而不是保持）状态，使新的修改值存入，并立即生效（不需要有 M06 码来调用）。

注意：系统自动地检查修改的值是否超过配置时的规定值（此值的默认值为 1mm）；如果 X 轴为直径值时，输入的值被 2 除后与原值相加。上例中 X 为 −0.02，而刀偏值实际只减少 0.01。

7.3.6　Z 轴回零点和刀具长度偏移值的设定

Z 轴回零点和刀具偏移位的设定，有以下三种方法：①在工件上预置；②设置刀具偏移值为 0；③刀具长度包含在刀具偏移值中。

下面列出三种不同的方法：

（1）在工件上预置刀具长度偏移值。必须执行下列步骤：

① 取消现有的刀具补偿值，从键盘输入 T0.0 M06；

② 手动将 Z 轴置于机床零点位置；

③ 输入指令：ORA，0，Z0 按回车键来建立 Z 轴机床零点；

④ 在机床上装上必须的刀具；

⑤ 手动将 Z 轴移动使刀尖接触零件表面，直至到达要设定 Z 轴工件零点的位置；

⑥ 按 F3 键（刀具偏置），从键盘输入↕，补偿号，轴名，刀尖相对于工件零点的位置坐标；

例如：1，Z0 按回车键↕。

系统自动计算该刀具的补偿值，此值为考虑刀具长度后，Z 轴工件零点离机床零点的尺寸。

⑦ 对每把使用的刀具重复④⑤⑥步，设定所有加工时使用刀具的偏移值。

例：

将刀具 1，2，3 调到 Z0，Z50，Z30 处，按 F3 键（刀具偏置），输入指令：

Z0 按回车键↕

Z50 按回车键↕

3，Z—30 按回车键↕

备注：在这种情况下，如果在加工期间必须在工件上预置刀具长度补偿值，则应执行④⑤⑥步骤。

（2）用设置刀具偏移值为零的方法建立刀具长度补偿。

用设置刀偏值为零的方法建立刀具长度补偿,必须已知每把刀具的准确长度,设定所使用的最长刀具与工件之间的距离。

执行以下步骤:

① Z 轴置于机床零点的位置(如图 7-29 所示);

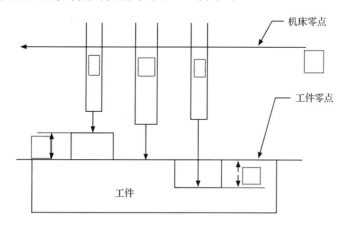

图 7-29　刀具补偿图 1

② 在工件表面之上建立一个基准高度,以便更换最长的刀具,如 50mm(如图 7-30 所示);

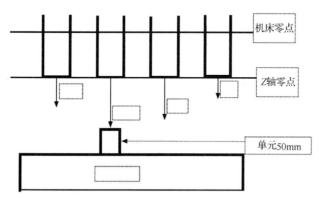

图 7-30　刀具补偿图 2

③ 手动移动 Z 轴,使刀尖接触相同厚度的表面(如 50mm);

④ 输入指令: ORA,O,Z 按回车键建立 Z 轴工件零点。

备注:采用这种方法时必须知道每把刀具精确长度,并对每把刀具编成不同的尺寸。刀具偏移可以用刀具的理论长度与实际长度的差值来补偿。

(3) 在刀具长度偏移值内包含刀具长度的方法建立 Z 轴长度补偿。

必须执行的以下步骤：

① 将 Z 轴置于机床零点的位置；

② 把已知长度的刀具装入机床，并把已知的刀具偏置值写入存储区内，并指令：T1.1 M06 按回车键，使刀具长度偏置有效；

③ 用手动方式移动 Z 轴，使刀尖接触零件表面上要设为 Z 轴工件零点处（如图 7-31 所示）；

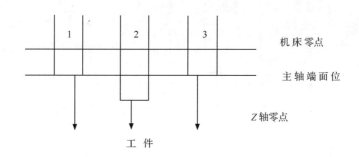

图 7-31　刀具补偿图 3

④ 输入指令：ORA,O,Z 按回车键，确定 Z 轴工件原点；

⑤ 按 F4 键输入刀具号，输入用步骤③得到的 Z 轴值，按回车键。

例如：

1,Z250 按回车键

2,Z150 按回车键

3,Z200 按回车键

7.3.7　刀具寿命管理

(1) GETOOL 刀具寿命文件是一种格式化文件，位于 MPx 存储区内（$x=0\sim6$），其文件名称在参数配置手册的 PGCFIL 文件第 4 部分 FIL 参数内定义，建立此文件时首先进入命令操作状态，并按顺序执行以下步骤。

① 用以下指令删除格式文件：DEL,FORMAT/MP3 并按回车键。

② 建立格式文件，用指令：EDI,FORMAT/MP3 并按回车键。

③ 写入以下式子：UAUAUAUAUAR3A 并按回车键。

其中：U 为不带符号的整数型格式；A 为 ASCII 字符组成的字段；R3 为三位十进制实数格式。

④ 按 F7 键存盘退出编辑状态。

⑤ 用以下指令建立刀具寿命文件：FOR,GIBTOOL/MP3,xx 并按回车键。其中：xx 为刀具号,此号刀具进行寿命控制。

⑥ 按"切换"键进入机床操作状态,输入删除刀具寿命管理数据指令：CTU 按回车键,系统提问：确认吗？Y/N。操作者应该回答：Y 并按回车键。

执行完上述操作后,用 VTU 指令为刀具寿命文件输入数据。

(2) 控制刀具寿命。

系统可以自动地检查每一把刀具的工作时间是否超过了规定的使用期限。对每一把刀具以分钟来确定其加工时间,最大值到 9999。如果刀具"剩余服务期"小于允许的"最小服务期",则此时刀具自动地换成另一把。如果替换的刀具的服务期限已满（"服务期满"）或者这把刀具不存在,则程序停止。每一把刀具可能有一把或者几把刀具用于替换。刀具的工作时间在加工零件的过程中,在"自动"或者"单程序段"运动状态下被累加。

① 刀具寿命文件初始化。

当系统位于机床操作状态时,从键盘建立刀具的使用期限。具体步骤如下：

输入数据到上面建立的刀具寿命文件中。对于每一个刀具来说,其建立的格式如下：

VTU,刀具号,T 第 2 位,第 3 位,t 第 4 位,t 第 5 位,t 第 6 位,第 7 位

其中：刀具号为无符号的整数,其最大值应符合刀具寿命文件所给出的数值；第 2 位为可供选择的刀具号,是无符号的整数；第 3 位为可供选择的刀具补偿号,是无符号的整数；第 4 位为最大刀具寿命理论值,是无符号的整数（用分钟来表示）；第 5 位为最小刀具寿命理论值,此时刀具已磨损,是无符号的整数（用分钟来表示）；第 6 位为刀具剩余使用时间（以分钟为单位）,该值在加工过程中从第 4 位指定的值开始逐渐减小；第 7 位为用字母定义刀具状态,A 表示刀具损坏,B 表示刀具可以使用（必须检查刀具寿命）,C 表示刀具可以使用（通过 G74 监视）,D 表示刀具超出使用寿命。

例如：VTU,1,T2,2,t60,t2,t60,B。

② 显示和编辑刀具寿命文件的记录在屏幕上显示刀具寿命文件的内容,从键盘输入指令：VTU,n(刀具号)并按回车键。

在输入/编辑行上出现第 n 把刀具的寿命文件的记录。刀具寿命的有关参数通过键盘可以修改,修改后按回车键存入到存储区内。

③ 从刀具寿命文件取消一把刀具的管理。要删除一把刀具的记录,从键盘给定指令：CTU,n 并按回车键。

④ 取消刀具寿命文件。要删除所有刀具寿命文件,从键盘给定指令：CTU,并按回车键。

⑤ 显示刀具寿命文件。在命令操作方式下,输入如下命令,可以显示一个完整的刀具寿命文件:DIS,GETOOL/MP3 按回车键。

7.3.8 NC110 系统 PLC 接口及控制技术

1. NC110 系统 PLC 简介

加工中心电气控制系统所需的 I/O 点总数在 256 以下,属于小型机的范围,控制系统只需要逻辑运算等简单功能。主要用来实现条件控制和顺序控制,实现加工中心上述的电气控制要求。所以 PLC 可以选择高精公司的 NC 系列,它的价格低、体积小,非常适用于自动化控制系统。加工中心的输入信号是开关量信号,输出是负载三相交流电动机接触器等。加工中心电气控制系统需要 32 个外部输入信号,26 个输出信号。PLC 所具有的输入点和输出点一般要比所需冗余 30%,以便于系统的完善和今后的扩展预留。所以本系统选择输入点为 48 个,输出点为32 个。

2. PLC 参数配置

高精数控系统的参数配置文件包含系统文件和过程文件,如图 7-32 所示,它定义了具体使用者的数控系统的配置,从这些文件中可以获得控制零件加工工艺过程的软件功能所要求的全部信息。参数配置文件建立以后,数控系统还不能控制具体的设备,还必须建立控制机床辅助机构的程序,这个程序是通过 PLC 语言编制出来的。

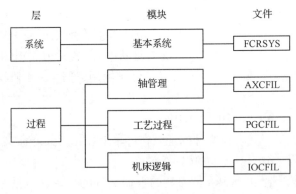

图 7-32　参数配置文件框图

3. PLC 执行过程

PLC 执行过程如图 7-33 所示。

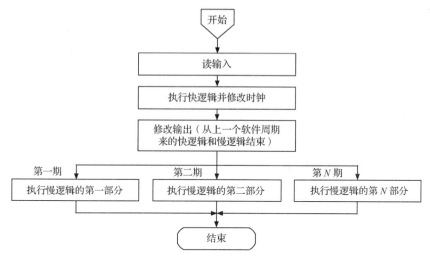

图 7-33　PLC 执行过程

当编译目标代码时,必须指明快、慢逻辑的最大执行时间:

① 最长快逻辑执行时间——在每个 PLC 软件循环周期内控制机允许快逻辑执行的最长时间。

② 最长慢逻辑执行时间——控制机允许慢逻辑执行总时间的最大值。系统配置规定了每个 PLC 软件循环周期允许慢逻辑执行的时间。

在每个软件循环周期,CNC 分配给慢逻辑一部分执行时间。在所有的软件循环周期中执行全部慢逻辑程序所用时间的总和称为慢逻辑执行时间。CNC 可以中断慢逻辑过程。为了防止不同步的输出,可使用内部存储区域存储慢逻辑执行结果,然后在慢逻辑结尾处置所有的输出。

4. CNC 存储器

CNC 保留一部分内存用以存放操作数值。在 PLC 源程序中,每个操作数指示一个或一组 8 位内存单元。这部分内存用于 PLC 和下面设备的接口:和数字 I/O板相连接的输入输出设备、操作员面板开关和指示器、CNC 与 PLC 之间的接口。我们将这部分用于接口的内存称为"插件箱",具体又分为三部分(如图 7-34所示):A 插件箱用于存储连接数字 I/O 板的输入、输出状态和远程 I/O 特性;K插件箱用于存储操作员面板开关和指标器值、计时器和计数器值以及其他用户编程的操作数值还包括将 NC/PLC 接口标志位;T 插件箱用于断电保持内部地址的变量的值。

I/O 分配表如表 7-28 所示。

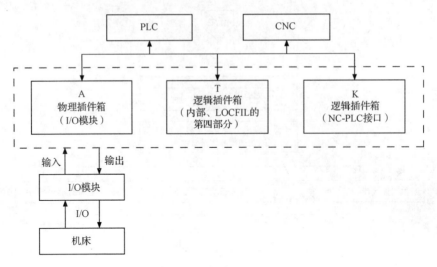

图 7-34　CNC 存储器

表 7-28　I/O 分配表

输入连接器 1			输入连接器 2		
引脚号	PLC 地址	功能定义	引脚号	PLC 地址	功能定义
1	I00A24	X1 过载	1	I00A00	润滑液位报警
2	I00A25	Y1 过载	2	I00A01	润滑点位检测报警
3	I00A26	X2 过载	3	I00A02	变压器过热
4	I00A27	Y2 过载	4	I00A03	工作区域保护开关
5	I00A28	滑板距离过小	5	I00A04	冷却液位过低
6	I00A29	工作位夹紧压力	6	I00A05	+LX1
7	I00A30	主轴吹风压力	7	I00A06	−LX1
8	I00A31	气动系统压力过低	8	I00A07	ZRX1
9	I01A00	自动门开到位	9	I00A08	+LZ1
10	I01A01	自动门关到位	10	I00A09	−LZ1
11	I01A02	上料位工件夹紧到位	11	I00A10	ZRZ1
12	I01A03	上料位工件松开到位	12	I00A11	+LX2
13	I01A04	夹盘清理装置升到位	13	I00A12	−LX2
14	I01A05	夹盘清理装置降到位	14	I00A13	ZRX2
15	I01A06	滤油器堵	15	I00A14	+LZ2
16	I01A07	液压系统压力过低	16	I00A15	−LZ2
17	I01A08	工作台锁紧压力	17	I00A16	ZRZ2

续表

输入连接器 1			输入连接器 2		
引脚号	PLC 地址	功能定义	引脚号	PLC 地址	功能定义
18	I01A09	工作台松开压力	18	I00A17	频率到达
19	I01A10	交换工作台升到位	19	I00A18	变频器报警
20	I01A11	交换工作台降到位	20	I00A19	＊ESP
21	I01A12	交换工作台旋转 0 到位	21	I00A20	工作台正转按钮
22	I01A13	交换工作台 180 到位	22	I00A21	工作台反转按钮
23	I01A14	脚踏开关	23	I00A22	循环启动按钮
24	I01A15		24	I00A23	进给保持按钮
25	+24VGND		25	+24VGND	
26			26		
输出连接器 3			输出连接器 4		
引脚号	PLC 地址	功能定义	引脚号	PLC 地址	功能定义
1	U05A16	自动门打开	1	U05A00	左刀架内冷
2	U05A17	自动门关闭	2	U05A01	右刀架内冷
3	U05A18	清屑装置下降	3	U05A02	左刀架外冷
4	U05A19	清屑装置上升	4	U05A03	右刀架外冷
5	U05A20	工件卡紧（上料位）	5	U05A04	切屑清理
6	U05A21	工件松开（上料位）	6	U05A05	外侧切屑清理
7	U05A22	工件卡紧（加工位）	7	U05A06	外侧工件清理
8	U05A23	工件松开（加工位）	8	U05A07	
9	U05A24	工作台锁紧	9	U05A08	主轴正转
10	U05A25	工作台松开	10	U05A09	主轴反转
11	U05A26	交换工作台正转	11	U05A10	主轴定位
12	U05A27	交换工作台反转	12	U05A11	驱动故障复位
13	U05A28	交换装置上升	13	U05A12	工作台 0 指示灯
14	U05A29	主轴吹风	14	U05A13	工作台 180 指示灯
15	U05A30		15	U05A14	循环启动指示灯
16	U05A31		16	U05A15	进给保持指示灯
17	24V	+24V 电源	17	24V	+24V 电源
18	24V		18	24V	
19	+24VGND		19	+24VGND	
20			20		

第8章 异型石材车铣加工中心制造与检测

8.1 加工中心装配工序研究

8.1.1 装配过程概述

机械制造的最后一个工艺过程是将加工好的零件装配成机器的装配工艺过程。机器的质量最终通过装配来保证,同时,通过机器的装配,也能发现机器设计和零件设计中的问题,从而不断改进和提高产品质量,降低成本,提高产品的综合竞争能力。

1. 机器装配的内容

装配是机器制造中的最后一个阶段,其主要内容包括零件的清洗、连接、平衡及各种方式的连接,调整及校正零部件的相对位置使之符合装配精度要求,总装后的检验、试运转、油漆及包装等。其具体内容如下。

1) 清洗

用清洗剂清除零件上的油污、灰尘等脏污的过程称为清洗。它对保证产品质量和延长产品的使用寿命均有重要意义。常用的清洗方法有擦洗、浸洗、喷洗、超声波清洗等。常用的清洗剂有煤油、汽油和其他各种化学清洗剂,使用煤油和汽油做清洗剂时应注意防火,清洗金属零件的清洗剂必须具备防锈能力。

2) 连接

装配过程中常见的连接方式有可拆卸连接和不可拆卸连接两种。螺纹连接、键连接、销钉连接和间隙配合属于可拆卸连接;而焊接、铆接、黏合和过盈配合属于不可拆卸连接。过盈配合可使用压装、热装或冷装等方法来实现。

3) 平衡

对于机器中转速较高、运转平稳性要求较高的零部件,为了防止其内部质量分布不均匀而引起有害振动,必须对其高速回转的零部件进行平衡。平衡可分为静平衡和动平衡两种,前者主要用于直径比较大且长度短的零件;后者用于长度较长的零部件。

4) 校正及调整

在装配过程中为满足相关零部件的相互位置和接触精度而进行找正、找平和相应的调整工作。其中除调节零部件的位置精度外,为了保证运动零件的运动精度,还需调整运动副之间的配合间隙。

5) 验收工作

机器装配完后,应按产品的有关技术标准和规定,对产品进行全面的检验和必要的试运行工作。只有经检验和试运行合格后的产品才能出厂。多数产品的试运转在制造厂进行,少数产品由于制造厂不具备试运行条件,因此其试运行只能在使用长安装后进行。

2. 装配精度

机器或产品的质量是以机器或产品的工作性能、使用效果、精度和寿命等综合指标来评定的。机器的质量主要取决于机器结构设计的正确性、零件的加工质量以及机器的装配精度。

机器的装配精度应根据机器的工作性能来确定,一般包括零部件间的位置精度和运动精度。其中位置精度是指机器中相关零部件的距离精度和相互位置精度,如机床主轴箱装配时,相关轴之间中心距尺寸精度和同轴度、平行度等;运动精度是指有相对运动的零部件在相对运动方向和相对运动速度方面的精度。

装配精度的另一方面要求是,配合表面间的配合质量和接触质量。配合质量是指两个零件配合面之间达到规定的配合间隙或过盈的程度,它影响配合的性质。接触质量是指两配合或连接表面间达到规定的接触面积的大小和接触点分布的情况。

用尺寸链的分析方法有助于解决装配精度的保证问题。在制定产品的装配工艺过程、确定装配工序、解决生产中的装配质量问题时,也需要应用装配尺寸链进行分析计算。

8.1.2　装配尺寸链的分析计算

1. 装配尺寸链的概念

装配尺寸链是指在机器装配过程中,以某项装配精度指标(或装配要求)作为封闭环,查找所有与该项精度指标(或装配要求)有关零件的尺寸(或位置要求)作为组成环而形成的尺寸链。

2. 工艺尺寸链

工艺尺寸链是指在零件加工过程中,由同一零件有关工序尺寸所形成的尺寸链。

图 8-1 所示是一个工艺尺寸链的例子,当零件加工得到尺寸 A_1 及 A_2 后,在加工时并未予以直接保证的尺寸 A_0 也就随之确定。这样 A_1、A_2 及 A_0 三个尺寸就

构成了一个封闭的尺寸组合,即形成了一个尺寸链。由于尺寸 A_0 是被间接保证的,$A_0＝A_1－A_2$,所以尺寸 A_0 的精度将取决于尺寸 A_1、A_2 的加工精度。

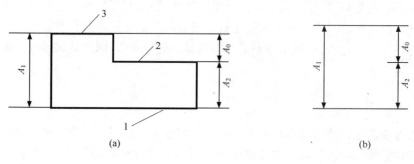

图 8-1　工艺尺寸链例子

3. 尺寸链图

为了能清晰地看出各环的相互关系,可以将相互有联系的尺寸从具体零部件结构中单独抽出,绘成尺寸链图,如图 8-1(b)所示。尺寸链图应保持原有各尺寸的相互关系,但尺寸比例大小可以不很严格。

以图 8-1(a)所示的工件加工为例,在 A_1、A_2 及 A_0 三个环中,A_0 是在 A_1、A_2 两尺寸加工后,自然得到的尺寸,故为封闭环。若尺寸 A_2 不变,A_1 增大,A_0 也随之增大,故 A_1 为增环;若尺寸 A_1 不变,A_2 增大,A_0 也随之减小,故 A_2 为减环。因此,尺寸链图及其各环性质的确定可归结如下:

(1) 首先确定加工过程中被间接保证的尺寸,并把它定为封闭环。

(2) 从封闭环起,按照零件上各表面间的联系,依次画出有关的直接获得的尺寸作为组成环,直到尺寸的终端回到封闭环的起始端,形成一个封闭图形。

(3) 按照增环及减环的定义,依次确定每个组成环的性质。

在画尺寸链图时应注意,工艺尺寸链中各环的构成是和工艺方案中的各工序(或工步)的先后顺序密切联系的,封闭环一定是在加工过程中最后自然得到的尺寸,一个尺寸链只能有一个封闭环(平面尺寸链和空间尺寸链除外),封闭环定错了,整个尺寸链的计算随之全错,会导致得出完全不合理的结论。

8.1.3　尺寸链的计算

1. 尺寸链计算类型

利用尺寸链来分析、计算加工或装配尺寸关系时,通常可分为下列三种计算情况:

（1）已知各组成环，求算封闭环。

此过程简称为正计算。正计算主要用于验算、校核所计算产品能否满足产品装配性能要求，或零件加工后能否满足图纸规定的精度要求，正计算时封闭环的计算结果是唯一确定的。

（2）已知封闭环，求算各组成环。

此过程简称为反计算。主要用于产品设计、加工和装配工艺计算等方面。反计算的计算结果不是唯一的，将封闭环的公差值分配给各组成环，可有多种方案，需根据实际情况合理确定。

（3）已知封闭环及部分组成环，求算其余的一个或几个组成环。

此类型主要用于设计与工艺计算、校验等方面，计算结果可以是唯一的，也可以有多个解，视求解的环数而定。

尺寸链的计算方法主要有极值解法和概率解法两种。

2. 尺寸链的极值解法

极值解法是按误差综合的两个最不利的情况来计算封闭环极限尺寸的，即假设各增环尺寸都是最大极限尺寸而各减环都是最小极限尺寸，各增环都是最小极限尺寸而减环都是最大极限尺寸两种情况。具体的过程如下。

1）封闭环的基本尺寸

图 8-2 所示为多环尺寸链图，图中若 A_0 为封闭环，A_1、A_2、A_3、A_4 为增环，A_5、A_6、A_7 为减环，因而可得

$$\vec{A}_1 + \vec{A}_2 + \vec{A}_3 + \vec{A}_4 = \vec{A}_5 + \vec{A}_6 + \vec{A}_7 + \vec{A}_0$$

$$\vec{A}_0 = \vec{A}_1 + \vec{A}_2 + \vec{A}_3 + \vec{A}_4 - (\vec{A}_5 + \vec{A}_6 + \vec{A}_7)$$

即封闭环的基本尺寸等于各增环基本尺寸之和减去各减环基本尺寸之和。

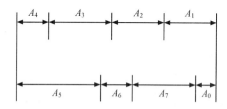

图 8-2　多环尺寸链

将上述例子的尺寸链的环数推广到总环数为 n，其中封闭环只有一个，组成环环数为 $n-1$ 个，并且 1—m 为增环数，$(m+1)$—$(n-1)$ 为减环数，则可得封闭环基本尺寸的一般方程式：

$$A_0 = \sum_{i=1}^{m} \vec{A}_i - \sum_{j=m+1}^{n-1} \vec{A}_j \tag{8-1}$$

2) 封闭环的极限尺寸

如果各增环尺寸都是最大极限尺寸,而各减环都是最小极限尺寸,则所得封闭
环的尺寸应该是最大极限尺寸,即

$$A_{0max} = \sum_{i=1}^{m} \vec{A}_{imax} - \sum_{j=m+1}^{n-1} \vec{A}_{jmin} \tag{8-2}$$

如果各增环都是最小极限尺寸而减环都是最大极限尺寸,则所得封闭环的尺
寸应该是最小极限尺寸,即

$$A_{0min} = \sum_{i=1}^{m} \vec{A}_{imin} - \sum_{j=m+1}^{n-1} \vec{A}_{jmax} \tag{8-3}$$

3) 封闭环的上偏差 ES_0 和下偏差 EI_0

最大极限尺寸减去基本尺寸为上偏差,即上偏差等于所有增环的上偏差之和
减去所有减环的下偏差之和,即

$$ES_0 = \sum_{p=1}^{m} ES_p - \sum_{q=m+1}^{n-1} EI_q \tag{8-4}$$

最小极限尺寸减去基本尺寸为下偏差,即下偏差等于所有增环的下偏差之和
减去所有减环的上偏差之和,即

$$EI_0 = \sum_{p=1}^{m} EI_p - \sum_{q=m+1}^{n-1} ES_q \tag{8-5}$$

4) 封闭环的公差 T_0

封闭环的最大极限尺寸减去最小极限尺寸为封闭环的公差,也即封闭环的公
差等于各组成环的公差之和,这就是封闭环的第二个特征。

$$T_0 = \sum_{i=1}^{n-1} T_i \tag{8-6}$$

式(8-6)表明,封闭环的公差随着尺寸链环数的增多而增大,因此,为了使封闭
环的公差减小,除了提高加工精度以减小各组成环的公差外,应该使组成环的数量
尽可能减少。

3. 尺寸链的概率解法

尺寸链计算极值解法的特点是简便、可靠,但在封闭环公差较小、组成环数目
较多时,分配给各组成环的公差将过于严格,使加工困难,制造成本增加。另一方
面,每个组成环获得极限尺寸的可能性本来已经很小,而所有组成环同时都为极限
尺寸的可能性就更小,所以对环数较多的尺寸链或封闭环精度要求较高时,用概率
解法就更为合理。

由概率原理可知,几个独立随机值之和的均方根偏差等于这些随机值的均方
根偏差的平方相加之后的平方根。

设 σ_{Σ} 为封闭环的均方根偏差,σ_{A_1}、σ_{A_2}、$\cdots$、$\sigma_{A_{n-1}}$ 为各组成环的均方根偏差,则

$$\sigma_{\Sigma} = \sqrt{\sigma_{A_1}^2 + \sigma_{A_2}^2 + \cdots + \sigma_{A_{n-1}}^2} = \sqrt{\sum_{i=1}^{n-1} \sigma_{A_i}^2} \tag{8-7}$$

用概率解法计算封闭环与组成环的公差时就是以式(8-7)为基本依据的,因为尺寸链不是以均方根偏差之间的关系,而是以误差量或公差之间的关系来计算的,所以式(8-7)还要转化为便于使用的公式。

当零件尺寸为正态分布时,其误差量(或尺寸分散范围)ω 与均方根偏差 σ 的关系为

$$\omega = 6\sigma$$

在取各环误差量 ω_i 及 ω_0 等于公差值 T_i 及 T_0 的条件下,则上式可转化成

$$T_0 = \sqrt{\sum_{i=1}^{n-2} T_i^2} \tag{8-8}$$

式(8-8)说明,当各组成环尺寸分布均为正态分布时,封闭环公差等于组成环公差平方和的平方根,即为用概率解法计算各环公差值的一般公式,若组成环的尺寸分布不是正态分布,则各组成环公差值须乘上一个相对分布系数。

8.1.4　异型石材加工中心的装配工艺

1. 装配准备

各工种在执行工艺文件各工序内容时,必须严格执行"安全技术操作规程"。装配前做的准备如下:

(1) 将工作场地清理干净,准备好工位器具。

(2) 按产品目录,收齐各部件、零件、摆放整齐,零件摆放时不许直接与地面接触,应放置在木方或胶皮上。

(3) 装配前必须检测各件,要符合图纸要求,不应有磕碰、锈蚀、划伤等缺陷。

(4) 各件装配前要清理干净,各交叉油孔、油沟处毛刺用刮刀刮净,各油孔油道要用压缩空气吹净。

2. 工作台部件的装配

要求工作台台面的平面度:

(1) 横向,全长 0.05,任意 500 长 0.02;

(2) 纵向,全长 0.05,任意 500 长 0.02。

3. 立柱的装配

立柱的装配如图 8-3 所示。

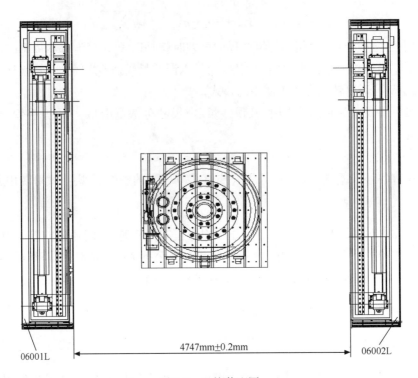

图 8-3　立柱装配图

1）安装立柱

① 将立柱 06001L 吊起，放置在可调垫铁上，调整可调垫铁使其每个垫铁接触点实接触，不得有虚接触；②调整立柱水平；③将立柱 06002L 吊起，放置在可调垫铁上，调整立柱位置使两立柱导轨定位立面距离 4747mm±0.2mm，调整可调垫铁使其每个垫铁接触点实接触，不得有虚接触；④调整立柱水平。

2）安装导轨

①安装前用油石修饰立柱导轨安装面，安装面不得有飞边、毛刺，并将安装面清理干净；②安装立柱 06002L 导轨；③用螺钉将直线导轨紧固在立柱上，保证直线导轨与立柱的固定结合面用 0.02mm 塞尺检验，不得插入（螺钉紧固前）；④检测直线导轨的直线度达要求。

3）安装立柱 06001L 导轨

①用螺钉将直线导轨紧固在立柱上，保证直线导轨与立柱的固定结合面用 0.02mm 塞尺检验，不得插入；②检测直线导轨的直线度达要求；③检测导轨的平行达要求；④检测两直线导轨对工作台面的等高达要求。

4）安装立柱 06002L 下导轨

①用螺钉将直线导轨紧固在立柱上，安装压块，保证直线导轨与立柱的固定结

合面用 0.02mm 塞尺检验,不得插入(螺钉紧固前);②检测两导轨的平行度达要求。

5) 安装轴承座

①配刮立柱 06001L 与支座的结合面,达技术要求;②检棒装入支座,并用螺钉将支座预装在立柱 06001L 上;③座吸在立柱直线导轨滑块上,表头分别压在检棒上母线和侧母上,移动滑块进行检验达技术要求;④支座在立柱上配钻、铰 2-ϕ12mm 的销孔,保证销钉的接触率 60% 以上,且均匀分布在接缝两侧;⑤刮立柱 06001L 与支座的结合面,达技术要求;⑥检棒装入支座,并用螺钉将支座预装在 06001L 上;⑦座吸在立柱直线导轨滑块上,表头分别压在检棒上母线和侧母线移动滑块进行检验达技术要求;⑧支座在立柱上配钻,铰 2-ϕ12mm 的销孔,保证销钉的接触率在 60% 以上,且均匀分布在接缝两侧;⑨钉将横梁固定在立柱直线导轨滑块上,安装压条,保证结合面用 0.04mm 塞尺检验,不得插入;⑩检棒安装在横梁丝母底端面,并用螺钉紧固,保证结合面用 0.02mm 塞尺检验,不得插入,检验丝杠轴线对直线导轨及两支座轴承孔的平行度。

4. 横梁部件的装配

横梁部件的装配如图 8-4 所示。

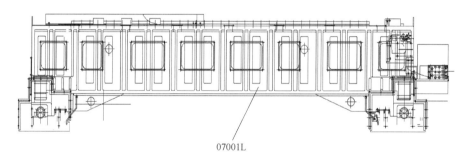

07001L

图 8-4 横梁部件的装配

1) 安装主导轨

①安装前用油石修饰横梁导轨安装面,安装面不得有飞边、毛刺,并将安装面清理干净;②用螺钉将直线导轨紧固在横梁上,保证直线导轨与横梁的固定结合面用 0.02mm 塞尺检验,不得插入(自然状态);③检测直线导轨的直线度。

2) 安装副导轨

①安装前用油石修饰横梁导轨安装面,安装面不得有飞边、毛刺,并将安装面清理干净;②用螺钉将直线导轨紧固在横梁上,保证直线导轨与横梁的固定结合面用 0.02mm 塞尺检验,不得插入(自然状态);③检测直线导轨的直线度;④检测两直线导轨的平行度。

　　3）安装支座

　　①配研横梁与支座的结合面,达技术要求;②将检棒装入支座,并用螺钉将支座预装在横梁上;③表座吸在立柱直线导轨滑块上,表头分别压在检棒上母线和侧母线上,移动滑块进行检验达技术要求;④按支座在立柱上配钻,铰 2-ϕ12mm 的销孔,保证销钉的接触率在 60% 以上,且均匀分布在接缝两侧。

　　4）安装支座

　　①配研横梁与支座的结合面,达技术要求;②安装镶条座,刮研镶条达技术要求,调整镶条位置;③将检棒装入支座,并用螺钉将支座预装在立柱上;④表座吸在立柱直线导轨滑块上,表头分别压在检棒上母线和侧母线移动滑块进行检验达技术要求;⑤按支座在立柱上配钻、铰 2-ϕ12mm 的销孔,保证销钉的接触率在 60% 以上,且均匀分布在接缝两侧;⑥检棒安装在床鞍丝螺母座端面,并用螺钉紧固,保证结合面用 0.02mm 塞尺检验,不得插入,检验丝杠轴线对直线导轨的平行度达技术要求。

　　5. 床鞍部件的装配

　　床鞍部件的装配如图 8-5 所示,将检棒装入床鞍孔中。

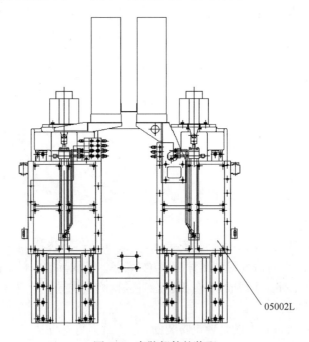

05002L

图 8-5　床鞍部件的装配

1）安装导轨

①用螺钉将直线导轨紧固在床鞍上，保证直线导轨与床鞍的固定结合面自然状态下，用 0.02mm 塞尺检验不得插入（注：螺钉紧固时，按由中间向两边逐渐紧固顺序进行）；②检查电机座轴线对直线导轨的平行度达技术要求；③安装副导轨；④按直线导轨安装方法安装另外两根直线导轨；⑤将检棒安装在滑板丝母座端面上，并用螺钉紧固，保证结合面用 0.02mm 塞尺检验不得插入；⑥检验丝杠轴线对直线导轨的平行度达技术要求；⑦将轴承装入床鞍电机座，安装压盖；⑧将丝杠穿入电机座，安装支座，锁紧螺母 M24mm×1.5mm。

2）安装床鞍

①配电机座、轴承座法兰盘止口尺寸；②将密封圈、轴承装入电机座组成电机座套件 1；③将密封圈、轴承装入电机座组成电机座套件 2；④将撞块安装在挡块 1 上，用 M16mm×45mm 螺钉将挡块固定在横梁上，将撞块安装在挡块 2 上，用 M16mm×45mm 螺钉将挡块固定在横梁上；⑤将密封圈、垫装入法兰盘 1 中，将密封圈、垫装入法兰盘 2 中；⑥将电机座套件、法兰盘、套、轴承座套件法兰盘、套安装在丝杠上，锁紧 M60mm×2mm 螺母组成丝杠套件；⑦将丝杠套件用螺钉固定在横梁上，复检丝杠各项精度，安装定位销 12mm×65mm；⑧用螺钉将床鞍固定在横梁直线导轨上，保证结合面用 0.02mm 塞尺检验不得插入；⑨将丝杠丝母用螺钉安装在床鞍丝母座端面上，保证结合面用 0.02mm 塞尺检验不得插入。

3）安装滑板

①将油缸与油缸双耳环 L、油缸耳环 L 连接在一起组成油缸套件；②将油缸套件安装在滑板上，锁紧螺母 M16mm×1.5mm；③将支架与支座用螺钉连接在一起组成支架套件；④调整油缸套件与支架套件位置，将支架用螺钉紧固在滑板上，紧固紧定螺钉 M8mm×8mm、M5mm×8mm；⑤安装管接头；⑥用螺钉将滑板固定在床鞍直线导轨上，保证结合面用 0.02mm 塞尺检验不得插入；⑦将丝杠用螺钉安装在床鞍丝母座端面上，保证结合面用 0.02mm 塞尺检验不得插入。

4）横梁的装配

①配座、支座法兰盘止口尺寸；②将密封圈、轴承装入支座组成电机座套件；③将密封圈、轴承装入支座组成轴承座套件；④将撞块安装在挡块上，用 M16mm×45mm 螺钉将挡块固定在支柱上；⑤将密封圈、垫装入法兰盘中，将密封圈、垫装入法兰盘中；⑥将电机座套件、法兰盘、套、轴承座套件法兰、套安装在丝杠上，锁紧螺母 M60mm×2mm 组成丝杠套件；⑦安装调整垫，将丝杠套件用 M16mm×65mm 螺钉固定在立柱上，复查丝杆各项精度，安装定位稍 12mm×75mm；⑧丝杆安装在立柱上；⑨用螺钉将横梁固定在立柱直线导轨滑块上，安装压条，保证结合面 0.02mm 塞尺检验不得插入；⑩将丝杠丝母用螺钉安装在横梁丝母座端面上，保证结合面用 0.02mm 塞尺检验不得插入。

6. 装配车铣头部件

装配车铣头部件如图 8-6 所示。

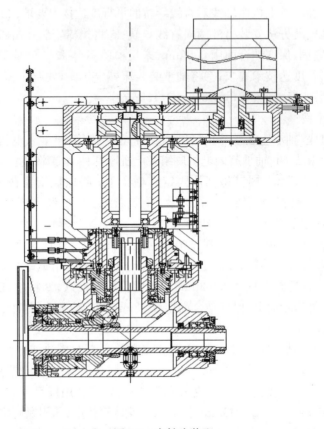

图 8-6　车铣头装配

7. 装配雕刻头部件

装配雕刻头部件如图 8-7 所示。

8. 床身的装配

(1) 将支架用 $M8mm \times 20mm$ 螺钉安装在床身上，用螺钉将电线罩安装在电线罩上，将电线罩用螺钉、$M8mm$ 螺母安装在床身上。

(2) 将床身吊起，放置在可调垫铁上，调整可调垫铁使其每个垫铁接触点实接触，不得有虚接触。将电线罩两端用螺钉固定在立柱上。

(3) 检验床身导轨的直线性。

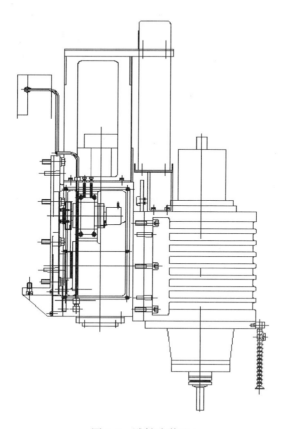

图 8-7　雕铣头装配

（4）安装齿条。

（5）安装床头箱。

①以床身安装面为基准,刮研床身与垫板结合面,并刮研垫板下表面达技术要求;②以床头箱底面为基准,刮研床头箱与垫板结合面,并刮研垫板上表面及方向达技术要求;③调整床身位置保证滑鞍移动对床身导轨的平行度。

（6）安装台尾

①以床身导轨面为基准,刮研底座与床身结合面,并刮研底座下平面,达技术要求;②以台尾体底面为基准,刮研台尾体与底座结合面,并刮研底座上结合面及方向达技术要求;③检验两顶尖轴线对滑鞍移动的平行度达技术要求;④安装拉块、螺钉;⑤配刮镶条,并安装调整螺钉达技术要求;⑥转配锁紧机构;⑦安装挂屑板;⑧安装传动机构。

9. 刀库部件的装配

①将支架用螺钉固定在立柱上;②安装调整垫及板;③调整支架及板位置达精

度要求;④按支架在立柱上配钻、铰 6-φ10mm 的销孔,保证销钉的接触率 60% 以上,且均匀分布在接缝两侧;⑤按板在支架上配钻、铰 6-φ10mm 的销孔,保证销钉的接触率 60% 以上,且均匀分布在接缝两侧;⑥安装刀爪;⑦安装刀库罩。

10. 其他部件的安装

①安装油箱、电箱、CRT 箱达技术要求;②安装水箱(整体外购)达技术要求;③安装润滑、液压、气动管路达技术要求。

11. 防护的安装

安装防护技术要求:①防护支架、框架安装位置应准确,符合设计图样和工艺要求;②防护件装配时,严禁用手锤敲打,严防漆面磕碰和划伤;③各板件表面不许有明显的翘曲或凹凸不平现象;④防护门开、关时应轻便灵活,无阻滞现象;⑤防护罩移动时应轻便、平稳;⑥固螺钉应紧固,不许有松动现象。

8.1.5　异型石材加工中心的保养

加工中心的保养对加工中心的全过程维修和正常使用起着非常重要的作用。保养的内容主要有清洗、除尘、防腐及调整工作。

日常保养包括为班前、班中和班后所做的保养工作。

1. 班前

(1) 检查各操作面板上的各个按钮、开关和指示灯,要求位置正确、可靠,并且指示灯无损。

(2) 检查机床接地线,要求完整、可靠。

(3) 检查集中润滑系统、液压系统、切削液系统等的液位,要求符合规定或液位不少于标置范围内下限以上的三分之一。

(4) 检查液压空气输入端压力,要求气路畅通,压力正常。

(5) 检查液压系统、气动系统、集中润滑系统、切削液系统的各压力表,要求指示灵敏、准确,而且在定期校验时间范围内。

(6) 机床主轴及各坐标运转及运行 15min 以上,要求各零件温升、润滑正常,无异常振动和噪声。

(7) 检查刀库、可交换工作台、排屑装置等工作状况,要求各装置工作正常,无异常振动和噪声。

(8) 检查各直线坐标、回转坐标、回基点状况,并校正工装或被加工零件基准,要求准确,并在技术要求范围内。

2. 班中

（1）执行加工中心操作规程，要求严格遵守。

（2）操作中发现异常，立即停机，相关人员进行检查或排除故障，要求处理及时，不带故障运行，并严格遵守。

（3）主轴转速≥8000r/min 时，或在说明书指定的主轴转速范围内时，刀具及锥柄应按要求进行动平衡，要求严格执行。

3. 班后

（1）清理切屑，擦拭机床外表并在外露的滑动表面加注机油，要求清洁、防锈。

（2）检查各操作面板上的各个按钮及开关是否在合理位置，检查工作台各坐标及各移动部件是否移动到合理位置上，要求严格遵守。

（3）切断电源、气源，要求严格遵守。

（4）清洁机床周围环境，要求严格按标准管理。

（5）在记录本上做好机床运行情况的交接记录，要求严格遵守。

8.2　加工中心精度检测方法研究

精度是数控机床最重要的性能指标，是数控机床检测验收的主要内容，也是数控机床选用的主要依据之一。数控机床的精度主要有几何精度、定位精度和切削精度。

一般来讲，机床误差元素可分三类：仅与机床运动位置有关的几何误差元素；仅与机床温度有关的热误差元素；既与机床运动位置有关又与机床温度有关的混合误差元素。其中，几何误差和热误差占误差总量的 40%～70%。三轴机床共有 21 项几何误差，包括线位移误差和角位移误差，五轴加工中心在三轴的基础上增加两个转动轴，相应几何误差总量增加至 38 项。

8.2.1　几何精度检验

数控机床的几何精度反映机床的关键机械零部件（如床身、溜板、立柱、主轴箱等）的几何形状误差及其组装后的几何形状误差。几何精度测量工具传统检测工具有水平仪、千分表、平尺、角尺、检测棒大理石或金属平尺；现代检测工具有激光干涉仪系统。根据国家标准 GB/T 17421.1—1998《机床检验通则第 1 部分：在无负荷或精加工条件下的几何精度》的说明，几何精度有如下几类。

1. 直线度

(1) 一条线在一个平面或空间的直线度,如数控卧式车床床身导轨的直线度。
(2) 部件的直线度,如数控升降台铣床工作台纵向基准 T 形槽的直线度。
长度测量方法有平尺和指示器法、钢丝和显微镜法、准直望远镜和激光干涉仪法。
角度测量方法有精密水平仪法、自准直仪法和激光干涉仪法。

2. 平面度

测量方法有平板法、平板和指示器法、平尺法、精密水平仪法和光学法。

3. 平行度、等距度、重合度

(1) 线和面的平行度,如数控卧式车床顶尖轴线对主刀架溜板移动的平行度。
(2) 运动的平行度,如立式加工中心工作台面和 X 轴线间的平行度。
(3) 等距度,如立式加工中心定位孔与工作台回转轴线的等距度。
(4) 同轴度或重合度,如数控卧式车床工具孔轴线与主轴轴线的重合度。
测量方法有平尺和指示器法、精密水平仪法、指示器和检验棒法。

4. 垂直度

(1) 直线和平面的垂直度,如立式加工中心主轴轴线和 X 轴轴线运动间的垂直度。
(2) 运动的垂直度,如立式加工中心 Z 轴轴线和 X 轴轴线运动间的垂直度。
测量方法有平尺和指示器法、角尺和指示器法、光学法(如自准仪、光学角尺、放射器)。

5. 旋转

(1) 径向跳动,如数控卧式车床主轴轴端的卡盘定位锥面的径向跳动,或主轴定位孔的径向跳动。
(2) 周期性轴向窜动,如数控卧式车床主轴的周期性轴向窜动。
(3) 端面跳动,如数控卧式车床主轴的卡盘定位端面的跳动。
测量方法有指示器法、检验棒和指示器法、钢球和指示器法。
有一些几何精度项目是互相联系的,如在立式加工中心的检测中,如发现 Y 轴和 Z 轴方向移动的互相垂直度误差较大,则可以适当地调整立柱底部床身的地脚垫铁,使立柱适当地前倾或后仰,从而减少这项误差,但这样也会改变主轴回转轴心线对工作台面垂直度误差。因此,对数控机床的各项几何精度检测工作应在精调后一气呵成,不允许检测一项调整一项,分别进行,否则会造成由于调整后一项几何精度而把已检测合格的前一项精度调成不合格。

机床的几何精度在机床处于冷热状态是不同的,检测时应按照国家标准的规定,即在机床稍有预热的状态下进行。所以通电以后,机床各移动坐标往复运动几次,主轴按中等的转速回转几分钟后才能进行检测。

　　6. 立式加工中心几何精度检测内容

（1）工作台面的平面度。

（2）各坐标方向移动的相互垂直度。

（3）X 坐标方向移动时工作台面的平行度。

（4）Y 坐标方向移动时工作台面的平行度。

（5）X 坐标方向移动时工作台面 T 形槽侧面的平行度。

（6）主轴轴向窜动。

（7）主轴孔的径向圆跳动。

（8）主轴箱沿坐标方向移动时主轴轴线的平行度。

（9）主轴回转轴心线对工作台的垂直度。

（10）主轴在 Z 坐标方向移动的直线度。

从上述 10 项精度要求中可以看出,第一类精度要求是对机床各运动轴的大部件,如床身、立柱、溜板、主轴箱等运动的直线度、平行度、垂直度的要求;第二类是对执行切削运动主要部件主轴的自身回转精度及直线运动精度（切削运动中的进刀）的要求。因此,这些几何精度综合反映了该机床的几何精度和代表切削运动的部件主轴的几何精度。工作台面及台面上 T 形槽相对机械坐标系的几何精度要求是,反映数控机床加工的工件坐标系对机械坐标系的几何关系,因为工作台面及定位基准 T 形槽都是反映工件定位或工件夹具的定位基准,加工工件用的工件坐标系往往都以此为基准。

在检测工作中要注意尽可能消除检验工具和检验方法的误差,如检测主轴回转精度时,检验芯棒自身的振摆和弯曲等误差;在表架上安装千分表和测微仪时,由于表架刚度带来的误差;在卧式机床上使用回转测微仪对重力的影响;在测量头抬头和低头位置的测量数据误差等。

8.2.2　定位精度检验

数控机床的定位精度就是指机床把刀具的刀尖定位到程序中目标点的准确程度。数控机床位置精度可以在机械系统传动精度的基础上,通过电气系统的补偿得到提高。具体方法是,在测量机床机械位移误差的基础上,通过对其反向间隙和螺距误差的补偿,进一步提高数控机床各轴的位置精度,这也是数控机床的优点。

数控机床各轴的定位误差反映了在自动运行中机床能自动达到的定位精度,根据实测的定位精度数值,可以判断出零件加工后可达到的精度。

1. 定位精度标准

机床精度通常指机床定位至程序目标点的精确程度,它包括定位精度、重复精度、回转轴精度等。通常,机床精度在机床空载情况下测定。目前评定机床精度的办法很多,不同的国家有不同的规定。

日本机床制造商为其数控机床标注精度时,是参考日本工业标准 J IS 进行的;欧洲国家,特别是德国,是以德国工程师协会和德国质量协会的 VDI/DGQ 作为标准来遵守的,VDI/DGQ 准则仅仅是一种推荐或建议,它和德国标准(DIN)是没有关系的;美国厂商通常是参考美国机床制造协会 NMTAB 发布的有关定义进行标注的。

2. 定位精度检测内容

(1) 直线运动定位精度。

(2) 直线运动重复定位精度。

(3) 直线运动轴机械原点的返回精度。

(4) 直线运动矢动量的测定。

(5) 回转运动的定位精度。

(6) 回转运动的重复定位精度。

(7) 回转原点的返回精度。

(8) 回转轴运动的矢动量的测定。

测量直线运动的检测工具有测微仪和成组块规、标准长度刻线尺和光学读数显微镜及激光干涉仪等。回转运动检测工具有 360 齿精确分度的标准转台和角度多面体、高精度圆光栅及平行光管等。数控机床的定位精度是数控机床的重要指标,在国家标准 GB 1091—89 中对数控机床的直线运动和回转运动的定位精度的检测和评定方法做出了规定。

应当指出,现有定位精度的检测是以快速定位测量的,对某些进给系统刚度不太好的数控机床,采用不同进给速率定位时,会得到不同的定位精度值。

另外,定位精度的测定结果与环境温度和该坐标轴的工作状态有关,目前大部分数控机床采用半闭环系统,位置检测原件大多安装在驱动电机上,对滚珠丝杠的热伸长还没有有效的识别措施。因此,当测量定位精度时,快速往返数次之后,在 1m 行程内产生 0.01~0.02mm 的误差是不奇怪的。这是由于丝杠快速移动数次之后,表面温度有可能上升 0.5~1℃,从而使丝杠产生热伸长所致。这种热伸长产生的误差,有些机床便采用预拉伸的方法来减少影响。每个坐标轴的重复定位精度是反映该轴的最基本精度指标,它反映了该轴运动精度的稳定性,不能设想精度差的机床能稳定地用于生产。

目前,由于数控系统功能越来越多,对每个坐标运动精度的系统误差,如螺距误差、反向间隙误差等都可以进行补偿,只有随机误差没法补偿,而重复定位精度正是反映了进给驱动机构的综合随机误差,它无法用数控系统补偿来修正,当发现它超差时,只有给传动链进行精调修正。因此,如果允许对机床进行选择,则应该选择重复定位精度高的机床为好。

3. 定位精度的检测方法

定位精度一般在机床和工作台空载条件下进行,按国家标准规定,对数控机床的检测应以激光干涉仪测量为准,如图 8-8 所示。

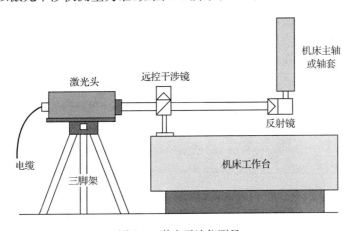

图 8-8　激光干涉仪测量

检测时,运动部件一般以较高的运动速率分别从正、负两个方向朝目标位置(用 p_i 表示)趋近定位,测量其实际达到的位置。为了反映多次定位中的全部误差,各目标位置每个方向上的测量次数 n 不应少于 5。运动部件第 i 次向第 j 个目标位置的正或负方向趋近时测得的实际达到的位置为实际位置,记为 $p_{ji}\uparrow$ 或 $p_{ji}\downarrow$。测量可采用两种循环方式:一是线性循环,即在全程上正向顺次测量各目标位置的 $p_{ji}\uparrow$,然后负向顺次测量各目标位置的 $p_{ji}\downarrow$,如此往复,直至完成 n 个循环;二是折叠循环,即首先以 n 个循环测 p_1 的 $p_{1i}\uparrow$,然后以 n 个循环测 p_2 的 $p_{2i}\uparrow$ 和 p_1 的 $p_{1i}\downarrow$,如此继续,直至测完所有目标位置。全程目标位置的个数 m 不应小于 5 且与行程大小有关。

根据测量的实际位置 $p_{ji}\uparrow$,可按以下公式计算出各目标位置正、负方向的位置偏差 $X_{ji}\uparrow$ 或 $X_{ji}\downarrow$、平均偏差 $\overline{X}_j\uparrow$ 和 $\overline{X}_j\downarrow$ 以及位置偏差的标准偏差 $S_j\uparrow$ 和 $S_j\downarrow$。

$$X_{ji} \uparrow = p_{ji} \uparrow - p_j \tag{8-9}$$

$$X_{ji} \downarrow = p_{ji} \downarrow - p_j \tag{8-10}$$

$$\overline{X}_j \uparrow = \frac{1}{n} \sum_{i=1}^{m} X_{ji} \uparrow \tag{8-11}$$

$$\overline{X}_j \downarrow = \frac{1}{n} \sum_{i=1}^{m} X_{ji} \downarrow \tag{8-12}$$

$$S_j \uparrow = \sqrt{\frac{1}{n-1} \sum_{i=1}^{n} (X_{ji} \uparrow - \overline{X}_j \uparrow)^2} \tag{8-13}$$

$$S_j \downarrow = \sqrt{\frac{1}{n-1} \sum_{i=1}^{n} (X_{ji} \downarrow - \overline{X}_j \downarrow)^2} \tag{8-14}$$

8.2.3　数控机床切削精度的检测

机床切削单精度检查实质是对机床的几何精度与定位精度在切削条件下的一项综合考核。

一般来说,进行切削精度检查的加工,可以是单项加工或加工一个标准的综合试件。国内多以单项加工为主。对于加工中心,主要单项精度有:

(1) 镗孔精度。

(2) 端面铣刀铣削平面的精度。

(3) 镗孔的孔距精度和孔径分散度。

(4) 直线铣削精度。

(5) 斜线铣削精度。

(6) 圆弧铣削精度。

(7) 对于卧式机床,还有箱体掉头镗孔同轴度。

(8) 水平转台回转 $90°$,铣四方加工精度。

对于特殊的高效机床,还要做单位时间内金属切削量的试验等。切削加工试验材料除特殊要求之外,一般用一级铸铁,使用硬质合金刀具,按标准的切削用量切削。

单项切削精度检验包括直线切削精度、平面切削精度、圆弧精度、圆柱精度等。卧式加工中心切削精度通常检验镗孔的圆度和圆柱度,端铣刀铣削平面的平面度和阶梯差,端铣刀铣削侧面精度的垂直度和平行度,X 轴方向、Y 轴方向和对角线方向的镗孔孔距精度,镗孔孔径偏差,立铣刀铣削四周面的直线度、平行度、厚度差和垂直度,两轴联动铣削的直线度、平行度和垂直度,立铣刀削圆弧时的圆度等项目。

综合试件检验包括根据单项精度检验的内容,设计一个具有包括大部分单项切削内容的工件进行试切削来确定机床的切削精度。通常采用带有中国机床工业协会 CMTBA 标志的“圆形-菱形-方形”铸铁或铝合金标准试件,并用高精度圆度

仪及高精度三坐标测量机完成试件的精度检验。本加工中心采用的试件如图 8-9
所示,精度如表 8-1 所示。

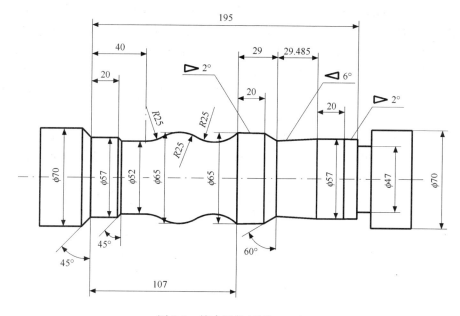

图 8-9　综合试件(单位:mm)

表 8-1　验收精度

检 查 项 目	允差值	实测值
在各轴的转换点处的车削 轮廓与理论轮廓的偏差	0.050	

　　"圆形-菱形-方形"试件的大多数切削运动是在 X-Y 平面上进行的,存在沿 X-Z
和 Y-Z 平面上的精度大部分没有测定的缺陷。因此,ISO 230 和 ANSI B5.54 提
出了采用球杆仪和双频激光干涉仪完成数控车床和加工中心综合检测的方法。

8.3　激光干涉仪在数控机床精度检测中的应用

　　由于激光光束发射角小、能量集中、单色性好,产生的干涉条纹可用光电接收
器接收。因此,激光干涉仪正成为公认的进行数控机床精度检定的仪器。REN-
ISHAW 公司生产的激光干涉仪是一种高精度仪器,它测量范围大(线性测长
40m,任选 80m),测量速率快(60m/min),分辨率高(0.001μm),便携性好并且还
具有自动线性误差补偿功能,可方便恢复机床精度。

8.3.1　检验原理

检测原理如图 8-10 所示,由激光头激光谐振腔发出的 He-Ne 激光束,经角度干涉镜中的分光镜分裂为频率不同的两个线偏振光束:参考光束 f_1 和测量光束 f_2。参考光束直接通过干涉镜,并从角度反射镜的下半部反射回激光头。测量光束通过角度干涉镜的角度分光镜,传到角度反射镜的上半部,通过干涉镜返回到激光头。参考光束和测量光束之间存在光程差,两束光发生多普勒效应,产生多普勒频移 $\pm\Delta f$。光电检测器接收到的频率信号 $(f_1-f_2\pm\Delta f)$ 和参考信号 (f_1-f_2) 被送到测量显示器,经频率放大、脉冲计数,送入数字总线,最后经数据处理系统进行处理,得到所测量的位移量,即可评定数控机床的定位精度及其他各项技术指标。

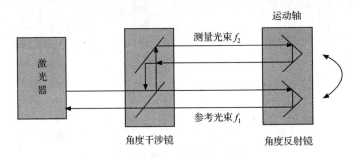

图 8-10　激光干涉仪测量原理

8.3.2　测量方法

（1）安装双频激光干涉仪测量系统各组件及光学测量装置。

（2）调整光线。

（3）待激光预热后输入测量参数。

（4）按规定的测量程序运动机床进行测量。

（5）最后进行数据处理及结果输出。

8.3.3　测量过程的误差分析

用激光干涉仪检验数控机床精度的测量过程误差的主要来源是:

（1）波长造成的误差。即使在一个控温的房间内,气压的每日变化也可能产生超过 20×10^{-6} m 的波长变化,若不补偿波长变化,则线性激光测量误差可能达到 50×10^{-6} m。

（2）热膨胀系数造成的误差。此误差大小取决于待测机床的热膨胀系数。

（3）传感器造成的误差。激光干涉仪的气温、相对湿度传感器应尽量靠近激光束的测量路径以及大约在运动轴全长的一半。避免让传感器太接近像马达等局部性热源或是冷气流。

（4）安装造成的误差。主要是由测量轴线与机床移动的轴线不平行而引起的误差，如余弦误差、阿贝测量误差等。在安装镜组时，应考虑光束附近的空气扰动，避免将镜组或激光束放得太靠近任何局部性热源。热气可能导致镜组膨胀或激镜组的放置应确保其间隔能够精确地匹配要校准的机床动作，并且不受其他误差的影响。

（5）温度造成的误差。在各项测量误差中，温度误差对测量结果的准确性影响最大，所以为了保证测量结果的准确性，测量环境温度应尽量满足(20±5)℃，且进行测量时温度变化应小于±0.2℃/h，测量前应使机床等温 12h 以上。

第 9 章　石材异型制品数字化建模与加工技术

9.1　UG 数控加工编程

9.1.1　UG 软件概述

Unigraphics Solutions 公司(简称 UGS)是全球著名的 MCAD 供应商,主要为汽车与交通、航空航天、日用消费品、通用机械以及电子工业等领域通过其虚拟产品开发(VPD)的理念提供多极化的、集成的、企业级的,包括软件产品与服务在内的完整的 MCAD 解决方案。其主要的 CAD 产品是 UG。Unigraphics(简称 UG)是集 CAD/CAE/CAM 为一体的三维参数化软件,是当今世界最先进的计算机辅助设计、分析和制造软件,被广泛应用于航空、航天、汽车、造船、通用机械和电子等工业领域。UGS 公司的产品主要有为机械制造企业提供包括从设计、分析到制造应用的 Unigraphics 软件、基于 Windows 的设计与制图产品 SolidEdge、集团级产品数据管理系统 iMAN、产品可视化技术 ProductVision 及被业界广泛使用的高精度边界表示的实体建模核心 Parasolid 在内的全线产品。

Unigraphics CAD/CAM/CAE 系统提供了一个基于过程的产品设计环境,使产品开发从设计到加工真正实现了数据的无缝集成,从而优化了企业的产品设计与制造。UG 面向过程驱动的技术是虚拟产品开发的关键技术,在面向过程驱动技术的环境中,用户的全部产品以及精确的数据模型能够在产品开发全过程的各个环节保持相关,从而有效地实现了并行工程。

该软件不仅具有强大的实体造型、曲面造型、虚拟装配和产生工程图等设计功能;而且,在设计过程中可进行有限元分析、机构运动分析、动力学分析和仿真模拟,提高设计的可靠性;同时,可用建立的三维模型直接生成数控代码,用于产品的加工,其后置处理程序支持多种类型数控机床。另外,它所提供的二次开发语言 UG/Open GRIP、UG/Open API,便于用户开发专用 CAD 系统。具体来说,该软件具有以下特点:

(1) 具有统一的数据库,真正实现了 CAD/CAE/CAM 等各模块之间的无数据交换的自由切换,可实施并行工程。

(2) 采用复合建模技术,可将实体建模、曲面建模、线框建模、显示几何建模与参数化建模融为一体。

(3) 用基于特征(如孔、凸台、型胶、槽沟、倒角等)的建模和编辑方法作为实体造型基础,形象直观,类似于工程师传统的设计办法,并能用参数驱动。

（4）曲面设计采用非均匀有理 B 样条作基础,可用多种方法生成复杂的曲面,特别适合于汽车外形设计、汽轮机叶片设计等复杂曲面造型。

（5）出图功能强,可十分方便地从三维实体模型直接生成二维工程图,能按 ISO 标准和国标标注尺寸、形位公差和汉字说明等,并能直接对实体做旋转剖、阶梯剖和轴测图挖切生成各种剖视图,增强了绘制工程图的实用性。

（6）以 Parasolid 为实体建模核心,实体造型功能处于领先地位,目前著名 CAD/CAE/CAM 软件均以此作为实体造型基础。

（7）提供了界面良好的二次开发工具 GRIP 和 UFUNC,并能通过高级语言接口,使 UG 的图形功能与高级语言的计算功能紧密结合起来。

（8）具有良好的用户界面,绝大多数功能都可通过图标实现,进行对象操作时,具有自动推理功能,同时,在每个操作步骤中都有相应的提示信息,便于用户做出正确的选择。

9.1.2　模型建立

UG 的建模方法也是基于特征的实体建模方法,是在参数化的基础上采用了一种所谓变量化技术的设计建模方法,对参数化建模方法进行了改进。

在变量化技术中,将参数化技术中的单一尺寸参数分成形状约束和尺寸约束。形状约束通过几何对象之间的几何位置关系来确定,不需要对模型的所有几何对象进行全约束,既可以欠约束,也可以过约束,不影响模型的尺寸。可以直接修改三维实体模型,而不一定要修改生成该三维模型的二维几何对象的尺寸。

由于不需要全约束就可以建立几何模型,在产品设计的初始阶段就可以将主要精力放在设计思想和设计方案上,而不必介意模型的准确形状和几何对象之间的严格的尺寸关系,更加符合从概念设计、总体设计到详细设计的设计流程,有利于设计的优化。

用 UG 完成产品生产的全过程[53]:

（1）用 Sketch(或 Curve)工具建立模型的二维轮廓。

（2）建立三维模型。

（3）对模型进行有关分析。

（4）建立产品模型的渲染图,进行广告宣传与接受订单。

（5）建立相关的平面工程图。

（6）建立相关的刀具路径。

（7）修改并更新模型、图纸与刀路等自动更新。

（8）保存数据。

（9）将刀轨数据送数控机床进行加工,完成产品的生产。

9.1.3　数控编程初始化

UG 中的加工编程属于计算机自动编程,其中数学处理、编写程序、检验程序等工作是自动完成的,这样就使编程人员减轻了很大负担,只需选择合适的加工方法、加工刀具,并对生成的刀具轨迹进行分析,观察是否正确、合理。

在 UG CAM 中的编程步骤主要分两步:创建操作和处理刀具轨迹,得到机床能够识别的代码,如图 9-1 所示。

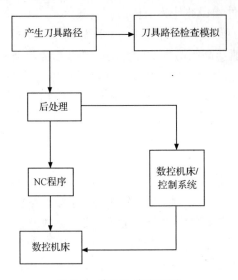

图 9-1　代码生成流程图

1. UG 加工环境设置

加工环境指定了加工模板和设置文件,在这些模板和设置文件中定义了生成刀具轨迹可用的加工处理器、后置处理器、刀库及其他参数。加工模板允许客户化用户界面,并且可用通过采用预先定义的加工刀具、加工方式、公共几何及操作顺序等指定加工设置。UG 软件的每一个版本都包含有已经定义好的加工模板和加工设置文件。用户也可自己定义自己的加工环境,一旦进入加工模块,系统会提示设置加工环境,如图 9-2 所示。在本书中,采用 Mill_Contour 环境。

在 UG 中,选择加工环境是创建某种类型操作的基础。在制定加工环境时必须指定 "CAM 会话设置"和"要创建的 CAM 设置"。会话设置包含了数据文件,在这些文件中指定了相应的模板文件的位置。"CAM 设置"包含了根据选定的"CAM 会话设置"而确定的可用的模板。这些模板中包含了加工参数,如对话框的配置、操作类型、操作参数等。

图 9-2　加工环境设置

2. 工件原点设定

工件坐标系是指以确定的加工原点为基准所建立的坐标系。工件坐标也称为程序原点,是指零件被装夹好后,相应的编程原点在机床坐标系中的位置。在加工过程中,数控机床是按照工件装夹好后所确定的加工原点位置和程序要求进行加工的。编程人员在编制程序时,只要根据零件图样就可以选定编程原点、建立编程坐标系、计算坐标数值,而不必考虑工件毛坯装夹的实际位置。

在本书加工编程过程中,对于罗马柱模型,为了车削与铣削加工方便,工件坐标系原点取在圆柱左端面轴中心线位置,即卡盘端面与主轴中心线的交点处。对于五角星模型,工件坐标系原点设置在五角星所在平面中心处。

9.1.4　实例创建

本书将针对车铣复合加工中心的立式工作台、卧式工作台分别介绍罗马柱、长城浮雕及五角星模型的创建和三轴及多轴车铣加工过程。罗马柱体外圆直径分别为 400mm、360mm、320mm、300mm,总长度 2000mm,上面刻有"沈阳建筑大学"字样槽体,如图 9-3 所示。

1. 罗马柱建模

在 UG 中,单击开始,选择建模,选择草图。选择基准平面,做出 400mm 直径的圆,然后拉伸至 100mm。之后把此圆柱的顶面作为下一个基准面,做直径

图 9-3　罗马柱模型

360mm 的圆,拉伸至 60mm。再在此圆柱的顶面做下一个直径 320mm 的圆,拉伸至 40mm。最后在此圆柱顶面做直径 300mm 的圆,拉伸至 1600mm。另一面依次类推,得到圆柱模型。单击插入,选择曲线,选择文本,弹出文本对话框,如图9-4

图 9-4　文本属性设置　　　　　图 9-5　曲线拉伸设置

所示。类型选择在面上，为了让文本能在圆柱面相对固定，在曲面上规定一条轨迹线。在这里，文本的放置方法选择在面上的曲线，文本属性里输入"沈阳建筑大学"，字体选择宋体，尺寸决定字的大小，在这里设置长度 1200mm，高度设置为 120mm，w 比例设置为 120。通过锚点的放置，并对锚点进行调整，最后把文本放到罗马柱的表面。最后对此曲线进行拉伸，如图 9-5 所示，距离设置为 50，布尔选择设置为求差，得到"沈阳建筑大学"字样槽体，如图 9-6 所示。

图 9-6　文字建模

模型建立过程中，刻字建模是难点，如若采用平面建模方式，对平面字进行拉伸切除，则在曲面上所生成的字槽深浅不一；若采用投影曲线方式，则拉伸出的字为片体，不能进行拉伸；采用在曲面上轮廓线定位的方式进行文字建模，可以保证文字贴在曲面上，拉伸切除后字槽深浅一致，比较美观。

2. 罗马柱模型车削加工

车铣复合加工中心的车部分主要用于异型回转体石材的车削加工，通过数控加工程序可以完成圆柱面、圆弧面等工序的加工，也可以进行车沟槽、钻孔、扩孔等工作。车削加工时，工件做回转运动，刀具做直线或圆弧运动来切除材料，形成回转体表面。其中，工件回转运动为主运动，刀具直线或曲线运动为进给运动。

1) 加工工艺分析

本书进行车加工模型为罗马柱模型，由于此模型为回转体，外圆需要进行车削加工。在加工过程中，操作的创建是难点。由于模型外轮廓为罗马柱，轮廓加工选择车床，对于圆柱面上的复杂凹槽，这里不采取车的方式进行加工，所以为了避免产生非必要刀轨，在操作建立中采用表面凹槽忽略选项。由于石材加工不同于金属加工，装卡方式采用端面粘贴装卡，所以不用对端面进行切削。由于本书所用机床的车削刀具为圆锯片，具有双面刀刃，对于台阶面的车削可以一次完成。在车削设置过程中，为了不发生空走刀的情况，要对圆柱外端面即总长度进行设置，以及各外圆轮廓所组成的阶梯轮廓线进行配置。

2) 车削加工初始化设置

在加工环境中,在"CAM 会话设置"中选择 Lathe,"要创建的 CAM 设置"中选择 turning,进行车操作。首次进行车削要确定加工坐标系,指定加工坐标系在圆柱左端面上。在车削加工中,一般采用车削加工横截面作为加工零件的边界,以坐标系的某一平面剖开平面,得到车削加工横截面。

单击"工具",选择"车加工横截面",在本次加工中由于回转体是完全回转体,故选择全剖,对罗马柱进行剖切。在车加工之前,要对毛坯进行设定,双击操作导航器中的 TURNING_WORKPIECE,设定毛坯直径为 400mm,长度为 2000mm,如图 9-7 所示。

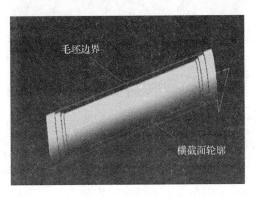

图 9-7　边界设置

进行车加工平面的设置,方便车削时对刀具车加工点的选择,此平面即为车加工的进刀退刀平面。

3) 建立操作及刀轨分析

由于车削编程难度低,通常车削操作都采用手工编程,但是手工编程精度不高,而且需要专业的编程人员进行编程调试,无法做到刀轨验证及仿真,所以在本书中采用数控编程方式。经过对石材加工的调研以及多次试验,最终确定加工方法以及参数设置,本书对车削操作主要分为两步,分别为粗加工和精加工。点击创建操作,对于粗加工,选择 ROUGH 方式,对于精加工,选择 FINISH 方式。在操作页中进行切削参数设置,由于刀具具有双面刀刃,切削策略选择为线性往复切削,这样既满足了刀具的要求,又提高了加工速率。步距最大值设置为 2mm,最小值设置为 0,由于罗马柱上有字的凹槽,所以变换模式选择省略,不清理凹槽。对于粗加工,我们选择部件余量为 0.2mm,精加工部件余量设置为 0。精加工步距最大值设为 0.5mm,最小值设置为 0。车削加工刀轨如图 9-8 和图 9-9 所示。通过对刀轨进行观察发现,粗加工使残料更少,精加工过程只有一层刀轨,说明一次精加工完全。

图 9-8 粗车加工刀轨

图 9-9 精车加工刀轨

3. 罗马柱模型铣削加工

1) 加工工艺分析

刻字属于铣削加工,在铣削加工中,由于刻字的拐角处是铣加工难以切削干净的区域,为了使模型加工更精确,本书采用三步加工工序,分别为粗加工、半精加工及精加工。首先对模型进行粗加工,由于此时对加工的精度要求不高,刀具选择直径为 5mm,圆角半径为 1mm 的端铣刀,主轴转速选择 8000r/min,进给量为 700mm/min,切削深度为 4mm,余量设为 1mm。待做完粗加工后采用较小的刀具进行半精加工,使残料基本成型,此时刀具选择直径为 3mm,圆角半径为 1mm 的端铣刀,主轴转速为 8000r/min,进给量为 1000mm/min,切削深度为 0.5mm,余量设为 0.2mm。之后再使用精加工一次,使刻字清晰,此时刀具选择直径为 2mm 的球头铣刀,主轴转速为 10000r/min,进给量设为 500mm/min,切削深度为 0.2mm。如表 9-1 所示。

表 9-1 铣削加工工艺

方法	刀具名称	刀具直径/mm	圆角半径/mm	主轴转速/(r/min)	进给量/(mm/min)	切削深度/mm	余量/mm
粗加工	端铣刀	5	1	8000	700	4	1
半精加工	端铣刀	3	1	8000	1000	0.5	0.2
精加工	球头刀	2		10000	500	0.2	0

2) 铣削加工初始化设置

在加工环境中,"CAM 会话设置"中选择 cam general,"要创建的 CAM 设置"中选择 mill_contour,进行型腔铣操作。首次进行铣削要确定加工坐标系,指定加工坐标系在圆柱左端面上,之后进行毛坯以及部件几何体的选择,由于是对圆柱上的字槽进行型腔铣,毛坯一定要选择字槽所在体,否则在刀轨生成时会出现错误,故毛坯选择为字所在的直径为 300mm 的圆柱毛坯(不带字槽)、部件几何体选择带字槽圆柱。如图 9-10 和图 9-11 所示。

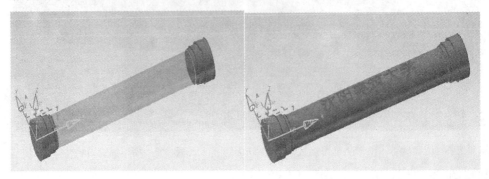

图 9-10　毛坯几何体　　　　　　　　图 9-11　部件几何体

4. 刀具建立

在进行操作之前,应把所有用刀的刀具建立,以便以后的调用,本次铣削加工主要用到 3 把刀,按照表 9-1 建立相应刀具。点击创建刀具,进入创建刀具页面,

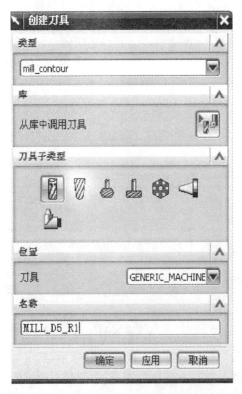

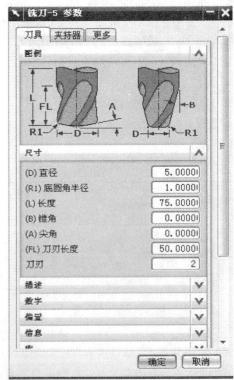

图 9-12　刀具参数设置 1　　　　　　　图 9-13　刀具参数设置 2

类型选择 mill_contour,在刀具子类型中选择 Mill 铣刀,名称命为 mill_D5_R1,点击确认,进入铣刀参数设置界面,如图 9-12～图 9-14 所示,直径为 5mm,底圆角半径为 1mm,其他默认设置。以同样的方法建立半精加工直径为 3mm,底圆角半径为 1mm 的铣刀,名称为 mill_D3_R1。球头铣刀多用于精加工,在创建刀具中选择 BALL_MILL,此次选择刀具直径为 2mm 的球头刀,名称设为 BALL_MILL_D2,详细参数设置如图 9-15 所示。

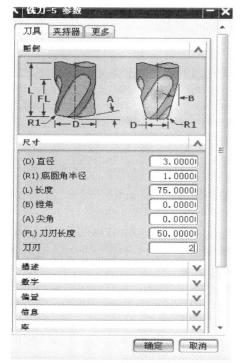

图 9-14　刀具 2 参数设置

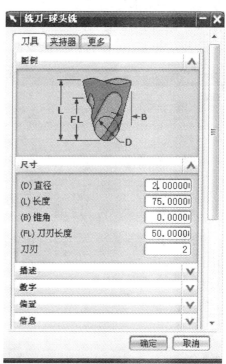

图 9-15　球头刀参数设置

5. 建立操作及刀轨分析

按照前面的分析,加工工序主要分为 3 步,其中粗加工对零件的数控加工的时间影响很大,故在机床、工件、刀具等刚性许可的前提下,尽可能取较大的切深,以减少数控车削走刀次数,缩短切削时间。为使粗加工后余量厚度均匀,可设置相邻轨迹间的重叠量,以减小加工表面上凹凸不平的情况。在进、退刀方式的设置中,应避免刀具与工件间可能的干涉。在粗加工中,若采用较大的进给速率,也能减少切削时间。

通过对字槽的形状分析,此操作属于曲面的粗加工,所以本书采取三轴联动方式加工。点击 WORKPIECE,点击创建操作,选择类型 mill_contour,操作子类型为 CAVITY_MILL,刀具选择 MILL_D5_R1,方法选择 ROUGH,如图 9-16 所示。进入型腔铣操作界面,如图 9-17 所示,由于部件几何体以及毛坯几何体在前面已经设置,故在此只需显示确认,无需再进行设置。进入刀轴设置项,由于此次铣削加工刀具法向为＋ZM 轴,故在此设置刀轴为＋ZM 轴。进入刀轨设置,编辑MILL_ROUGH 方法,部件余量设置为 1,内外公差默认设置,如图 9-18 所示。切削模式选择跟随部件,平面直径百分比设置为 65,全局每刀深度为 4mm,之后进入进给和速率控制的设置页面,主轴速率设置为 8000r/min,如图 9-19 所示,切削进给率设为 700mm/min。

图 9-16　建立操作

图 9-17　型腔铣设置

在铣削过程中,由于走刀速率比较快,进、退刀方式就显得尤为重要,它不仅影响零件的表面光洁度和加工质量,而且又保护了主轴和刀具,延长了刀具寿命。在加工轮廓时,有轮廓的法向进、退刀,轮廓的切向进、退刀和相邻轮廓的角分线进、退刀等。针对高速加工时应尽量采用轮廓的切向进、退刀方式,以保证刀路轨迹的平滑。在对曲面进行加工时,刀具可以是之字形或 Z 字形垂直进、退刀,曲面法向的进、退刀,曲面正向与反向的进、退刀和斜向或螺旋式进、退刀等。切忌采用垂直

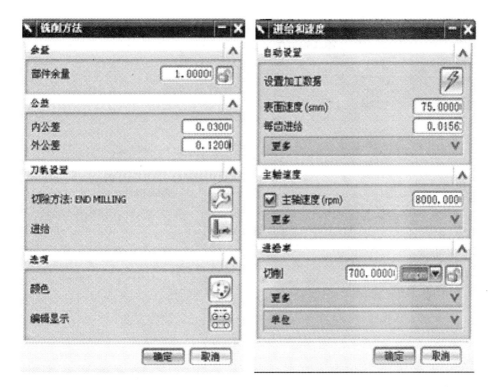

图 9-18　铣削方法设置　　　　　　　图 9-19　进给和速率设置

进刀,否则会在工件表面留下比较明显的接刀痕,所以在实际加工中,最好采用切向进刀或更好的螺旋式进刀。这两种方式提高了零件的加工精度,编程时可以选用,这为程序的安全性提供了周全的保障。在本书中,进退刀方式选择螺旋式进刀,如图 9-20 所示。

　　半精加工的操作主要在于加工方法的设定、加工参数的设置及刀具的变换。本书选择 MILL_SEMI_FINISH 的加工方式,选择 MILL_D6_R1 端铣刀,部件余量设置为 0.2mm。全局每刀深度设为 0.5mm,之后进入进给和速率控制页面,主轴速率设置为 8000r/min,切削进给率设为 500mm/min。刀轴仍设置为＋ZM 轴。

　　精加工一般宜选用较小的切深、进给量及较高的切削速率,尽可能用一把精车刀完成整个精加工表面的切削,以取得较高尺寸精度和表面质量。本书中选择用球头刀作为精车刀对半精加工残料进行精加工,加工方法选择 MILL_FINISH,全局每刀深度设置为 0.2mm/min,部件余量设为 0,主轴转速设置为 10000r/min,切削进给率设为 500mm/min。

　　操作设置完毕后,分别对粗加工、半精加工及精加工的刀轨进行分析。对粗加工操作点击生成刀轨,则在视图页面生成刀轨图像,如图 9-21 所示。由刀具轨迹

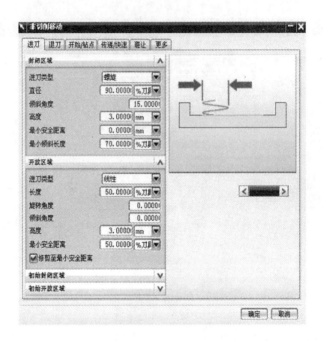

图 9-20 　进退刀设置

可以看出,在文字的边角位置没有生成加工刀路,说明该区域未被加工,再对其进行半精加工点击生成刀轨,如图 9-22～图 9-24 所示。由刀具路径轨迹可以看到,加工已经基本成型,文字拐角处已基本加工到,可有些部分刀轨仍然过少,且有欠加工点,通过分析以及多次试验,得到原因主要是刀具直径过大,不能进刀以及层分配不合理,对其进行改正。最后对精加工点击生成刀轨,如图 9-25 所示,发现工件基本加工完全。

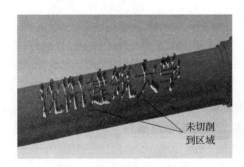

图 9-21 　粗加工刀具轨迹

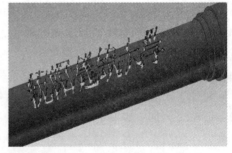

图 9-22 　半精加工刀具轨迹 1

　　为了更好地观察加工情况,点击仿真加工,进入刀轨可视化加工界面,有三维动态以及二维动态两种方式进行观察切削状态,如图 9-26 所示。通过二维加工仿真,可以观察材料去除过程,并通过碰撞检测对警告信息进行分析,如若有重大问题,需要对加工方法以及加工参数进行修改。通过仿真加工,发现工件加工效果较好,没有重大错误产生。

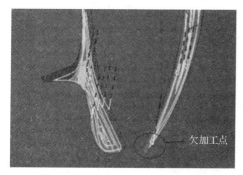

图 9-23　半精加工刀具轨迹 2

图 9-24　精加工刀具轨迹

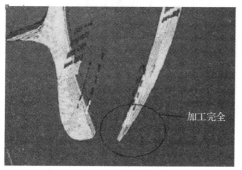

图 9-25　精加工局部图

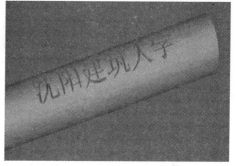

图 9-26　精加工导轨可视化

9.1.5　长城浮雕三维造型

1. 长城建模

长城浮雕模型尺寸为 2800mm×1600mm×30mm,上面有景物造型。为了建模容易,可采用参考图,以求模型的形象逼真。

将参考图在画图中打开,缩放到合适尺寸,并保存为 Tiff 格式。然后在 UG 界面中点击菜单栏视图中可视化按钮,选择其中的光栅图像选项,然后创建光栅图像,如图 9-27 所示。

在 UG 建模模块中创建三维图形,首先在草图菜单中利用直线、圆弧,以及 B 样条曲线等绘制草图,应用拉伸、拔模、扫掠、布尔运算等操作,再经过简单的渲染,得到三维效果图,如图 9-28 所示,这样就完成了模型的制作。

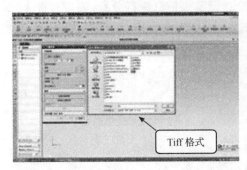

图 9-27　UG 中创建参考图

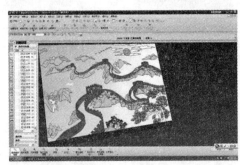

图 9-28　三维模型效果图　　　　　　　图 9-29　模型分块

2. 长城程序编制

分析模型的结构主要是阶梯平面及少量凹槽,一些斜面的倾角也较小,不过此模型的尺寸大,为了节省加工时间提高效率,首先选择 $\phi25mm$ 的平底铣刀进行开粗。而一些局部曲率大、空间小的区域,警告提示刀具半径过大,无法加工。用参考刀具功能分析,选用 $\phi10mm$ 的刀具,参考刀具设置为 $\phi25mm$,可发现有局部路径生成,所以选用 $\phi10mm$ 的铣刀进行二次开粗,以便在固定轴轮廓铣留有较小的余量。考虑到机床的连续工作能力和刀具的实际使用寿命,作者将整体模型分成多个区域分块加工,兼顾图形的整体性及加工后边界处的效果,进行如图 9-29 所示分块。

1) 工艺分析

对于底层的大平面区域,应选择平面铣。对于其上的景物用型腔铣开粗,并进行基于 IPW 的二次开粗。为达到更理想的效果,可对各景物进行深度轮廓铣。最后对各个区域进行固定轴轮廓铣。

创建几何体,对坐标系进行创建。为了在加工时方便对刀,将加工坐标系的原点选在毛坯左上角的上表面,各轴方向与实际机床方向相同。对于如此昂贵的加工中心来说,出现撞刀造成主轴精度的破坏或零部件的损坏,都是绝对不允许的。在加工编程时,一定要考虑周全,设置好空走刀的路径,兼顾可靠性与加工效率,设置安全距离为 20mm。下限平面选择毛坯底面。在创建几何体中选择图标,创建 WORKPIECE 几何体,选择工作部件和毛坯几何体,如图 9-30 所示。

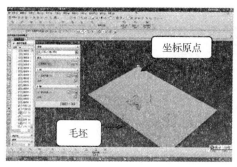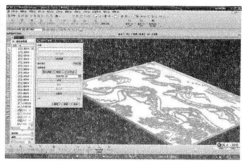

图 9-30　几何体创建

2) 毛坯材料分析

样件材料为砂岩,莫氏硬度约为 4~5,是一种高硬度的石材,由石英颗粒(沙子)形成,结构稳定。砂岩是一种沉积岩,主要由砂粒胶结而成的,其中砂粒含量要大于 50%,硬度大、耐磨性高、难加工,所以采用烧结的 Co 基为黏结剂金刚石刀具。根据以往的经验,在铣削花岗岩、砂岩这样的硬质石材时,可以将切削深度设置在 1~10mm,而进给速率尽量小一些,以免刀具温度过高,造成金刚石的石墨化,从而降低加工效果,减小加工效率,减小刀具使用寿命。

3) 切削参数的计算

根据加工经验,砂岩的切削速率为 400~600m/min,刀具厂商提供的每齿进给量为 0.05mm/齿,依此可计算出不同直径刀具的主轴转速和进给速率,如表 9-2 所示。

表 9-2　刀具工艺参数

参数项	刀具类型				
	ϕ25mm 平底铣	ϕ20mm 平底铣	ϕ10mm 平底铣	ϕ8mm 球头铣	ϕ6mm 平底铣
主轴转速/(r/min)	5000	6000	8000	8000	8000
进给速率/(mm/min)	800	800	600	600	500
最大切削深度/mm	12	10	6	3.5	3.5
步距(直径百分比)/%	80(粗铣)	80(粗铣)	75(半精)	30(精加工)	75(半精)

4）编制程序

根据机床所配备的刀库，分别创建 $\phi 25mm$、$\phi 20mm$、$\phi 10mm$、$\phi 6mm$ 的平底铣刀和 $\phi 8mm$ 的球头铣刀。

在几何视图窗口下的 Workpiece 几何体下创建型腔铣如图 9-31 所示，选择切削区域和修剪边界，选用 25mm 的刀具进行第一遍开粗设置内外公差均为0.05mm，一方面是因为此石材样件加工精度要求不高，另一方面可以提高计算机的计算速率，防止由于内存不足而死机，并节省刀路。侧面余量为 0.1mm，底面余量为 0mm，这样可以在二次开粗时避免对已加工底面的重复铣削。驱动方式选择跟随部件，步距选择刀具直径的 80%，因为第一次开粗，而且是平底刀，有效切削半径大，所以可以选择比较大的切削步距，从而提高效率。

注意勾选空间范围对话框中的使用基于层，这样才能在接下来进行 IPW 的二次开粗。使用基于层时，注意要建立在同一加工几何体中，生成刀路要有先后继承顺序，否则会提示错误，如图 9-32 所示。

CLSF文件

图 9-31　选定切削区域和修建边界　　　　图 9-32　基于 IPW 二次开粗时出错

二次开粗时，在刀具中重新选择 $\phi 10mm$ 的刀，修改切削参数，将内外公差改为0.03mm，侧面余量改为 0mm，将步距进一步缩小，设为 75%，每刀深度改为 3mm。主要是考虑 $\phi 10mm$ 的刀所能承受切削力小、使用寿命短等因素。可以降低切削深度，提高主轴转速，减小进给速率等来延长小直径刀具的使用寿命。此模型的层数较多，为了安全起见，传递方式中，将间隙内的安全设置选项设为平面，区域之间将平面高度尽量选低一些，设置为 15mm。区域内的传递类型设为毛坯平面并给3mm 的安全距离，将快进速率设置为 2000mm/min，这样虽然抬刀较多，但可以避免过切现象的发生。进刀方式上选择插铣，高度设为 15mm，在此模型中插铣进刀方式在其他参数相同的情况下可以较螺旋进刀节省约 25% 的时间，较圆弧进刀节省 20% 的时间。不过以此种方式进刀时，刀具突然受阶跃性力容易损坏，此时应设置小的进给以求切入后再经"第一刀切削"逐渐提高速率，为此设进刀速率为100mm/min。

精加工中,应用深度加工轮廓铣来对各层轮廓进行进一步铣削。在此,我们选择 ϕ6mm 的平底刀,全局每刀深度设为 3.5mm,进刀方式封闭区域仍选择插铣,在开粗的基础上降低安全平面高度,设为 12mm。在开放区域选择圆弧进刀方式。主轴速率设置为 8000mm/min,进给速率降为 600mm/min,进刀速率由于残料很少,可增大到 200mm/min,如图 9-33 所示。对于样件中细微部分,采用固定轴轮廓铣加工来提高样件的观赏性。

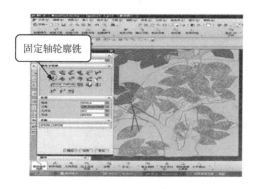

图 9-33　固定轴轮廓铣

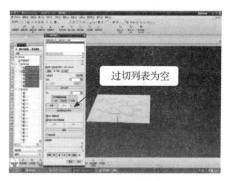

图 9-34　刀路轨迹仿真

对刀路进行三维仿真,如图 9-34 所示,可以发现,未产生过切、过剩、刀具与样件的碰撞现象,说明刀路较合理。

3. 后置处理加工程序

在操作导航器中的程序顺序视图中选择要后置处理的程序段,点击菜单栏中的后置处理选项,在浏览查找后置处理器中选择后置处理器,然后点击确定即可。最后可以生成机床直接识别的 G 代码。将信息栏中的程序复制粘贴到写字板里就可以保存。

程序段节选:

```
%
N0010 G40 G17 G90 G71
N0020 G91 G28 X0.0
N0030 T02 M06
N0040 G01 G90 Z347.885 Y－923.981 X9. F5000. S8000 M03 M08
N0050 Z276.124 Y－1064.095 X7.
N0060 X－5. F100.
N0070 Z276.046 Y－1061.795 F600.
N0080 X3.8 F5000.
N0090 X4.
```

```
……
……
……
N5450 X3. 8
N5460 Z372. 385 Y - 437. 078 X9.
N5470 M02
%
```

9.1.6　五角星模型铣削加工

五角星模型毛坯尺寸为 1000mm×1000mm×250mm，上面刻有五角星，如图 9-35 所示。

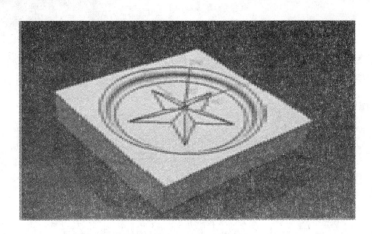

图 9-35　五角星模型

1. 五角星建模

在 UG 草图中建立 1000mm×1000mm 的正方形，退出草图，对正方形进行拉伸至 250mm，在顶面建立直径 400mm 的圆，向下拉伸至 100mm 切除。在切除面重新建立坐标系，由五角星内角和为 180°，得到每个角为 36°，故以此角度建立五角星平面图形，拉伸至 70mm，对此拉伸体进行 55°拔模，最后得到五角星模型。

模型建立过程中，五角星建立是难点，由于采用拔模方式，五角星的拉伸与拔模角度应成比例，拔模过小会导致五角星出现平顶，过大则会导致五角星高度过小，影响美观。

2. 加工工艺分析

五角星凹角之间有 5 处是难以切削干净的区域,为了使加工精确,在做完精加工后采用较小的刀具清根加工一次,使残料更少。五角星的加工区域大部分是曲面,因此操作主要以曲面加工为主。环面采用可变轴轮廓铣方式加工,五角星面由于斜率一致,使用等高陡壁加工。具体加工主要分 5 步:型腔开粗、残料加工、环面加工、五角星星面加工、清根加工,如表 9-3 所示。

表 9-3　铣削加工工艺

步骤	刀具名称	刀具直径 /mm	圆角半径 /mm	主轴转速 /(r/min)	进给量 /(mm/min)	切削深度 /mm	余量 /mm
粗加工	端铣刀	5	1	8000	700	4	1
残料加工	端铣刀	3	1	8000	1000	0.5	0.2
环面加工	球头刀	2		10000	500	0.2	0
星面加工	球头刀	2		10000	500	0.2	0
清根加工	球头刀	1		10000	500	0.2	0

3. 建立操作及刀轨分析

加工环境初始化以及刀具建立如上节所示,在此不加赘述。粗加工以及残料加工为三轴加工,所以均选择 CAVITY_MILL 方式,环面加工采用五轴加工——可变轴轮廓铣(VARIABLE_CONTOUR)方式,切削区域选择要加工环面,驱动方法采用"表面积"方法加工,刀轴矢量选择垂直于驱动体,使平坦与陡峭轨迹均匀。对于五角星星面加工,斜率一致,因此使用"等高陡壁"加工方式,其面之间有铣加工方法无法加工的凹角,为了使刀具能深入到凹角之中,采用球头铣刀。对于清根加工,在驱动方式中选择"由内向外"模式。图 9-36～图 9-40 所示为各步刀具轨迹图,图 9-41 为刀轨可视化视图。

在对五角星环面加工时采用了 UG 的多轴加工方法,该方法适用于零件曲面的精加工,通过对控制刀具轴、投射方向和驱动方法,可以生成复杂零件的加工刀轨。其具体主要分为两步:第一步是从驱动几何体上产生驱动点;第二步是将驱动点投射方向投射到零件几何体上。驱动点可以从零件几何体的局部或整个零件几何体产生,或是与加工零件不相关的其他几何体产生,然后将这些点投射到零件几何体上。刀轨输出时有一个内部的运算过程,即将刀具从驱动点投射方向移动,直到接触零件几何体。输出位置点可能和投射到零件上的驱动点重合,或者如果零件几何体的其他部位接触到了刀具,阻碍了刀具到达投射点投射到零件几何体上的位置点,则将输出一个新的点,从而忽略这个驱动点。本书采用了可变轴轮廓铣

（VARIABLE_CONTOUR）的加工方法，并通过以下几个选项以确保刀轨的准确性：①用于停止刀具运动的检查几何体；②防止零件过切的过切检查；③多种误差控制选项。

图 9-36　粗加工刀轨

图 9-37　残料加工刀轨

图 9-38　环面加工刀轨

图 9-39　星面加工刀轨

在五角星星面加工过程中，采用等高陡壁方式，能控制切削载荷均匀性，在加工区域仅有一次进刀，在不抬刀的情况下生成连续光滑的刀具路径。此加工方式的特点是，没有等高层之间的刀路移动，在操作中完成多个区域加工，能保持刀具与工件的持续接触，避免频繁抬刀、进刀对零件表面质量的影响及机械设备不必要的耗损。最后采用了清根加工方法，利用区域分析算法对陡峭和平坦区域分别处理，

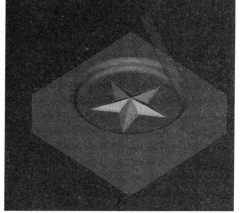

图 9-40　清根加工刀轨　　　　　　图 9-41　刀轨可视化

并根据加工工艺自动在陡峭拐角采用等高的方式来生成刀具路径,平坦区域产生沿着的刀具路径,并且沿根方向全自动从外向内往复加工,确保余量均匀,保证刀具路径的自然光滑、平稳、载荷均匀。

9.1.7　优化设计

在刀具需要进行转弯时,系统会提前进行预减速,在完成转弯后再提高运动速率。机床的这一功能主要是为了避免惯性冲击过大,从而导致惯性过切或损坏机床主轴而设置的。有些加工中心尽管没有这一功能也能较好地承受惯性冲击,但该情况对于机床的主轴也是不利的,会影响主轴等零件的寿命。所以在使用CAM进行数控编程时,要尽一切可能保证刀具运动轨迹的光滑与平稳。

在数控编程过程中进行了以下几方面优化,通过优化可以使加工精度更高,刀路更光滑平整。

(1) 步距优化。步距是相邻两次走刀之间的距离,它关系到刀具切削负荷、加工效率和零件表面质量的重要参数。对于复杂零件,步距越大走刀数量越少,加工时间越短,但切削负荷增大,将导致加工后的残余残料高度值增加,对表面粗糙度的影响十分明显。对此,本书在精加工的时候在步距项选择残余高度步距方式,使加工精度更高。

(2) 切入/切出公差优化。切入/切出公差参数决定刀具可以偏离零件表面的允许距离,在忽略表面粗糙度因素的前提下,也是实际加工出的表面与CAD模型表面之间的允许偏差。如果公差取得过大,实际加工出来的表面将有"马赛克"效果,尤其是小平面特别明显,公差取得越小,零件表面越圆滑。对此,本书在精加工的时候切入切出公差均设为 0.001mm。

（3）切削参数优化。切削参数是操作建立中重要的一项,在策略里选择深度优先切削,可以减少不必要的刀轨,减少刀具运行时间,在连接选项里层到层之间选择直接对部件进刀,同样可以起到减少空走刀时间的作用。在切削策略中采取顺铣的加工方式,顺铣方式具有较高的刀具寿命和表面质量,增加了刀路运动的光滑性、平衡性,避免刀路突然转向、频繁地切入/切出所造成的冲击。

（4）切削顺序优化。切削顺序中的区域排序可以选择优化方式,同样避免了非必要的刀路,使刀路平整。

通过优化设计,可以使刀路更加平整,在满足精度要求的情况下,减少了加工时间,增加了刀具寿命,提高了加工效率。

9.2　异型石材五轴加工刀具路径生成算法研究

9.2.1　异型石材五轴加工相关概念和模型

异型石材复杂曲面建模完毕后,一般的流程是针对曲面的特征选取相应的刀具类型并确定刀具参数（如大型平坦曲面常考虑端铣刀,直纹面等常考虑侧铣刀等）、确定加工工艺方案、刀轴控制方式以及刀具路径规划等。

1. 环形铣削刀具

五轴加工中主要使用的铣削刀具是端铣刀,常见的端铣刀有三种形式:球头铣刀、平头铣刀和环形铣刀,如图 9-42 所示,球头铣刀和平头铣刀是环形铣刀的极端情况。

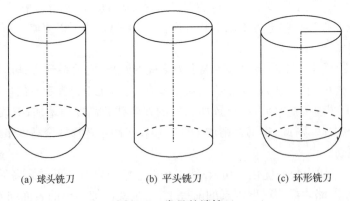

(a) 球头铣刀　　　　(b) 平头铣刀　　　　(c) 环形铣刀

图 9-42　常见的端铣刀

如图 9-43 所示,环形铣刀刀刃为圆环面部分,半径为 r_f,其底面为一个平面圆,圆心的坐标在工件坐标系 WCS(X_w-Y_w-Z_w)下为 O,半径为 r。以 O 为原点,环形铣刀旋转中心轴为 Z_T 轴建立刀具坐标系 TCS(X_T-Y_T-Z_T)。在 X_T-Y_T 面内，与 X_T 轴的夹角记为 Φ。圆环部分的一个截面内，与竖直方位的夹角记为 θ，则环形铣刀的圆环部分在 TCS 系关于 Φ 和 θ 的参数方程为

$$\sum(\Phi,\theta) = \begin{bmatrix} (r+r_f\sin\theta)\cos\Phi \\ (r+r_f\sin\theta)\sin\Phi \\ r_f - r_f\cos\theta \end{bmatrix} \qquad \begin{array}{l} \Phi \in [0,2\pi] \\[2mm] \theta \in \left[0,\dfrac{\pi}{2}\right] \end{array} \qquad (9\text{-}1)$$

2. 刀触点与刀位点相关概念

1）刀触点（cutter contacting point）

刀触点指的是刀具切削过程中，被加工零件曲面上一个正与刀具切削刃接触的那一点。刀具切削表面 Σ 与工件曲面 S 相切于刀触点并有一个共同的切平面（TPS），如图 9-43 所示。图中 C 为刀触点在工件坐标系下的矢量表达。

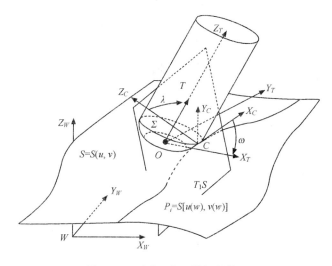

图 9-43　环形刀的五轴切削模型

2）刀位点（cutter location point）

刀位点是刀具上的一点，具体指的是刀具中心点。刀具中心点可以是刀心点也可以是刀尖点，以后用刀心点泛指刀具中心点。刀位点在工件坐标系下的坐标矢量用{O}表示。

3）刀轴单位矢量（tool-axis unit vector）

刀轴单位矢量平行于刀具旋转中心线，从刀心点指向刀具装夹的方向。对于刀具姿态的控制实质是要计算合理的刀轴单位矢量。刀轴单位矢量仍然在工件坐标系下表达，用 T 表示。

4) 刀位数据(cutter location data)

刀位数据指能确定加工过程中刀具在工件坐标系下的每个位置的数据,包括前面的刀位点和刀轴单位矢量。

5) 刀具路径(tool paths)

刀具路径也称刀具轨迹,指为加工出工件曲面刀具必须经过的路径。加工过程刀具运动时连续的,但实际处理时是将一个个离散的刀位数据按运动顺序组成刀具路径,因此,刀具路径可以看成是刀位数据的集合体。刀具路径生成方法的研究目的是求出这些刀位数据。

3. 异型石材五轴加工原理简介

图 9-43 所示为环形铣刀 Σ 正沿着参数曲面 $S=S(u,v)$ 上第 $i(i=1,2,\cdots)$ 条刀触点路径 $P_i=S[u(w),v(w)]$ 做切削运动,当前切触点为 $C=C_{i,j}=S[u(w_j),v(w_j)]$(其中 $j=1,2,\cdots$)时,刀位点和刀轴单位矢量分别用 $\{O_{i,j}\}$ 和 $\{T_{i,j}\}$ 表示。在刀触点 $C_{i,j}$ 处建立切触点局部坐标系(X_C-Y_C-Z_C,LCS),其 X_C 轴沿着当前进刀方向也就是 P_i 在参数 $w=w_j$ 处的切线方向,Z_C 轴沿着曲面在刀触点出的法向(单位法矢量为 $\{n\}$),Y_C 轴由 Z_C 轴和 X_C 轴按右手法则确定。

4. 异型石材五轴加工刀具空间坐标变换原理

1) 齐次坐标变换简介

用四个数所组成的列向量 $\{U\}=[x\quad y\quad z\quad w]^T$ 来表示三维空间中的一点 $(a\quad b\quad c)^T$,这两个坐标向量之间的关系是 $a=\dfrac{x}{w}$,$b=\dfrac{y}{w}$,$c=\dfrac{z}{w}$,则 $(x\quad y\quad z\quad w)^T$ 称为三维空间点 $(a\quad b\quad c)^T$ 的齐次坐标。通常情况下取 $w=1$,则 $(a\quad b\quad c)^T$ 的齐次坐标表示为 $(a\quad b\quad c\quad 1)^T$。一般说来,以 $N+1$ 维矢量来表示 N 维位置矢量,称为齐次坐标表示法。

齐次坐标具有不唯一性,所谓不唯一性是指某点的齐次坐标有无穷多点,不是单值确定的。例如,$(x\quad y\quad z\quad w)^T$ 是某点的齐次坐标,则 $(\lambda x\quad \lambda y\quad \lambda z\quad \lambda w)^T$ 也是该点的齐次坐标。根据齐次坐标的定义,齐次坐标 $(0\quad 0\quad 0\quad 1)^T$ 表示坐标原点,而 $(1\quad 0\quad 0\quad 0)^T$,$(0\quad 1\quad 0\quad 0)^T$,$(0\quad 0\quad 1\quad 0)^T$ 分别表示 OX 轴、OY 轴和 OZ 轴的无穷远点,即表示直角坐标的 OX 轴、OY 轴和 OZ 轴。

设 $\{A\}=(a_x\quad a_y\quad a_z\quad a_w)^T$,$\{B\}=(b_x\quad b_y\quad b_z\quad b_w)^T$,$\{R\}=(r_x\quad r_y\quad r_z\quad r_w)^T$,$a$ 为常量标量,则有

$$a\{A\}=(a_x\quad a_y\quad a_z\quad \frac{a_w}{a})^T \tag{9-2}$$

$$\{A\}+\{B\}=\left(\frac{a_x}{a_w}+\frac{b_x}{b_w}\quad \frac{a_y}{a_w}+\frac{b_y}{b_w}\quad \frac{a_z}{a_w}+\frac{b_z}{b_w}\quad 1\right)^T \tag{9-3}$$

$$\{A\} \times \{B\} = \frac{(a_x b_x + a_y b_y + a_z b_z)}{(a_w b_w)} \tag{9-4}$$

$$\{R\} = \{A\} \times \{B\} = (r_x \quad r_y \quad r_z \quad r_w)^{\mathrm{T}} \tag{9-5}$$

其中：$r_x = a_y b_z - a_z b_y$；$r_y = a_z b_x - a_x b_z$；$r_z = a_x b_y - a_y b_x$；$r_w = a_w b_w$；$|A| = \sqrt{\dfrac{a_x^2 + a_y^2 + a_z^2}{|a_w|}}$。

则用其次坐标系统表示物体的复合运动：

$$\begin{bmatrix} r_p \\ 1 \end{bmatrix} = \begin{bmatrix} R & r_0 & r_H \\ 0 & 1 & 1 \end{bmatrix}$$

式中：$[A] = \begin{bmatrix} & & a \\ R_{3\times3} & & b \\ & & c \\ 0_{1\times3} & & 1 \end{bmatrix}$，$[A]$ 矩阵称为齐次矩阵。

$$\begin{bmatrix} x \\ y \\ z \\ 1 \end{bmatrix} = \begin{bmatrix} & R & & a \\ & & & b \\ & & & c \\ & 0 & & 1 \end{bmatrix} \begin{bmatrix} u \\ v \\ w \\ 1 \end{bmatrix} = [A] \begin{bmatrix} u \\ v \\ w \\ 1 \end{bmatrix} \tag{9-6}$$

2）利用齐次矩阵表示平移变换

平移变换就是用于两个向量的相加。

设向量 $\{U\} = (x \quad y \quad z \quad w)^{\mathrm{T}}$ 要和向量 $\{P\} = a\,\bar{i} + B\,\bar{j} + c\,\bar{k} = (a \quad b \quad c \quad 1)^{\mathrm{T}}$ 相加得 $\{V\}$，即

$$\{V\} = \{U\} + \{P\} \tag{9-7}$$

欲求一变换矩阵 $[H]$，使得 $\{U\}$ 经过 $[H]$ 变换之后变成向量 $\{V\}$，即

$$\{V\} = \mathrm{Trans}(a, b, c)\{U\} \tag{9-8}$$

考虑到式（9-8）和式（9-7）等效，根据式（9-7）可知

$$\{V\} = \{U\} + \{P\} = \begin{bmatrix} a + \dfrac{x}{w} \\ b + \dfrac{y}{w} \\ c + \dfrac{z}{w} \\ 1 \end{bmatrix} = \begin{bmatrix} x + aw \\ y + bw \\ z + cw \\ w \end{bmatrix} = \begin{bmatrix} 1 & 0 & 0 & a \\ 0 & 1 & 0 & b \\ 0 & 0 & 1 & c \\ 0 & 0 & 0 & 1 \end{bmatrix} \begin{bmatrix} x \\ y \\ z \\ w \end{bmatrix} \tag{9-9}$$

由此可知得

$$[H] = \mathrm{Trans}(a, b, c) = \begin{bmatrix} 1 & 0 & 0 & a \\ 0 & 1 & 0 & b \\ 0 & 0 & 1 & c \\ 0 & 0 & 0 & 1 \end{bmatrix} \tag{9-10}$$

3) 利用齐次坐标矩阵表示旋转变换

$$\text{Rot}(X,\theta) = \begin{bmatrix} 1 & 0 & 0 & 0 \\ 0 & \cos\theta & -\sin\theta & 0 \\ 0 & \sin\theta & \cos\theta & 0 \\ 0 & 0 & 0 & 1 \end{bmatrix} \tag{9-11}$$

$$\text{Rot}(Y,\theta) = \begin{bmatrix} \cos\theta & 0 & \sin\theta & 0 \\ 0 & 1 & 0 & 0 \\ -\sin\theta & 0 & \cos\theta & 0 \\ 0 & 0 & 0 & 1 \end{bmatrix} \tag{9-12}$$

$$\text{Rot}(Z,\theta) = \begin{bmatrix} \cos\theta & -\sin\theta & 0 & 0 \\ \sin\theta & \cos\theta & 0 & 0 \\ 0 & 0 & 1 & 0 \\ 0 & 0 & 0 & 1 \end{bmatrix} \tag{9-13}$$

例如,已知一个向量$\{U\}$绕Z轴旋转$90°$变成$\{V\}$,则用旋转矩阵表示为

$$\{V\} = \text{Rot}(Z,90°)\{U\} \tag{9-14}$$

如一个向量$\{U\}$先后绕X、Y轴分别旋转$90°$、$60°$得到$\{V\}$,用旋转矩阵表示为

$$\{V\} = \text{Rot}(Y,60°)\text{Rot}(X,90°)\{U\} \tag{9-15}$$

4) 利用齐次坐标矩阵表示旋转加平移变换

把上述两种变换结合起来用齐次矩阵表示,这时的齐次变换矩阵就是

$$[H] = \text{Trans}(a,b,c)\text{Rot}(X,\theta) = \begin{bmatrix} 1 & 0 & 0 & a \\ 0 & 1 & 0 & b \\ 0 & 0 & 1 & c \\ 0 & 0 & 0 & 1 \end{bmatrix}\begin{bmatrix} 1 & 0 & 0 & 0 \\ 0 & \cos\theta & -\sin\theta & 0 \\ 0 & \sin\theta & \cos\theta & 0 \\ 0 & 0 & 0 & 1 \end{bmatrix}$$

$$= \begin{bmatrix} 1 & 0 & 0 & a \\ 0 & \cos\theta & -\sin\theta & b \\ 0 & \sin\theta & \cos\theta & c \\ 0 & 0 & 0 & 1 \end{bmatrix} \tag{9-16}$$

刀具的转动可以表示为绕X轴的侧摆$\text{Rot}(X,\Phi_x)$,绕Y轴的俯仰$\text{Rot}(Y,\Phi_y)$和绕Z轴横滚动$\text{Rot}(Z,\Phi_z)$,依次构成的复合转动$\text{RPY}(\Phi_z,\Phi_y,\Phi_x)$,采用简化符号$c=\cos$,$s=\sin$,则有

$$\text{RPY}(\Phi_z,\Phi_y,\Phi_x) = \text{Rot}(Z,\Phi_z)\text{Rot}(Y,\Phi_y)\text{Rot}(X,\Phi_x)$$

$$
=\begin{bmatrix} c\Phi_z & -s\Phi_z & 0 & 0 \\ s\Phi_z & c\Phi_z & 0 & 0 \\ 0 & 0 & 1 & 0 \\ 0 & 0 & 0 & 1 \end{bmatrix} \begin{bmatrix} c\Phi_y & 0 & s\Phi_y & 0 \\ 0 & 1 & 0 & 0 \\ -s\Phi_y & 0 & c\Phi_y & 0 \\ 0 & 0 & 0 & 1 \end{bmatrix} \begin{bmatrix} 1 & 0 & 0 & 0 \\ 0 & c\Phi_x & -s\Phi_x & 0 \\ 0 & s\Phi_x & c\Phi_x & 0 \\ 0 & 0 & 0 & 1 \end{bmatrix} \quad (9\text{-}17)
$$

$$
\mathrm{RPY}(\Phi_z,\Phi_y,\Phi_x)=\mathrm{Rot}(Z,\Phi_z)\mathrm{Rot}(Y,\Phi_y)\mathrm{Rot}(X,\Phi_x)
$$

$$
=\begin{bmatrix} c\Phi_z c\Phi_y & c\Phi_z s\Phi_y s\Phi_x - s\Phi_z c\Phi_x & c\Phi_z s\Phi_y c\Phi_x + s\Phi_z s\Phi_x & 0 \\ s\Phi_z c\Phi_y & s\Phi_z s\Phi_y s\Phi_x + c\Phi_z c\Phi_x & s\Phi_z s\Phi_y c\Phi_x - c\Phi_z s\Phi_x & 0 \\ -s\Phi_y & c\Phi_y s\Phi_x & c\Phi_y c\Phi_x & 0 \\ 0 & 0 & 0 & 1 \end{bmatrix} \quad (9\text{-}18)
$$

式(9-18)表示了刀具的转动运动,如果刀具除了转动运动以外还可做移动运动,只需将式(9-18)中齐次矩阵的第 4 列用表示移动的矩阵块 $[a \quad b \quad c \quad 1]^{\mathrm{T}}$ 来代替,便可得到变换矩阵。

通过以上论述得到结论:

(1)如果用一个描述平移和(或)旋转的变换 C,左乘一个坐标系的变换 T,那么产生的平移和(或)旋转就是相对于静止坐标系进行的。

(2)如果用一个描述平移和(或)旋转的变换 C,右乘一个坐标系的变换 T,那么产生的平移和(或)旋转就是相对于运动坐标系进行的。

5)刀具空间变换举例

设刀具矢量是长度为 1 的向量 $\{a\}$,先沿 Z 轴移动 10 为矢量 $\{b\}$,再分别绕 X 轴和 X_H 轴转 90° 分别为 $\{c\}$ 和 $\{d\}$,如图 9-44 所示,试通过齐次变换矩阵运算,验证左、右乘关系。

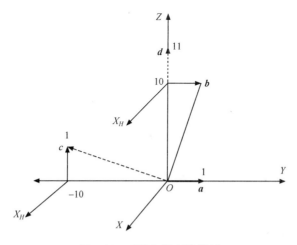

图 9-44　刀具空间变换举例

$$\text{Trans}(0,0,10) = \begin{bmatrix} 1 & 0 & 0 & 0 \\ 0 & 1 & 0 & 0 \\ 0 & 0 & 1 & 10 \\ 0 & 0 & 0 & 1 \end{bmatrix} \qquad (9\text{-}19)$$

$$\text{Rot}(x,90) = \begin{bmatrix} 1 & 0 & 0 & 0 \\ 0 & 0 & -1 & 0 \\ 0 & 1 & 0 & 0 \\ 0 & 0 & 0 & 1 \end{bmatrix} \qquad (9\text{-}20)$$

$$\{a\} = \begin{bmatrix} 0 \\ 1 \\ 0 \\ 1 \end{bmatrix} \qquad (9\text{-}21)$$

先移 10,再绕 X 轴转 $90°,a{\to}b{\to}c$。

$\text{Rot}(x,90) \cdot \text{Trans}(0,0,10) \cdot \{I\} \cdot \{a\}$

$$= \begin{bmatrix} 1 & 0 & 0 & 0 \\ 0 & 0 & -1 & 0 \\ 0 & 1 & 0 & 0 \\ 0 & 0 & 0 & 1 \end{bmatrix} \cdot \begin{bmatrix} 1 & 0 & 0 & 0 \\ 0 & 1 & 0 & 0 \\ 0 & 0 & 1 & 10 \\ 0 & 0 & 0 & 1 \end{bmatrix} \cdot \begin{bmatrix} 1 & 0 & 0 & 0 \\ 0 & 1 & 0 & 0 \\ 0 & 0 & 1 & 0 \\ 0 & 0 & 0 & 1 \end{bmatrix} \cdot \begin{bmatrix} 0 \\ 1 \\ 0 \\ 1 \end{bmatrix} = \begin{bmatrix} 0 \\ -10 \\ 1 \\ 1 \end{bmatrix}$$

$$(9\text{-}22)$$

先移 10,再绕 X_H 轴转 $90°,a{\to}b{\to}d$。

$\text{Trans}(0,0,10) \cdot \{I\} \cdot \text{Rot}(x,90) \cdot \{a\}$

$$= \begin{bmatrix} 1 & 0 & 0 & 0 \\ 0 & 1 & 0 & 0 \\ 0 & 0 & 1 & 10 \\ 0 & 0 & 0 & 1 \end{bmatrix} \cdot \begin{bmatrix} 1 & 0 & 0 & 0 \\ 0 & 1 & 0 & 0 \\ 0 & 0 & 1 & 0 \\ 0 & 0 & 0 & 1 \end{bmatrix} \cdot \begin{bmatrix} 1 & 0 & 0 & 0 \\ 0 & 0 & -1 & 0 \\ 0 & 1 & 0 & 0 \\ 0 & 0 & 0 & 1 \end{bmatrix} \cdot \begin{bmatrix} 0 \\ 1 \\ 0 \\ 1 \end{bmatrix} = \begin{bmatrix} 0 \\ 0 \\ 11 \\ 1 \end{bmatrix}$$

$$(9\text{-}23)$$

方法总结:

(1) 如果是相对于基坐标系 B 的运动,其相应的齐次变换矩阵左乘原齐次变换矩阵。

(2) 如果是相对于刀具坐标系 H 的运动,其相应的齐次变换矩阵右乘原齐次变换矩阵。

9.2.2　进给步长的计算

前面曾提及过,刀具路径堪称是离散刀位数据的集合体,而刀位数据里包含了刀位点,每个刀位点对应于一个刀触点,相邻两个刀触点的距离即为所要求的进给步长。因此,需要做的工作即把刀触点路径 P_i 离散化。当然这种离散不是随意的分割,而应该根据加工精度来离散。对当前第 i 条刀触点路径 $P_i = S[u(w)$, $v(w)]$ 上的第 j 个刀触点 $C_{i,j}$(对应的参数 $w = w_j$),计算出第 $j+1$ 个刀触点 $C_{i,j+1}$ 的参数值 w_{j+1} 个刀触点 $C_{i,j+1}$。

图 9-45 所示为当前刀触点局部示意图。精度要求为 ε,进给步长为 Δl,由下式给出:

$$\Delta l = 2\left[\frac{1}{k_{i,j}^2} - \left(\frac{1}{k_{i,j}} - \varepsilon\right)^2\right]^{0.5} \tag{9-24}$$

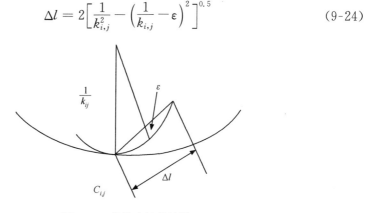

图 9-45　进给步长的计算

9.2.3　刀具路径计算方法

1. 刀触点局部微分几何分析

刀触点处刀具曲面和工件表面的微分几何特性对于刀触点路径计算中行距和加工带宽度的估计非常重要,甚至对局部干涉检验及刀具姿态的修正也有很大帮助,而分析的重点应该是法曲率的一半表达式及刀触点邻域的局部逼近等。

图 9-46 为刀触点 $C_{i,j}$ 处切平面图,图中 $p_{\Sigma 1}$ 和 $p_{\Sigma 2}$ 分别为刀具曲面 Σ 在 $C_{i,j}$ 点处的最大主曲率 $k_{\Sigma 1}$ 和最小主曲率 $k_{\Sigma 2}$ 对应主方向矢量。$p_{\Sigma 1}$ 方向与进刀方向夹角正好为刀转角 w。

最大主曲率 $k_{\Sigma 1}$ 和最小主曲率 $k_{\Sigma 2}$ 可由下式计算得到:

$$\begin{cases} k_{\Sigma 1} = \dfrac{1}{r_f} \\ k_{\Sigma 2} = \dfrac{\sin\lambda}{r + r_f\sin\lambda} \end{cases} \tag{9-25}$$

在刀具切削曲面 Σ 上与刀触点 $C_{i,j}$ 重合的点处任意与 X_C 轴(进给方向)或 φ 角 $\left(-\dfrac{\pi}{2} < \varphi \leqslant \dfrac{\pi}{2}\right)$ 的方向的法曲率可以由下式计算:

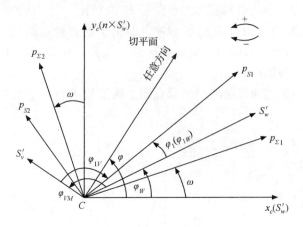

图 9-46　刀触点处的切平面

$$k_{\Sigma\varphi} = k_{\Sigma1}\cos^2(\varphi - w) + k_{\Sigma2}\sin^2(\varphi - w) \tag{9-26}$$

当 φ 角分别为 0 和 $\pm\dfrac{\pi}{2}$ 时,用式(9-25)可分别求得沿进给方向和进给方向的

正交方向的曲率 $k_{\Sigma0}$ 和 $k_{\Sigma\pi/2}$,表示如下:

$$k_{\Sigma0} = k_{\Sigma1}\cos^2 w + k_{\Sigma2}\sin^2 w \tag{9-27}$$

$$k_{\Sigma\pi/2} = k_{\Sigma1}\sin^2 w + k_{\Sigma2}\cos^2 w \tag{9-28}$$

下面求刀触点附近工件曲面 S 的密切曲面 S^*。

将 $\left\{C_{i,j}; \dfrac{p_{S1}}{\|p_{S1}\|}, \dfrac{p_{S2}}{\|p_{S2}\|}, n\right\}$ 取为三维笛卡儿空间的直角坐标系,则 S^* 在该坐

标系(用 x、y、z 表示各坐标变量)下可表示为

$$S^* : z = \frac{1}{2}k_{S1}x^2 + \frac{1}{2}k_{S2}y^2$$

将其转换到局部坐标系 LCS 系下为(用 x_C、y_C、z_C 表示各坐标变量)

$$S^* : z_C = \frac{1}{2}k_{S1}\left[x_C\cos(\varphi_u + \varphi_1) + y_C\sin(\varphi_u + \varphi_1)\right]^2$$

$$+ \frac{1}{2}k_{S2}\left[y_C(\varphi_u + \varphi_1) - x_C\sin(\varphi_u + \varphi_1)\right]^2 \tag{9-29}$$

以下求刀触点附近刀具曲面 Σ 的密切曲面 Σ^*。

将 $\left\{C_{i,j}; \dfrac{p_{\Sigma1}}{\|p_{\Sigma1}\|}, \dfrac{p_{\Sigma2}}{\|p_{\Sigma2}\|}, n\right\}$ 取为三维笛卡儿空间的直角坐标系,则 Σ^* 在该坐

标系(用 x、y、z 表示各坐标变量)下可表示为

$$\Sigma^* : z = \frac{1}{2}k_{\Sigma1}x^2 + \frac{1}{2}k_{\Sigma2}y^2 \tag{9-30}$$

将其转换到局部坐标系 LCS 系下为（用 x_C、y_C、z_C 表示各坐标变量）

$$\Sigma^*: z_C = \frac{1}{2}k_{\Sigma1}(x_C\cos w + y_C\sin w)^2 + \frac{1}{2}k_{\Sigma2}(y_C\cos w - x_C\sin w)^2 \quad (9\text{-}31)$$

由图 9-46 可知，最大主方向 p_{S1} 相对于 X_C 轴的夹角为 $\varphi_u + \varphi_1$。根据欧拉公式，曲面 S 上刀触点 $C_{i,j}$ 处任意与 X_C 轴成 φ 角 $\left(-\dfrac{\pi}{2}\leqslant\varphi\leqslant\dfrac{\pi}{2}\right)$ 的方向的法曲率可以由下式得出：

$$k_{S\varphi} = k_{S1}\cos^2[\varphi - (\varphi_u + \varphi_1)] + k_{S2}\sin^2[\varphi - (\varphi_u + \varphi_1)] \quad (9\text{-}32)$$

当 $\varphi = \dfrac{\pi}{2}$ 时，可以计算垂直于进刀方向的法曲率正好为 $k_{S\frac{\pi}{2}}$。

2. 加工行距及有效加工带宽

刀具沿着规划好的相邻两条刀具路径做切削运动时，分别会形成两个刀具运动扫描体 Γ_i 和 Γ_{i+1}。Γ_i、Γ_{i+1} 和工件表面 S 形成的部分为加工残留物，残留物的高为残留高度，如图 9-47 中的 h。两条相邻刀触点路径间对应的刀触点间的距离为加工行距，用 D 表示。影响行距大小的因素有加工残高允差、刀具有效切削形状以及垂直于进刀方向的法曲率大小等。另外，行距的大小与复杂曲面加工的精度和效率密切相关。行距过大可能加工精度低，反之，刀触点路径过密的话加工时间可能延长。因此，应寻求一种合理的行距计算方法，使之能够在保证精度的情况下行距还尽可能大。

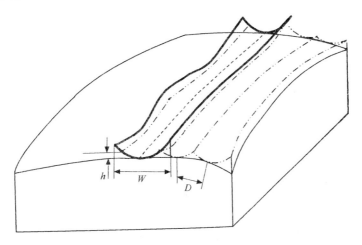

图 9-47　有效加工带和加工带宽

刀具沿某一刀具路径（或刀触点路径）做切削运动时，刀具扫描体 Γ 与工件毛坯 Ω 相交所形成表面 S，如果 S 上某点 V 与工件的设计曲面 S 的发祥距离不大于加工允差 σ，则称该点是加工有效的，而所有这些点的集合 Θ 就称为该路径的有效加工带。用数学描述如下：

$$\Theta = \{V \mid \sigma \geqslant \|V-C\|, (V-C) \perp S, V \in S, C \in S\} \tag{9-33}$$

显然矢量 V-C 为曲面 S 在 C 处的法矢量，并且有效加工带 $\Theta \subseteq S$。与加工残高不一样，后者是针对两条相邻路径而言的，而有效加工带为一条刀具路径所形成。另外，与加工残高对应的有残高 h 和行距 D，而与有效加工带对应的是加工带的宽度 W，如图 9-47 所示。

有效加工带的宽度 W 指的是在垂直于进给方向上加工带的跨距。加工带宽描述了满足加工精度要求的极限范围，超过这个范围，则表示刀位欠缺，需要后续抛光、打磨等工序。因此，刀具路径生成的目标之一就是要控制加工行距的大小，使最后留下的刀痕间的跨距不大于加工带宽。前面有效加工带 Θ 的数学定义中，有一个加工曲面法矢量的概念。根据该定义可知，有效加工带上的点也是曲面法线上的点。

前面给出了局部坐标系 LCS 下加工曲面 S 密切曲面 S^* 的方程式 (9-29)，求出 S^* 关于 X_C-Y_C 坐标平面上的任一点 (x_C, y_C) 处的矢量为

$$\{n_{S^*}(x_C, y_C)\} = \begin{bmatrix} n_{S^* x} \\ n_{S^* y} \\ n_{S^* z} \end{bmatrix} = \begin{bmatrix} ay_C - k_{s0}\, x_C \\ ax_C - k_{\frac{S_B}{2}}\, y_C \\ 1 \end{bmatrix} \tag{9-34}$$

从式 (9-34) 可以看出，S^* 的法矢量 $\{n_{S^*}\}$ 为朝着刀具曲面的密切曲面 Σ^* 一侧。设加工允差为 σ（也是残高 h 允许的最大值），写出 S^* 的等距面的方程为

$$\begin{cases} X = x_C + \dfrac{\sigma n_{S^* x}}{\|n_S(x_C, y_C)\|} \\[2mm] Y = y_C + \dfrac{\sigma n_{S^* y}}{\|n_S(x_C, y_C)\|} \\[2mm] Z = z_C + \dfrac{\sigma n_{S^* z}}{\|n_S(x_C, y_C)\|} \end{cases} \tag{9-35}$$

因为 S^* 与 Σ^* 相切于 LCS 系下的坐标原点，且 Σ^* 位于 S^* 的上方，所以 S^* 的等距面与 Σ^* 必相交，求出交线方程即可确定有效加工带及其宽度。

以上方法虽然求解比较精确，但计算却非常复杂，考虑到加工带宽 W 定义在垂直于进刀方向上，所以本书加工带宽的计算采用以下的近似算法。

局部坐标系 LCS 的 Y_C-Z_C 坐标平面，虚线为 S^* 的等距面与 Y_C-Z_C 坐标平面的截交线，实线分别为 Σ^*、S^* 与 Y_C-Z_C 坐标平面的截交线。令式 (9-31) 和式 (9-29) 中的 x_C 为 0，可分别得到如下 Σ^* 与 S^* 的截交线方程：

$$\Sigma^* : z_C = \frac{1}{2} k_{\frac{S_B}{2}} y_C^2 \tag{9-36}$$

$$S^* : z_C = \frac{1}{2} k_{\frac{S_B}{2}} y_C^2 \tag{9-37}$$

由式(9-36)和式(9-37)可见,两条截交线均为抛物线。为简化计算,所以下面给出一种抛物线的近似画法。

如图 9-48 所示,已知抛物线方程,可得焦点参数 P,当曲线在坐标轴上的投影不超过 $4P$ 时,可以把抛物线近似看成几个圆的组合,$R_1 = 2.4P$,$R_2 = 15.5P$,$a = 0.8P$,$L = 10.333P$。这种近似画法在指定的曲线长度范围内,其最大误差小于 1.5%。对于石材加工,针对石材硬、脆特性,石材加工表面不存在异常陡峭加工点,所以在这里只考虑 $2.4P$ 范围内曲线。

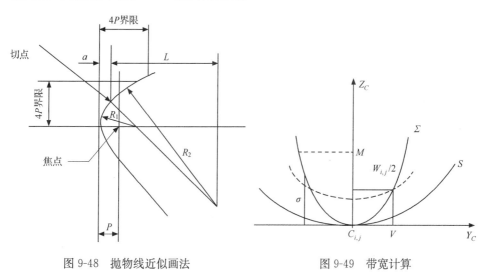

图 9-48　抛物线近似画法　　　　　　　图 9-49　带宽计算

若 $k_{\frac{S_\Sigma}{2}} \neq 0$,由式(9-37)算出截面抛物线焦点为 $(0, k_{\frac{S_\Sigma}{2}})$,则 $4P = 2k_{\frac{S_\Sigma}{2}}$,当曲线在坐标轴的投影 $M < 2k_{\frac{S_\Sigma}{2}}$ 时,令 $R_1 = 2.4P = 1.2k_{\frac{S_\Sigma}{2}}$,得到圆的方程:

$$y_C^2 + (z_C - 1.2k_{\frac{S_\Sigma}{2}})^2 = (1.2k_{\frac{S_\Sigma}{2}})^2 \tag{9-38}$$

得到

$$y_C = \pm \frac{2}{k_{\frac{S_\Sigma}{2}}} \sqrt{1.2k_{\frac{S_\Sigma}{2}} k_{\frac{S_\Sigma}{2}} - 1}$$

令 $R_2 = 15.5P = 7.75k$,得到圆的方程

$$(y_C \pm 5.2k_{\frac{S_\Sigma}{2}})^2 + (z_C - 5.5k_{\frac{S_\Sigma}{2}})^2 = (7.75k_{\frac{S_\Sigma}{2}})^2 \tag{9-39}$$

若 $k_{\frac{S_\Sigma}{2}} = 0$ 时,根据式(9-36),S 的截交线变为 Y_C 轴,此时求得

$$y_C = \pm \sqrt{\frac{2\sigma}{k_{\frac{S_\Sigma}{2}}}} \qquad k_{\frac{S_\Sigma}{2}} = 0 \tag{9-40}$$

如图 9-49 所示,根据关于 Z_C 轴的对称性可知与切触点 $C_{i,j}$ 对应的加工带宽 $W_{i,j}$ 可以采用下式计算出

$$W_{i,j} = 2 \mid y_C \mid \tag{9-41}$$

3. 下一刀触点计算

1) 加工行距计算

加工行距为两条相邻刀触点路径间对应的刀触点间的距离。通常,行距是允许的残留高度 σ、刀具有效切削半径以及曲面沿行距方向的法曲率半径的函数。行距方向指的是垂直于当前路径的方向,在该方向上,刀具的有效切削半径可以计算为

$$r_{\text{eff}} = \frac{1}{k_{\frac{\Sigma_{\pi}}{2}}} = \frac{r_{\text{f}}}{1 - \dfrac{r\cos^2 w}{r + r_{\text{f}}\sin\lambda}} \tag{9-42}$$

被加工曲面的法曲率半径为

$$r_{\text{b}} = \frac{1}{\mid k_{\frac{S_{\pi}}{2}} \mid} \tag{9-43}$$

现行方法一般在求出 r_{eff} 和 r_{b} 后,将曲面和刀具近似为圆,然后给出了下面的行距 $D_{i,j}$ 的计算式

$$D_{i,j} = \sqrt{\frac{8 r_{\text{b}} r_{\text{eff}} \sigma}{r_{\text{b}} + r_{\text{eff}}\, \text{sgn}(k_{\frac{S_{\pi}}{2}})}} \tag{9-44}$$

而本书为了提高加工效率,直接把行距取为当前的刀触点路径的加工带宽,这样可得行距为

$$D_{i,j} = \begin{cases} 4 r_{\text{eff}} \sqrt{\dfrac{1.2}{r_{\text{eff}} r_{\text{b}}} - 1} & R_1 = 2.4P, k_{\frac{S_{\pi}}{2}} \neq 0 \\ \sqrt{8 r_{\text{eff}} \sigma} & k_{\frac{S_{\pi}}{2}} = 0 \end{cases} \tag{9-45}$$

2) 刀触点位置计算

由前面叙述可知,当前路径的参数曲面 $S = S(u,v)$ 上第 i 条刀触点路径 $P_i = S[u(w),v(w)]$,当前的切触点坐标为 $C_{i,j} = S[u(w_j),v(w_j)]$,对应的下一条路径为 P_{i+1},刀触点是 $C_{i+1,j}$。要寻找 $C_{i+1,j}$ 刀触点,则有下式成立:

$$(C_{i+1,j} - C_{i,j}) \times S'_w(u(w_j),v(w_j)) = 0 \tag{9-46}$$

由于 P_j 在 $C_{i,j}$ 处的曲率可以计算为

$$k_{i,j} = \frac{\| S'_w \times S''_{uw} \|_{w=w_j}}{\| S'_w \|^3_{w=w_j}} \tag{9-47}$$

式中:

$$S'_w = S'_u u'_w + S'_v v'_w \tag{9-48}$$

$$S''_{uw} = (S''_{uu} u'_w + S''_{uv} v'_w) u'_w + S'_u u''_{uw} + (S''_{vu} u'_w + S''_{vw} u'_w + S''_{vv} v'_w) v'_w + S'_v v''_{uw} \tag{9-49}$$

则式(9-47)可变换为

$$(C_{i+1,j} - C_{i,j}) \times (S'_u u'_w + S'_v u'_w)_{w=w_j} = 0 \tag{9-50}$$

又根据前面的加工行距分析有

$$D_{i,j} = \left| C_{i+1,j} - C_{i,j} \right| \tag{9-51}$$

用泰勒公式将 $C_{i+1,j}$ 在 $C_{i+1,j}$ 处展开并略去二阶以上的项得到

$$C_{i+1,j} = C_{i,j} + S'_u \Delta u + S'_v \Delta v \tag{9-52}$$

将式(9-48)代入式(9-52)得到

$$(Eu'_w + Fv'_w)\Delta u + (Fu'_w + Gv'_w)\Delta v = 0 \tag{9-53}$$

将式(9-51)代入(9-53)得到

$$E(\Delta u)^2 + 2F(\Delta u \Delta v) + G(\Delta v)^2 = D_{i,j}^2 \tag{9-54}$$

联立式(9-53)和式(9-54)得到

$$\begin{cases} \Delta u = \pm \dfrac{a_2 D_{i,j}}{\sqrt{Ea_2^2 + 2Fa_1 a_2 + Ga_1^2}} \\[4mm] \Delta v = \pm \dfrac{D_{i,j}}{\sqrt{E\dfrac{a_2^2}{a_1^2} + 2F\dfrac{a_2}{a_1} + G}} \end{cases} \tag{9-55}$$

式中正负号根据实际加工进行的参数方向选取,其中

$$\begin{cases} a_1 = Eu'_w + Fv'_w & \tag{9-56} \\ a_2 = -(Fu'_w + Gv'_w) & \tag{9-57} \end{cases}$$

应用式(9-53)可求得当前刀触点对应点相邻刀触点为

$$C_{i+1,j} = S\left[u(w_j) + \Delta u, v(w_j) + \Delta v\right] \tag{9-58}$$

4. 刀具路径生成

刀具路径的生成需要首先初始化刀触点,根据刀触点计算曲面的相关数据,结合刀具的姿态,进行切削行距的计算,进给步长的计算,相邻刀触点参数的计算,最后形成刀位数据。刀具路径生成流程如图 9-50 所示。

9.2.4　实例计算

被加工曲面在 x、y、z 方向长度分别约为 300mm、300mm、30mm。加工条件为 $r = 3mm$,$r_f = 1mm$,允许加工误差为 $\sigma = 0.1mm$。生成刀触点路径如图 9-51 所示。图 9-51(a)为传统等参数法图,图 9-51(b)为本书所改进等参高方法图。两种方法参数对比如表 9-4 所示。

表 9-4　参数对比

方法	总路径数	总路径长度/mm	平均行距/mm
改进等参高法	20	9058	5.5
等参数法	35	17880	3.7

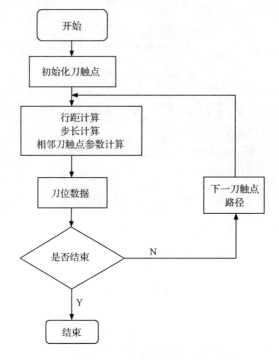

图 9-50　刀具路径生成流程图

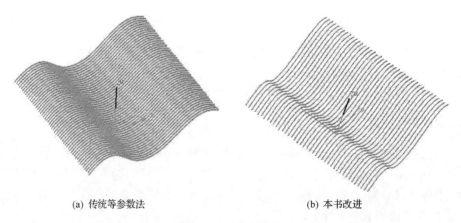

(a) 传统等参数法　　　　　　　　　　(b) 本书改进

图 9-51　刀触点路径

　　由此可见,本书提出的刀具路径生成方法能获得较少的刀具路径,提高了加工效率。

9.3　UG/POST 后置处理器开发

9.3.1　后置处理概述

数控编程中,将刀位轨迹计算过程称为前置处理。为使前置处理通用化,按照相对运动原理,将刀位轨迹计算统一在工件坐标系中进行,而不考虑具体机床结构及指令格式,从而简化系统软件。因此,要获得数控机床加工程序,还需要将前置计算所得的刀位数据转换成具体机床的程序代码,该过程称为后置处理(post-processing)。后置处理的任务是根据具体机床运动结构和控制指令格式,将前置计算的刀位数据转换成机床各轴的运动数据,并按其控制指令格式进行转换,成为数控机床的加工程序。

后置处理的任务一般包括以下几个方面:

1) 机床运动变换

机床运动变换是根据机床运动结构将前置刀位数据转换为机床轴运动数据。在运动转换时,应考虑是否在其正常行程范围内,若有超程现象,则需对运动轴进行重新选择或对其编程工艺作相应修改。此外,为提高加工精度,运动变换中还可进一步考虑机床结构误差,在加工程序上给予补偿修正。

2) 非线性运动误差校验

在前置刀位轨迹计算中,使用离散直线来逼近工件轮廓。加工过程中,只有当刀位点实际运动为直线时才与编程精度相符合。多坐标加工时,由于旋转运动的非线性,由机床各运动轴线性合成的实际刀位运动会严重偏离编程直线。因此,应对该误差进行检验,若超过允许误差时应作必要修正。

3) 进给速率校验

进给速率是指刀具接触点或刀位点相对于工件表面的相对速率。在多轴加工时,由于回转半径的放大作用,其合成速率转换到机床坐标时,会使平动轴的速率变化很大,超出机床伺服能力或机床、刀具的负荷能力。因此,应根据机床伺服能力(速率、加速率)及切削负荷能力进行校验修正。

4) 数控加工程序生成

根据数控系统规定的指令格式将机床运动数据转换成机床程序代码。后置处理必须具备两个要素:

(1) 刀轨——UG 内部刀轨。

(2) 后置处理器——是一个包含机床/控制系统信息的处理程序,它读取刀轨数据,再转化成机床可接收代码。

1. UG/POST 简介

UG 提供一个后置处理器——UG/POST。通过建立跟机床/控制系统相匹配的两个文件，即事件处理文件（event handler，后缀是 tcl）和定义文件（definition file，后级是 def），UG/POST 可以完成从简单到任意复杂机床/控制系统的后置处理。用户甚至以直接修改 tcl 文件和 def 文件，实现复杂的处理。UG/POST 可以处理车床、多轴铣床、车床制造中心等各种机床的后置处理。图 9-52 显示了后置处理的过程。

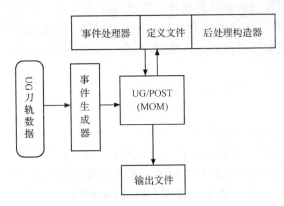

图 9-52　后置处理流程

UG/POST 的执行包括下面几部分：

（1）事件生成器（event generator）——把事件传给 UG/POST。事件是要处理的一个数据集，用来控制机床的一个动作。

（2）事件处理器（event handler）——是一个文件，里面是用 Tcl（tool command language）语言写的处理指令，定义每一类事件的处理方式。

（3）定义文件（definition file）——包含指定机床静态信息的文件。大多数数控机床用"地址"（address）来存储控制变量，NC 程序的命令行通过改变地址的状态来改变机床状态，从而控制刀具运动，进行零件加工。定义文件通常规定了机床属性、机床支持的地址、地址属性（格式、最大值和最小值等）以及地址组合的模式等。

（4）输出文件（output file）——用于存储后置处理程序输出的 NC 代码。

（5）MOM——是 POST 后置处理器的核心部分，POST 利用 MOM 来启动编辑器，并向编辑器添加函数和数据，加载事件处理器和定义文件。

事件生成器、事件处理器和定义文件是相互关联的，它们结合在一起把 UG 刀轨处理成机床可接收文件。UG/POST Builder 可以灵活定义 NC 程序输出的格式和顺序，以及程序头尾、换刀、循环等。

目前 UG/POST Builder 可以定义下列机床的后置处理：

（1）三轴铣床。

（2）三轴车铣（XZC）。

（3）四轴带转台或摆头机床。

（4）五轴带双转台或双摆头机床。

（5）五轴带一转台一摆头机床。

（6）二轴车床。

2. Tcl 语言概述

UG/POST 后置处理器的自主开发编程采用 Tcl 语言，Tcl 最初的构想的是希望把编程按照基于组件的方法（component approach），即与其为单个的应用程序编写成百上千行的程序代码，不如寻找一个种方法将程序分割成一个个小的，具备一定"完整"功能的，可重复使用的组件。这些小的组件小到可以基本满足一些独立的应用程序的需求，其他部分可由这些小的组件功能基础上生成。不同的组件有不同的功能，用于不同的目的。并可为其他的应用程序所利用。当然，这种语言还要有良好的扩展性，以便用户为其增添新的功能模块。最后，需要把这些组件结合在一起，使各个组件之间可互相"通信"，协同工作。

按照 Ousterhout 教授的定义，Tcl 是一种可嵌入的命令脚本化语言（command script language）。"可嵌入"是指把很多应用有效，无缝地集成在一起。"命令"是指每一条 Tcl 语句都可以理解成命令加参数的形式：

命令［参数 1］［参数 2］［参数 3］［参数 4］……［参数 N］

Tcl 实际上包含了两个部分：一种语言和一个库。Tcl 是一种交互式解释性计算机语言，几乎在所有的平台上都可以解释运行，具有强大的功能和简单的语法。

首先，Tcl 是一种简单的脚本语言，主要用于发布命令给一些互交程序，如文本编辑器、调试器和 Shell。脚本化是指 Tcl 为特殊的，特定的任务所设计。但从现在角度看可以说，Tcl 是一种集 C 语言灵活强大的功能与 Basic 语言易学高效的风格于一身的通用程序设计语言。Tcl 是一种可嵌入的命令脚本化语言，其语法简单可扩充性强，Tcl 可以创建新的过程以增强其内建命令的能力。

其次，Tcl 是一个库，可以被嵌入应用程序。Tcl 库中包含了一个分析器，用于执行内建命令的例程和可扩充（定义新的过程）的库函数。应用程序可以产生 Tcl 命令并执行；命令可以由用户产生，也可以从用户接口的一个输入中读取（按钮或菜单等），但 Tcl 库收到命令后会将它分解并执行内建的命令，经常会产生递归的调用。

Tk 是 Tcl 的另一部分，可以看做是 Tcl 的一个标准扩展工具，提供用户图形界面，如按钮、复选框、滚动条等。

　　Tcl 脚本语言和 Tk 工具箱是为 XWindow 系统创建图形用户界面的编程环境。Tcl/Tk 的真正功能在于,利用 Tcl 脚本语言几乎完全可以编写复杂的图形应用程序,因而避开了利用 C 语言编写界面时所遇到的界面编程的许多复杂性。

　　Tcl 语言与 C++、Java 语言相对比如表 9-5 所示。

表 9-5　Tcl 与 C++、Java 性能对比表

性能	语言		
	C++	Tcl/Tk	Java
运行程序速率	快	与 C++可比	慢
调试难易程度	复杂 每次修改完代码需 重新编译	简单 修改完代码可直接运行	比较简单 修改完代码需重新编 译成 ByteCode, 而且编译速率很慢
程序代码复杂程度	复杂	简明	比较简单
系统资源占用情况	200MB HD 32MB Memory	3MB HD 4MB Memory	20MB HD 4MB Memory
代码可维护性 可移植性	好	一般	较好

3. 异型石材多功能复合加工中心 SYH4608 后置处理算法

　　为方便分析,将刀轴矢量平移到工件坐标系的原点,且平移 B 轴使其通过工件坐标系的原点。假设工件坐标系中的单位矢量 $\{n\} = (0,0,1)$,当工作台绕 B 轴顺时针旋转 $\beta(0° \leqslant \beta \leqslant 180°)$ 角度的时候,单位矢量 $\{n\}$ 的端点 N_0 的运动轨迹是半圆弧,当工作台再绕 Z 轴逆时针旋转 C 角度,形成一个水平圆弧。由此可知,任意的刀轴矢量 $\{ON\} = \{n\} = (a_x, a_y, a_z)$,只要先使其端点绕 Z 轴顺时针旋转 C 角度,再绕 B 轴逆时针旋转 β 角度,就能够保证刀轴矢量 $\{ON\}$ 与 Z 轴重合,如图 9-53 和图 9-54 所示。

　　由图 9-53 所示几何关系可知,$\{OM\} = \{OG\} + \{GM\}$ 且 $\{OM\} = \{OE\} + \{EM\}$,根据已知的刀轴矢量 $\{ON\} = \{n\} = (a_x, a_y, a_z)$ 可以推导出 B、C 角度的计算公式如下:

$$C = \arcsin = \frac{1 - a_z}{\sqrt{a_x^2 + a_y^2}} + C'' \tag{9-59}$$

$$B = \arccos(2a_z - 1) \tag{9-60}$$

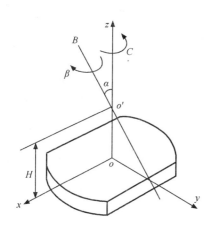

图 9-53　机床坐标系位置关系 1

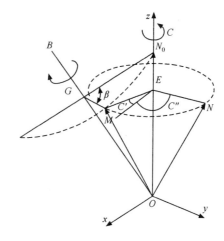

图 9-54　机床坐标系位置关系 2

其中

$$
C'' = \begin{cases}
\arctan \dfrac{a_y}{a_x} & a_x > 0, \ a_y > 0 \\[2mm]
90° & a_x = 0, \ a_y > 0 \\[2mm]
180° + \arctan \dfrac{a_y}{a_x} & a_x < -, a_y > 0 \\[2mm]
180° & a_x < 0, \ a_y = 0 \\[2mm]
0° & a_x > 0, \ a_y = 0 \\[2mm]
-180° + \arctan \dfrac{a_y}{a_x} & a_x < 0, \ a_y < 0 \\[2mm]
-90° & a_x = 0, \ a_y < 0 \\[2mm]
\arctan \dfrac{a_y}{a_x} & a_x > 0, \ a_y < 0
\end{cases}
\tag{9-61}
$$

假设某一瞬间, 原工件坐标系中的刀位点 $P_W(x_W, y_W, z_W)$ 随工作台旋转 B、C 角度后得到图 9-55 所示 $P_W'(x_W', y_W', z_W')$ 点位置, 则 P_W' 在 $O_1X_1Y_1Z_1$ 中的位置矢量 $\{r_7\} = (x, y, z)$ 可以通过如下坐标变换方式得到:

(1) $\{r_1\} \rightarrow \{r_3\}$。将原工件坐标系 $O_WX_WY_WZ_W$ 平移到 O' 点, 平移距离为 $(x_0, y_0, z_0 - H)$ 其中 (x_0, y_0, z_0) 为工件坐标系原点在机床坐标系中的坐标值, 变换矩阵为

$$
[M_1] = \begin{bmatrix}
1 & 0 & 0 & 0 \\
0 & 1 & 0 & 0 \\
0 & 0 & 1 & 0 \\
x_0 & y_0 & z_0 - H & 1
\end{bmatrix}
\tag{9-62}
$$

$$\{r_3\} = \{r_1\}[M_1] \tag{9-63}$$

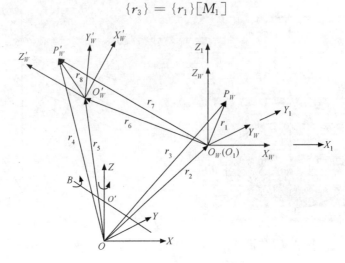

图 9-55　坐标值计算

(2) $\{r_3\}\rightarrow\{r_4\}$。加工刀位点 $P_w(x_w,y_w,z_w)$ 绕 Z 轴旋转 C 角度得到变换矩阵 $[M_2]$；再绕 B 轴旋转 B 角度得到变换矩阵 $[M_3]$。

$$[M_2] = \begin{bmatrix} \cos C & \sin C & 0 & 0 \\ -\sin C & \cos C & 0 & 0 \\ 0 & 0 & 1 & 0 \\ 0 & 0 & 0 & 1 \end{bmatrix} \tag{9-64}$$

$$\{r_4\} = \{r_3\}[M_2][M_3] \tag{9-65}$$

$$[M_3] = \begin{bmatrix} 1 & 0 & 0 & 0 \\ 0 & \cos(-45°) & \sin(-45°) & 0 \\ 0 & -\sin(-45°) & \cos(-45°) & 0 \\ 0 & 0 & 0 & 0 \end{bmatrix} \cdot \begin{bmatrix} \cos B & \sin B & 0 & 0 \\ -\sin B & \cos B & 0 & 0 \\ 0 & 0 & 1 & 0 \\ 0 & 0 & 0 & 1 \end{bmatrix}$$

$$\cdot \begin{bmatrix} 1 & 0 & 0 & 0 \\ 0 & \cos 45° & \sin 45° & 0 \\ 0 & -\sin 45° & \cos 45° & 0 \\ 0 & 0 & 0 & 1 \end{bmatrix} \tag{9-66}$$

(3) $\{r_4\}\rightarrow\{r_7\}$。将工件坐标系原点 O_w 中任意的刀位点 P_w 平移到新工件坐标系 $O_1X_1Y_1Z_1$ 原点处的坐标变换矩阵为

$$[M_4] = \begin{bmatrix} 1 & 0 & 0 & 0 \\ 0 & 1 & 0 & 0 \\ 0 & 0 & 1 & 0 \\ -x_0 & -y_0 & H-z_0 & 1 \end{bmatrix} \tag{9-67}$$

$$\{r_7\} = \{r_4\}[M_4] \tag{9-68}$$

原工件坐标系 $O_wX_wY_wZ_w$ 中任意的刀位点 P_w 坐标为 (x_w, y_w, z_w)，经过 B、C 角度旋转后的刀位点的坐标表达式为

$$[XYZ1] = [x_wy_wz_w][M_1][M_2][M_3][M_4] \tag{9-69}$$

9.3.2　立式工作台五轴联动后置处理

1. 机床选型

(1) 在 Windows XP 环境下，选择开始\所有程序\UG NX6.0\Post Tools\PostBuilder，启动 Post Builder。

(2) 在"Post Builder"窗口下，选择"File"下拉菜单后总的"New"，调出"Create New Post Processor"对话框，输入文件名，选择机床类型，如图 9-56 所示，然后确认。由于立式工作台加工属于五轴带一摆台一摆头，本书在 Machine Tool 中选 mill，在下拉条中选择 5-Axis with Rotary Head and Table。Post Output 统选择 Generic。

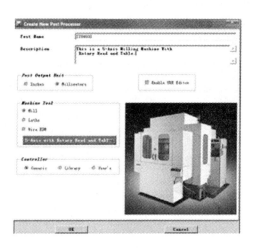

图 9-56　新建后置处理器

2. 参数设置

在 UG/Post Builder 的参数设置页中，有 5 页主要参数需要定义，分别是机床 (machine tool)、程序和刀轨 (program and tool path)、NC 数据格式 (NC data definition)、列表文件和输出控制 (listing file & output control)、文件预览 (files preview)，在每页主要参数里又包含许多子项参数。

在机床参数页可以设定的内容有：

（1）Output Circular Record，圆弧刀轨输出，可以输出圆弧插补或直线插补。

（2）Linear Axis Travel Limits，直线轴行程极限。

（3）Home Position，机床回零位置。

（4）Linear Motion Resolution，直线插补最小分辨率，控制系统可分辨的最小长度。

（5）Traversal Feed Rate，机床快速移动速率。

（6）Display Machine Tool，按此图标会显示机床机构示意图。

（7）Default，默认值，此页上所有参数设为上次文件保存时的设置。

（8）Restore，恢复值，此页上所有参数设为这次进入该参数页时的设置。

以下为对机床基本参数进行相应的设置：

（1）机床通用参数设置。在机床参数设置中，进入"General Parameters"选项，进行进给轴等基本设置，如图9-57所示。

图9-57　机床参数设置

（2）旋转轴参数设置。进入"Machine Tool"参数页，选中"Fourth Axis/Fifth Axis"选项，进行旋转轴参数设置，最大移动速率设置为10000，轴转动方向设置为Normal。图9-58、图9-59为机床旋转轴的角度设置，B轴为雕铣头旋转轴，旋转角度为−15°～＋90°，A轴为立式工作台旋转平面旋转角度，设置为−360°～＋360°。旋转轴的平面设置见图9-60，设置第四轴为Z-X平面，旋转轴为B轴，为机床的雕铣头旋转轴；第五轴为X-Y平面，旋转轴为C轴，为立式工作台的旋转轴。

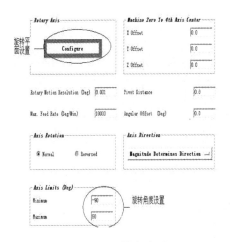

图 9-58　*B* 轴角度设置

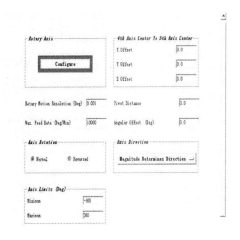

图 9-59　*A* 轴角度设置

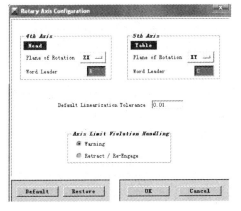

图 9-60　旋转轴旋转平面设置

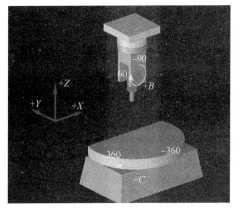

图 9-61　机床各轴显示简图

点击机床参数页 Display Machine Tool，显示机床简图，查看是否与设计相符，如图 9-61 为机床进给轴以及旋转轴结构简图。

3. 程序和刀轨参数设置

在程序和刀轨参数设置中可以定义、修改和用户化所有机床动作事件的处理方式。在这一参数页里共有 7 项子页参数，如图 9-62 所示。其中，Program（程序）页主要用于定义、修改和用户化程序头、操作头、刀轨事件（包括机床控制事件、机床运动事件和循环事件）、操作尾、程序尾。

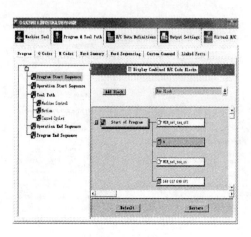

图 9-62　程序和刀具参数页

　　如图 9-62 所示,在 Program 页内可以看到两个不同的窗口。左边是组成结构,右面是相关参数。在左面的树状结构中选择某一部分,右面就会显示相关部分的参数定义。一个 NC 程序是由头和尾以及头尾之间的一系列操作组成,在左边窗口,叫做 Sequence(序列),也可以看成是由一系列有序的机床事件组成;在右边窗口,细化成 Marker(标记)和 Block(程序行)。基于在 UG 中刀轨的生成方式,某些事件,如换刀、主轴转、进刀等会出现在程序和操作的头尾。这些预先定义的事件在 Post Builder 中用黄色长条表示,就是标记的一种。在标记下又可以定义一系列要输出的程序行。在本书中,对程序头、程序尾、操作头、操作尾以及刀具都做了相应设置。

　　1) 程序头设置

　　在 Program 页面中,在左侧树形形状窗口中选择 Program Start Sequence 项,删除 MOM_set_seq_off 项,删除 G40、G17、G90、G17 项,再点击 Add Block 按钮,在％前加入新的 Bolck 块,点击 Add Word,在弹出的 Text Entry 对话框中的 Text 文本框中输入"BEGIN SYH4608 ＄mom_output_file_basename li"。此设置用于删除系统非必要输出项,并在文件开始输出文件名。

　　2) 程序尾设置

　　单击左侧的 Program End Sequence 项,点击 Add Block 按钮,添加新的块,点击 Add Word,编辑 Text,输入"END SYH4608 ＄mom_output_file_basename li"。文本添加如图 9-63 所示,这样把所有 NC 程序的文件名作为程序头和程序尾,是合理的。再添加新的 Block 放置在"END SYH4608 ＄mom_output_file_basename li"下,单击 Add Word 按钮,添加 More→M→M01。此设置用于每个程序以 M01 代码结束。程序头和程序尾设置如图 9-64 所示。

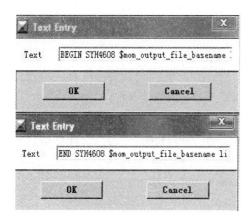

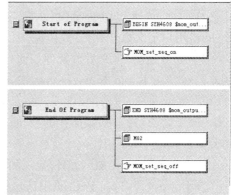

图 9-63　文本添加　　　　　　　　　图 9-64　程序头和程序尾设置

3) 操作头设置

在左侧树形结构窗口中选择 Operation Start Sequence,在右侧窗口的 Start of Path 中添加新的 Block,Text 文本输入为";＄mom_path_name"。此操作用于显示路径。

4) 操作尾设置

在左侧树形结构窗口中选择 Operation End Sequence,在右侧窗口的 End of Path 项中添加新的 Block,分别为 More->M_coolant->M09,More->M-Spindle->M05,More->M->M01。操作头、操作尾如图 9-65、图 9-66 所示。

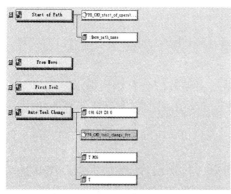

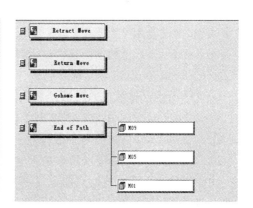

图 9-65　操作头建立　　　　　　　　　图 9-66　操作尾建立

5) 刀具设置

Machine Control(机床控制)控制冷却液、主轴、尾架、夹紧等事件,也可以是模式的改变,如输出是绝对或相对,又如进给是时间倒数、每分多少、每转多少或恒定面速率,这些在操作头以参数定义的信息都能传到后置处理。这些信息包括机床进给、主轴转速和切削参数(步距、公差等),也可以通过 UDE(User Defined Events,用户定义事件)的方式传递。

Motion(运动)定义后置处理如何处理刀轨中的 GOTO 语句。所有进给速率是 0 的运动由 Rapid Move Event(快速运动)处理;速率非 0 时,Linear Move Event(直线运动)处理切削、进刀、第一刀、步距进刀、侧刃切削等;Circle Move Event(圆弧运动)处理圆弧插补的刀轨;Nurbs(非均匀有理 B 样条)插补目前只有部分数控系统中有应用。

Canned Cycle(孔加工循环)定义所有孔加工循环的输出。

在 Program&Tool Path 页中还包括:

(1) G Codes(G 代码),定义后置处理中用到的所有 G 代码。

(2) M Codes(M 代码),定义后置处理中用到的所有 M 代码。

(3) Word Summary(字地址定义),定义后置处理中用到的所有字地址。可以修改格式相同的一组字地址,或其格式;如果要修改一组里某个字地址的格式,要到 NC Data Definitions 页的 Format 子页定义。

在 Word Summary 里有下列参数要定义:

① ＞word(字地址),与 NC Data Definitions 页的 Word 一样。

② ＞Leader/Code(头码),可以修改字地址的头码。头码是字地址中数字前面的字母部分,如 X20.0000 中的 X。可以输入新的字母或单击鼠标右键选择字母。

③ ＞Data Type(数据类型),可以是数字和文字。当所需代码不能用字母加数字实现时,就要用文字类型。

④ ＞Plus(＋),正数前面是否显示"＋"号。No 为不显示。负数前总有"－"号。

⑤ ＞Lead Zero(前零),前零是否输出。

⑥ ＞Integer(整数位),整数位数。数据超出整数位会有错误提示。

⑦ ＞Decimal(.),小数是否输出。小数点不输出时前零和后零不能不输出。

⑧ ＞Fraction(小数位),小数位数。

⑨ ＞Trail Zero(后零),后零是否输出。

由于 NC-110 系统的换刀指令 T 指令可以 4 位输出,所以对 T 指令格式进行修改。进入 Word Summary,找到 T 指令,在后面对应的 Integer 中把数字改为 4,Decimal 选中,如图 9-67 所示。

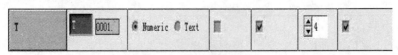

图 9-67　T 指令格式修改

4. NC 数据定义

在 NC Data Definitions(NC 数据定义)页中可以定义 NC 输出格式。下面又有四个子页，如图 9-68 所示。

Block(程序行)定义表示每一机床指令的程序行中输出字地址，以及字地址的输出顺序。行由词组成，词由字加数组成。建立行有两种方法：一种是在 Program&Tool Path 页，或拖拽一空行到序列、事件里，或在序列、事件里编辑一个旧的行；一种是在 NC Data Definitions 页的行定义里，编辑或建立行的数据。

Word(词)定义词的输出格式，包括字头和后面的参数的格式、最大最小值、模态、前线后缀字符。词由字头加数字\文字，再加后缀组成。字头可以

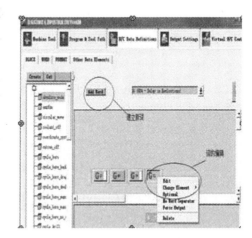

图 9-68　NC 数据定义页

是任何字母，一般是一个字母如 G、M、X、Y、Z 等，后缀一般放是一个空格。定义格式可以直接修改，或从格式列表里取，或在后面要介绍的格式定义里建立一个新的格式。

Format(格式)定义数据输出是实数、整数或字符串。数据格式定义取决于数据类型，坐标值用实数，寄存器用整数，注释和一些特殊类型用字符串。

Other Data Elements(其他数据)定义其他数据格式，如程序行序号和词间隔符、行结束符、信息始末符等一些特殊符号。

5. 列表和输出控制

Listing File Elements(列表文件)用于控制列表文件是否输出和输入内容。输出的项目有 X、Y、Z 坐标值，第四、第五轴角度值，还有转速和进给。也可以定义打印页的长、宽和页头及文件后缀。由于本设计的后置处理生成刀位文件将要用于 VERICUT 软件的加工仿真，为了能够导入 VERICUT，将文件输出格式定义为 MCD 格式，如图 9-69 所示。

图 9-69　列表文件与输出控制页

Generate Group Output(操作分组输出),生成几个 NC 程序。默认设置是
OFF,设为 ON 后,后置处理时,选多个程序组,将生成多个 NC 程序。

Output Warning Messages 在后置处理过程中,显示详细错误信息。

Display Verbose Error Messages 在后置处理过程中,显示详细错误信息。

Activate Review Tool 打开 Review Tool,用于 debugging 后置处理。

6. 保存后置处理

后置处理全部建立完毕以后,保存后置处理。保存后的后置处理不会直接显
示在 UG 软件下,需要对后置处理模板文件进行编辑。在 Post Builder 中,选择
Utilities→Edit Template Post Data File 命令,进入后置处理模板文件,在最后一
行点击新建,选择刚刚建立好的 PUI 文件,并将 ${UGII_CAM_POST_DIR}的内
容改为用户目录,保存,则立式工作台五轴联动后置处理建立完毕。

9.3.3　卧式工作台车铣复合后置处理

五轴车铣复合加工中心是将一个高效率的车削中心和一个五轴雕铣加工中心
结合在一起。这种多功能机床对于传统概念的车削中心具有革命性的意义,它使
复杂零件在一个机床上完成加工成为了可能。由于工件不再需要多个机床,所以
减少了加工时间和准备时间,同时降低了工人的劳动强度;并且由于工件一次装卡
完成,提高了零件的尺寸精度。

对于这类机床,UGXN 在创建后置处理时可以将其分解成车削、铣削后置处
理来分别处理。也就是说,五轴车铣复合中心后置处理时由一个车削后置处理和
一个铣削后置处理组成的。

1. 建立五轴车铣复合加工中心后置处理过程

（1）建立一个二轴车床后置处理，保存并关闭。
（2）建立一个摆头带转台的五轴铣削后置处理，保存并关闭。
（3）建立一个新的后置处理，机床类型选择车铣复合（Mill_Turn），由它来调用刚刚建立的车削和铣削后置处理。

2. 建立车后置处理

进入 Post Builder，选择 Lathe，后置处理名称命名为 SYH4608_lathe_mill。机床参数以及程序设置如前面方式设置，在此不加赘述，由于本加工中心只有一个刀塔，在 Turret 处选择 1，保存车后置处理，退出。

3. 建立铣后置处理

进入 Post Builder，选择 Mill，选择 5-Axis with Rotary Head and Table，建立五轴带一摆头一转台后置处理。命名为 SYH4608_mill，机床进给轴等参数同样如前面方式设置，但由于工作台的旋转轴不同，在旋转轴页面对转轴进行设置，如图 9-70所示，机床结构示意图如图 9-71 所示。

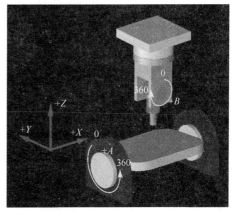

图 9-70　旋转轴设置　　　　　　　　图 9-71　机床结构示意图

4. 建立车铣中心后置处理

在 Post Builder 中选择 Mill，选择 3-Axis Mill-Turn，命名为 SYH4608，选择 Program & Tool Path 项，选择 Linked Posts 项，连接已建立的车后置处理和铣后置处理。如图 9-72 所示，在链接后置处理的开始和结尾处如果有特殊的 G 和 M

代码,可以在这里点击 Start of Head 和 End of Head 来输入,车铣复合加工中心后置处理建立完毕,保存后置处理,进入 Template_post. dat 文件中,在文中选择一行并使其高亮,然后单击 New 按钮,选择刚刚建立后置处理所在目录,选择此后置处理文件,添加到 Template_post. dat 文件中,这样在 UG 中则可调用刚刚建立的车铣复合后置处理,如图 9-73 和图 9-74 所示。

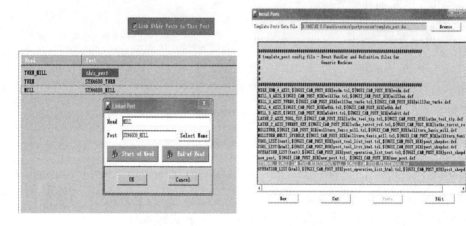

图 9-72　连接车铣后置处理　　　　　　图 9-73　添加后置处理

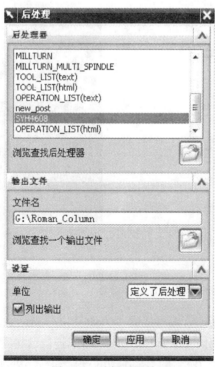

图 9-74　选择后置处理

9.3.4　用户化后置处理

在对通用机床后置处理研究的基础上,为了实现用户需求,更方便对程序的后续更改及检查,本书建立了针对 NC-110 数控系统的用户化后置处理,用户需求如表 9-6 所示。

表 9-6　用户需求

序号	要　求
1	在程序前显示文件相关信息,便于程序员识别及检查
2	NC 程序自动换刀,并显示刀具信息,便于检查
3	在每一程序结尾处将机床主轴 X 方向回零,主轴停转,冷却关闭,便于检查工件加工质量
4	在程序尾加入加工时间,便于确认加工工时方便数控编程优化

1. 程序前显示文件名

在进行后置处理时,系统可以自动针对 NC 文件生成日期、零件名和 NC 文件名显示在程序头,可以方便程序员对 NC 程序进行确认及检查。

选中 Program,在左侧树形形状窗口中选择 Program Start Sequence 项,为了满足 NC-110 数控系统要求,删除 MOM_set_seq_off 项,删除 G40、G17、G90、G17项,之后建立一个用户自定义命令,进入输入以下内容:

```
{
global mom_date
global mom_part_name
global mom_output_file_suffix
MOM_output_literal"(Date：$ mom_date)"
MOM_output_literal"(Part：$ mom_part_name)"
MOM_output_literal"(Nc file：$ mom_output_file_basename. MYMmom_output_file_suf-
fix)"
}
```

2. 自动换刀设置,显示刀具信息

在左侧树形结构窗口中选择 Operation Start Sequence,在右侧窗口的 Start of Path 中添加新的 Block,名称改为 tool_info,在文本框中输入以下内容:

```
{
global mom_tool_name mom_tool_type
global mom_tool_diameter mom_tool_cornerl_radius mom_tool_flute_length
global mom_tool_length tip_angle mom_tool_point_angle RAD2DEG
```

```
if！［info exists mom_tool_corner1_radius］
｛set mom_tool_corner1_radius 0｝
if｛＄mom_tool_type＝＝"Drilling Tool"｝
set tip_angle［expr ＄mom_tool_point_angle ＊ ＄RAD2DEG］
MOM_output_literal";(D＝［format "％.2f" ＄mom_tool_diameter］
R＝［format "％.2f" ＄mom_tool_corner1_radius］
F＝［format"％.2f" ＄mom_tool_flute_length］
L＝［format"％.2f" ＄mom_tool_length]）"
｝
```

该设置用于在后置处理中将每个操作的刀具信息都显示出来,便于程序的检查和分段执行。

3. 修改程序结尾,将主轴 Z 方向回零,主轴停转,冷却关闭

在左侧结构窗口中选择 Operation End Sequence,将右侧下拉窗口中 New Block 添加到 End of Path 节点中,系统会自动弹出一个新的对话框 end_of_path_1。关闭冷却液,在新窗口中选择上方下拉窗口中 More→M_coolant→M09,点击 "Add Word"将其拖至对话框中,单击 OK,退出窗口。主轴停转,采用相同的方法加入 New Block→More→M_Spindle→M05,再加入 New Block→More→M→M01。关闭冷却液,再次将右侧下拉窗口中 New Block 添加到 End of Path 节点中 M05 和 M01 之间,在弹出新窗口中选择上方下拉窗口中 G_mode→G91 加入,选择上方下拉窗口中 G→G28 加入,再选择上方下拉窗口中 X_Zero 加入,在弹出对话框 Expression Entry 中输入 0,单击 OK 两次回到主窗口。强制输出,移动鼠标至右侧窗口中 End of Path 节点下的 M09 块上,单击鼠标右键选择 Force Output,在弹出对话框中勾选 M09,然后单击 OK 退出,采用相同方法将 M05、G91、G28、Z0 和 M01 块进行处理,特别在处理 G91、G28、Z0 块时将三个单选框全部勾上。通过如此修改满足数控系统要求,并在程序结束后使主轴停转,冷却液关闭。

4. 在程序尾加入加工时间

一般我们都希望知道自己编制的程序实际需要多长时间完成加工,以便有针对性地进行改进,提高加工效率,也便于计算工时。

首先建立一个用户自定义命令,输入以下内容:

```
｛globe mom_Machine
MOM_output_literal";(Total Operation Machine Time:［format "％.2f" ＄mom_machine_time]min)"｝
```

将用户命令加到 Program End Sequence 节点中。

后置处理全部建立完毕以后,保存后置处理。在 Post Builder 中,选择 Utilities→Edit Template Post Data File 命令,进入后置处理模板文件,在最后一行点击新建,选择刚刚建立好的 PUI 文件,并将 ${UGII_CAM_POST_DIR}的内容改为用户目录,保存。

对于已经建立完毕的后置处理,通过对刀位文件进行处理可以得到 NC 代码,并对 NC 代码分析,发现所产生代码已经满足系统要求及用户需求。通过对加工时间的比较,发现优化后的加工时间明显少于未优化的加工时间,证明了刀具路径生成算法及优化方法的正确性,如图 9-75 和图 9-76 所示。

图 9-75　未优化部分 NC 代码　　　　　　图 9-76　优化后部分 NC 代码

9.4　基于 VERICUT 的加工仿真研究

9.4.1　VERICUT 软件简介

VERICUT 是美国 CGTECH 公司开发的一种运行于 Windows 或 Unix 平台的计算机上的先进的虚拟制造及数控加工仿真软件。该软件通过模拟机床加工的过程,能真实反映加工过程中遇到的各种问题,包括加工编程的刀具运动轨迹、工件过切情况和刀、夹具运动干涉等错误,甚至可以直接代替实际加工过程中试切的工作,并且提供了对刀位轨迹和加工工艺优化处理的功能,可以提高零件的加工效率和机床的利用率。其加工仿真图形显示速率快,图形真实感强,可以对不同数控系统、不同格式的数控代码进行仿真,并且可以根据仿真和分析结果生成精度分析报告等一系列技术文档。VERICUT 仿真系统还可以与成熟的 CAD/CAM 软件进行集成,作为 CAD/CAM 软件的一个模块对设计模型进行数控加工仿真。

VERICUT 软件具有较强的机床和 NC 程序的仿真功能,各模块功能如表 9-7 所示。

表 9-7　VERICUT 各模块功能

VERICUT 软件模块	模块功能
VERIFICATION	仿真、验证和分析三轴铣削、钻削、车削、车铣复合和线切割刀路
OptiPath	通过修改切削速率,优化刀路,实现高效切削
Model Export	将仿真后的模型以 IGES 或 STL 格式输出
Machine Simulation	建立并仿真 CNC 机床及各种控制系统,检验机床干涉与碰撞
Multi-Axis	仿真与验证四轴与五轴铣削、钻削、车削和车铣复合加工
AUTO-DIFF	实时擦伤检查和模型分析,并于设计模型相比较
Advanced Machine Features	增强 VERICUT 仿真高级加工功能的能力
Machine Developer's Kit	增强 VERICUT 仿真复杂机床的功能
CAD/CAM Interfaces	从 CAD/CAM 系统内部无缝运行 VERICUT
VERICUT Utilities	模型修复工具和转换器

9.4.2　VERICUT 系统功能简介

1. 仿真与验证功能

VERICUT 具有较强的仿真功能,其三维仿真功能不仅能用彩色的三维图像显示出刀具切削毛坯形成零件的全过程,还能显示出刀柄、夹具、机床的运行过程和虚拟的工厂环境。VERICUT 库中提供了常用的机床模型,如 K&T 和 Generic Machines 等公司机床,用户还可以根据需要自定义机床模型。同时,VERICUT 支持 G 代码并配有制造商提供的机床控制文件库,如 Fanuc、Siemens 等控制系统。对于一些不常用的功能,可以通过 Machine Dev. Kit 模块自定义,也可根据自己的需要任意组合所需的加工系统。一次机床碰撞将付出极昂贵的代价,不仅损坏机床,而且延迟整个生产日程。VERICUT 能用不同颜色显示加工过程中刀具与夹具的碰撞并报警,同时统计出错误的数量及发生位置。VERICUT 的三维仿真分析功能完全与车间实际加工一样,对于保证 NC 程序精确性、降低劳动强度及提高生产率具有现实意义。

2. 优化功能

在数控加工中,影响零件制造精度的因素很多,其中 NC 程序的好坏优劣起着重要的作用。NC 程序中包含的切削参数主要有主轴转速、切削进给率、切入进给率、切深及切削宽度等。在数控加工生产研究中，发现 NC 程序中存在一些不合理现象：①切削进给率过分保守；②刀具在空行程时使用切削时的进给率；③实际切削量大于或小于预期值时，进给率无补偿；④切深、切宽和切入角度变化时，进给率无补偿。

这些现象影响了加工效率和工件表面的加工质量，容易造成刀具损坏或缩短刀具寿命。因此，对 NC 程序的优化主要是针对上述参数的优化。所谓基于 VERICUT 的优化设计，是指基于切削条件和切削的材料量，通过重新计算进给速率或主轴转速，以满足最小加工时间的目标函数及最大机床功率等约束条件的要求，从而产生一个优化的刀具轨迹文件。这一功能由 VERICUT 内部的 OptiPath 模块来完成，可实现 NC 代码优化，重新生成优化后的刀具轨迹文件（G 代码格式）的序号。优化刀具轨迹并不改变刀具原有加工路线，它可以根据给定的模型和用户设定的一组优化参数，确定各个工序的最佳进给速率或主轴转速，实现快速、高效切削，保证工件质量。

图 9-77 为利用 VERICUT 进行数控机床加工仿真的过程，重点在于机床的构

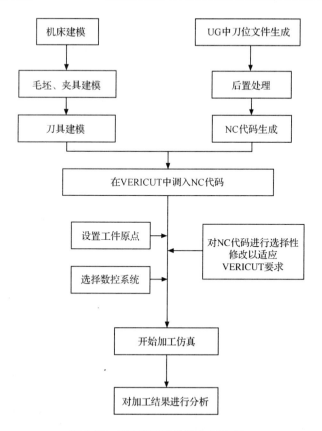

图 9-77　VERICUT 仿真加工流程

建和 NC 代码的生成及修改调用。在用 CAM 软件生成刀具轨迹和 NC 代码的过程中应该保证所用刀具的参数应与在 VERICUT 中建立的刀具保持一致。对于 NC 代码的修改,主要是在程序的适当位置加入 VERICUT 中建立的刀具号,否则在仿真时会出现刀具调用不上的问题。

9.4.3 VERICUT 加工仿真过程

1. 机床建模

VERICUT 仿真刀位轨迹相似于在 NC 机床上运行刀位轨迹,VERICUT 用不同类型的组件表示不同功能的实体模型,并用模型来定义各组件的三维尺寸、形状。通过定义毛坯、夹具和切削刀具等组件、模型,然后像真实加工时实体间的相对连接关系一样,连接各组件、模型到 NC 机床正确的位置构成组件树,并用控制文件控制使各组件模型的相对运动与真实加工时各自的运动相同,最后用相应的刀位轨迹进行仿真切削加工。

VERICUT 中提供了多种类型的组件,来描述加工仿真中所用的不同功能的三维实体模型,包括机床的基础件、XYZ 轴、主轴、工作台、毛坯、夹具和切削刀具等组件。组件被默认为没有尺寸和形状,只定义了实体模型的功能,通过增加模型到组件,使组件具有三维尺寸和形状,组件类型如表 9-8 所示。

表 9-8 组件类型

组件	部件	组件	部件
Xlinear	直线轴 X	ULinear	直线轴 U
Ylinear	直线轴 Y	VLinear	直线轴 V
Zlinear	直线轴 Z	WLinear	直线轴 W
ARotary	旋转轴 A	A2Rotary	旋转轴 $A2$
Brotary	旋转轴 B	B2Rotary	旋转轴 $B2$
Crotary	旋转轴 C	C2Rotary	旋转轴 $C2$
ATurret	转塔 A	Design	设计零件
Bturret	转塔 B	Design Point	设计点
Cturret	转塔 C	Spindle	主轴
Base	基础	Tool	刀具
Fixture	夹具	Guide	刀轨
Stock	毛坯	Other	其他

建立的组件树是没有尺寸和形状的,需要通过增加模型到组件的方法使组件具有三维尺寸和形状。在 VERICUT 系统中,通常需要定义毛坯、夹具、机床床

身、各轴工作台等几类模型,并连接这些组件到组件树的正确位置。每个模型都有自己的右手笛卡儿坐标系,并且可以通过改变其在系统空间中的坐标值来将各个组件根据它们之间的位置关系进行装配。在 VERICUT 系统中,模型的定义有很多方法。最简单的是利用软件自带的建模模块,可以定义长方体、圆锥体和圆柱体三类简单形状模型及其组合的复杂模型,这些形状的提供大大加快了机床仿真的速率和优化了机床的显示和消隐。此外,还可以通过 UG、Pro/E 等 CAD 软件建立几何模型,并输出成 IGES、STL、CATV 等格式,然后通过 VERICUT 提供的图形转换输入接口导入到机床仿真系统中。这种方法适用于建立复杂的几何体。

仿真机床是将实际机床进行一定形状抽象尺寸描绘,按照各部件间一定的逻辑结构关系和运动依附关系组合而成的机床抽象模型。该模型应该能真实反映机床各个坐标轴的逻辑关系和运动关系,并能真实再现机床运动轨迹,在仿真软件、NC 程序、数控控制系统、刀库等的支撑下可以模拟 NC 程序运动轨迹,并以此进行 NC 程序的正确性、合理性检测,并能检测机床运动方式,尤其是多轴机床的空间运动轨迹的正确性检测。仿真机床构建的过程就是将实际数控机床实体按照运动逻辑关系进行分解,并对各部件进行模型抽象,成为较为简单的数学模型,然后按照各部件的逻辑结构关系进行“装配”,得到需要的仿真机床模型。在此基础上,可以进行简单的机床检测,如工作台的移动方式,A、B 轴的旋转运动方式等。建立机床运动学模型,系统提供部分控制文件库供使用者调用或修改,以满足定制要求,然后利用建模模块按照机床图纸建立机床的几何模型,按照要求设置机床初始位置,生成相应的控制文件、机床文件等。机床结构示意图如图 9-78 所示。

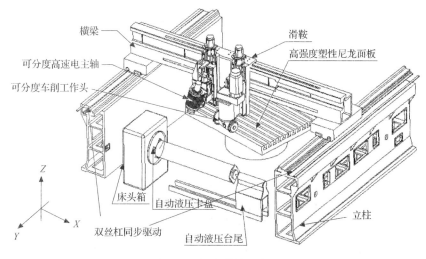

图 9-78 机床结构示意图

本书中建立了车铣复合加工中心,X、Y、Z 以及雕铣头和卧式旋转工作台的五轴联动机床。因为在 VERICUT 软件中仅能建立圆柱、锥体、方体等简单模型,所以必须借助 UG、SolidWorks、Pro/e 等建模功能强的软件才能完成较形象逼真的机床模型的建立。利用 SolidWorks 创建车铣复合加工中心的装配模型,并另存为 STL 格式,如图 9-79 所示。

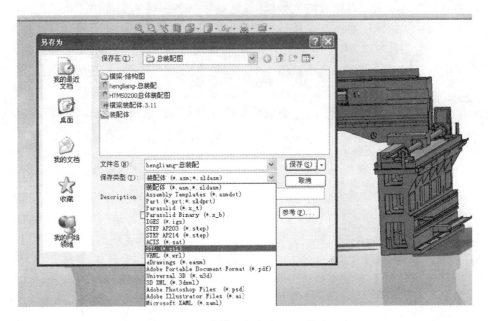

图 9-79　将模型保存为 STL 格式

在 VERICUT 中新建一个项目,根据本加工中心各运动部件之间所形成的运动链来建立组件树,然后给各组件配置模型,即将保存好的 STL 文件导入,就可建立如图 9-80 所示机床模型。

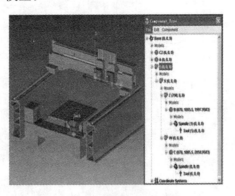

图 9-80　机床模型及结构件图

2. 刀具建模

铣削加工所用刀具通常称为铣刀,数控铣床或加工中心的常用铣刀按形状可以分为以下四种:

(1)盘形铣刀。一般采用在盘状刀体上机夹刀片或刀头组成,常用于端铣较大的平面。

(2)端铣刀。端铣刀也称为圆柱铣刀,是数控铣削加工中最常用的一种铣刀,主要用于加工平面类的零件。端铣刀除用端刃铣削外,也常用侧刃铣削,有时端刃、侧刃同时铣削。

(3)球头铣刀。适用于加工空间曲面零件,有时也用于平面类零件较大的转接凹圆弧的补加工。

(4)圆鼻铣刀。可看做是底部磨出圆角的端铣刀。常用于平面加工、外形加工和曲面粗加工。

刀具是机床进行加工的一种重要工具,为了使建立的数控加工仿真机床模型能适应不同的加工程序,可以建立特定机床所使用的所有刀具的主刀库。在构建刀具时,主要包含刀具及刀柄两个部分。构建刀柄的主要目的是检测在切削时刀柄是否会和工件、夹具等碰撞,刀具及刀柄建立如图9-81所示。

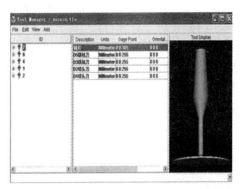

图 9-81　刀具及刀柄建立

9.4.4　加工仿真

在 VERICUT 系统菜单中点击 Setup→Machine→Open,调出已建立的虚拟机,同样点击 Setup→Tool Manager→File→Open,打开已经建立的刀库。之后在机床的卧式工作台上放置毛坯,同机床建模过程类似,在 VERICUT 系统中可以利用软件自带的建模模块建立长方体、圆柱体、圆锥体等形状较简单的零件毛坯。同时也可通过其他 CAD 建模软件建立那些形状较复杂的毛坯,然后通过数据接口导入到 VERICUT 中。接着需要根据在前面零件建模过程所确定的零件编程原点来将毛坯移动到正确的位置,可以采用 MDI 功能,来获取程序原点的坐标值,如图9-82所示,通过 Settabies 选项来设置程序零点,如图9-83所示。

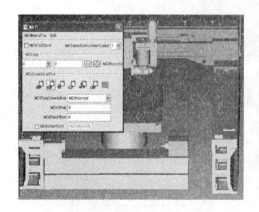

图 9-82　MDI 模式对刀

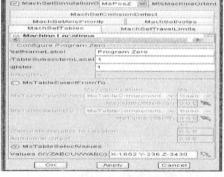

图 9-83　设置程序零点

前面介绍了罗马柱的车、铣加工编程以及五角星模型的铣削加工编程,产生刀位文件,再通过所建立的后置处理器的处理,生成 NC 代码,在 VERICUT 中导入后置处理器产生的 NC 代码,对罗马柱模型、长城、五角星模型进行仿真加工,如图 9-84～图 9-88所示。

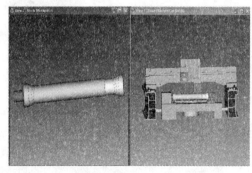

图 9-84　罗马柱车削加工 1

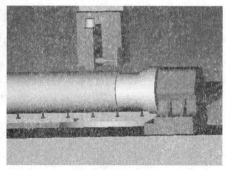

图 9-85　罗马柱车削加工 2

图 9-86　罗马柱铣削加工结果

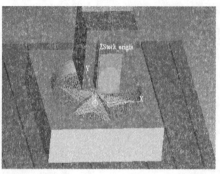

图 9-87　五角星加工结果

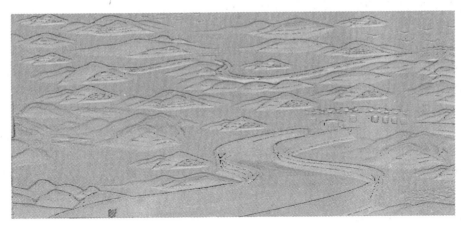

图 9-88　长城浮雕局部加工效果

对于 VERICUT 软件的仿真结果,一方面我们可以通过对其进行缩放、旋转等操作并结合 LOG 日志文件观察工件的加工和碰撞干涉情况,并进行尺寸测量和废料计算。此外,还可以利用 AUTO-DIFF 模块进行加工后模型和设计模型的比较以确定两者间的差异以及过切和欠切情况,进而修改相应的刀具轨迹文件和参数,直至仿真完全达到要求为止。另一方面,利用 OptiPath 模块并进行一定的参数设置可以优化刀位轨迹,调节刀具的进给和切削速率,最大限度地提高去料切削效率,从而提高零件加工效率、缩短加工时间和制造周期。

VERICUT 实现了对由后置处理产生的 NC 代码进行的加工仿真,验证了数控编程的正确性以及后置处理的正确性。同时,发现了编程过程中精加工刀具半径设置过大以及加工方法的选择不当对于加工结果影响较大,出现过切以及欠切情况,故对刀具参数以及加工方法、加工参数进行修改,最终获得较好的加工结果。

面对石材行业迫切需要多功能、效率高、自动化程度高的石材异型制品加工设备的形势,本章介绍了一种集车削、铣削、研磨、抛光于一体的八轴五联动的异型石材多功能数控加工中心,主要研究了基于异型石材的数控编程以及 NC 代码的自动化生成过程的开发。

本书以异型石材典型模型为例,应用 UGNX 软件,对异型石材多功能复合加工中心的数控编程加工以及后置处理器的开发进行了研究,结论如下:

(1) 以罗马柱为异型石材回转体的典型模型,进行了车铣复合编程,用以验证异型石材多功能复合加工中心 SYH4608 的车铣复合加工性能。以五角星为五轴加工自由曲面的典型模型,用以验证加工中心的五轴加工功能。对异型石材曲面加工中各加工参数进行了系统的分析,得出了刀具尺寸、切削步距、进给速率、切削顺序、切入/切出公差等对表面精度及加工效率影响较大的结论。从理论和实际条件出发进行反复的仿真试验,最后对各个加工参数进行了优化,得到合理的刀具轨迹。

(2) 论述了一种利于石材加工的复杂异型曲面五轴刀具路径生成方法,对刀具触点附近进行局部分析,给出加工带宽、加工行距的计算公式。对相邻刀触点的参数值进行了计算,生成比较理想的刀具路径,最后给出实例验证了改进等参数法相对于传统等参数法的优势。

(3) 论述了后置处理的开发过程,建立了立式工作台五轴联动后置处理器和卧式工作台的车铣复合加工后置处理,建立了基于 NC-110 数控系统的程序头、程序尾等操作。为了满足用户需求,采用 Tcl 语言对其各个模块进行编程,产生 NC代码,验证了后置处理器的有效性,并对产生的 NC 代码进行分析,验证了改进等参数法和编程的正确性。

(4) 通过 VERICUT 软件建立了试验用车铣加工中心机床模型,为之后的加工仿真创建了虚拟环境。以罗马柱和五角星为例,对后置处理产生的 NC 代码进行了仿真加工验证,证明了数控编程以及后置处理器的正确性,验证了机床的加工性能。同时对加工结果进行了分析,证明了加工参数理论分析的合理性。

异型石材多功能数控加工中心的研发是符合石材行业的发展规律而开展的科研工作,是国家"十一五"科技支撑计划的主要内容之一,是一项值得深入研究的科研项目,在本书的基础上还应对以下几个方面进行深入的研究和分析:

(1) 石材等脆性材料的切削、磨削加工工艺研究。研究石材等脆性材料的切削力、切削工艺、切削特性可以为石材加工设备的研发提供更好的基础材料。

(2) 对于异型石材加工中心的数控技术研究和 CAD/CAM 技术,以及扫描和成像等技术进行研究。

(3) 对车削、铣削同时进行的后置处理程序进行开发。研究车削、铣削同时进行的后置处理可以提高异型石材加工的加工效率。

参 考 文 献

[1] 侯建华. 2005 年中国天然石材产品进出口量值统计汇总表. 石材,2006,3:22

[2] 侯建华. 2006 年中国天然石材产品进出口量值统计汇总表. 石材,2007,3:2

[3] 侯建华. 2007 年中国天然石材产品进出口量值统计汇总表. 石材,2008,3:6

[4] 赵民. 石材加工工具与技术. 北京:电子工业出版社,2009

[5] Liu J J, MacGregor J F. Estimation and monitoring of product aesthetics: Application to manufacturing of "engineered stone" countertops. Machine Vision and Applications, 2006,16(6):374~383

[6] Liu J J, MacGregor J F, Duchesne C, et al. Monitoring of flotation processes using multiresolutional multivariate image analysis. Minerals Engineering, 2005,18(1): 65~76

[7] 吴玉厚,赵德宏,陆峰,等. 异型石材制品加工技术与设备发展概述. 石材,2007,8:30~33

[8] Liu J J, MacGregor J F. Modeling and optimization of product appearance: application to injection-molded plastic panels. Industrial & Engineering Chemistry Research, 2005, 44 (13): 4687~4696

[9] 吴玉厚,吴岗,陆峰,等. 国内外异型石材机械的现状及发展趋势. 石材,2008,3:22~25

[10] 吴玉厚,王凯,姜庆凯,等. 基于比磨削能的花岗岩内圆磨削的正交实验. 沈阳建筑大学学报,2009, 25(3):556~560

[11] 孟剑锋,李剑峰,孟磊. 金刚石工具加工硬脆材料时的磨损及其影响因素的研究现状. 刀具技术,2004, 38(13):6~8

[12] 赵民,赵永赞,刘黎,等. 磨料水射流切割石材的应用研究. 金刚石与磨料磨具工程,2000,116(2):21~23

[13] 于怡青. 金刚石砂轮平面磨削花岗石的实验研究. 超硬材料与宝石,2003,6(2):1~4

[14] 初晓飞. 大切深锯切中力对金刚石节块状态的依赖性研究[硕士论文]. 厦门:华侨大学,2004

[15] 李远,黄辉,朱火明,等. 花岗石锯切过程中的锯切力特征. 金刚石与磨料磨具工程,2002,(4):15~19

[16] 陈光华. 花岗石锯切力的研究[硕士论文]. 厦门:华侨大学,1990

[17] Xu X P. Forces and energy in circular sawing and grinding of granite. Transactions of ASME: Journal of Manufacturing Science and Engineering,2001,123(1):13~22

[18] 李远. 锯切花岗石过程中的力和能量特征[硕士论文]. 厦门:华侨大学,2000,6

[19] 李伯民,赵波. 现代磨削技术. 北京:机械工业出版社,2004.

[20] 李远,黄辉,于怡青,等. 切磨过程中花岗石材料去除机理研究. 矿物学报,2001(3):401~405

[21] Pfluger E, Schroer A, Voumard P, et al. Influence of Incorporation of Cr and Y on the wear performance of TiAlN coatings at elevated temperatures. Surface and Coatings Technology, 1999, 115: 17~23

[22] 张广鹏,黄玉美. 机床运动功能方案的创成式设计方法. 组合机床与自动化加工技术,1999,(2):38~41.

[23] 张广鹏,史文浩,黄玉美. 数控车床结构布局形态方案创成研究. 中国机械工程,2003,14(21):1805~1808.

[24] 杉村延广,岩田一明,等. 工作機械の設計に対する解析的フブローヴ(第 1 报). 日本機械学会论文集(C 编),2001:417~418

[25] Kim D, Chung W K. Analytic singularity equation and analysis of six-doi parallel manipulators using local structurization method. Robotics and Automation, 1999,15(4):612~622

[26] Nielsen J, Roth B. On the kinematic analysis of robotic mechanisms. The International Journal of Ro-

botics Robotics Research,1999,18：1147～1160

[27] Albert M. Center of gravity is key to reduced vibration. Modern Machine Shop, 2004,76(10)：3

[28] 孙长青,吴玉厚.电主轴的安装对其动态精度的影响.机电产品开发与创新,2006,(1):1～3

[29] Wu Y H, Zhang L X, Zhang K,et al. Design on high-speed precision grinder. Key Engineering Materials,2006,304,305:492～496

[30] 郭大庆,吴玉厚,张珂,等. 基于 PMAC 下砂轮——电主轴系统的振动特性与分析.机电工程技术,2005,34(9):86～89

[31] 江孔华,李树春,孙晓东. CosmosWorks 软件在复杂结构梁分析中的应用.机械工程师, 2003,7:40～42

[32] 孙德华. Cosmos/Works 的构件静强度与刚度分析.安徽职业技术学院学报,2005,6

[33] 包明宇,曹国强. 基于 SolidWorks 和 Cosmos 的模具结构三维设计及有限元分析.沈阳航空工业学院学报,2004,21(2):44,45

[34] Kirschman C F, Fadel G M. Classifying functions for mechanical design. Journal of Mechanical Design Transactions of the ASME, 1998,120 (3):475～482

[35] Cao D X,Tan R H,Yuan C Y,et al. Conceptual design of mechanical product based on functional decomposition. Chinese Journal of Mechanical Engineering ,2001,37 (11):13～17

[36] 吴玉厚.热压氮化硅陶瓷球轴承.沈阳:辽宁科学技术出版社,2003.4

[37] 吴玉厚. 数控机床电主轴单元技术.北京:机械工业出版社,2006

[38] 张珂,佟俊,吴玉厚,等. 陶瓷轴承电主轴的模态分析及其动态性能实验.沈阳建筑大学学报,2008,24(3):490～493

[39] Zhang K, Wang H , Wu Y H, et al. Analysis of grinding force influence on HIPSN ceramic grinding surface. Key Engineering Materials,2009,4(16):51～53

[40] 张俊萍,李颂华,吴玉厚.高速磨削用陶瓷轴承电主轴单元的动特性分析.机械设计与研究,2008,24(4):62～66

[41] 张珂,张玉,吴玉厚.陶瓷轴承电主轴单元的设计与研究.东北大学学报,2002,23(12):1185～1188

[42] Li S H, Wu Y H. High-efficiency and precision grinding technology of HIPSN all-ceramic bearing race. Key Engineering Materials,2008,359～360:108～112

[43] 郭大庆,吴玉厚,张珂,等. 陶瓷轴承电主轴系统的特性与分析. 机械与电子,2005,7:77,78

[44] 闫大鹏,吴玉厚,张柯.高速电主轴轴承油气润滑系统的研究.机械工程与自动化,2006,1:37～39

[45] Li S H, Wu Y H. High-efficiency and precision grinding technology of HIPSN all-ceramic bearing race. Key Engineering Materials, 2008,359～360:108～112

[46] Wu Y H, Zhang L X, Zhang K,et al. Design on high-speed precision grinder. Key Engineering Materials,2006,304,305:492～496

[47] Wu Y H, Li S H,Zhang K . Lapping Machining of high-speed and high-precision ceramic bearing balls. Key Engineering Materials,2005,291,292:325～330

[48] 张珂,徐湘辉,佟俊,等. 电主轴直接转矩控制系统的设计与仿真研究.制造技术与机床,2007,8:31～35

[49] 吴玉厚,吴岗,张珂,等.异型石材多功能数控加工中心关键部件的模态分析.沈阳建筑大学学报, 2009,1：165～169

[50] 吴玉厚,赵德宏,陆峰,等.基于COSMOS的异型石材加工中心用横梁结构设计与分析.石材,2008,6:33～36

[51] Li S H, Wu Y H,Zhang K. Simulation and investigation of direct torque control for high speed ceramic motorized spindles. Proceedings of the 8th International Conference on Frontiers of Design and Manu-

facturing(ICFDM2008), September 23~26,2008,Tianjin:250

[52] 张贺,吴玉厚,冯松涛,等.基于 UG/POST 的异型石材数控加工中心 SYH4608 专用后置处理器研究.制造业自动化,2010,11:20~23

[53] 冯松涛,吴玉厚,侯宝佳,等.基于 VERICUT 的刀具切削参数的仿真优化.制造业自动化,2010,6:47~49,118

附录一　异型石材车铣加工中心简介

异型石材车铣加工中心(HTM50200),是在国家"十一五"科技攻关计划的支持下,由沈阳建筑大学与沈阳机床集团等多家单位联合攻关完成,主要针对当前石材制品向着异型化、精品化方向发展的趋势,特别是针对国内在回转体异型石材制品和三维雕塑制品方面的技术空白而研制。异型石材车铣加工中心具有国际先进水平,2010年9月在第九届中国(沈阳)国际装备制造业博览会上获得机床类制品金奖。

该加工中心具有八个独立的运动轴和九个伺服控制电机,采用八轴五联动数控技术,配有石材车削(锯切)加工和雕铣(磨削)加工复合工作头部件,能同时实现对石材制品的车削、雕铣、磨削加工,能实现对石材回转体异型制品和三维立体制品的双五轴联动加工,具备国际先进水平。异型石材车铣复合加工中心采用一种基于可重构设计理论的机床模块化设计方法,使其能够根据客户的需求快速组合成石材切机、雕刻机、卧式加工中心和数控加工中心等,满足不同需求。其功能全面,具有高速、高效、高可靠性,性能和技术水平达到甚至超过了国际先进水平,彻底解决了国内石材产业在高附加值异型制品方面的技术瓶颈,可为广大用户提供高回报率的产品加工,其优点主要表现在以下几个方面。

1. 多功能复合

异型石材车铣复合加工中心采用动龙门结构,由两个工作台和两个复合工作头组成构成两套八轴五联动系统,包括横梁 Y 轴向进给、横梁滑鞍 Z 轴向进给、车削(锯切)工作头 X 轴(垂直)进给和 A 轴(绕垂直方向)旋转分度、高速雕铣(磨削)工作头 X 轴(垂直)进给和 B 轴旋转分度、卧式工作台旋转分度和立式工作台旋转分度。其车削(锯片)工作头可安装圆盘锯片刀具和大砂轮,实行对制品的车削(锯切)和磨削加工;雕铣工作头采用高速电主轴单元技术,可实现对各类石材制品的铣削(雕刻)加工和端面磨削加工。其中对回转体工件的锯切、车削、磨削加工是四轴联动的系统;回转体工件的雕铣加工是五轴联动的系统;板材工件的雕铣加工是五轴联动的系统。其加工范围包括:$\phi500\mathrm{mm}\times2\mathrm{m}$ 内的螺旋柱等各类石柱、石柱雕花、人头像等;$2\mathrm{m}\times2\mathrm{m}$ 以内的各类板材、二维雕刻制品、三维浮雕、立体雕塑制品(如石狮等)。

2. 高质量加工

高质量加工主要体现在高成品率、高精度、高质量表面加工。加工中心工作台面板采用一种高强度尼龙材料,具有较高的塑性,能够降低对制品的硬性冲击;其工作台与工作头均进行了振动设计,固有频率可避免与制品形成共振,可使石材制品的加工成品率提高 50%。加工中心的轴向进给精度可以达到 ±0.03(mm/m),回转轴精度≤40′,其回转体制品的圆度允差≤0.012(mm)、直径一致性≤0.04/300(mm),平面制品的平面度≤0.04(mm/100mm×100mm);雕铣制品最小加工曲率半径 4mm。加工中心采用高速电主轴单元,最高速度可达 12000r/min,可实现对制品的精磨,提高制品的表面质量和光泽度。

3. 高效加工

高速进给单元和高速电主轴单元技术,以及双刀具同步加工工艺技术,使其加工效率比传统机床提高了 3 倍。加工中心横梁 Y 轴向进给采用双丝杠双电机同步驱动技术,轴向进给速度可达 15m/min;垂直进给采用液压辅助进给单元技术,进给速度可达 10m/min;其雕铣电主轴最高转速可达 12000r/min,可实现高速、高效加工。加工中心的车削工作头和雕铣工作头均具有独立的进给单元,可实现对制品的双刀具锯切、锯切与雕铣、磨削等工序的同步加工功能,使加工中心的加工效率提高 2 倍以上。

4. 高可靠性

沈阳机床集团是国内从事车削机床及加工中心设计制造的国有大型骨干企业,加工中心的大部分零部件均采用机床集团的成熟零部件,可有效保证加工中心的质量和可靠性,其设计无故障连续运行时间可达 200h,可维修条件下无故障时间可以达到 10 万 h,可满足企业正常维修条件下加工中心三班制正常工作 20a。

5. 国产化、高智能

异型石材车铣复合加工中心的大部分零部件均采用国产技术,其设备成本是国际同类产品的 1/2,配套和售后服务均能够得到有效保证。配套的自动换刀系统和石材制品原形库及其 CAD/CAM 技术软件技术,能够满足大部分石材加工客户的需求,能够实现对通用异型石材制品的快速加工。新技术和新工艺的运用使得异型石材多功能复合加工中心能够满足市场的需求,可提高石材企业的加工效率 3~5 倍,降低企业加工成本和产品研发成本 40%~60%。

异型石材车铣加工中心(HTM50200)样机

附录二　异型石材车铣加工中心（HTM50200）
主要技术指标

	项目	单位	规格		项目	单位	规格
主参数	外形尺寸	m	6.5×7.5×3.5	卧式工作台	最大回转直径	mm	φ400
	净重	kg	54000		最大加工长度	mm	2000
	总功率	kW	60		最大锯切高度	mm	250
工作头	电主轴 转速	r/min	0～2000		B轴分度精度	′	20
	电主轴 功率	kW	15		B轴转速范围	r/min	0～750
	电主轴 扭矩	N·m	115～11.4		主轴最大扭矩	N·m	96
	车削轴 转速	r/min	1500	机床进给系统	X₁轴快移速率	m/min	14
	车削轴 功率	kW	7.5		X₁轴进给距离	mm	400
	车削轴 扭矩	N·m	96		定位精度	mm	0.05
加工范围	平面制品	m	2×2×0.4		C轴分度范围	°	±90
	立式加工	mm	φ600×800		C轴分度精度	′	20
	卧式加工	mm	φ400×2000		C轴转速范围	r/min	0～20
	圆度允差	mm	0.012		X₂轴快移速率	m/min	14
	直径一致性		0.04/300		X₂轴进给距离	mm	400
	平面度		0.04/100×100		定位精度	mm	0.05
立式工作台	最小曲率	mm	4		A₂轴分度范围	°	360
	最大尺寸	mm	2000×2000		A₂轴分度精度	′	20
	最大直径	mm	φ2000		A₂轴转速范围	r/min	0～75
	锯切高度	mm	400		Y轴快移速率	m/min	14
	分度精度	′	20		Y轴定位精度	mm	0.05
	A轴转速	r/min	0～4.6		Y轴进给长度	mm	3380
	最大扭矩	N·m	4500		Z轴快移速率	m/min	10
刀架形式			立式		Z轴定位精度	mm	0.05
刀架工位数			16		Z轴进给长度	mm	4250